EDAF
MADRID - MÉXICO - BUENOS AIRES - SAN JUAN

RICHARD AYOUN y HAÏM VIDAL SÉPHIHA

Sefardíes de ayer y de hoy 71 retratos

EDAF ENSAYO

Título original:
SÉFARADES D'HIER ET D'AUJOURD'HUI

Diseño de cubierta: Gerardo Domínguez.

Editorial Edaf, S. A. Jorge Juan, 30. 28001 Madrid
http://www.edaf.net
edaf@edaf.net

Edaf y Morales, S. A.
Oriente, 180, n.º 279
Colonia Moctezuma, 2da. Sec.
15530 México D. F.
http://www.edaf-y-morales.com.mx
edaf@edaf-y-morales.com.mx

Edaf del Plata, S. A.
Lavalle, 1646, 7.º, oficina 21
1048 Buenos Aires, Argentina
edafal1@interar.com.ar

Edaf Antillas, Inc.
Av. J. T. Piñero, 1594
Caparra Terrace
San Juan, P. Rico (00921-1413)
forza@coqui.net

Mayo 2002

Depósito legal: M-24.280-2002
I.S.B.N.: 84-414-1108-5

PRINTED IN SPAIN IMPRESO EN ESPAÑA

IBERICA GRAFIC, S.L.

Índice

Págs.

Págs.

Págs.

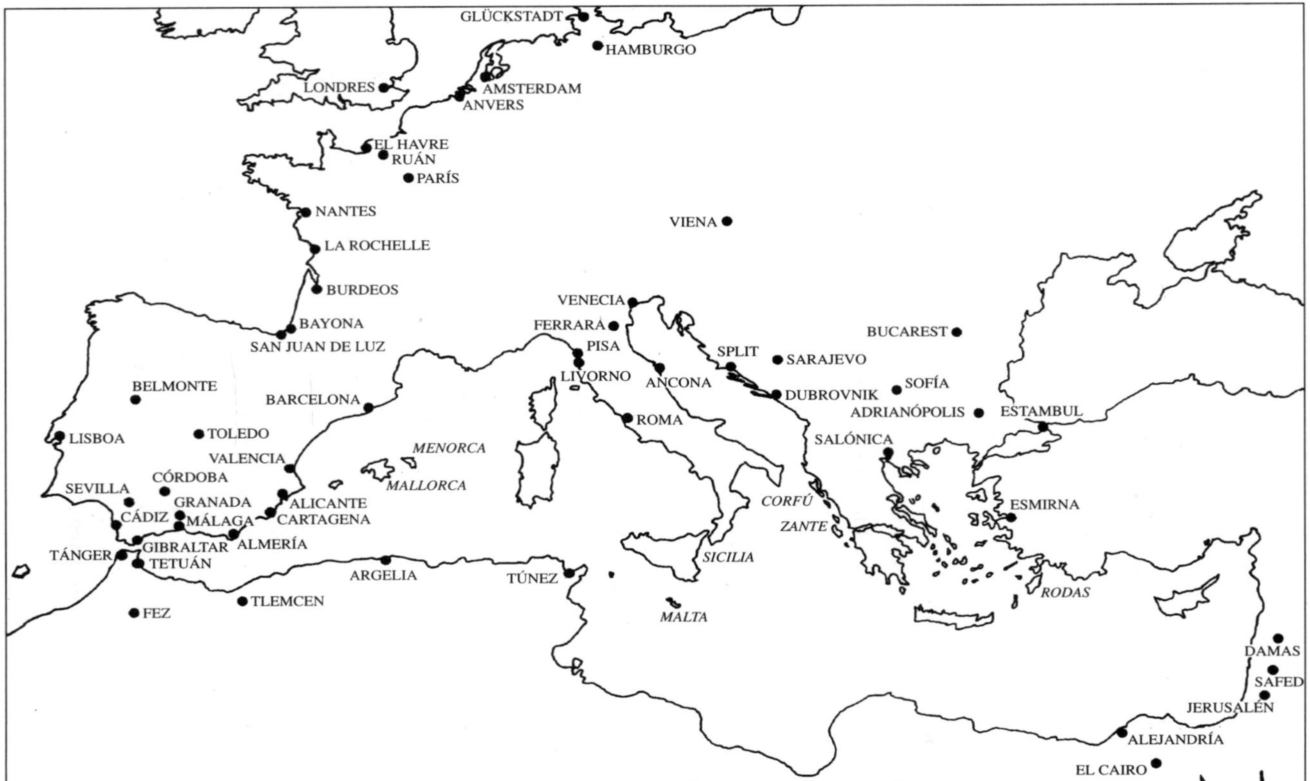

PRINCIPALES LUGARES AFECTADOS POR LA EMIGRACIÓN SEFARDÍ DESPUÉS DE 1492

Prólogo *

EL TÉRMINO «sefardíes» evoca, ante todo, España y la expulsión de 1492. Hacia España se vuelven todas las miradas de aquellos que se reconocen como tales; pero qué larga, tormentosa y desconocida es su historia.

Eso es, precisamente, lo que hemos querido mostrarle a nuestros lectores en un periplo que va desde la Hispania visigoda a la España de 1492 y más allá, sin olvidar la España musulmana, considerada como la edad de oro del judaísmo. Por un singular rodeo de la historia, la transición de la España musulmana a la España cristiana vendrá marcada por la conversión obligada de los judíos y de los cristianos, que serán acogidos por los reyes cristianos del norte. Estos, a su vez, en 1492, exigirán la conversión de los judíos que quieran permanecer en suelo español y provocarán la salida de los que se nieguen hacia tierras que esperaban más hospitalarias: la cuenca mediterránea, el norte de África, el sudoeste de Francia, los Países Bajos... tierras en las que, o a partir de las cuales, proseguirán las migraciones, sobre todo hacia América, y también proseguirán las mutaciones lingüísticas.

En cada una de las etapas de esta larga historia encontramos la búsqueda de un mayor bienestar y, como siempre, las migraciones resultantes, tanto individuales como colectivas. Y también

* Al final del volumen damos la lista de abreviaturas de los títulos de los libros que se citan con más frecuencia. Por lo que se refiere a las grandes figuras, setenta y dos en total, cada vez que aparece uno de sus nombres vendrá acompañado por un asterisco; así el lector sabrá que, para mayor información, puede dirigirse al texto correspondiente a dicho personaje.

encontramos por doquier, de tregua ilusoria en tregua ilusoria, los dramas, las persecuciones y las matanzas. Al final del trayecto, los sefardíes que habían permanecido en Europa serán deportados a los campos de la muerte; en palabras de la poeta Henriette Asseo: «No conocéis a mi pueblo, / antaño el éxodo del lujo / lo diezmó en mil naciones. / Mi pueblo no existe, / exilio de la memoria / a las puertas de los campos».

La extrema movilidad de los sefardíes, la precariedad de su situación a lo largo de todos estos siglos, serán ilustradas aquí por la vida y las obras de unos setenta personajes, que no figuras, auténticos hitos y cuya elección nada tiene de arbitrario, aunque algunos puedan pensar que faltan eminencias como Saúl Levi Morteira (¿1596?-1660), Jacob Sasportas (1610-1698), David Gradis (1665-1751) o René Cassin (1887-1976), todos ellos bien conocidos.

Desde Ben Saprut a Primo Levi, se insertarán en su tiempo setenta y una de las miles de vidas que constituyen la saga sefardí, saga a la vez humana y espiritual, plena de acontecimientos, saga que incluso hoy en día prosigue en el mundo y en Israel, saga cuyos faros alumbran la cultura universal.

Teníamos que limitarnos y coronar esta especie de Sanedrín de setenta y dos nombres con un personaje olvidado, el doctor Ángel Pulido, que logró que España y el mundo cobraran conciencia de estos *españoles sin patria*, los judeoespañoles, que él descubrió en los Balcanes en 1903.

Esperamos que así vivirá para siempre en nuestra memoria la saga sefardí.

RICHARD AYOUN y HAÏM VIDAL SÉPHIHA

Introducción

DE LOS DOS COMPONENTES principales de los judíos de hoy en día, el asquenazí y el sefardí, este último es minoritario en el mundo: alrededor de un quince por ciento... Los sefardíes toman su nombre del país donde vivieron sus antepasados en la Edad Media. En efecto, el término hebreo *Sefarad* designa, tradicionalmente, a España. En un hápax de la Biblia, en el *Libro de Abdías* (I, 20), se anuncia que «el exilio de Jerusalén, que está en *Sefarad*, heredará las ciudades del Neguev». Si bien es verdad, según la crítica bíblica, que este topónimo se aplicaba entonces a la ciudad de los sardos en Asia Menor, está comprobado que los primeros comentaristas judíos tradujeron *Sefarad* por *Ispania* o *Ispamia*, España [1]. Pero hoy en día, ¿quiénes son los sefardíes? Básicamente se dan tres definiciones.

El Primer Simposio de estudios sefardíes, celebrado en Madrid del 1 al 6 de junio de 1964, escogió una definición espaciotemporal limitativa: son los descendientes de los judíos expulsados de España en 1492 [2]. Esta definición será precisada más adelante, en 1988, con motivo de los Estudios sefardíes: «Fundamentalmente, la lengua, historia y creaciones culturales de los judíos oriundos de España o a ellos asimilados, producidas en cualquier país desde la primera generación de emigrados hasta nuestros días en tanto sigan manifestando elementos judeoespañoles en su cultura [3]».

En el artículo de la *Enciclopedia Judaica* se da otra definición: «Descendientes de los judíos que vivían en España y en Portugal antes de 1492 (este término es utilizado erróneamente para designar a otros judíos no asquenazíes) [...]. En Eretz Israel, durante los siglos XV y XVI [...] la población contaba con cuatro grupos distintos, los *askenazim* (inmigrantes de regiones europeas, incluida Italia); los *sefardim*, refugiados de España; los judíos norteafricanos, conocidos como los *moghrabiim* o *moriscos* (nombre que se le daba en España a los musulmanes convertidos al cristianismo), y los judíos autóctonos, llamados *mustarabim*, que era como se conocía en España a los cristianos y judíos arabizados. Pareciera, pues, que todos estas denominaciones proceden de los judíos ibéricos acogidos en Palestina tras su expulsión de España [...]. Muy pronto, los *sefardim* se convierten en el grupo mayoritario [...]. Fue en 1917, durante el mandato británico, cuando se establece definitivamente la dualidad rabínica [por tanto ritual o litúrgica] asquenazíes-sefardíes, que supuso la afiliación de todos los no asquenazíes al grupo sefardí, y creó la confusión semántica actual en Palestina y en la diáspora, confusión que luego se mantuvo y se fomentó en Israel [4]».

El tercer punto de vista es el del Encuentro de Amsterdam, organizado del 14 al 17 de enero de 1971 por la Federación Sefardí Mundial, que prácticamente asumió el pragmatismo israelí: «Llamo *sefardim* a todos los que no son *askenazim*», afirmaba Elie Éliyachar [5]. Realmente, ampliar tanto el campo semántico de este concepto e incluir a los descendientes del exilio de Babilonia, a los judíos de Djerba, de Yemen o a los falachas, es simplificar demasiado el problema.

La confusión es tal que hoy en día en Israel, para abordar el tema, la noción de «sefardíes» y la de «judíos orientales» (*edoth hamizrah*) [6] van juntas.

Sin embargo, los intercambios tanto comerciales y demográficos como culturales que siempre ha habido entre las comunidades judías que viven a orillas de la cuenca mediterránea, antes y después de la expulsión de 1492, han ampliado la zona de influencia. De modo que se podría hablar de «sefardización» y de «región sefardí».

Ya en la Edad Media, si bien la civilización de los sefardíes es diferente a la de los judíos del norte de Europa, es muy parecida a la de los judíos de África del Norte y de Oriente. De hecho, existe un aire de civilización común en todas las sociedades judías mencionadas antes. El «territorio» sefardí, en la Edad Media, engloba a España y a otros muchos países como Egipto, todo el norte de África e incluso la Provenza. Los desplazamientos y las migraciones entre estas regiones son frecuentes: familias norteafricanas llegan a España, otras abandonan la Península rumbo a Egipto o a Tierra Santa. Vínculos familiares, comerciales, epistolares, unen a estas comunidades. Cuando el filósofo cordobés Maimónides reside en Fez, Marruecos, o pasa una temporada en Acre, Tierra Santa, antes de instalarse en Fostat, cerca de El Cairo, va jalonando el área geográfica sefardí medieval. Y define aún más su identidad al firmar sus cartas: «Moisés, hijo de Maimón, de los hijos del exilio de Jerusalén que están en España»; o, más sucintamente: «Moisés, hijo de Maimón, el sefardí». Así pues, debemos considerar sefardíes no solo a los judíos procedentes de la España medieval, sino también a los judíos de las comunidades que desarrollaron la misma civilización en la cuenca mediterránea. Es la definición que hemos escogido.

DESDE LOS ORÍGENES
HASTA LA EXPULSIÓN DE 1492

En la Península Ibérica, desde los orígenes hasta 1492

Antes de la conquista árabe [1]

AL IGUAL que en el caso de otras muchas comunidades, es difícil separar el mito de la realidad cuando se aborda el origen de los judíos en la Península Ibérica.

Durante la Edad Media, los judíos españoles afirmaban que sus antepasados habían huido de Jerusalén rumbo a España en el año 586 antes de la era cristiana, después de que Nabucodonosor II destruyera el Templo y el reino de Judá. El rey Salomón los envió en busca de oro y valiosas mercancías para que contribuyeran a la reconstrucción del Templo. Este es el argumento que le planteaban a los reyes cristianos que querían imponerle a cada comunidad el pago de treinta denarios, correspondientes a la venta de Jesucristo; los judíos españoles replicaban que ellos no tenían por qué asumir ninguna responsabilidad, puesto que sus antepasados ya estaban en España mucho antes de la prédica y pasión de Cristo. Incluso especificaban que sus antepasados pertenecían a la tribu real de Judá, mientras que los otros judíos descendían de la tribu de Benjamín. En cambio, hay un estudio que sostiene que los sefardíes descienden de la mezcla semítica genética de las otras diez tribus, es decir, de las que constituían el reino hebreo del Norte, el reino de Israel. Dicho estudio ha utilizado análisis de las enfermedades hereditarias de los dos grupos en cuestión. Según esta teoría, los sefardíes serían los herederos del reino de Israel, mientras que los asquenazíes serían descendientes del reino de Judá [2].

En realidad, es probable que los judíos se instalasen en España con los colonos romanos, cuando estos transformaron el país de los iberos en una de las mejores provincias del Imperio, construyendo las ciudades y los centros administrativos necesarios para la *pax romana*. Las lápidas funerarias hebraicas de Tarragona, Tortosa y Mérida no son anteriores al siglo I. Hay documentos datados a principios de la era cristiana que indican esta presencia judía: *La guerra de los judíos*, de Flavio Josefo (VII, 3, 3), la *Misná* («Baba Bathra», III, 2) y algunos pasajes del Talmud evocan el establecimiento. A finales del siglo I, el apóstol Pablo, que visita las comunidades judías para llevarles el Evangelio, les escribe a los cristianos de Roma: «Cuando vaya a España [...] espero, en efecto, veros de camino y que me hagáis un cortejo cuando haya saciado un poco mi necesidad de estar con vosotros [3].»

En el concilio de Elvira, entre los años 303 y 309, la Iglesia española se inquieta por los judíos y por las consecuencias que podría tener para la fe cristiana la coexistencia con ellos. En el 409, los visigodos se instalan en Aquitania y en España, mientras que los vándalos y los suevos llegan hasta Portugal. En el año 476, tras la caída del Imperio romano de Occidente, el reino visigodo se independiza. Hasta el año 589, los visigodos son arrianos, es decir que niegan la consustancialidad del Hijo con el Padre. A partir de esa fecha, los judíos empiezan a sufrir medidas discriminatorias; los visigodos emprenden la tarea de imponerles el catolicismo a todos sus súbditos. Cada año, en Toledo, los reyes visigodos reúnen en concilio al clero y a los dignatarios para redactar las leyes del reino y estructurar la administración civil y eclesiástica [4].

Año tras año, los judíos son cada vez más excluidos de la sociedad. El segundo concilio de Toledo, en el año 589, le prohíbe a los judíos el matrimonio con cristianos, la posesión de esclavos cristianos y el desempeño de cargos públicos; la conversión al judaísmo y la circuncisión también están prohibidas. El judaísmo es excluido y se decide su desaparición. Hasta el año 711, los judíos deben esconderse y practicar el criptojudaísmo: en apariencia observan el cristianismo, pero a escondidas practican el judaísmo, sobre todo en cuevas y grutas, ya que las sinagogas han sido destruidas; los judíos renuncian a vivir en las ciudades, donde les resulta más difícil disimular sus actividades religiosas.

En la España musulmana

En el año 711, la llegada del ejército musulmán de Tariq a la Península Ibérica, va a cambiar la situación. Muza, jefe de Tariq, deja atrás Kairuán y, en nombre del califa, participa con su hijo Abd al-Aziz en la conquista de Damasco. Abd al-Aziz avanza bordeando el Mediterráneo, Tariq se apodera del centro de la Península y Muza avanza por el oeste.

Para los españoles vencidos, esta derrota solo se ha podido producir por culpa de los enemigos de la fe, es decir, de los judíos, que le habrían entregado las ciudades a los conquistadores. Esta supuesta traición es falsamente mencionada por la historiografía española, puesto que los judíos ya no gozan del derecho a vivir en las ciudades ibéricas, y los criptojudíos, por temor a los vecinos indiscretos, han renunciado a residir en las ciudades. En cambio, es verdad que los judíos están agradecidos a los invasores musulmanes que les permiten practicar de nuevo, libremente, su religión.

De acuerdo con algunas fuentes árabes, los conquistadores musulmanes encuentran en los judíos unos aliados de confianza. De ahí que, tras la conquista, la defensa de la guarnición de varias ciudades le es confiada a los judíos antes de continuar el avance hacia el norte. Según otras fuentes, después de cada conquista, los musulmanes reúnen a los judíos de los campos aledaños y los obligan a hacerse cargo de la custodia de las ciudades recién conquistadas. Esta práctica se repetirá algunos siglos más tarde, a partir del siglo XII, cuando los españoles conquisten de nuevo estas ciudades y dejen su vigilancia en manos de soldados judíos para así poder conservar intactas sus fuerzas ofensivas.

Es probable que en el año 711 algunos judíos que emigraron a África del Norte a consecuencia de las persecuciones de los visigodos, o bien los hijos de esos judíos, hayan seguido a corta distancia el avance del ejército musulmán. Y así acuden a reunirse con sus correligionarios, sobre todo con los recién restablecidos en las ciudades por los musulmanes. Inmediatamente después de la conquista, la nueva administración musulmana le impone a los judíos gravosos impuestos. Sin embargo, el nuevo orden político le ofrece a estos últimos la posibilidad de una vida mejor.

Los musulmanes instalados en España forman una amalgama de diferentes grupos. Estos grupos están constituidos por la unión de varias tribus árabes, unión fortalecida por su origen común. Uno de los rasgos característicos es la fidelidad a la tribu, siendo esta obligación sagrada una cuestión de honor. En su país de origen, la historia de los árabes no es más que una serie de guerras entre las tribus. Hay dos que, especialmente, se destacan entre todas, los yemeníes al sur y los kaisitas al norte. Mientras los árabes extienden su imperio hacia Oriente y alrededor de la cuenca mediterránea, estas dos tribus siguen enfrentadas y guerreando en Persia, Siria y en otras regiones.

Los califas omeyas no intentan establecer relaciones pacíficas. Al contrario, agravan la situación alentando las persecuciones entre estos grupos tribales. La enemistad de los yemeníes y los kaisitas se transmite de padres a hijos. Hombres nacidos lejos del corazón del imperio del califa, se sienten obligados a vengar actos cometidos decenios atrás por tribus enemigas contra sus antepasados en el transcurso de las guerras en Oriente. En España, las guerras entre tribus yemeníes y kaisitas son muy violentas.

Abderramán I establece el poder omeya en el año 755. Es el comienzo de la prosperidad económica del país, prosperidad de la que se beneficiarán los judíos trabajando en diversos oficios y profesiones. Los Omeyas, ya independizados del califato abasí, llevan a cabo una política tolerante con respecto a los no musulmanes, atrayendo así a los judíos de otros países, incluso de países muy alejados de la Península Ibérica. La comunidad judía progresa en el orden demográfico, político, cultural y religioso. La influencia de los jefes religiosos que residen en Babilonia es preponderante, sobre todo en la cuestión litúrgica. Los judíos se impregnan profundamente de la cultura árabe. La simbiosis judío-árabe se materializa durante el reinado de Abderramán III, en el siglo X. Este se proclama califa en el año 929. Bajo su gobierno, los judíos y los cristianos aceptan el pacto de Omar, el estatuto de *dhimmi* (los protegidos, son la «gente del Libro», que pagan la capitación, el impuesto de los no musulmanes).

Córdoba se convierte en la capital musulmana de Occidente. Sin embargo, ya hacia finales del siglo X, los cristianos vuelven a ocupar una parte del norte de España. Hacia el año mil, Almanzor (el Victorioso) ben Abi Amir dirige contra ellos dos razias destructivas. El 15 de febrero de 1009 estalla en Córdoba una rebelión que derroca a Hisham II, que es reemplazado por Muhammad II ben Hisham con el título de Al-Mahdi (el que es guiado por Dios [5]). En 1010, Córdoba es ocupada por Muhammad II ben Hisham y, en el año 1012, por Sulayman Al-Musta'in. Este último, al poner cerco a la ciudad, arruina a sus habitantes. Los supervivientes judíos de la guerra civil del califato de Córdoba, se establecen en otras ciudades cuando el reinado de los Omeyas llega a su fin tras la revuelta de Alí ben Hamud, gobernador de Ceuta.

Los reinos que se derivan, los llamados reinos de taifas, están bajo el dominio bien de los bereberes, bien de los eslavos o de los abadíes. Por esta época, la Reconquista cristiana cobra nuevos bríos. Los dos reinos musulmanes más importantes son, primero, el reino bereber de Granada, y después el Estado de los abadíes de Sevilla. En cuanto a la Iberia cristiana, está formada por el reino de Navarra de Sancho III el Mayor, conde de Castilla entre 1028 y 1029, muerto en 1035 [6]; el de León de Alfonso V (994-Viseo, 1028), rey de León y de Asturias de 999 a 1027, y por la Cataluña de Ramón Berenguer I.

La reorganización que se produce en el antiguo territorio del califato cordobés con la aparición de los reinos bereberes, beneficia sobre todo a los judíos, puesto que varios de ellos son llamados por los príncipes bereberes para administrar sus posesiones. Estos notables judíos pueden ayudar a poetas y eruditos, y así florece la cultura judía. En contrapartida, los poetas cubren de elogios a sus protectores y alaban los favores que reciben. De este modo, hacia 1040, un poeta hace la apología de un «príncipe Isaac».

La matanza de judíos en Granada, que se desata en 1066 tras el asesinato de Yosef ben Nagrela, es sin duda una de las primeras señales de la decadencia de la vida judía en la España musulmana. En 1085, la caída de Toledo significa el éxito de la Reconquista cristiana y lleva a la autoridad de Sevilla a solicitar la ayuda de los almorávides del norte de África, que saquean el sur de España.

Los almorávides desean la conversión de los judíos al islam. Para evitar esta conversión, Ben Negash, dirigente de la comunidad de Lucena, ofrece una importante suma. Al final, los almorávides dejan que los judíos practiquen su religión. La corte almorávide los emplea sobre todo como diplomáticos y médicos.

En el transcurso del primer cuarto del siglo XII, la cultura judía aún está muy presente en Sevilla y en Córdoba. En esos años, la Reconquista cristiana sigue avanzando; muchas ciudades importantes de Aragón y Navarra se rinden, como Tudela en 1115.

Pero en 1146, los almohades de Marruecos, más integristas que los almorávides, invaden España. Prohíben la práctica del judaísmo y cierran las escuelas y las sinagogas. Muchos judíos se convierten al islam, aunque siguen practicando su religión a escondidas. La ocupación almohade dura más de un siglo; durante ese tiempo, los criptojudíos fomentan los disturbios y participan en varias rebeliones. Para evitar los maltratos y tener que convertirse, otros muchos judíos, como la familia Quimhí * o la familia Ben Tibón *, se adentran en los países cristianos llegando hasta Provenza, donde alentarán un renacer cultural y religioso.

En el siglo XIII, Granada aún se resiste a la Reconquista cristiana. En esta ciudad, así como en Almería y en Málaga, permanecerán grandes comunidades judías hasta 1492, y de nuevo colaborarán con el poder musulmán. Cuando las condiciones de vida de los judíos empeoran en la España cristiana, Granada se convertirá en un refugio, incluso para los conversos. En 1492, a pesar de las promesas hechas al último rey musulmán, los judíos de Granada sufrirán el mismo destino reservado a los judíos de España.

En la España cristiana

Los primeros reinos cristianos se establecen con Alfonso I el Católico (739-759), auténtico fundador del reino de Asturias, y con los reyes que le suceden hasta Alfonso III el Grande (866-910). Tras la guerra por la supervivencia del siglo VIII empieza una guerra de expansión por motivos económicos, políticos y religiosos, la Reconquista.

El reino de Asturias se convierte en el reino de León; después de absorber el condado de Castilla, el reino adopta su nombre, y su rey, Alfonso VI (hacia 1042-1109), ocupa Toledo en 1085. Al oeste se constituye el condado de Portugal, que luego se transformará en reino (1140). Hacia el este se encuentra Navarra, reducida y anexionada por el reino de Aragón. Más adelante, este Estado recuperará, al menos en parte, la independencia. En cuanto a Aragón, gracias a una alianza matrimonial, se une a los condados catalanes y se convierte en una de las grandes potencias de la Península. En el siglo XIII, Portugal se apodera de las tierras al sur del Tajo, Castilla, de la cuenca del Guadalquivir, mientras que el reino de Murcia y los Estados de la corona de Aragón conquistan las Baleares y el reino de Valencia.

Los habitantes de Asturias, descendientes de los visigodos, no acogen bien a los judíos. En los principados y en los reinos nacientes, el estatuto de los judíos mejora con el avance de los cristianos hacia el sur y con la influencia carolingia al otro lado de los Pirineos. A partir del siglo IX comienza la emigración judía de los Estados musulmanes del sur hacia el norte cristiano. Para repoblar los territorios conquistados, el reino de León se sirve de los judíos. A partir del siglo X, estos prosperan y van a tener un papel de creciente importancia en el comercio y en la industria textil. En el nuevo reino de Castilla su situación es buena.

Las tierras que son liberadas en el siglo XI necesitan colonos; Alfonso V (994-1027) le concede privilegios a un buen número de judíos. Las invasiones de los almorávides y de los almohades impulsan hacia el norte a muchos judíos, que esperan disfrutar de las mismas condiciones favorables otorgadas a sus correligionarios. Los grupos hostiles, como la Iglesia, no logran obstaculizar su posición. En las ciudades reconquistadas, los judíos son autorizados a conservar sus bienes y se les otorgan cartas que les permiten vivir de acuerdo con la ley judía. La nueva administración les concede una relativa autonomía, como la que tenían las aljamas en el periodo musulmán.

Las habilidades de los judíos, sobre todo por su conocimiento del árabe, y su neutralidad en el conflicto, hacen que los monarcas cristianos recurran a ellos. En 1118, un tal Eleazar está al servicio del rey durante la conquista de Zaragoza. Más adelante, el mismo personaje se pone al servicio de Ramón Berenguer, conde de Barcelona. Séset Perfet colabora con Ramón Berenguer III. Rodrigo Díaz de Vivar, llamado el Cid (1043-1099), soberano del reino de Valencia, cuenta con financieros, tesoreros y administradores judíos. Yosef Ferruziel, conocido por Cidiello, es médico y financiero de Alfonso VI (1042-1109). Este último, tras la conquista de Toledo, llama a Amram ben Isaac para sus negociaciones con la población local y para atender su correspondencia.

Dos sistemas jurídicos regulan el estatuto de los judíos: por una parte, una serie de privilegios concedidos a tal o cual comunidad; por otra, compilaciones de leyes y usos que se refieren a las cláusulas relativas a los judíos y sancionadas por el rey. A medida que las comunidades judías crecen en la España cristiana, aumenta el número de eruditos judíos. Citemos, entre otros, a Isaac ben Reuben al-Bargeloní, al dirigente Abraham ben Hiya y a Yehudá ben Barzilay al-Bargeloní.

En la España cristiana, durante los últimos años del siglo XII, los judíos se organizan como una sociedad autónoma en medio de la sociedad cristiana. Esta, en el siglo XIII, se ve marcada por la etapa principal de la Reconquista, cuando la corona de Aragón y el reino de Castilla ganan terreno a costa de los musulmanes. Jaime I (1213-1276) conquista Mallorca en 1229, el reino de Valencia entre 1238 y 1245; Fernando III (1201-1252), rey de Castilla, conquista Córdoba en 1236, Murcia en 1244 y Sevilla en 1248. Pedro III de Aragón (1276-1285) ocupa de nuevo la mayor parte de Andalucía. Alfonso X el Sabio (1221-1284) culmina la Reconquista apoderándose de Jerez de la Frontera en 1264 y de

Cádiz en 1265. De la España musulmana no subsistirá entonces más que el reino de Granada que llegará a su fin en enero de 1492.

Para administrar sus nuevos territorios, los reyes de Castilla y de Aragón necesitan diplomáticos e intérpretes que dominen bien el árabe y conozcan la sociedad musulmana. Además, dado que no desean otorgarle a la nobleza y al clero el poder que detentan en Cataluña y Aragón, escogen confiarles la administración de las tierras a los judíos, a los que consideran aptos para ocupar distintos cargos relacionados con la Reconquista. Los judíos no tienen ambiciones políticas que podrían poner en peligro la posición del monarca. Ellos no están en juego en el conflicto entre el cristianismo y el islam. Además, en tanto que súbditos y «propiedad» del rey, los judíos están a merced de este. Su propia vulnerabilidad les concede un cierto poder. Así, en Valencia, entre los colonos que reciben casas y dominios, encontramos a varios judíos. Algunos obtienen la función de baile o administrador de rentas reales. Financieros judíos tienen una gran participación en el esfuerzo de guerra y en los programas de colonización de los dos reinos.

La decadencia

Una de las señales del declive de la vida judía en la España cristiana es la decisión adoptada por Alfonso X de separar a los judíos de los cristianos, a pesar de que él fue el impulsor de la famosa «escuela de traductores de Toledo». El monarca obliga a los judíos a vestirse de forma diferente y prohíbe a los cristianos trabajar de criados en los hogares judíos. En su código, *Las Siete Partidas*, aunque se preserva la autonomía de los judíos, se ven sometidos a restricciones en varios campos. Algunos rumores intentan presentar a los judíos como asesinos de niños cristianos cuya sangre utilizarían para ceremonias rituales.

En el transcurso del siglo XIV, la situación de los judíos sigue degradándose. En Aragón (donde ya no cumplen ningún papel en la política del reino) y en Castilla, periódicamente se promulgan leyes antijudías; la Iglesia también los acosa sin descanso y la población se manifiesta en su contra cada vez con mayor frecuencia. Los monarcas intentan protegerlos, como Jaime II (1264-1327), que en 1320 sofoca la cruzada de los pastores, en el norte de Aragón, desde su mismo inicio. Esta protección se extiende a Castilla con Alfonso XI (1311-1350), con Pedro I el Cruel (1334-1369), en Aragón, con Alfonso IV el Benigno (1327-1336) y Pedro IV el Ceremonioso (1336-1387), que debe hacer frente a motines antijudíos en su reino durante la peste negra (1348). Muchos judíos de Navarra mueren durante los tumultos antijudíos de 1328.

A veces las agresiones proceden de los conversos al cristianismo, como el rabino Abner de Burgos que, con el nombre de Maestro Alfonso de Valladolid, ataca con saña al Talmud y a los judíos. En sus tratados, escritos en hebreo y en castellano, preconiza la conversión forzosa de los judíos. Gonzalo Martínez de Oviedo, uno de los colaboradores del cortesano judío Yuçaf de Écija, durante el reinado de Alfonso XI (1311-Gibraltar, 1350), publica más adelante un plan de exterminación de los judíos.

Juan I, rey de Castilla y de León (1379-1390), suprime la autorización dada a los judíos para poder juzgar ellos mismos sus pleitos además de imponerles otras restricciones. En cuanto a Pedro IV, limita la jurisdicción de derecho común de las aljamas, salvo en el caso de los malsines (delatores), cuyas acciones pueden poner en peligro la existencia misma de la comunidad.

En la segunda mitad del siglo XIV, la literatura antijudía se desarrolla. Bajo Nicolás Eymerich, la Inquisición (la primera) se concentra sobre todo en los conversos arrepentidos y en aquellos que contribuyen a dicho arrepentimiento. El arcediano de Écija, Ferrand Martínez, emprende en 1378 una campaña antijudía que se intensifica cuando en 1390 llega a ser arzobispo.

Ese mismo año, tras la muerte de Juan I y la subida al trono de un menor, se dan todas las condiciones para la eliminación de los judíos. El 4 de junio de 1391, los judíos de Sevilla y alrededores son asaltados, muchos son asesinados o bautizados a la fuerza, y mujeres y niños son vendidos como esclavos. Las sinagogas son transformadas en iglesias y los hogares judíos saqueados y destruidos. Los disturbios se propagan por toda Andalucía, y luego por las dos Castillas. Las grandes comunidades de Toledo y Córdoba se ven muy afectadas. En julio de 1391, la sublevación popular se extiende al reino de Valencia y la mayoría de las comunidades son aniquiladas, excepto la de Sagunto. Al igual que en otros lugares, muchos judíos son asesinados o bautizados.

Los judíos de Mallorca y de Cataluña corren la misma suerte, a pesar de algunos esfuerzos por salvarlos. En el mes de agosto, la famosa comunidad de Barcelona está destruida. En Zaragoza, Hasday Crescas * contrata a mercenarios para que protejan a sus correligionarios. En Navarra es donde se producen menos matanzas, pero en casi toda España los judíos son exterminados o bautizados. Las investigaciones actuales calculan que una tercera parte de los judíos fueron asesinados, y otro tercio, bautizados. Solo el último tercio habría sobrevivido en la Península Ibérica, o bien huyó en busca de refugio, básicamente hacia el norte de África, y, sobre todo, hacia el Magreb central.

Tras la carnicería de 1391 aparece una nueva comunidad, la de los conversos, que será muy mal aceptada. Se distinguen tres grupos: el primero es el de los que fueron conducidos a la fuerza ante la pila bautismal y practican el judaísmo en secreto; el segundo grupo aprovecha esta oportunidad para integrarse plenamente en la sociedad cristiana, pues ya desde mucho tiempo atrás ha dejado de practicar el judaísmo y rechaza su forma de vida tradicional; el tercer grupo, tras el bautismo obligado, hace un sincero esfuerzo para adquirir una nueva identidad.

La disputa de Tortosa (1413-1414), en la que debaten Zerahya Haleví y Yosef Albo contra el cristiano nuevo Jerónimo de Santa Fe (Josué Halorquí) sobre los temas conocidos de la polémica judeo-cristiana, provoca gran número de conversiones en las comunidades de Aragón.

En el reino se suceden una serie de decisiones inapelables. El Talmud es censurado y expurgado de cualquier pasaje que se pueda considerar atentatorio contra el cristianismo. Los conversos obtienen el derecho de heredar de sus padres judíos. La jurisdicción de derecho común ya no puede ser ejercida por los judíos.

Tras el matrimonio de Isabel I, llamada la Católica (1451-1504), reina de Castilla entre 1474 y 1504, y Fernando II el Católico (1479-1519), rey de Aragón, los dos reinos se unen en 1479. Los monarcas, aunque se sirven de Abraham Senior * y de Isaac Abrabanel * para recaudar los impuestos y ocuparse de los arrendamientos, limitan las libertades de los judíos. Los conversos considerados herejes son perseguidos. En 1480, el Papa acepta crear en Castilla una Inquisición nacional para tratar su caso: varios cientos son quemados en los autos de fe, y miles castigados o reconciliados con la Iglesia tras los juicios.

En Aragón, la Inquisición se concentra en los conversos a partir de 1481. Para combatirlos, hay que acabar con los que pueden impulsarlos a lamentar su conversión. De ahí la expulsión de los judíos de Andalucía en 1483. Con la designación de Tomás de Torquemada como inquisidor general, la institución se vuelve intransigente. Los conversos temen ser condenados por el tribunal inquisitorial por haber practicado el judaísmo. Se enfrentan aterrorizados a las denuncias anónimas, a la exigencia de una confesión por un crimen indeterminado, a la imposibilidad de ser defendidos jurídicamente, a la tortura y a la hoguera.

En enero de 1492, con el final de la Reconquista culminada tras la caída de Granada, Isabel la Católica y Fernando de Aragón piensan que deben concluir la unificación religiosa de su Estado. Se trata de resolver el problema de los conversos y de eliminar el judaísmo asimilando a los judíos por la vía de la conversión. El remedio: el decreto de expulsión de Granada, firmado el 31 de marzo de 1492 y promulgado un mes más tarde. Una vez terminada la Reconquista, se considera que los judíos ya son inútiles. Estos pueden elegir entre convertirse o abandonar el país en un plazo de tres meses.

Grandes figuras en la España musulmana

Hasday ben Saprut (Jaén, 915-¿970?)

EN LA SEGUNDA década del siglo X, Abderramán III (912-961), el nuevo soberano de Córdoba, unifica la España musulmana. Esta reunificación es el resultado no solo de una serie de campañas victoriosas, sino también de una hábil política. La gran idea del soberano es reconciliar a los adeptos de las distintas religiones y a los miembros de los diversos grupos étnicos que viven bajo su mando para reunirlos en el seno de una sola nación. Cuando Abderramán III restablece la unidad del antiguo reino omeya, en el año 929 se arroga el título de califa y el sobrenombre de *an nasir li din Allah* («aquel que le otorga la victoria a la fe de Alá). Emprende una política exterior muy activa y declara nuevas guerras a los cristianos del norte de España. Sin embargo, en su reino, la paz florece y empieza un nuevo periodo de prosperidad económica. Las manufacturas experimentan un desarrollo desconocido hasta ese momento y las relaciones económicas con los otros países mediterráneos son intensas.

Uno de los artífices de esta política es Hasday ben Saprut. Su padre, Isaac ben Ezrá, era un hombre acaudalado que se estableció en Córdoba [1], la capital de la España musulmana, y construyó una sinagoga. Hasday estudia los textos tradicionales, pero también árabe, latín, mozárabe (lengua romance) y medicina. Emprende investigaciones en el campo médico y descubre el procedimiento para la fabricación de la teriaca, un remedio particularmente eficaz contra las mordeduras de serpientes. En el año 947, cuando una delegación diplomática del Imperio bizantino de Constantino VII, llamado Porfirogeneta (913-959), llega a Córdoba trayendo como presente un manuscrito de medicina por demás interesante, Hasday es uno de los investigadores que recibe el encargo de traducirlo del griego al árabe. También forma parte del cuerpo médico de la corte del califa. Más tarde, Hasday ben Saprut es nombrado supervisor de aduanas, uno de los cargos esenciales del país, pues de él depende una importante fuente de ingresos para el tesoro real.

Ben Saprut hace gala de un inmenso talento en numerosos asuntos diplomáticos. En el año 953, negocia con Johannes de Goerz (Gorizia), emisario de Otón I el Grande (936-973), rey de Germania. Poco después, en el año 956, viaja en compañía de un emisario musulmán a la corte del rey de León para propiciar la firma de un tratado de paz. Alcanza la cima de su carrera diplomática en el año 958 durante la misión que realiza en la corte real de Navarra. En primer lugar, Sancho I, príncipe de Navarra, coronado y luego destronado, se convierte en su paciente. Pero también logra convencer al rey cristiano y a su abuela, la reina Toda (madre del rey García), para que viajen hasta Córdoba y concierten un tratado de paz con Abderramán III.

Hasday ben Saprut, ya como importante dignatario en la corte del califa, es designado responsable de la comunidad judía en la España musulmana. Gracias a este cargo, se convierte en el protector de los judíos, que le otorgan el tratamiento de *nasi* (príncipe), mientras que las academias de Babilonia le dan el de *rech kalla* (jefe de la casa de estudios). Mantiene un intercambio epistolar con los sabios judíos de varios países. Funda en Córdoba una biblioteca para la que manda traer los manuscritos talmúdicos de Sura [2].

En Córdoba, atrae y acoge bajo su protección a grandes eruditos e intelectuales, especialmente a Menahem ben Saruc (910-970), gramático y lexicógrafo, que durante un tiempo también fue su secretario; Dunas ben Labrat (¿920?-¿980?), el poeta más importante de la época, que introduce el metro y la estrofa al estilo árabe, y que le dedica algunos poemas a Ben Saprut. O también a Moisés ben Hanok, el célebre académico de Sura que, tras embarcarse en un puerto del sur de Italia, fue capturado por un navío corsario; la comunidad pagó su rescate y Ben Saprut lo puso a la cabeza de los rabinos de Córdoba en el año 948. Esta decisión transforma radicalmente las relaciones entre el judaísmo español y el judaísmo babilónico. Este último pierde su condición de punto de referencia, España ocupa su lugar y la comunidad española se convierte en el faro del judaísmo. A partir de entonces, las cuestiones rituales, que hasta ese momento eran consultadas a las academias de Babilonia, son resueltas por Moisés ben Hanok y la escuela que funda en Córdoba; escuela que, a su muerte, fue dirigida por su hijo, Hanok ben Moisés.

A pesar de sus muchos logros, Ben Saprut es conocido sobre todo por las cartas que intercambió con Yosef, rey de los jazares. En su carta, Ben Saprut interroga a Yosef sobre el reino de los jazares y, en reciprocidad, el rey le hace un detallado informe de la conversión de su pueblo al judaísmo. La autenticidad de estas cartas aún no se ha demostrado. En el año 961, tras la muerte de Abderramán III, Ben Saprut sigue ejerciendo sus funciones bajo la autoridad de su sucesor, Al-Hakam II, hasta su propia muerte, acaecida hacia el año 970.

Los Ben Nagrela

Samuel ben Nagrela
(Córdoba, 993-Granada, 1056)

COMO CONSECUENCIA del saqueo de Córdoba por los bereberes de Solimán en el año 1013, la España musulmana queda fragmentada en numerosos reinos pequeños. Durante algunos años, el reino de Granada ejerce una supremacía sobre los otros reinos árabes gracias a la fuerte personalidad de Samuel ben Nagrela. Abu Ibrahim Samuel ben Yosef Haleví ben Nagrela desciende de una eminente familia originaria de Mérida, y su padre, rabí Yosef [1], es un respetado mercader. Cuando, debido a las revueltas y guerras incesantes que se producen en la región, Mérida ve mermada su influencia, la familia emigra a Córdoba. Samuel ben Nagrela recibe una excelente educación judía y profana: aprende hebreo, árabe, caldeo, latín, castellano y bereber. Estudia en la academia de Moisés ben Hanok, y el gramático Yehudá Hayuj (¿940?-¿1010?) será su maestro de hebreo. Según Saadya ben Danan (segunda mitad del siglo XV), habría escrito, en siete lenguas, una alabanza en honor de Habús, segundo rey de Granada.

En 1013, Samuel ben Nagrela abandona Córdoba para instalarse en Málaga, donde abre un pequeño comercio de especias cerca del castillo de Abú Kasim al-Arif, visir del rey Habús, entronizado en la provincia de Granada por los bereberes de la tribu Sinhadja. Según la crónica de Ben Daud * (Abraham ben David Haleví), una de las esclavas del visir le encarga a Ben Nagrela redactar las comunicaciones que ella le dirige a este. El visir, impresionado por la caligrafía, el método y la pureza del estilo de estos informes, decide, hacia el año 1025, poner a su servicio al redactor, primero como recaudador de impuestos, después como secretario particular.

A la muerte del visir, en el 1027, Ben al-Ariz recomienda a Ben Nagrela a su soberano, el rey Habús. El monarca lo llama a Granada y lo nombra *katib* (canciller), para después confiarle la dirección de los asuntos diplomáticos y militares. En 1036, a la muerte de Habús, Ben Nagrela influirá en la adjudicación del trono al primogénito, el príncipe Badis.

Al contrario de lo que se decía sobre el hecho de que los judíos no sobresalían en el arte de la guerra, Samuel, responsable militar del reino de Granada desde el año 1037 hasta, más o menos, el 1056, resulta un sobresaliente jefe militar. En el año 1038, debe enfrentarse al ejército de Almería a las órdenes del eslavo Zuhair y su visir árabe Ben Abbas. Este combate, por primera vez, le permite a Samuel calibrar el horror de la guerra. En un murmullo le dirige a Dios una súplica pidiéndole ayuda, dados los méritos de sus antepasados. ¿Su oración fue escuchada? En todo caso, el ejército de Almería huye en desbandada.

El gran enemigo del reino bereber de Granada es el reino árabe de Sevilla y sus aliados. En el transcurso de su carrera militar, Ben Nagrela se enfrentará a estos ejércitos. Sobre todo emprenderá dos difíciles guerras con Abu Nur Hilal ben Abi Kurra, rey de Ronda, y contra el principado de Málaga. Durante estas hostilidades, roza la muerte en dos ocasiones: una primera vez en el año 1045, en la región de Jaén, cuando logra huir de un grupo de jinetes que le han tendido una emboscada; y una segunda vez en 1049 cuando, en el transcurso de una batalla, cae en manos de sus enemigos. Pero despierta la simpatía de los musulmanes; uno de ellos, Muntafil, lo elogia en un poema y confiesa que Samuel lo ha convertido en un adorador del Dios que ha ordenado la santificación del Sabat.

En cuanto a Ben Nagrela, traduce al hebreo poemas árabes, y crea un nuevo género en la literatura hebraica. Sus mejores producciones en hebreo son: *Ben tehilim* (El hijo de los salmos), *Ben mislé* (El hijo de los proverbios), *Ben Cohélet* (El hijo del Eclesiastés), en las que utiliza la nueva métrica árabe. Su poesía es innovadora, pues le canta al mar y sus peligros, a la guerra y su vana exaltación, al amor y a la amistad, al vino y sus placeres, al tiempo y sus estragos, y a la muerte de su hermano Isaac. Sus campañas están narradas en su obra poética, escrita para su hijo Yosef, y de la que nos han llegado 1.742 poemas de guerra.

Dado que era un notable talmudista, Samuel ben Nagrela escribió un libro de decisiones jurídicas y talmúdicas, el *Séfer hilketa gavrata* (El libro de la gran ley judía).

A este jefe militar, que reunía capacidades tanto profanas como religiosas, en 1027 le otorgan el título de *nagid*, príncipe del conjunto de las comunidades judías de España. Su gran preocupación será mejorar la condición de los judíos. En España y en otros muchos países, los que estudian la Tora se beneficiarán de su generosidad. El cronista Abraham ben Daud * dice de él que realizó «grandes obras por el bien de Israel en España, en los países del Magreb, en África, en Egipto y en Sicilia, e incluso en la academia de Babilonia y en Tierra Santa».

Yosef ben Nagrela (16 de septiembre de 1035 [3]*-Granada, 30 de diciembre de 1066)*

Durante la Edad Media, en los países árabes y europeos, habitualmente el hijo hereda el oficio de su padre después de un periodo de aprendizaje a su lado. Asimismo, al hijo de un personaje oficial de alto rango es costumbre otorgarle el cargo de su padre, si demuestra aptitudes para dicha función.

Samuel ben Nagrela educa deliberadamente a su hijo Yosef para que pueda llegar a ser visir del reino de Granada. Con este fin, lo instruye en el conocimiento profundo de la literatura árabe y en la historia del islam, insistiendo particularmente en el arte de escribir las cartas y los documentos de acuerdo con el estilo de los escribas árabes. Además, Samuel le enseña a su hijo los conocimientos prácticos que debe tener para servir a los príncipes, y convence al príncipe Bolugin para que lo nombre su secretario personal. Al tener que ocuparse de los numerosos y variados intereses de Bolugin, Yosef adquiere una experiencia que no hubiese podido aprender de sus profesores. Por eso, a la muerte de Samuel y a pesar de algunas vacilaciones, Badis, el jefe bereber, elige a Yosef, que aún no ha cumplido los veintidós años, para suceder a su padre.

La política extranjera dirigida por Yosef se ve coronada por el éxito: una relativa seguridad impera en el reino durante los primeros años de su ministerio. Es el resultado de las relaciones que se han fomentado entre el rey de Sevilla y los pequeños estados bereberes del centro y sur de Andalucía, el Sanhaya. Los éxitos militares obtenidos por estos últimos, sumados a las ambiciones del rey de Sevilla que busca extender su territorio, refuerzan los vínculos entre el Estado de Córdoba y el reino de Granada. Para alentar esta alianza, el rey Badis, acompañado por Yosef, visita Córdoba varias veces.

Yosef hereda de su padre tanto el cargo de gran visir del reino de Granada como la función de *nagid*, jefe espiritual y profano de las comunidades judías del reino de Sanhaya. Así pues, el rey lo reconoce como jefe de la comunidad judía de Granada. Yosef asume igualmente las funciones de rabino y de docente siempre que los asuntos del gobierno se lo permiten. Abraham ben Daud relata que hay hombres que vienen desde muy lejos para estudiar con Yosef y que sus discípulos se convierten más tarde en los mejores rabinos de España.

Al igual que su padre, Yosef escribe poemas en hebreo sobre distintos temas, religiosos o profanos. Si las circunstancias lo exigen, también puede escribir versos en árabe [4]. Asimismo, contrata a escribas para hacer copias de libros hebreos y árabes. Yosef enriquece la biblioteca de su padre y prosigue con su obra docente, de mecenazgo y de creación poética. Profundamente solidario con sus hermanos judíos, intenta mejorar su condición. Más que su padre, nombra a judíos para cargos de responsabilidad en el reino y les concede nuevos derechos. Gracias a él, los judíos que desempeñan estos cargos al servicio del rey constituyen una capa de funcionarios poderosos e influyentes.

Sin embargo, a la inversa de Samuel que sabía cómo hacer amigos, Yosef es uno de esos hombres que despiertan la admiración pero no el afecto. No es fiel al precepto de su padre: «Aquel que contiene su cólera es superior al poderoso, y el que domina su intelecto es superior al que se apodera de una ciudad». Su relativa caída en desgracia se deberá, por una parte, al fallecimiento en su casa de Bolugin, el príncipe heredero (se le acusa de haberlo envenenado), y, por la otra, a la advertencia que le hace a los árabes de Granada sobre los planes del rey Badis de exterminarlos.

Estos acontecimientos llevan al teólogo musulmán Abu ben Masud ben Said at-Taudjibi, conocido como Abu Ishaq, a escribir un poema satírico contra Yosef que se difunde muy deprisa. En dicho poema desarrolla la idea de que el soberano comete un pecado y desobedece una interdicción al nombrar a un visir judío en lugar de escogerlo entre los musulmanes. También acusa a los judíos de enriquecerse gracias a los impuestos recaudados y de exhibir sus riquezas.

El 30 de diciembre de 1066, la muchedumbre asalta el palacio de Badis, asesina a Yosef, arrastra su cadáver por las calles de Granada y lo cuelga de una cruz cerca de una de las puertas de la ciudad. Luego viene el saqueo del barrio judío, donde más de 1.500 familias son asesinadas. Solo unos pocos, entre ellos la mujer y el hijo de Yosef, logran huir y llegar hasta Lucena [5]. Muy pronto, el saqueo del barrio judío de Granada va a repetirse en las otras comunidades del reino, y sus habitantes tendrán que exiliarse en otros lugares de España. Esta hecatombe, la primera después de cuatro siglos de sosiego, es un aviso de la decadencia de la vida judía en el país.

Isaac ben Jacob Alfasí (Qalat Hammad, 1013-Lucena, 1103)

Conocido por el acrónimo de Rif, Alfasí nace en Qalat Hammad, cerca de Constantina, en Argelia. Según Abraham ben Daud * (1110-1180), estudia en Kairuán con los maestros Nissim ben Jacob y Hananel ben Hushiel [1], luego se dirige a Fez (de ahí el nombre Alfasí) donde permanece hasta 1088 cuando, denunciado por sus enemigos, debe huir a España. Pasa algunos meses en Córdoba y después se instala en Lucena [2] —por entonces ya tiene setenta y cinco años—, donde permanecerá hasta su muerte.

En Lucena se funda una *yesiva* dirigida por Yehudá ben Gayat, y luego por su hijo Isaac ben Yehudá ben Gayat (nacido en Lucena en 1038), gran cabalista, poeta, legislador, exégeta de la Misná y del Talmud y amigo de Yehudá Haleví *. Poco después de la muerte de Yehudá ben Gayat, en 1089, Alfasí asume la dirección de la academia. Entre sus estudiantes más famosos hay que citar a Yosef ben Megas (a quien nombra su sucesor), Yehudá Haleví * y Baruj ben Isaac Albalia. Penoso es el sino de Lucena durante las invasiones de los almorávides (1090) y de los almohades (1148). A pesar de todo, Alfasí logra acrecentar el prestigio de la academia y, como jurisconsulto, escribe cerca de 500 *responsa*, la mayoría en árabe; serán traducidas al hebreo para la edición de Liorno de 1789 [3].

Es un legislador de tal categoría que se le puede considerar como un precursor de Maimónides * (1138-1204), quien, por cierto, solo añadió pequeñas correcciones a su obra. Más adelante, Yosef Caro (1488-1575) «lo considerará como el primero de los tres pilares de estudios sobre los que reposa la casa de Israel [4]».

Enfrascado durante toda su vida en el estudio del Talmud, se preocupa por redactar un compendio titulado *Halajot* (Leyes), impreso por primera vez en Constantina en fecha tan temprana como ¡1509! La segunda edición, con *addenda*, aparece en Venecia en 1521. «En el compendio sigue el orden de los tratados del Talmud, presentando sus soluciones definitivas, omitiendo las discusiones, las repeticiones y los nombres de los rabinos que proliferan en el Talmud. El paso siguiente lo dará Maimónides [5] [...].»

De modo que se le puede considerar como el primer codificador del judaísmo, y a Lucena como la cuna de este código. Tras él, como afirma Abraham ben Daud *, «rabí Yosef Haleví ocupó su trono desde el mes de *sivan* del año 4863 (1103) hasta el mes de *iyar* del año 4901 (1141) [6].

Alfasí muere en Lucena en 1103 y allí está enterrado. No se ha encontrado su lápida, pero tenemos una copia de su epitafio donde Moisés ben Ezrá * (¿1055?-1135) escribió un poema de seis versos, uno de los cuales reza: «En esta sepultura está enterrada la fuente del saber».

Salomón ben Gabirol (Málaga, finales de 1021 o principios de 1022 [1] -entre 1054 y 1058)

HASTA el siglo XIX, Avicebrón (Avencebrol) está considerado como un pensador musulmán (Sebirul), incluso cristiano (Cebrol o Cebrón), sin ningún vínculo con el gran poeta litúrgico Salomón ben Gabirol. Es en 1854 cuando Salomón Munk establecerá la relación entre los dos personajes. Salomón ben Judá (en árabe, Abu Ayub Soleimán ben Yahya) ben Gabirol nace en una familia de origen cordobés. Pero es en Zaragoza, capital de uno de los numerosos estados musulmanes que florecen en España tras la destrucción de Córdoba en 1013, donde crece y pasa la mayor parte de su vida [2].

Huérfano de padre a temprana edad, en las seis elegías que le dedica a la muerte de su progenitor expresa la intensidad de su aflicción. En una de ellas, Ben Gabirol hace intervenir a la Sabiduría, que le reprocha al huérfano que la haya abandonado por culpa de su duelo.

Desde muy joven, Ben Gabirol se consagra al estudio y a la meditación con el propósito de desentrañar en profundidad los arcanos de la Sabiduría. Estudia con gran ahínco, como si presintiera que su fin está cercano, y arde en deseos de lograr lo mismo que aquellos que llegan a la vejez: «Consumo mi carne buscando la sabiduría. Igual que otros consumen la suya gozando del amor».

En sus poemas, Ben Gabirol se describe bajo, feo y achacoso. Sufre de una espantosa enfermedad de la piel que lo obliga a guardar cama, lo vuelve insomne y solitario. Sus sufrimientos influyen en sus relaciones con sus semejantes y marcan su concepción del mundo. Su pésimo carácter y su arrogancia le perjudican, pues, al dedicarse exclusivamente a la poesía y a la filosofía, depende materialmente de unos mecenas a los que hay que adular. Los sarcasmos de sus contemporáneos lo exasperan y lo vuelven más temerario y más insolente.

A los que se quejan de él, les replica:

Hasta cuándo atacaréis al hombre sobre el que tantos obstáculos
[se abaten,
el que se olvida de alimentar su cuerpo, que se priva de comer
[y de beber,
pero que no se olvida de regar el árbol de las amistades, y que
[no impide ni retiene su lluvia,
el que devuelve amistad con amistad —pero que rocía con
[fuego a los que se alzan contra él.
Cuando su corazón está agitado por la cólera, el cielo tiembla
[con el poder de su trueno,
no soy hombre que responda con sosiego, que se incline o se
[postre ante los poderosos.

Ben Gabirol conoce días felices hasta 1039, fecha en la que su protector, el ministro judío Yecutiel ben Isaac ben Hassan (Al-mutawakal ben Cabreño) es encarcelado y ejecutado. Era un hombre muy rico además de un entusiasta ilustrado, que favorecía y apreciaba su poesía y sus investigaciones. Moisés ben Ezrá * constatará que «cada vez que Gabirol se dedica a alabar con sus versos a Ben Hassan, el resultado es admirable y alcanza cotas sublimes. La razón es muy sencilla: Gabirol encontraba en él un hermoso tema para su poesía y el salario por sus desvelos».

Su célebre himno contemplativo y lírico *La corona real*, que consta de cuatrocientos versos, es un canto a Dios y a su Creación, impregnado de una profunda emoción. En él, Ben Gabirol supone que los astros influyen en el destino humano: el alma humana, creada a partir del fuego del Espíritu, baja a tierra para entrar en el cuerpo que le está destinado, y a través de ella el poeta vuelve a estar en contacto con el mundo sublunar. Muchas de las ideas expuestas por Ben Gabirol en el himno serán retomadas, tres siglos más tarde, en *La Divina Comedia* de Dante Alighieri.

En su desmoralizadora soledad, Ben Gabirol anda en busca de amigos fieles. Sin embargo, su orgullo y su ironía, sumados a su físico y a unas atrevidas especulaciones que los hombres de su tiempo no aprecian en demasía, no incitan a la amistad. Este hombre piadoso no está satisfecho con las ideas transmitidas por la tradición y, estimulado por el neoplatonismo introducido en España por la vía del árabe, examina de nuevo los principios. Intenta dilucidar los problemas de la materia y de la forma del origen del mundo y de la esencia de su creador. A partir de esta búsqueda, Ben Gabirol produce varias obras escritas en árabe, entre ellas, *La fuente de la vida*[3], en la que no menciona su condición de judío. Si bien menciona a Platón, no cita la Biblia ni ningún otro libro judío. Así se explica por qué, durante mucho tiempo, se ha conocido a este poeta y filósofo por una sola de estas facetas. Para los judíos, exclusivamente como poeta, ya que no les interesaba su filosofía, y para los no judíos, solo fue un filósofo, pues no reconocieron su poesía.

Bahia ben Pacuda
(¿1040?-¿1110? [1])

APARTE de la escuela filosófica racionalista fundada por Maimónides se constituyó, siempre en la línea intelectual de Saadiá Gaón [2], una escuela de pensamiento cuya característica sería la de asociar la filosofía y la espiritualidad, la contemplación más elevada y la fe más sencilla. El creador fue Bahia ben Yosef ben Pacuda.

Apenas si se conoce algo de su vida. Solo sabemos que era andaluz y que probablemente vivió en Zaragoza, donde disfrutó del ambiente de tolerancia y del alto nivel intelectual que los Banu Hud instauraron. Desempeñó la función de juez del tribunal rabínico y escribió poemas litúrgicos.

Su principal obra es *Al-Hidaya 'ilnfara 'id alqulúb* (La guía de los deberes de los corazones), escrita en árabe. Esta obra es el primer libro traducido al hebreo por Yehudá ben Tibón * hacia 1160, con el título de *Séfer hobot halebabot*. Por esa misma época, Yosef Quimhí * también tradujo algunos pasajes, pero su versión no pasó de la condición de manuscrito. A partir de la versión hebraica, el texto se traducirá al árabe, al español, al portugués, al italiano, al judeoespañol y al yídish. En el siglo XIX se traducirá al alemán [3]; en el XX, al francés [4] y al inglés [5].

Al observar la vida religiosa de sus contemporáneos, Bahia llega a la conclusión que si un Al Mokammes [6] y un Saadiá le proporcionaron al judaísmo una base racional capaz de transformar en asentimiento intelectual la creencia fundada en la simple sumisión a una autoridad tradicional, aún falta elaborar las normas. Tras una purificación del espíritu, dichas normas señalarían la vía de la ascensión hacia Dios, ayudando al judío devoto a superar, dentro del más absoluto respeto a la tradición viva, el legalismo estéril y a veces interesado, al tiempo que se rechazan las tentaciones que podrían obstaculizar su progreso espiritual.

Estos deberes del corazón, de la vida interior, olvidados a menudo en favor de los deberes corporales exteriores, se llevan a cabo gradualmente para alcanzar una unidad de conjunto, el examen de la Creación, el servicio de Dios. Diez «pórticos», tomados esencialmente de los místicos árabes y de su teología ascética, conducen a esta perfección espiritual: 1) la unidad de Dios, de inspiración neoplatónica, es diferente y sin duda tiene su origen en las *Ihwan as-safa* (La enciclopedia de los hermanos sinceros) y tal vez en las fuentes herméticas; la definición que da Bahia de la razón es la de los *mutazilites*[7]; 2) la contemplación de la naturaleza para descubrir en ella las obras celestes; 3) la adoración de Dios; 4) la confianza en Él; 5) la sinceridad de las intenciones; 6) la humildad; 7) el arrepentimiento; 8) el examen de conciencia; 9) la ascesis; 10) el amor a Dios que es lo único que permite acceder a la comunión con Él.

Aunque Bahia se inspira en modelos ajenos a la tradición judía, lo hace con el fin de jalonar las etapas del itinerario espiritual; y si bien asume tan ampliamente los términos técnicos y las anécdotas que le permiten formular e ilustrar su doctrina, el carácter de su obra sigue siendo profundamente judío. En el fondo, este tratado de los deberes del corazón no es más que un comentario del *Semá*, la profesión de fe de Israel: «Dios es único y debe ser amado por todos los judíos con todo su corazón, con toda su alma y con todas sus fuerzas».

Bahia detiene en el umbral de la unión mística el itinerario de la vida interior que ha trazado. De hecho, más que por su doctrina explícita, es por las virtualidades incluidas en su doctrina espiritual (particularmente la adhesión a Dios), y por la sistematización de las etapas de la vida interior, que esta obra de Bahia se convirtió en una de las fuentes más importantes de la mística judía, a la vez que en el libro piadoso más popular de la comunidad judía practicante.

Moisés ben Ezrá
(Granada, ¿1055?-1135)

Moisés ben Jacob ben Ezrá, llamado Habu Harum Musa por los árabes, desciende, según Ben Daud *, de una ilustre familia [1] que en Granada desempeñó importantes cargos durante el visirato de Ben Nagrela *. Su origen le permite recibir una esmerada educación y dominar la lengua y la literatura árabes y hebraicas. En Lucena, su maestro es el célebre rabí Isaac Ben Gayat (1038-1089) [2]. Su juventud es feliz y alegre, como lo demuestran sus poemas profanos de aquella época en los que ensalza el amor, el vino, la primavera, los jardines en flor... según el modelo árabe. Hay una leyenda sobre un desdichado amor por una sobrina, pero Brody [3] la ha descartado definitivamente. Más tarde vino su matrimonio, pero Ben Ezrá nunca habla de su esposa. Y parece que sus hijos solo le causaron preocupaciones.

Pero la mayor conmoción de su vida fue la llegada de los almorávides y la derrota de Abdalá, su protector, vencido en 1090. Entonces sus tres hermanos emigraron hacia el norte, pero él no abandona Granada hasta 1095. Nunca volverá, siempre lamentará su pérdida con un énfasis tanto más patético cuanto que conoce la miseria y sus hermanos le niegan su ayuda. Durante su exilio en tierras cristianas, seguirá dedicándole sus poemas a sus amigos y a sus protectores, dedicatorias que constituyen otras tantas fuentes de información sobre su vida errante. «Sobre todo deambuló por tierras de Castilla, incluso parece que durante un tiempo estuvo recluido en un castillo aislado que tal vez, supone Isaac Baer, fue el de Burgos, y esto, como medida de precaución para escapar a las peligrosas turbulencias [4]». Encierro que le lleva a escribir:

> Qué quiere de mí el infortunio que, al verme afligido, me aflige [aún más,
> y me obliga a huir como a un pájaro que no deja de emigrar.
> ¿Por qué desposeer al que ya ha sido desposeído?
> ¿Cómo robar al que ya ha sido robado? [...] [5].

Algunos amigos acuden en su ayuda, pero a menudo se queja de su infortunio y de la infidelidad de los otros. Se refugia en la poesía y durante esta época escribe en árabe su famoso tratado *Kitab al-muhadara ualmudakara* (El libro de la disertación y el recuerdo [6]), generalmente conocido como *Poética hebraica*. En sus últimos años se consagra al estudio de la filosofía y escribe en árabe un libro del que se conoce una traducción parcial y anónima con el título de *Arugat ha-bosem* (Arriate de especias), un tratado de filosofía neoplatónica en el que está desarrollada la doctrina de la emanación. El hombre es para él un compendio de todo, de lo espiritual, de lo animal, de lo vegetal y de lo mineral, en resumen, un microcosmo. Dios es uno, el hombre es posterior a los primeros días de la creación. En este caso, Moisés ben Ezrá se inspira en la *Corona real* de Ben Gabirol * para un himno de parecida factura.

Se ignora la fecha y el lugar de su muerte. Uno de sus últimos poemas lleva la fecha de 1138, pero los investigadores, dado que es fácil confundir las letras hebraicas *Hé* (= 5) y *Heth* (= 8), piensan que se trata de 1135.

Su *Poética hebraica* tiene un interés considerable tanto desde el punto de vista de su concepción de la poesía como de la historia de esta, que va desde sus orígenes —Hasday ben Saprut *— hasta llegar a él mismo, es decir, cuatro generaciones. Su poesía profana consta de dos volúmenes: a) su *Séfer he'anaq* (El libro del collar) —llamado también *Tarsis* (Crisólito)—, que contiene 1.210 versos (correspondientes al valor numérico del segundo título); b) su *Diván* que, en la edición de Brody, consta de 245 poemas. Pero nuestro autor también ocupa un lugar importante en la poesía religiosa: escribirá tantos *selihot* (poemas penitenciales) que lo llamarán *salham*, «compositor de *selihot*». Sus poesías litúrgicas serán incluidas más tarde en los *Mahzor* (Libros de oraciones).

Junto con Salomón ben Gabirol * y Yehudá Haleví *, forma la tríada de los poetas hebreos más importantes de la Edad Media.

Yehudá Haleví
(¿1075?-¿1141?)

Conocido sobre todo por sus *Siónidas*, poemas recitados en la sinagoga el 9 de *av*, día en que se recuerda la destrucción de los dos Templos de Jerusalén, Yehudá Haleví goza del reconocimiento del conjunto del judaísmo, pero su obra será interpretada de diferentes maneras según los lugares y las épocas. Esta característica está perfectamente estudiada por Aviva Dorón en una tesis defendida en España y cuya parte sustancial fue publicada en 1985 [1]. En la presentación de este estudio, F. D. Esteban afirma: «La leyenda de un Yehudá Haleví que entra en Jerusalén y en esta ciudad es asesinado mientras recitaba uno de sus poemas, es una hermosa leyenda [...]. De alguna manera, esta leyenda es tanto una alabanza como un reproche [...]. Es una señal de amor hacia quien había exaltado la lengua hebraica, hacia quien había demostrado tanto amor por su pueblo [...]. Y, a la vez, es un reproche, pues solo se decidió a partir hacia Jerusalén cuando su fin estaba próximo [...]. Como si hubiera necesitado que lo empujaran, a él, que tanto había frecuentado el polvo de los caminos [2]».

La vida de Yehudá Haleví ha sido tema de muchas discusiones. Hoy en día podemos atenernos al estudio, científicamente fundado, que ha hecho Aviva Dorón y cuyas líneas principales reproducimos aquí [3].

Como muy tarde, nace en 1075, en Tudela, que entonces aún estaba bajo dominio musulmán. Desde muy joven visita distintas ciudades de la España musulmana y de la España cristiana. Permanece más o menos tiempo en el seno de cada comunidad: Lucena, Granada, Sevilla, Toledo y Córdoba. Muy pronto da muestras de su talento como poeta, poeta fecundo, reconocido desde el principio de su carrera. En la *yesiva* del rabí Isaac Alfasí, en Lucena, recibe lo esencial de su educación religiosa. En 1108, por orden del rey Alfonso VI, el conquistador de Toledo (1085), su amigo Ben Ferruziel es asesinado. Le dedica un poema en el que figuran versos en español, versos que están considerados como una de las primeras manifestaciones literarias en esta lengua [4].

En 1130 se dirige a Granada y a Almería. En 1140, aunque goza de una posición desahogada, abandona España para ir a Palestina y se detiene en El Cairo. Muere en 1141. Si nos atenemos a los resultados de las investigaciones modernas, no se puede saber con certeza dónde murió: ¿en Egipto, camino de Palestina, o tal vez después de su llegada a las costas palestinas?

Yehudá Haleví es un poeta clásico y sus poemas religiosos se han incorporado a los libros de oraciones. Uno de ellos, recitado el segundo día del Año Nuevo judío, empieza y termina con el tetragrama YHWH y está dividido en cuatro estrofas, cada una de ellas dedicada a una de las letras del mencionado tetragrama [5]. La lengua materna de Yehudá Haleví es el árabe, pero en aquella época Tudela era un gran centro cultural, como lo atestiguan Abraham ben Ezrá * o Benjamín de Tudela *. Cruza la ruda España cristiana de la Reconquista, pero no se siente a gusto y entra en la España musulmana, donde lo llaman el *Qastilí*, el «Castellano». Estando en Córdoba acepta la invitación de Moisés ben Ezrá * para visitar Granada, donde por entonces reina Abdalá el zirí (1073-1090). Bajo la protección de la familia Ben Ezrá, Yehudá Haleví reside en Granada y desde allí resplandece. En aquella ciudad le sorprende, en 1090, la llegada de los almorávides, lo que supone la dispersión de la familia que lo ampara. Entonces parte hacia Lucena, frecuenta la academia, luego se dirige a Sevilla para volver a establecerse en Córdoba. Aún hará otros viajes, sobre todo para ir a Toledo, donde Ferruziel es asesinado.

En 1130, decepcionado porque el Mesías, al que ha visto en sueños, no ha venido, decide encaminarse hacia Palestina [6], viaje que finalmente emprenderá en 1140 (de ahí sus poemas sobre el mar [7]). De carácter muy sociable, le canta al vino y a los placeres, improvisa con una facilidad extraordinaria y dedica sus poemas a numerosos personajes de la época.

Sus dedicatorias son una verdadera crónica de sociedad. Es un hombre de su tiempo, y también filósofo (de inspiración neoplatónica), pero de la filosofía al servicio de la religión.

En árabe escribirá *El Kuzarí*, obra apologética [8] en la que, por boca del rey de los jazares, el autor da preferencia a la religión judía, pues la juzga superior a las otras dos religiones del Libro, así como a la filosofía. Describe a Palestina como un viñedo cultivado a lo largo de los siglos por los hechos religiosos que allí se sucedieron. Algunos años más tarde, la obra será traducida al hebreo por Yehudá ben Tibón *. De esta traducción se derivarán la mayoría de las versiones en otras lenguas. El tema de *El Kuzarí* está muy extendido: lo volveremos a encontrar en Raimundo Lulio (hacia 1235-1315), en Don Juan Manuel (1282-¿1349?) y en Boccaccio (1313-1375). Menéndez Pelayo le atribuía a *El Kuzarí* un destacado papel en el nacimiento del romance español [9].

Para ganarse la vida, Yehudá Haleví comercia y ejerce como médico. Solo tiene una hija que, según la leyenda, se desposa con Abraham ben Ezrá *. El afecto que siente por su hija y por su nieto, llamado también Yehudá, tal vez retrasó su salida hacia Palestina.

Sin embargo, en España, entre dos religiones que se enfrentan, y a pesar de las alegrías que conoce, Yehudá Haleví se siente exiliado, como lo demuestran estos versos:

> Los exiliados de Sión que viven en España
> dispersados en medio de los árabes y por Idumea
> igual que niños privados de su madre, sus corazones
> se liberan y vuelan hacia el Templo.
> Han vertido sus oraciones, pero la Roca se esconde,
> han escuchado las injurias, pero él permanece mudo.
> Soñaban con volver a Sión,
> pero cuando despiertan no hay nadie que interprete sus sueños [10].

Es grato comprobar que los manuales y los diccionarios de literatura española le otorgan a Yehudá Haleví el lugar que merece. De forma muy especial hay que felicitar a Robert Larrieu, quien, en su manual en francés, insiste en la importancia de nuestro autor en un capítulo titulado «Literatura hispanojudía», literatura de la que afirma «no carece ni de variedad ni de originalidad [11]».

Abraham ben Ezrá
(Tudela, hacia 1092-Calahorra, hacia 1164)

AUNQUE nacido en Tudela, Abraham ben Ezrá, poeta, gramático, comentarista de la Biblia, filósofo, matemático, astrónomo y médico, pasa muchos años de su juventud en Córdoba. Su vida está dividida en dos periodos bien diferenciados. El primero se desarrolla en España; el segundo, errante, en el extranjero.

Tudelano como Yehudá Haleví *, vive, al igual que este, algún tiempo en Lucena y en Córdoba. Muy pronto se revela como poeta. Según la leyenda, se casa con una hija de Yehudá Haleví *. La llegada de los almohades también le obliga a huir.

«Por la ciudad de Lucena, como una fuente, lloran mis ojos. Allí, pura y aislada, ha vivido la diáspora judía», escribirá más tarde. De sus seis hijos, cinco mueren jóvenes, y el único que sobrevive, Isaac, parece que se convirtió al islam, lo que tal vez es la razón de la partida de Abraham ben Ezrá hacia Roma, en 1140.

Allí da comienzo la segunda parte de su vida. De ciudad en ciudad, seguirá enseñando e investigando. En Roma, de 1140 a 1146, luego en Salerno, Luca, Mantua y Verona, en todas partes, causa asombro. En 1148 lo encontramos en Francia, siempre tan estudioso y fecundo. Por sus obras sabemos que vive en Béziers, Narbona, Burdeos, Angers y Dreux. Diez años más tarde está en Londres, donde prosigue con sus investigaciones, que son como un paliativo contra las miserias de la vida, sobre todo tras la muerte de su último hijo.

La agitada vida de Abraham ben Ezrá podría ser, como se ha afirmado, un argumento para varias novelas [1]. Viajero infatigable, recorrió los principales países del mundo al tiempo que escribía una increíble cantidad de libros sobre los temas más diversos: se dice que son, al menos, ciento ocho obras, pero no todas nos han llegado.

Se le puede seguir en sus peregrinajes, pues indica los nombres de las ciudades donde escribe sus obras. En Roma, escribe su libro sobre la estructura del hebreo, *Moznáyim* (Balanza de la lengua), que contiene una explicación de la terminología gramatical, y un breve comentario sobre el Libro de Job y el Libro de Daniel. También traduce del árabe al hebreo tres obras sobre la gramática hebraica de David Hayuj (hacia 945-hacia 1000).

En 1145, en Luca, compone unos comentarios sobre el Pentateuco y sobre los primeros profetas, y otro, *Sefat yéter* (Lengua preferente), sobre Saadiá Gaón en su polémica contra Dunas ben Labrat. En Mantua, y luego en Verona, escribe *Séfer ha-Ibbur* (El Libro de los años bisiestos), *Séfer ha-mispar* (El Libro de los números, sobre aritmética) y *Safá berurá* (Lengua clara). La astronomía le interesa, de ahí su libro sobre el astrolabio *Kelí hanehoset* (El instrumento de bronce), pero también se interesa por la astrología: *Séfer hamoldot* (El libro de los nacimientos), *Séfer hagoralot* (El Libro de los destinos), un calendario hebreo incluido en el *Mahzor* español de Venecia (1656) y *Séfer hameorot* (El Libro de las luces), sobre los días finales.

Séfer ha-Shem (El libro del nombre) ya es un libro filosófico y expone las teorías en torno al concepto de Dios a partir de diferentes nombres que le son dados (Fray Luis de León * hará lo mismo en el siglo XVI). Sobre la existencia de Dios y sus atributos, Ben Ezrá escribe *Arugat hahokhmah u-pardés hamezimmah* (Ramo de sabiduría y jardín del pensamiento). Su obra exegética alcanza la cima de la exégesis judía española y constituye un compendio escrito, esencialmente, en árabe. Después de la de Rachi, es la más valorada. En ella, Ben Ezrá manifiesta a menudo un sentido crítico que es un claro antecedente de la crítica moderna. *Pérush al kol esrim véarba* (Comentarios a los veinticuatro libros [de la Biblia hebraica]), se imprimirá en Bamberg en 1526, con los comentarios de otros eruditos, bajo el título *Miqra guédolah* (Gran lectura); los comentarios de Abraham ben Ezrá empiezan con las palabras *Seder olam* («el orden del mundo»).

Aunque cultivó la poesía sobre todo en su juventud, Abraham ben Ezrá no la olvidará en el transcurso de su vida errante. Dará a conocer la poesía judía de España en las comunidades que visitará y así contribuirá a su difusión. Muchos de sus poemas se han conservado, profanos la mayoría, pero también hay algunos de tema sacro. Estos últimos nos descubren su talento, la fuerza y el fervor que lo animan, así como sus ideas filosóficas y cosmológicas. El entusiasmo de los Salmos también se encuentra en él cuando considera que la naturaleza es una obra maravillosa de Dios. Muchos de sus poemas son *moaxajas* a partir del modelo árabe, con el final bien en árabe, bien en romance (mozárabe). Ben Ezrá también es el primero que escribe poemas en hebreo en forma de diálogos. «Conserva en su lengua algunos rasgos del hebreo utilizado en la poesía profana judeoandaluza, como una copia del árabe, así como el deseo de escribir en un hebreo bíblico, pero en algunos de sus escritos se pueden observar expresiones de influencia claramente romance [2].»

Su obra poética está dispersa en numerosos libros y manuscritos. El *Diván*, publicado por Jacob Egers (Berlín, 1886), solo incluye una parte [3], pero algunos de sus poemas litúrgicos se han abierto paso en los libros de oraciones y así han podido llegar hasta nosotros.

Abraham ben Daud Haleví (Córdoba, hacia 1110-1180)

AUNQUE tenemos poca información sobre este autor, no por ello debemos ignorar su importancia. Solo en su *Séfer hacabalá* (Libro de la tradición) aparecen unos pocos elementos biográficos. Gracias a Abraham de Torrutiel, que en el siglo XV escribió una segunda parte de esta obra, sabemos algo más. Durante mucho tiempo se ha confundido a Ben Daud con Abraham de Toledo, pero Gershom D. Cohen [1] ha determinado el lugar de nacimiento de Ben Daud: Córdoba. Allí recibe, a la vez, una educación judía y árabe, estudia el Talmud y la literatura judía, el Nuevo Testamento y el Corán, y, gracias a las traducciones en árabe, lengua que domina a la perfección y en la que escribe su *Al-Aquidah ar-rafiah* [2] (La Fe sublime), tiene acceso a la filosofía aristotélica.

Toledo acaba de ser conquistada por Alfonso VI en 1085. En 1149, los almohades conquistaron Córdoba y expulsaron a los almorávides. Como otros muchos judíos, Ben Daud debe huir hacia el norte y se instala en Toledo, donde, según algunas fuentes, muere como un mártir. Salomón Ben Verga * lo recuerda en su obra histórica *Sébet Yehudá* (La Tribu de Judá), y Abraham de Torrutiel también evoca el martirio de Ben Daud en estos términos: «Creo que conviene completar este libro a partir del año en que murió el maestro —alabada sea su memoria— del año 4940 (1180) hasta el presente año, es decir, 5270 (1510) de la Creación [4]». Y más adelante añade: «Muerto está el maestro, el piadoso Rabí Abraham Haleví ben David, hijo de la hermana del maestro Baruk bar Rabí Isaac bar Baruk ben Albalia. Murió por la santificación del Nombre, en Toledo; compuso el *Libro de la tradición*, ya mencionado, además escribió el libro *Al-Aquidah ar-rafiah* [2], y otro muy importante sobre la ciencia astronómica. Murió siendo uno con Dios en el año 4940 de la creación» [5]. Así nos ha llegado, con dos posibles excepciones, el conjunto de su obra. *La Fe sublime* es el primer texto aristotélico en la historia de la filosofía judía. Redactado en árabe, será traducido al hebreo, en 1392, por Samuel ben Motot en Guadalajara, y luego, hacia 1400, por Salomón ben Labi con el título *Ha-emunah ha ramah*, título que aún se utiliza, pues el original en árabe se ha perdido. En el texto, Ben Daud expone que la verdadera filosofía no está enfrentada con los principios de la Tora. Por el contrario, cree que la existencia de la herejía caraíta es una amenaza y contra ella, esencialmente, va dirigido su *Séfer hacabalá.*

Escrita en 1160-1161, la obra consta de siete capítulos y un epílogo. El primer capítulo aborda el periodo bíblico y en él incluye una interpretación exegética de Daniel IX, 24. Ben Daud, siguiendo su cadena de transmisión (*qabalah*), le dedica el segundo capítulo al periodo del Segundo Templo (nueve generaciones). El tercer capítulo está dedicado a los tanaítas (cinco generaciones). El cuarto a los amoraítas (siete generaciones) dividido entre las academias de Palestina y de Babilonia. El quinto abarca a los *saboraítas* (cinco generaciones). El sexto a los *Gueonim,* entre los que Ben Daud cita a Saadiá Gaón, por el que siente gran admiración. Durante este periodo surge el caraísmo, al que ya combatió Saadiá Gaón. El séptimo y último capítulo analiza cómo la autoridad religiosa pasa de Oriente a Andalucía. Este capítulo es con mucho el más interesante por la cantidad de información que nos proporciona sobre los principales personajes del judaísmo andaluz: Samuel ben Nagrela *, su hijo Yosef *, Yehudá Haleví *, Abraham Ben Ezrá *, Ben Gabirol *, Alfasí *...

En el epílogo, Ben Daud enumera las generaciones que han formado la cadena de transmisión, expone de nuevo el objetivo de su trabajo y la emprende contra Anan ben David (el «impío», el iniciador del movimiento caraíta), y contra sus fieles, que rompieron la cadena de la tradición. Pone como ejemplo a los *rabanitas,* vuelve sobre las figuras del judaísmo andaluz y promete escribir dos tratados: *Historia de los reyes de Israel durante el Segundo Templo*, para demostrar que no todas las profecías se cumplieron en aquella época, e *Historia de Roma,* «para que se sepa cuán tardía es la redacción de los Evangelios» y así atacar al cristianismo.

Maimónides
(Córdoba, 1138-El Cairo, 1204)

Moisés ben Maimón nace en Córdoba en 1138 (y no en 1135). También es conocido con el nombre de Rambam, acrónimo de Rabí Mosé ben Maimón, mientras que los árabes lo llamarán Abú-Imrán Musa ibn Maimún. En torno a su figura se ordenará toda la historia del pensamiento judío medieval. Él cierra un periodo y abre otro. Su doctrina es una fuente de debates entre los judíos, y está en el origen de una creciente hostilidad por parte de los cristianos. Sin embargo, al igual que Tomás de Aquino [1], Maimónides intenta determinar los fundamentos razonables de su fe sin someterla al intelecto humano, incluso si demuestra que la razón está más satisfecha creyendo que negando; y este esfuerzo constituirá una de las bases del espíritu científico moderno. Estos dos partidarios de Aristóteles, el teólogo judío y el santo dominico, tienen una vida llena de contradicciones, y hasta que sus enseñanzas fueron realmente comprendidas, tuvieron que pasar varias generaciones tras su desaparición.

El padre de Moisés ben Maimón, un juez rabínico, se interesa por las matemáticas y la astronomía. Le da a sus dos hijos una instrucción tradicionalista y científica muy vasta. En 1148, esta educación se ve perturbada tras la invasión de España por la secta islámica de los almohades; estos fanáticos llegados de África del Norte no les dejan a los habitantes más elección que la conversión o la muerte. Maimón y su familia vagan por España y, tal vez como los Quimhí y los Ben Tibón, se establecen en Provenza.

Hacia 1150 se instalan en Fez. Allí, según algunas fuentes árabes, se convierten al islam. A este respecto, el filósofo del siglo XV Saadiá ben Danan escribe que este tipo de rumores alcanza con frecuencia a los sabios judíos. Durante la estancia en Marruecos, que dura hasta 1165, el padre de Maimónides les dirige a sus correligionarios una *Carta de consuelo* para fortalecer sus espíritus y devolverles la confianza en el Dios de Israel. Sobre el tema de la conversión forzosa, Maimónides les recomendará a sus amigos, en una carta escrita en árabe, *Iggeret ha-shemad* (Epístola sobre la apostasía), que, si es posible, abandonen el país donde los judíos no pueden profesar su fe. También expresa su rechazo a condenar a aquellos que se convierten bajo amenazas pero mantienen a escondidas su vínculo con el judaísmo.

En 1165, Maimónides y su familia se embarcan rumbo a Palestina. El 16 de mayo llegan a San Juan de Acre y, tras una estancia de cinco meses, viajan hasta Fostat, en Egipto. A partir de 1171, Maimónides desempeñará durante unos cinco años el cargo de *nagid* (jefe de la comunidad judía), una función que retomará hacia 1190 y conservará hasta su muerte en 1204. Como parte de sus obligaciones, mantiene correspondencia con las comunidades judías tanto de Egipto como del extranjero.

Maimónides y su hermano David están asociados en un negocio de comercio marítimo con Oriente. David se ocupa de los negocios y de los viajes mientras su hermano se dedica al estudio. En el transcurso de un viaje, David muere en un naufragio y con él desaparece no solo la fortuna familiar, sino también grandes cantidades de dinero entregadas por otras personas. Maimónides, sin dejar de atender los asuntos comerciales, ejerce y enseña medicina para cubrir las necesidades de los suyos. En 1185 se convierte en uno de los médicos de Al-Afdal, visir de Saladino.

La fama de Maimónides descansa esencialmente sobre tres libros muy importantes: un *Comentario a la Misná*, un código rabínico, el *Misné Tora*, y su *Moré nebujim* (Guía de perplejos, tradicionalmente llamado «Guía de los descarriados» por una mala traducción). En su *Comentario a la Misná*, Maimónides facilita el estudio del Talmud, anteponiendo una introducción a cada tratado de la Misná. Para él, solo tienen autoridad las decisiones legales que no son atacadas por ninguna opinión divergente. Examina con particular predilección todo lo referido a la ciencia, y da muestras de una erudición, notable para la época, en matemáticas, astronomía, física, anatomía, moral y filosofía. En un prefacio con ocho capítulos dedicado a los *Pirqué abot* (Dichos de los padres), se esfuerza por armonizar la moral judía con la moral aristotélica. En este comentario, Maimónides formulará los trece artículos de fe que, según él, impone el judaísmo a sus fieles; forman parte de la liturgia de las sinagogas en el poema *Yigdal*.

El *Misné Tora* (llamado también *Yad hahazacá* = catorce, el número de los libros). En este código de la ley judía se encuentra reunida toda la jurisprudencia de Israel, religiosa y civil. Maimónides, por primera vez, hace el inventario íntegro de los deberes positivos y negativos prescritos a Israel en la Tora. Hasta nuestros días, sus prescripciones jurídicas y religiosas son acatadas por numerosas comunidades orientales.

La *Guía de perplejos* [3] va dirigida a los que se hacen preguntas sobre el judaísmo. En la primera mitad del libro I examina las expresiones de la Biblia y del Talmud que no se pueden tomar en su sentido literal; la segunda mitad del libro I describe los atributos divinos y ataca a los *Mutakalimoun*, y entre ellos, a Saadiá, del que, sin embargo, es el continuador. El libro II expone doctrinas filosóficas y un tratado de la profecía. El libro III empieza con una explicación alegórica del «Relato del carro», luego critica diferentes nociones: la providencia, la finalidad del mundo. Tras una explicación psicológica del libro de Job y una reseña histórica de las religiones y de los ritos, examina los preceptos religiosos. Este libro, buscando consolidar el judaísmo, quebrantó sus fundamentos, pues introdujo nociones de la filosofía griega. Pero, como escribe Maimónides, es «una llave que permite entrar en unos lugares cuyas puertas estaban cerradas con llave. Cuando las puertas estén abiertas y hayamos entrado a estos lugares, las almas encontrarán reposo, los cuerpos serán aliviados de su pena y los ojos se deleitarán».

Abraham Abulafia (Zaragoza, 1240-después de 1291)

EN EL SIGLO XVIII, el rabino de Hebrón Hida (acrónimo de Rabí Haïm Yosef David Azulay) considerará a Abraham Abulafia un eminente rabino, «dueño de los secretos cuyo número es grande en Israel y nadie es capaz de modificar sus palabras, y que *su diestra* le aporte la salvación». Estas afirmaciones rehabilitarán el pensamiento místico de Abraham Abulafia [1], que fue brutalmente atacado, excomulgado y obligado a exiliarse por su contemporáneo, el rabino Salomón ben Abraham Adret (Rashba), el hombre más versado en la norma rabínica. El hecho de que Abraham Abulafia haya pasado de la excomunión oficial a ocupar un lugar destacado entre los místicos judíos constituye un fenómeno sin precedentes en la historia de la mística judía.

La infancia de Abraham transcurre en Tudela, Navarra, donde básicamente estudia con su padre, Samuel, hasta la muerte de este en 1258. Dos años después parte hacia Palestina, va en busca del río Sambatyon (río legendario más allá del cual una parte de las Diez Tribus tuvo que exiliarse por orden de los asirios), pero la guerra de los mamelucos contra los tártaros lo obliga a interrumpir su viaje en San Juan de Acre. Regresa a Europa y en Grecia conoce a la que será su mujer. En Capua, Italia, estudia filosofía con Hillel de Verona, esencialmente la *Guía de perplejos* de Maimónides *.

Durante una estancia en Cataluña estudia la cábala con Baruj Togarmi, autor de un comentario sobre *El Libro de la Creación*. Luego se dirige a Castilla, donde enseña la *Guía de perplejos* a dos grandes cabalistas, Yosef ben Abraham Gikatilla y Moisés ben Shimon de Burgos. A continuación, Abulafia abandona España otra vez y vive en Italia, Sicilia y Grecia. Continúa con sus enseñanzas de la *Guía de perplejos*, particularmente en Tebas y en Patrás. En 1279 está de vuelta en Capua. Su singular forma de enseñar la obra de Maimónides, y su anuncio de la llegada del Mesías en 1290, le suponen el rechazo de sus correligionarios.

En 1280 intenta que el papa Nicolás III (Giovanni Gaetano

Orsini cuyo papado transcurrió entre 1277 y 1280) lo reciba para pedirle que mejore las condiciones de vida de los judíos. El jueves 22 de agosto de 1280, cuando Abulafia se dispone a presentarse ante el Papa, este muere súbitamente. Abulafia es arrestado y pasa algún tiempo detenido en un convento de los hermanos menores. En 1281 se dirige a Sicilia, donde prosigue con sus actividades literarias y con sus revelaciones mesiánicas y proféticas. Gana adeptos, pero también adversarios, especialmente entre los notables que le piden a Salomón ben Abraham Adret que lo juzgue. Este lo excomulga en 1288 y lo obliga a exiliarse en la pequeña isla de Comino, frente a las costas de Malta. A partir de 1291 ya no volvemos a saber nada más de él.

Abraham Abulafia tiene más de treinta escritos, la mayoría, aún en nuestros días, son manuscritos [2]. Lo esencial de su obra está dedicada a la descripción de la vía que conduce a la profecía y a la experiencia mística. La profecía se define como la emanación del «Intelecto agente», que tiene su origen en Dios y se vierte sobre el intelecto y la imaginación del profeta. El «Intelecto agente» está representado por Israel, la palabra, Moisés y el reino de los partidarios de la cábala sefirótica. Si el influjo divino solo alcanza al intelecto del alma humana, engendra el conocimiento y la ciencia. Si se expande sobre el intelecto y la imaginación, se le denomina «palabra».

Las idea de Abulafia están desarrolladas, principalmente, en *El libro de la vida del mundo venidero*, en *El libro de la luz del intelecto*, en *El libro de las hermosas palabras*, en *El libro del tesoro del Edén escondido* y en *El libro de la puerta del deseo*.

También escribe varias exégesis de textos clásicos judíos, por ejemplo, *El libro de las llaves* (un comentario sobre la Tora). En muchas ocasiones comentará la *Guía de perplejos* y *Los libros sobre las profecías*. De las obras que escribió sobre las profecías solo nos ha llegado un ensayo: *El libro del signo*. Por último, ocasionalmente escribe epístolas, como *La epístola de las siete vías* [3].

El cabalista cristiano Johannes Reuchlin considera que Abulafia es un pilar de la cábala judía, pero también de la cábala cristiana. En efecto, esta se fundará básicamente sobre el pensamiento de Abulafia, cuyos escritos, traducidos al latín y al italiano, tendrán una amplia difusión en el mundo cristiano.

Grandes figuras en los países cristianos

Los Quimhí

Yosef Quimhí (sur de España, hacia 1105-Narbona, hacia 1170)

MIENTRAS que el apellido Camhy es muy frecuente en las comunidades sefardíes de Medio Oriente, generalmente se conoce a esta familia originaria de España bajo el nombre de Kimhi o Quimhí, grafía que adoptamos aquí. La vocalización en *a* (Kamhi) se encuentra en tres manuscritos de *Mijlol* de la Biblioteca Nacional de París [1] y en otro de la Biblioteca Nacional de Madrid. Este nombre proviene, bien del hebreo *kemah*, «harina», bien del árabe con el significado de «trigo».

Yosef ben Isaac Quimhí, acrónimo Riqam y apodado el «pequeño maestro», nace en el sur de España hacia 1105. Con la llegada de los almohades, emprende el camino del exilio. Se establece en Narbona (Provenza), donde se dedica a la enseñanza, ejemplo que seguirán sus dos hijos, Moisés * y David *. Sin duda, Yosef Quimhí conoce a Abraham ben Ezrá con motivo de la visita de este a su ciudad. Quimhí, que domina el árabe, introduce la cultura judeoandaluza en Francia y en la Europa cristiana. Durante veinte años desempeña una actividad literaria considerable y múltiple, componiendo poemas, traduciendo del árabe importantes obras judías, redactando comentarios bíblicos y tratados sobre gramática de gran interés.

Primero compone el *Séfer zikarón* (Libro del recuerdo), concebido como un libro de textos para la enseñanza del hebreo. Introduce las nociones de vocales largas y vocales cortas, de acuerdo con la pronunciación sefardí, y distingue el *pou*^{c}*al* del *hof*^{c}*al*, aportes todos que serán definitivamente aceptados. *Séfer ha-galuy* (El Libro revelado) contiene diversas cuestiones léxicas que retoman las polémicas de la escuela filológica hebraica de la Córdoba del siglo X, concretamente la de Dunas ben Labrat contra Menehem. En el campo de la exégesis compone *Perouch ha-miqra* (El significado de la Tora) y *Séfer ha-Torah* (La Tora), sobre el Pentateuco, y *Séfer huqa* (El Libro de las leyes) sobre los Proverbios, de los que, paso a paso, extrae una enseñanza moral, citando en paralelo textos similares de la literatura islámica. Yosef Quimhí también comenta el libro de Job, el de los Profetas y el Cantar de los cantares, y muchos de sus comentarios serán incorporados en las ediciones judías de la Biblia.

Como poeta, transpone en versos hebreos, bajo el título de *Cheqel ha-qodech* («El siglo del santuario»), la *Selección de perlas* que Ben Gabirol * escribió en árabe. Algunos de sus poemas litúrgicos serán incluidos en los rituales de Provenza y Orán, de Argel, de Trípoli y del rito sefardí.

Yosef Quimhí tradujo asimismo del árabe *La introducción a los deberes de los corazones* de Ben Pacuda *. A petición de uno de sus discípulos, redacta una guía para las disputas teológicas con los cristianos y los judíos conversos, guía titulada *Séfer ha-Berit* («El Libro de la Alianza»). Pero su importancia se verá opacada por la reputación de su hijo David.

Moisés Quimhí (¿Narbona?, antes de 1160-Narbona, 1190)

Hermano mayor de David Quimhí *, Moisés Quimhí, al igual que su padre, se convierte en el maestro de David. Se le conoce bajo el acrónimo de Ramaq. Proseguirá las investigaciones de Yosef Quimhí * tanto en el campo de la gramática como en el de la exégesis. En gramática, además de la influencia de su padre, se percibe la de Abraham ben Ezrá *, sobre todo en lo concerniente a la terminología.

Moisés Quimhí se interesa por la fonética y por la morfología del verbo e introduce en este la raíz trilítera PQD para dar así los paradigmas estudiados en el siguiente orden: *kal*, *nif'al*, *pi'el*, *pou'al*, *hif'il*, *hof'al*, *po'el*, *hitpa'el*, innovaciones todas que más adelante se adoptarían definitivamente. Además, considera el *nif'al* como el pasivo de *kal*. Todas estas enseñanzas las consigna en *Mahalakh chevilé ha-daat* (El curso de los senderos del conocimiento), una auténtica gramática, clara y concisa, que gozará del favor de las academias talmúdicas y será enseñada y traducida al latín por Sebastián Muenster en el siglo XVI con el título de *Liber viarum linguae sacrae* (París, 1520).

Moisés Quimhí también escribe *Séjel tob* (Buen juicio), editado en 1894 por D. Castelli [2], un anexo breve pero denso para el estudio teórico de la clasificación de los sustantivos, los verbos y los artículos. Igualmente se sabe de una obra desaparecida que, al parecer, trataría de las formas irregulares.

Como exégeta, Moisés Quimhí sigue el método literal de su padre Yosef Quimhí * y de Abraham ben Ezrá *. Se dedica sobre todo a los libros bíblicos poco comentados: los Proverbios, Job, Esdras y Nehemías. Sus comentarios editados en las Biblias rabínicas serán atribuidos, en un primer momento, a Abraham ben Ezrá *. Sus comentarios al libro de Job serán editados en 1868 por Isaac Schawarz.

Asimismo compone algunas poesías religiosas, de las que dos se encuentran en el *Mahzor* de Trípoli.

David Quimhí (Narbona, 1160-Narbona, 1235)

David Quimhí, acrónimo Redaq, es el hijo menor de Yosef Quimhí * y uno de los gramáticos y exégetas bíblicos más famosos de su época. Durante toda su vida reside en Narbona, donde se consagra a la enseñanza de la Biblia y del Talmud. Sin embargo, viaja hasta España, concretamente a Ávila y Burgos, para convencer a las comunidades judías de lo acertado de las doctrinas de Maimónides *, al que defiende con vehemencia, pero cae enfermo en Ávila y debe volver a Provenza. Los rabinos le atribuyen el dicho del *Tratado de los principios* (III, 21), «Sin harina, no hay Tora», pues si bien el hombre no solo vive de pan (Deuteronomio), debe comer bien para vivir [y estudiar la Tora]. En su época, solo Rachi le superaba en popularidad.

Gregorio IX, decidido a destruir los últimos vestigios de la herejía albigense, en 1233 le encarga esta tarea a los dominicos. Estos denuncian los escritos de Maimónides y ordenan quemar los ejemplares en latín de la *Guía de perplejos*, ya traducida al hebreo por Bahia ben Pacuda * (¿1040?-¿1110?). David Quimhí solo sobrevivirá dos años a esta manifestación de fanatismo.

Su principal obra filológica se titula *Mijlol* (Generalidades). Está dividida en dos partes: la primera se refiere a la gramática, *Helek ha-dikduk* (Parte gramatical), y la segunda, *Helek ha-inian* (Parte esencial), más conocida con el título de *Séfer hasorasim* (El libro de las raíces), que es un léxico.

Su gramática es notable por la importancia que le da a las reglas de flexión, a la acentuación y a los cambios vocálicos. Incluso contiene tablas completas de conjugaciones que serán adoptadas por los gramáticos durante mucho tiempo. Claridad, concisión y precisión científicas son sus principales cualidades. A partir del siglo XVI, cuando los cristianos empiezan a interesarse por el hebreo, también utilizarán esta obra.

El léxico conocerá la misma celebridad. En él aparecen todas las formas verbales y sus derivadas nominales y adjetivales, normas que aún se utilizan hoy en día en los diccionarios ordenados por raíces. David Quimhí añade, si es preciso, notas exegéticas de pasajes bíblicos que contienen las formas estudiadas. Esta obra será impresa en 272 folios por Daniel Bomberg, en 1545.

David Quimhí también compone un pequeño tratado, *'Et sofer* (La pluma del escriba), en el que sienta las normas para escribir los rollos de la Tora y expone las reglas de la puntuación masorética.

Asimismo son importantes sus comentarios a todos los libros bíblicos. Sus comentarios de los Salmos contienen numerosos pasajes polémicos contra los cristianos. Reunidos posteriormente en un compendio titulado *Tesubot lanosrim* (Réplica a los cristianos), se añaden a su libro sobre la controversia judeo-cristiana *Milhamot Ha-Chem* (Las batallas de Dios). El rabino Abner de Burgos, convertido al catolicismo hacia 1321 con el nombre de Alfonso de Valladolid, le responde en *El libro de las batallas de Dios*.

La exégesis de los profetas de David Quimhí, será retomada por el conjunto del sefardismo, en particular en las traducciones al ladino (judeoespañol calco) [3]. Utilizada muchas veces, aparece en todas las versiones autorizadas de la Biblia. Incluso Alfonso de Zamora * traduce al latín los comentarios de David Quimhí sobre los 59 primeros Salmos, así como su prólogo.

Señalemos también su *Bi'ur chemot ha-nevu'a* (Explicaciones de los nombres de la profecía) y su *Bi'ur chelocha 'asar 'iqqarim* (Explicación de los trece artículos de fe).

David Quimhí considera que la exégesis bíblica es un deber sagrado, como la segunda clase de las *ma'asim tovim* (Las buenas acciones).

Le darán el tratamiento de *roch ha-medaqdequim,* el príncipe de los gramáticos.

Los Ben Tibón

LA FAMILIA Ben Tibón, originaria de Granada, emigra en el siglo XII a Lunel (Languedoc), debido a los disturbios que agitan la Península por esos años. La familia le dará al judaísmo medieval cuatro generaciones de autores y traductores del árabe al hebreo [1]. Su papel será muy importante en la transmisión al judaísmo de Occidente de los frutos intelectuales de la edad de oro española.

Yehudá ben Saúl ben Tibón (Granada, hacia 1120-hacia 1190)

Yehudá ben Saúl ben Tibón practicará la medicina, pero su fama viene sobre todo por su traducción al hebreo de la obra de Bahia ben Pacuda * *Hobot halebabot* (Los deberes de los corazones), encargada por un erudito de Lunel. Yehudá explica que los judíos que viven en países musulmanes, al contrario que sus correligionarios bajo el dominio cristiano, se han visto obligados, dado su interés por los estudios laicos, a perfeccionarse en árabe, antes que en hebreo, por la riqueza y claridad de esta lengua. Yehudá traduce igualmente *El Kuzarí* de Yehudá Haleví *, *Emunot ve-de'ot* (Creencias e ideas) de Saadia, la gramática y el diccionario *Séfer ha-Rikmah* y *Séfer ha-Shorashim* (El libro de las raíces hebraicas) de Yoná ben Yanah, *Séfer Ticún midot hanéfes* (Libro de la corrección de los caracteres) y, tal vez, *Mibhar hapeninim* (Selección de perlas) de Ben Gabirol *. Será considerado como el «padre de los traductores».

Samuel ben Yehudá ben Tibón [2] (*¿Lunel? hacia 1160-hacia 1232*)

Samuel ben Yehudá ben Tibón no satisface en un primer momento las esperanzas de su padre. Este le reprocha que no se interesa lo suficiente en el estudio y le dirige un excelente testamento moral. Samuel vivirá en Arles, Béziers, Marsella, Toledo, Barcelona y, al parecer, también residirá algún tiempo en Alejandría. Entre todas sus traducciones del árabe, puede que la primera sea el *Arte Pequeño* de Galeno, con un comentario árabe, que termina en 1199. Luego Samuel traduce la *Meteorología* de Aristóteles, que incluye anotaciones atribuidas a Alejandro de Afrodisia, y el *Romance de Alejandro*.

La reputación de Samuel es debida, sobre todo, a sus traducciones de textos de Maimónides *, entre ellos la *Guía de perplejos* en 1204, a petición de los eruditos de Lunel, especialmente de Jonathan Hacohén. Gracias a su correspondencia con Maimónides, su texto cobra un carácter «oficial» y le vale el título de exégeta y de cabeza de la escuela. En su introducción, Samuel explica su método, por ejemplo para las cuestiones de género, de terminología o de estructura de la frase. Merced a su estilo filosófico hebreo, que será imitado durante siglos, su traducción le procura una reputación más importante que la que gozaba su padre. En 1213 compila, por orden alfabético, un *Léxico de las palabras difíciles de la Guía*, que acompaña con las necesarias explicaciones.

Entre los otros escritos de Maimónides, Samuel traduce el tratado sobre la *Resurrección*, la *Epístola al Yemen*, *El comentario sobre Pirqué abot* con la introducción titulada *Shemonah perakim* (explicaciones alegóricas de pasajes de la Biblia), *Comentario sobre el Eclesiastés*, *Que las aguas se junten*, y una carta sobre la Providencia dirigida a Maimónides.

Moisés ben Samuel ben Tibón (siglo XIII)

Es un autor fecundo en filosofía, medicina, astronomía y matemáticas. Traduce escritos de Al-Farabi, el comentario de Tabruzi sobre las veinticinco proposiciones que preceden a la segunda parte de la *Guía de perplejos*, trabajos de Aristóteles, con los comentarios de Averroes, como *De sensu et sensato* y *De generatione et corruptione*. Emprende igualmente traducciones de Euclides, de Hunayn ben Isaac Al-Rati, de Maimónides *, y escribe un comentario sobre el Pentateuco y el Cantar de los cantares, en el cual retoma la concepción medieval del libro, considerado como una alegoría de las relaciones entre el hombre y su alma.

Jacob ben Mahir ben Tibón (hacia 1236-1307)

Nieto de Samuel, se mostrará muy diligente como autor, traductor y personaje público. Inventa un nuevo sistema de medición astronómica: una especie de *Quadrans Novus*, al que llama *Quadrans Judaicus*, del que hablará Bonet de Lattès. Jacob traduce igualmente al hebreo numerosos libros de filosofía, matemáticas y astronomía. Entre 1300 y 1305, durante la controversia sobre Maimónides, organiza la defensa del filósofo e incluso las discusiones. Entre las otras personas que apoyarán las ideas de Maimónides, hay que citar a su pariente, Jacob ben Moisés ben Tibón.

Benjamín de Tudela (segunda mitad del siglo XII)

ESTE JUDÍO del siglo XII es el viajero judío más importante de la Edad Media. Es muy poco lo que se sabe de él. Nuestra única fuente de información es su *Séfer masaot* (Libro de viajes). Se cree que nació hacia 1130, y en el prólogo de su libro leemos que su padre era el rabino Yoná, nativo de Tudela, capital de Navarra. Así, podemos eliminar definitivamente las hipótesis que sitúan su nacimiento en Toledo, nombre cuya grafía hebraica, invirtiendo las dos últimas consonantes, fácilmente se confunde con la de Tudela. Esta hipótesis debe ser descartada definitivamente. A lo sumo, Benjamín ben Yoná de Tudela, al regreso de su viaje, pasó por Castilla rumbo a Tudela, ciudad de la que partió.

Según el desconocido prologuista de *Séfer masaot*, Benjamín de Tudela «era un hombre inteligente y cultivado, versado en la Tora y en la *Halakha* [1]» y que, probablemente sin serlo, adoptó el título de rabino. Políglota, además de las lenguas romances de la región, domina a la perfección el hebreo y el arameo, comprende el árabe y, a juzgar por su texto, probablemente el griego y el latín. Sus conocimientos históricos también parecen consistentes. Del mismo modo que demuestra estar al tanto de los diferentes oficios y comercios, sobre todo de gemas, paños, tintes... que describe a lo largo de todo su recorrido. Estos detalles nos llevan a suponer que el objetivo de su viaje era precisamente comercial [2].

El *Libro de viajes* está redactado a partir de notas e impresiones recogidas por Benjamín de Tudela en el transcurso de su largo periplo. El viaje debió empezar entre 1159 y 1167 y terminar en 1172-1173 (4933). De forma que la ausencia de Benjamín duró entre cinco y catorce años [3].

Benjamín parte de Tudela, pasa por Zaragoza, sigue el curso del Ebro, desciende hasta Tortosa, llega a Tarragona, continúa hacia Barcelona y Gerona para entrar luego en el Rosellón y la Provenza. Embarca en Marsella, pasa sucesivamente por Génova, Pisa, Luca, Roma y Salerno, alcanza el Adriático y se embarca en

Otranto rumbo a Corfú y Arta. Llega a Constantinopla, visita las islas del mar Egeo y entra en Asia por la Cilicia. Bordeando las costas turco-sirias arriba a Tierra Santa, entonces dominada por los cruzados, y se dirige hacia Naplusa y Jerusalén. Pronto está en Damasco y, cruzando el desierto, llega a Alep y, luego, a Mosul. Sigue el valle del Tigris hasta Bagdad, donde residirá un buen tiempo en el seno de la próspera comunidad judía de dicha ciudad. Bagdad será el centro de sus viajes hacia Basora y la baja Mesopotamia. Todo lo que seguidamente nos dice de los judíos de Arabia, Ceilán o China, así como sobre otros temas, está tomado de relatos que escuchó. No retoma su experiencia personal hasta que nos habla de El Cairo, de Fostat, del Sinaí y de Damieta, donde se embarca hacia Sicilia. Luego pasa por Roma, Luca y Verdún, hasta llegar a París, donde concluye su aventura. En su libro, entre Luca y Verdún, intercala informaciones sobre las comunidades del Rin, Bohemia y Rusia, muy probablemente inspiradas en relatos escuchados, y que evocan el ambiente de las comunidades descritas más tarde por el rabino Pethachia de Ratisbonne [4], que abandona su ciudad en 1175, tras la muerte de Benjamín de Tudela.

De su libro han llegado hasta nosotros algunos manuscritos importantes: 1) el más antiguo, que data del siglo XIII (conservado en el British Museum), es el que Adler utilizó para establecer su edición crítica en 1907; 2) un manuscrito del siglo XV copiado por Isaac de Pisa en 1430; 3) el manuscrito Epstein de Viena de finales del siglo XV, que se utilizó para la edición de Ferrarra (1556).

La primera edición apareció en Constantinopla en 1543 en el sello de Soncino. De esta se derivan, entre otras, las de Friburgo (1583), Leiden (1633) y Amsterdam (1696).

La segunda edición fundamental salió de las imprentas de Ferrara (1556), tres años después de la famosa Biblia en judeoespañol calco. Es curioso comprobar que, también en este caso, Constantinopla tuvo la primicia, igual que la tuvo para su *Pentateuco* de 1547.

Señalemos igualmente, para demostrar la fama que alcanzó el libro, las ediciones de Amsterdam, 1698 y 1734; de Varsovia, 1844, y de Lemberg, 1859.

Entre las traducciones, citemos dos en latín, una del humanista y hebraista español Benito Arias Montano, Amberes, 1575, y la segunda de Constantino el Emperador, de Oppyck, acompañada por la versión hebraica de Friburgo, 1583.

De la versión de Arias Montano se deriva la versión inglesa de la serie *Purchas's Pilgrims* (1625) y la versión francesa de 1673 de la *Collection de voyages faits principalement en Asie, dans les XIIe, XIIIe, XIVe et XVe siècles* (La Haya, 1735, reeditada en 1830 en París).

Como se puede ver —y no mencionamos todas las ediciones— el libro tuvo un éxito considerable. Citemos también la tesis doctoral de Ignacio González Llubera (1917), publicada en 1918, en Madrid, con el título de *Viajes de Benjamín. 1160-1173. Por primera vez traducidos al castellano con introducción, aparato crítico y anotaciones*. Este autor utilizó la edición de A. Asher, *Benjamin of Tudela's Itinerary*, Londres-Berlín, 1840-1841 (dos volúmenes), considerada muy buena y basada en la de Ferrara publicada en 1556. El personaje se ha vuelto tan familiar que hoy en día aparece en tebeos y en libros para niños.

Nahmánides
(Gerona, 1194-Haifa, 1270)

BONASCTRUC DE PORTA, o Moisés ben Nahmán, conocido también como Nahmánides o bajo el acrónimo de Rambán, es uno de los autores más importantes de la literatura talmúdica de la Edad Media. Filósofo, cabalista, exégeta bíblico y poeta, se gana la vida como médico. Su apodo «Gerondi» le viene del nombre de su ciudad natal, Gerona. Le debe su sólida erudición a dos de sus maestros: uno, Judá ben Yakar, discípulo de Isaac ben Abraham de Dampierre, que estableció su escuela talmúdica en Barcelona y le transmitió las enseñanzas tradicionales de los *tosafistas* del norte de Francia; el otro, Meír ben Isaac de Trinquetaille, junto al que aprende las enseñanzas de las escuelas talmúdicas de la Provenza.

Y aún profundiza más en sus estudios gracias a la correspondencia que mantiene con Meír ben Todros Haleví Abulafia de Toledo, con su primo Yoná ben Abraham de Gerona, con Samuel ben Isaac Sardi e Isaac ben Abraham de Narbona. El mismo Nahmánides funda una escuela talmúdica. Sus discípulos son Salomón ben Abraham Adret, Aarón ben Yosef Haleví, David Bonafed y Yoná ben Yosef. Los rabinos españoles de las siguientes generaciones lo considerarán como su gran maestro y hablarán de él como «el rabino digno de confianza». Emmanuel Aboab, por ejemplo, afirma en su *Nomología* que en toda España generalmente se menciona a Nahmánides designándolo como el «maestro de los rabinos».

Nahmánides interviene en la controversia sobre Maimónides * que se inicia en Montpellier en 1232. Aunque está de acuerdo con Salomón ben Abraham de Montpellier y con sus discípulos para condenar el mal uso que se ha hecho de los escritos de Maimónides por parte de los «filósofos», busca llegar a un compromiso. Por una parte, les escribe a los dirigentes de las comunidades de Aragón, Navarra y Castilla, intentando convencerlos de que no adopten medidas contra los extremistas de Montpellier. Por otra parte, en su célebre carta «Antes de alzar la voz, me he equivocado», le pide a los rabinos de Provenza que anulen la excomunión que han proclamado contra los escritos de Maimónides, argumentando que estos escritos no están destinados a los judíos de su región, que son fieles a la tradición judía. Para evitar un cisma, propone un programa de estudios de distintas ciencias según la edad de los estudiantes y la localidad, pero el proyecto de Nahmánides fracasará por culpa de los extremistas de los dos campos.

Al contrario que Maimónides, que explica el judaísmo mediante la razón, Nahmánides lo explica por el sentimiento e incluso sostiene que determinadas partes de la Biblia escapan a cualquier tentativa de explicación racional. Para Nahmánides, la Biblia y el Talmud constituyen la autoridad suprema, incluso si sus enseñanzas entran en contradicción con las de la filosofía: «Aprender de los antiguos es beber vino añejo madurado por el tiempo».

Para Rambán hay tres ideas fundamentales: 1) la creencia en la creación *ex nihilo*; 2) la omnisciencia de Dios; 3) la Providencia divina. Enuncia que el cuerpo y el alma, dado que ambos provienen de Dios, son igualmente buenos. Adepto a las doctrinas místicas y, en cierta medida, a la cábala, en sus obras se percibe esa influencia: a menudo recurrirá a ellas para explicar un cierto antropomorfismo bíblico.

Nahmánides ejerce una gran influencia sobre la vida pública judía en Cataluña. El mismo rey Jaime I (1213-1276) le consulta al respecto. En julio de 1263, le obliga a participar en una discusión pública con el renegado Pablo Christiani en el palacio real de Barcelona, estando presentes el propio rey y los superiores de los dominicos y de los franciscanos [1]. Las cuestiones motivo de controversia son: 1) ¿ha llegado el Mesías?; 2) según la Biblia, ¿debe ser un dios o un simple mortal?; 3) ¿a cuál de las dos religiones hay que darle preferencia?

Basándose en algunos textos «hagádicos» (relatos, homilías, leyendas), Christiani afirma que el Talmud admite que el Mesías ya ha venido. Nahmánides replica que la *Hagadah* no sienta cátedra. Christiani acusa a Nahmánides de herejía. Rambán demuestra por qué el Mesías que aún esperan los judíos no ha venido: la era mesiánica debe ser la era de la paz y de la fraternidad universal, pero la violencia y la guerra siguen reinando en la tierra. Asustados de la franqueza con que Nahmánides se ha expresado, sus correligionarios y sus amigos no judíos le aconsejan que ponga fin a la controversia, pero el rey ordena que prosiga el debate. Nahmánides resulta vencedor. El rey le concede una audiencia privada, lo felicita por haber defendido una causa tan difícil con tanta convicción y le entrega 300 dinares como muestra de su estima.

Entonces Christiani denuncia el Talmud ante el papa Clemente IV como la obra responsable de que los judíos se obstinen en no reconocer la verdad del cristianismo. Se instituye una censura para expurgar el Talmud de todos los pasajes supuestamente condenables. La controversia tiene consecuencias nefastas para Nahmánides, que ha publicado un acta imparcial del coloquio *(Séfer ha-Vikku'ah).* Los dominicos están indignados y Nahmánides debe comparecer ante una comisión especial. A duras penas logra huir de España y durante el verano de 1267 llega a San Juan de Acre, desde donde prosigue su periplo hasta Haifa. Allí morirá en 1270.

Yosef Kaspi
(Argentière, 1279-1340)

Yosef ben Abba Mari ben Yosef ben Jacob Kaspi, llamado en provenzal En Bonafous, es uno de los más notables filósofos, comentaristas bíblicos y gramáticos del sur de Francia. Impulsado por un intenso deseo de sabiduría y conocimiento, y dado que se lo podía permitir gracias a su fortuna (su apellido, Kaspi, significa «plateado», a menos que se trate de una trasformación de la denominación de Argentière, su ciudad natal), pasa una gran parte de su vida viajando. Vivirá sucesivamente en Arlés, Tarascón, Aragón, Cataluña y en la isla de Mallorca [1]. Llevado por su admiración hacia Maimónides y deseando remontarse hasta los mismos orígenes de las enseñanzas del maestro de la *Guía de perplejos*, Yosef Kaspi viaja a Egipto en 1314 para estudiar junto a los nietos del sabio. Decepcionado por estas lecciones y tras averiguar que en Fez se estudiaba la *Guía* en las escuelas de filosofía musulmana, habría partido hacia esa ciudad en 1332 con el fin de observar los métodos de trabajo.

Yosef Kaspi afirma estar casado con una mujer fea que no le hizo feliz. Tendrá tres hijos. Abba Mari, su hijo mayor, se casa en Barcelona; Yosef le dedicará varios de sus libros. Su hija vive en Perpiñán, donde se casa. Al final de su comentario sobre el Eclesiastés, Kaspi menciona que pronto irá a visitarla. En cuanto a su hijo pequeño, Salomón, que en el otoño de 1332 tiene doce años, vive en Tarascón. Su padre, desde Valencia, le dirigirá una epístola moral. Este es el último elemento biográfico fechado que nos ha llegado de Kaspi. Es un autor prolífico que empieza a escribir a los diecisiete años y producirá más de treinta obras, aunque, desgraciadamente, una parte ha desaparecido [2]. Él mismo da la lista de sus obras —titulada *Qevoutsat kessef* (La colección de plata)— en dos redacciones que no concuerdan entre ellas al tener los libros títulos diferentes. Así, el *Séfer ha-sod* (El Libro del secreto) se titula también *Tirat kessef* (La Torre de plata) y será publicado con el nombre de *Tam ha-kessef* (El final plateado). Cabe añadir que retocó la mayoría de sus manuscritos.

Yosef Kaspi compuso numerosos comentarios bíblicos en los que, siguiendo el ejemplo de Ben Ezrá *, a menudo interpreta los escritos con ironía. Para él, los profetas son los únicos comentaristas útiles. Convencido de que las suyas son las mejores explicaciones, gracias a su dominio de la gramática y a sus referencias a los profetas, le reprocha a sus contemporáneos su falta de «lógica», de rigor y de conocimientos gramaticales.

En su sistema filosófico, Yosef Kaspi se refiere a Aristóteles y a Averroes (Córdoba, 1126-Marrakech, 1198), pero a menudo expresa opiniones contradictorias. Defiende los conceptos de Maimónides * y eleva la razón a nivel de lo divino, pues es Dios y Dios es razón. Sin embargo, escribe: «Según nuestro Dios, alabado sea, no necesitamos a Platón, a Aristóteles». Si bien piensa que todas las palabras de la Tora y de la Biblia deben ser aceptadas en todo su significado, lo mismo que los libros de Aristóteles sobre lógica o sobre la naturaleza, y que no hay nada en los prodigios de los profetas que se aparte de la naturaleza, al mismo tiempo sostiene que en el texto hebreo original, esencialmente en los nombres atribuidos a Dios, poderosas fuerzas creadoras están disimuladas.

Este afán por reconciliar la filosofía y la fe, y por encontrar una vía intermedia, despierta violentas críticas entre los eruditos judíos. Qalonymos ben Qalonymos acusará a Yosef Kaspi de haberse jactado diciendo que todas las explicaciones de su libro *El final plateado* son originales. Le reprochará desvelar sin recato «los secretos» y censurará su vocabulario irrespetuoso con respecto a los personajes bíblicos. Qalonymos, sobre todo, criticará sus explicaciones «naturales», históricas y «sociológicas», argumentando que no tienen ninguna base científica, puesto que no hay ninguna prueba de que las costumbres de los pueblos de Oriente no han cambiado desde los tiempos bíblicos. Simón ben Sémah Durán * e Isaac Abrabanel * considerarán a Kaspi como un hereje. Sin embargo, Johanan Alemanno y Moisés Rieti alabarán sus trabajos y lo tendrán por uno de los eruditos judíos más ilustres.

Guersónides
(¿Bagnols-sur-Cèze? [1], 1288-20 de abril de 1344)

ORIGINARIO del Languedoc, Leví ben Guersón parece haber vivido únicamente en el sur de Francia, concretamente en Bagnols-sur-Cèze, en Avignon y en Orange. En provenzal se le conoce como *Maestre León de Bagnols* [2]; en latín, como *Magister Leo de Balneolis*, *Leo de Bagnolo*, *Magister Leo Hebraeus*, y en hebreo, como Ralbag: acrónimo de Rabí Leví ben Guersón. Tras las controversias suscitadas por las obras de Maimónides y por la difusión en hebreo de los textos del filósofo árabe Averroes, Guersónides, matemático, astrónomo, médico, exégeta bíblico y talmudista, en el ambiente de la Francia meridional en constante ebullición intelectual, elabora un sistema filosófico y teológico que dejará su impronta en todo el pensamiento judío posterior. A menudo está considerado como el filósofo medieval judío más importante después de Maimónides.

Su padre, Guersón ben Salomón de Béziers es el autor (bajo el nombre de Shalman) de una codificación de las leyes talmúdicas. Guersónides, como es costumbre en la época, se forma junto a su padre y, tal vez, también recibe las enseñanzas de su abuelo materno, Leví Hacohén, y frecuentará a numerosas autoridades cristianas como Plilippe de Vitry, obispo de Meaux. Todas sus obras están escritas en hebreo; sin embargo, en sus comentarios bíblicos las glosas están redactadas en provenzal.

Los trabajos científicos de Guersónides abarcan la aritmética, la geometría, la trigonometría y la astronomía. Su primera obra, redactada en 1321, es el *Séfer ma'aseh hoshev* o *Séfer ha-mispar* (El Libro de los números), publicado en 1909 en una traducción al alemán de G. Lange. Dividida en dos partes, «principios» y «aplicaciones», la obra estudia la suma, la resta, la multiplicación, las series, las permutaciones, las combinaciones, las divisiones, la extracción de raíces y de proporciones. El segundo libro sobre aritmética está escrito en 1343 para Philippe de Vitry, obispo de Meaux.

En su comentario sobre los libros del 1 al 5 de Euclides, que reúne igualmente sus comentarios sobre Averroes, Guersónides intenta construir una geometría sin axiomas; pero, en lugar de los axiomas de Euclides, involuntariamente introduce otros axiomas suyos.

El *Séfer Milhamot Adonay* (Las guerras del Eterno) contiene un tratado de astronomía de 136 capítulos, que será traducido al latín. La segunda versión latina de los primeros capítulos está dedicada al papa Clemente VI. El texto aborda la mayoría de los temas de la astronomía medieval: la trigonometría (la construcción de las tablas de senos y la solución de los triángulos), la construcción y el empleo de distintos instrumentos astronómicos, un análisis de varios planos para poner en orden los movimientos celestes, una discusión de los movimientos solares, lunares y planetarios, incluidas unas tablas para su cálculo, y una discusión sobre el orden de los planetas y sus distancias con respecto a la Tierra.

Este tratado de astronomía no es un texto elemental para estudiantes; presupone un conocimiento de la literatura astronómica medieval. Aunque la obra se enmarque claramente en la tradición tolemaica, Guersónides critica sus fuentes y a menudo rechaza opiniones anteriores. En astronomía, su mayor innovación es un modelo geométrico para justificar el movimiento lunar. Corrige un error flagrante del modelo lunar de Tolomeo, según el cual la Luna está tan cerca de la Tierra durante la cuadratura que parece el doble de grande que su medida observada. También en astronomía, la contribución más conocida de Guersónides es su invento del «bastón de Jacob» empleado para medir la separación de los ángulos entre dos cuerpos celestes. Este instrumento se convertirá en una importante herramienta de navegación y será muy utilizado por los marinos europeos en el siglo XVI.

En el campo de los escritos talmúdicos y litúrgicos, Guersónides será el autor de un comentario, hoy perdido, del tratado talmúdico *Berakhot* (Bendiciones), y periódicamente fue consultado sobre la *halakha* (la norma rabínica). Tenemos algunas de sus *responsa*. En sus comentarios sobre Aristóteles y Averroes,

Guersónides corrige algunos argumentos incorrectos de Aristóteles, sobre todo en su *Posterior Analytes*, y comenta unos escritos de Averroes, como las cartas que tratan de la unión de la «inteligencia separada» con el hombre. Los comentarios bíblicos de Guersónides —Job (1325), el Cantar de los cantares (1325-1326), el Eclesiastés (1328), Ruth (1329), Esther (1329), Proverbios, Daniel, Nehemías y las Crónicas (1338)— son la obra de un exégeta y de un filósofo. Estos tratamientos de cuestiones como la Providencia, los milagros y el Mesías tienen un interés siempre actual. En su comentario sobre el Pentateuco, Guersónides intenta reconstituir racionalmente la *halakha;* se basa en nueve principios lógicos que sustituyen a las trece reglas hermenéuticas y condena las interpretaciones alegóricas.

En su obra más importante, el *Séfer Milhamot Adonay,* Guersónides aborda unos problemas que, según él, no han recibido una respuesta satisfactoria por parte de los filósofos precedentes. En el libro explica la creación del mundo mediante una causa final que corresponde a un objetivo cierto y que sirve de «fondo» para los «accidentes». El hecho de que existe un comienzo en el tiempo es la prueba, explica Guersónides, de que el mundo no puede ser eterno. Dios hizo el universo para que el hombre pueda tener el mayor bien posible y para que la mayoría de los males le sean evitados. Del mismo modo, Dios ha dotado al hombre con una inteligencia práctica que le permite aprender las artes indispensables para su supervivencia, y con una inteligencia especulativa que lo hace apto para percibir la verdad y alcanzar así la inmortalidad. Al haber comprendido el intelecto lo que es inteligible, lo que es eterno se vuelve inmortal en sí mismo. La escatología de Guersónides se basa en la tradición según la cual existirían dos Mesías: tras el asesinato del hijo de José, el Mesías hijo de David aparecerá. El Mesías, dice Guersónides, es más importante que Moisés, no por la promulgación de una nueva Tora, sino porque realizará un milagro más importante que los de Moisés: la resurrección de los muertos.

Para Guersónides, precursor de la revolución científica del siglo XVII por la importancia que le da a la observación y a la experimentación en la elaboración de la teoría científica y por la invención de instrumentos astronómicos, la historia de Israel, como el mesianismo, encuentran su significado en el cumplimiento de los seiscientos trece mandamientos.

Sem Tob de Carrión
(Primera mitad del siglo XIV)

PARA PODER SITUAR más o menos la época en que vivió, recurrimos a su obra, que fue escrita entre 1345 y 1360, cuando ya tiene una edad avanzada, tal como dice en los versos 101-103 [1] de su libro más importante, *Proverbios morales* [2], también llamados *Consejos y documentos al rey don Pedro*. Se trata de un conjunto de poemas sobre la ética, las cualidades y los defectos humanos que dedica en 1350 a Pedro I de Castilla y León, llamado «el Cruel» (1334-1369). En 1349 hubo una primera versión dedicada a Alfonso XI (1311-1350). Por esos años empiezan las luchas entre los Trastámara, apoyados por Francia, contra Pedro I, secundado por Inglaterra. La sangre corre por Castilla, los judíos sufrirán las consecuencias de la guerra.

En 1360, Samuel Levi, tesorero real, es ejecutado; tal vez Sem Tob de Carrión también es hostigado. Lo único que sabemos sobre él es que, según Isaac Baer, fue uno de los que se opusieron al rabino Abner de Burgos, que, en 1321, anunció su bautismo y adoptó el nombre de Alfonso de Valladolid.

Sem Tob de Carrión nace en Carrión de los Condes (Palencia), ciudad de la que será rabino bajo el nombre de Shem Tob ben Isaac ben Ardutiel. Shem se convirtió en «Sem», y luego, por una especie de curiosa analogía entre las jerarquías cristiana y judía, en «Santo», lo que demuestra cuánto lo apreciaban los cristianos, mientras que es relativamente desconocido para los judíos. Para Américo Castro, los «*Proverbios* [...] contienen las primeras manifestaciones de una auténtica expresión lírica en castellano [...], es la primera poesía "absoluta", sin otro ejemplo al que pueda remitirse en castellano [3]», y, anteriormente, «Los versos de Shem Tob son el único texto anterior al siglo XV que se refiere, al menos en parte, a cuestiones no solo del saber o de la doctrina, sino a aquellas puramente intelectuales, a lo que llamaríamos "cultura", aunque este intelectual sigue mirando hacia Oriente y no hacia la Europa cristiana». De ahí estos cuatro versos que revelan a las claras su condición de judío acostumbrado al desprecio:

Por nasçer en espino
La rrosa, yo no syento
Que pierde, nin el buen vino
Por salir del sarmiento
(v. 47-50)

De esta obra nos han llegado pocos manuscritos, de los cuales hay uno en caracteres hebreos —lo que no autoriza a nadie a calificarlo de judeoespañol; es tan español como los otros tres; esta es la misma confusión denunciada más adelante (ver «Anexos», «La lengua»), así como en las páginas dedicadas a Moisés Almosnino *.

Sem Tob de Carrión escribió también numerosas obras en hebreo. Entre otras se destaca un *Widduy,* incluido en la liturgia sefardí de Kippur, y *Milhémet ha'et vehamisparáyim* (Debate del Cálamo y las Tijeras), dos instrumentos de escritura, terminado hacia 1345. También traduce del árabe al hebreo, con el título de *Mitzvot zemaniyot* (Los mandamientos temporales), una composición poética de Israel ha-Israelí, que se conserva en forma de manuscrito [4].

Hasday Crescas
(Barcelona, 1340-Zaragoza, ¿1410?)

DESCENDIENTE de un ilustre linaje de rabinos y eruditos, «discípulo del célebre Ran (Nisim ben Reuben), se ganó el respeto y la veneración de sus contemporáneos como autoridad talmúdica y pensador profundo y original cuya influencia sobre la filosofía posterior, y especialmente sobre Espinosa, fue indiscutible [1]».

En 1367, por orden de Pedro IV de Aragón, Hasday ben Abraham Crescas fue encarcelado junto con Rabí Nisim ben Reuben Guirondí, su maestro, y Rabí Isaac bar Séset (1326-1408), su amigo, falsamente acusados de profanar una hostia. Solo tras largos meses de cárcel y después de pagar una fianza son liberados. Acto seguido, Isaac Bar Séset emigrará a Argel donde será muy bien recibido y nombrado rabino. En 1387, Hasday Crescas se instala en Zaragoza, sede de la corte real. Se convierte en asiduo de la corte y así puede reforzar la protección de los judíos. Sin embargo, las matanzas de 1391 no respetan la vida de su hijo. Él se salva y reúne fondos para acudir en ayuda de sus correligionarios. En 1393 obtiene la autorización de reconstruir los barrios judíos de Barcelona y Valencia. Todo lo que esto implica le llevará mucho tiempo, pero finalmente regresará a Zaragoza para consagrarse a sus estudios. Allí morirá hacia 1410.

Entre sus obras, cabe citar:

1. *Or Adonay* (Luz del Señor), impresa en Ferrara en 1555 (Viena, 1859-1860; Johannesburgo, 1861), obra filosófica donde expone los fundamentos de su sistema. Aspira a liberar al judaísmo del yugo de la filosofía aristotélica, representada por Maimónides * (1138-1204), por Leví ben Guersón * (1288-1344) y por el musulmán Averroes (1126-1198), pero también por aquellos que, aprovechando estas ideas, desertan del judaísmo. Hasday Crescas se propone completar su teoría con un segundo libro, *Ner Adonay* (La Lámpara del Señor), que debe abordar las reglas y los ritos, pero no llevará a cabo su proyecto. *Or Adonay*, como tratado filosófico sobre el judaísmo, corresponde a la *Guía*

de perplejos de Maimónides *, y *Ner Adonay* debía corresponder a la *Yad hazaká* (Mano fuerte), también de Maimónides.

Contrario a la vez a Platón y a Aristóteles, Hasday Crescas defiende que el amor de Dios hacia los hombres es más fuerte que el amor de los hombres por Dios, ya que la esencia infinita de Dios es el origen de estos dos amores.

Tras la muerte de Hasday Crescas, su obra filosófica tendrá defensores y detractores. *Los Dialoghi di amore* de León Hebreo * pueden considerarse como una adaptación poética de la metafísica de Hasday Crescas. Giordano Bruno (1548-1600), el filósofo italiano cristiano, parece haber recurrido a muchos de sus argumentos. Las teorías de Espinosa sobre la extensión, la libertad y la necesidad, así como sobre el amor, están influidas por un minucioso estudio de *Or Adonay* [2].»

2. *Carta a las congregaciones de Avignon* (en catalán), donde relata los acontecimientos de 1391 y el fallecimiento de su hijo.

3. *Refutación de los principios fundamentales de los cristianos* (1397-1398), en catalán. Esta versión se ha perdido, solo tenemos la versión en hebreo de J. ben Shem Tov, *Maamar bebittul ikkaré ha-notserim.* Hasday Crescas se esfuerza en demostrar la superioridad de la doctrina judía sobre los dogmas cristianos y así, probablemente, intentar retener a los candidatos a la conversión al cristianismo.

4. Otra obra en catalán, también perdida, influida por la polémica obra de Profeit Durán (¿1350?-¿1415?), *Kelimat ha-goyim* (Ignominia de los cristianos) [3].

Antón de Montoro
(Montoro, Córdoba, 1404 - Sevilla, ¿1477?)

JUDÍO CONVERSO, algo que nunca oculta, Antón de Montoro —en realidad, según su testamento, hijo de Fernando Alonso de Baena (o Buena) Ventura [1]— es un excelente poeta, apreciado por los mejores como Don Íñigo López de Mendoza y Juan de Mena (de origen converso). Sabe ganarse la protección de las grandes figuras dedicándoles sus poemas. Su maestro y amigo Juan de Mena es sensible a sus alabanzas, y el marqués de Santillana (1398-1458) le pide una copia de sus obras, que son apreciadas tanto por sus amigos como por sus enemigos. Se le conoce por el apodo peyorativo de *Ropero* (sastre), pues es su oficio, un oficio al que rendirá homenaje. Convencido de que nadie se hace rico con la poesía, alquilará su aguja y su dado: «Pero, dado que la poesía no aumenta mis bienes, y nada les añade, adoremos este dado y a la aguja démosle las gracias». Antón de Montero vive bajo tres reyes: Juan II (1406-1452), Enrique IV (1454-1474) y los primeros años de los Reyes Católicos, ¡reinados agitados donde los haya! Horrible época en la que ya no se sabe quién es quién. El mismo Fernando de Aragón es de origen converso por parte de su madre. Los cristianos viejos se ceban más con los cristianos nuevos que con los judíos. A lo largo de todo el siglo se producen matanzas, especialmente la de Córdoba en 1473, a la que Antón de Montoro escapa por poco. Un año más tarde, con ocasión de la subida al trono de la reina Isabel, le dedicará un poema que contiene unos rasgos llenos de un humor corrosivo respecto a las masacres de Córdoba:

Que esta muerte sin tregua
llegue a su fin merced a tu piedad
y tu bondad
hasta estos tiempos de Navidad
cuando se saborea el fuego [2].

Américo Castro observará que son muchas las obras satíricas del siglo XV «generalmente atribuidas a los conversos: las *Coplas de ¡Ay, panadera!*, a Juan de Mena (1411-1456); las *Coplas de Mingo Revulgo*, a Hernando del Pulgar (¿1430?-¿1493?) [...]; las *Coplas del Provincial*, a Rodrigo de Cota (muerto en ¿1497?), a Antón de Montoro y a Alonso de Palencia (1432-1492), que, según creo, también es converso [y, abordando el siglo XVI, Américo Castro continúa]... la novela picaresca más importante, *Guzmán de Alfarache*, es una obra archijudía; su autor, Mateo Alemán (1547-después de 1613), lo era por parte de padre y madre». El anónimo Lazarillo de Tormes también despierta sus dudas, y es muy probable que su autor fuese un converso. «Todo el rencor antisocial que hay en *La Celestina* proviene de la misma fuente [3].»

Precisamente es este mismo rencor el que, tras la sátira y las bufonadas, encontramos en Antón de Montoro, pues si bien la emprende contra los cristianos que le atacan, igualmente critica a los conversos que están dispuestos a hacer cualquier concesión para disimular sus orígenes.

Su generación vive bajo las consecuencias de los sucesos trágicos de 1391 —la matanza de unos 50.000 judíos en toda España desencadenaron un movimiento de conversión en masa de cientos de miles de judíos. Quien desee hacerse una idea de lo que suponía la condición de converso en la España del siglo XV puede encontrar el reflejo en su obra [4].

A partir de 1473 (saqueo de Córdoba), el humor y las chanzas desaparecen de sus obras, que se vuelven tristes, amargas y cáusticas, pues es profunda su decepción ante la hostilidad de los cristianos viejos hacia él, cuya adhesión a la nueva fe es sincera.

Tras caer enfermo, Antón de Montoro redacta su testamento el 31 de marzo de 1477 en Córdoba —dejando algunos bienes— y morirá pocos días después.

Antón de Montoro es la imagen misma del escritor español converso, y representa a tantos otros que participarán en la creación de una cultura de alta calidad [5].

Abraham Senior [1]
(Segovia, hacia 1412-hacia 1493)

ABRAHAM SENIOR, uno de los cortesanos judíos más importantes de Castilla durante el periodo de la expulsión, ya es recaudador mayor del reino durante el reinado de Enrique IV (1454-1474); este, en recompensa por sus servicios, le otorgará el título de juez supremo de la comunidad de Segovia.

Sabe cómo ganarse el favor de los grandes de España y, en 1469, favorecerá el matrimonio de Isabel de Castilla y de Fernando de Aragón. En 1473, reconcilia a Isabel con su hermano Enrique IV. Isabel, coronada en 1474, le concede una pensión de 100.000 maravedís y el título de Rab de la Corte, y luego el de recaudador mayor de impuestos, lo que supondrá un regalo de 50.000 maravedís de las Cortes de Toledo. En 1483 acoge a Isaac de Abrabanel * después de su huida de Portugal y lo asocia con su hijo en la recaudación de los impuestos [2].

Los dos hombres ayudan a la pareja real durante la reconquista del reino moro de Granada. Con tal fin, incluso llegan a reunir al conjunto de las comunidades judías bajo su jurisdicción. Todos participan en un movimiento «patriótico» extraordinario. Pero, a los pocos meses de su victoria, los soberanos firman el decreto de expulsión de los judíos (31 de marzo de 1492).

Don Isaac Abrabanel * y Don Abraham Senior le suplicarán en vano a la reina que suspenda esta decisión. A pesar de las presiones reales, Isaac Abrabanel emprende entonces el camino del exilio, mientras que Abraham Senior acepta el bautismo para él, para su yerno Meír Melamed (también recaudador de impuestos) y para todos los miembros de su familia. El 15 de junio de 1492, con gran pompa, reciben el bautismo en presencia de los soberanos, que no solo han organizado la ceremonia, sino que también actúan como padrinos. En adelante adoptarán, respectivamente, los nombres de Fernando Núñez Coronel y de Fernando Pérez Coronel. Pocos días después, Fernando Núñez Coronel será nombrado regidor de Segovia, miembro del Consejo Real y contador mayor del príncipe [3].

Moisés Capsali
(1420-1496 ó 1497)

MOISÉS BEN ELIAH CAPSALI no es, hablando con propiedad, un sefardí, sino un romaniota, uno de esos judíos del antiguo Imperio bizantino que hablaban la lengua griega; sin embargo, sabrán acoger generosamente a los refugiados de España.

Nacido en Creta, estudia con su padre [1], luego viaja a Italia y a Alemania. Rabino de la comunidad de Constantinopla bajo Bizancio, conoce el gran giro histórico de la toma de la ciudad por los turcos (1453) y logra que estos lo reconozcan. Así ocupará un lugar destacado en la historia del judaísmo otomano.

Sabrá desempeñar sus funciones a conciencia. Según el historiador M. Franco, «era un hombre instruido y piadoso; su devoción llegaba incluso hasta el ascetismo. Aunque poseía una fortuna considerable, ayunaba la mayor parte del tiempo y prefería dormir en el suelo [2]». Mohamed II, «el Conquistador» (1451-1481), confía ciegamente en su rectitud y su honestidad. Incluso lo invita a participar en las reuniones del Diván (consejo de Estado), junto al muftí y al patriarca griego. Moisés Capsali es el representante del judaísmo turco ante el Gobierno. Distribuye los impuestos, los cobra y los entrega al Tesoro.

Durante el reinado de Bayaceto II (1481-1512) llegan los judíos expulsados de España tras el decreto del 31 de marzo de 1492 (el texto español del decreto será reproducido, en caracteres hebreos, en el número especial de *El Tiempo* de Estambul en abril de 1892, con ocasión de la conmemoración del cuarto centenario de dicho suceso).

Mediante un edicto, Bayaceto II ordena a todos los gobernadores del país que acojan generosamente a los inmigrantes. Al Gran Rabino Capsali le corresponde el mérito de haber dispuesto tan favorablemente al sultán en favor de los judíos.

Como Capsali se muestra liberal sobre algunos aspectos doctrinarios, sus enemigos intentarán destituirlo. Le envían un mensaje a J. Colón de Mantua, uno de los grandes rabinos de la época, en el que denuncian su falta de escrúpulos, sobre todo en el tema de los matrimonios. Colón exige la dimisión de Capasali. Este, felizmente, será defendido por Yehudá Mintz y por los hermanos Delmedigo. Antes de morir, Colón reconocerá su error y le encargará a su hijo Pérez implorar el perdón de Capsali.

Pendiente de acoger a los refugiados, Moisés Capsali apenas si tiene tiempo para escribir. De él solo conocemos sus *responsa*. No hay que confundirlo con Elie Capsali (hacia 1483-1555), considerado por Yosef Hayim Yerushalmi como uno de los historiadores judíos que se apartan de la concepción de la historia como una cadena, *shalshelet hacabalá* («cadena de la tradición»), tal como la concebía Ben Daud *. Elie Capsali escribirá, entre otros textos, *Seder 'Eliyahou zuta* (La Orden menor de Elie), «una minuciosa historia de los turcos otomanos que incluye a la vez la del judaísmo turco y la del judaísmo hispano-portugués, especialmente en la época de la expulsión [3]», así como *Sippurey Venetsia,* «crónica de Venecia e informe de las experiencias del autor en Padua de 1508 a 1515 [3]».

Pronto los romaniotas serán desbordados por los judíos hispanohablantes (igual que en Francia, a partir de 1962, los judíos norteafricanos desbordarán a los asquenazíes). Pero en 1547, en Constantinopla, aparecerá un Pentateuco políglota [4], hebreo, arameo (Onquelos), hebreo rabínico (comentarios de Rachi), judeoespañol calco y judeogriego, traducción literal para uso de los romaniotas. Será el último homenaje que les rindan los sefardíes.

Isaac Abrabanel [1]
(Lisboa, 1437-Venecia, 1508)

PARA LOS SEFARDÍES, es la figura destacada por excelencia, símbolo de la España perdida y de los esplendores de antaño. Era tanta su fama que le valió el proverbio judeoespañol, *Basta mi nombre ke me yamo Abrabanel*, un apellido que goza de tanto favor que hasta un hombre sin cualidades alardea de él para sacar provecho. No hace falta decir que Isaac ben Yehudá Abrabanel, el hombre de múltiples cualidades, nunca hubiese aceptado semejante audacia. Impulsada por esa misma admiración, la Unión universal de las comunidades sefardíes «dedicaba a Don Isaac Abrabanel, con ocasión de su 500 aniversario», su revista *El judaísmo sefardí* de septiembre de 1937 [2].

La historia de esta familia [3], empezando por el antecesor español que en 1391 buscó refugio en Portugal, ilustra bien la precariedad de la vida de los judíos sefardíes, y de los judíos en general, eternos emigrantes a su pesar.

Isaac Abrabanel es uno de los primeros eruditos judíos que se familiarizaron con los conceptos del Renacimiento. Toda su obra está impregnada en ellos. Después de profundos estudios, a la vez en las disciplinas tradicionales y en la literatura clásica, se dedica al comercio y a la banca sin por ello renunciar a sus investigaciones. Ya por entonces redacta unos comentarios sobre el Deuteronomio.

Tras la muerte de su padre, Yehudá (1471), tesorero del rey Alfonso V de Portugal (1432-1481), pasa a ocupar dicho cargo. Le presta mucho dinero al soberano para sus guerras africanas (lo que también hará con los Reyes Católicos), y paga los rescates exigidos a cambio de la liberación de los judíos de Arcila y de Tánger, pero el nuevo rey, Juan II (1481-1495), lo cree sospechoso de participar en una conspiración. Abraham será condenado a muerte *in absentia* tras su huida a España (1483), no sin llevarse una parte de sus bienes. Isabel y Fernando, por interés, claro, lo acogen muy favorablemente. Su contador mayor, Abraham Senior * de Segovia, lo contrata como arrendador de impuestos (en 1488 estará en Alcalá de Henares; en 1491 en Guadalajara, donde visitará la academia de Isaac Aboab II). Los dos banqueros le prestan cantidades exorbitantes a los soberanos para rematar la conquista de Granada. En vano intentarán conseguir la revocación del decreto de expulsión.

Abraham Senior * se convirtió; Isaac Abrabanel obtiene la excepcional autorización de llevarse algunos objetos valiosos y se embarca en Valencia rumbo a Nápoles, donde completa sus comentarios sobre el libro de los Reyes. Entra al servicio de Ferrante I y de su hijo Alfonso II. Pero pierde sus bienes y toda su biblioteca durante el saqueo de Nápoles por los franceses. Entonces huye hacia Mesina con toda la corte y allí permanecerá hasta la muerte de Alfonso II (1495). Luego se dirige hacia Corfú, donde escribe su comentario sobre Isaías, regresa a Nápoles tras la marcha de los franceses y fija su residencia en Monopoli (Apulia); allí termina sus comentarios sobre el Deuteronomio y compone acerca de la *Hagadah de Pésah* y los *Pirqué abot*. En 1503, a petición de su hijo Yosef, se establece en Venecia. Su última gestión política es servir como intermediario con vistas a un posible acuerdo comercial entre el Senado de Venecia y Portugal, pero sobre todo se consagra a sus estudios [4].

Filósofo y político, a lo largo de su vida, a la vez tumultuosa y dedicada al estudio, nunca dejará de escribir. Cree que la llegada del Mesías está cercana y, según sus cálculos, fija el año 1532 como fecha probable, esperanza que intenta transmitirle a sus correligionarios españoles (*Migdal yeshuot*, Torre de salvación). Notable exégeta, Isaac Abrabanel no siempre está de acuerdo con Maimónides *, a menudo se inspira en David Quimhí * y realizará interesantes comparaciones entre la sociedad que aparece en la Biblia y la de su tiempo [5].

Morirá en Venecia en 1508 y será enterrado en Padua. Su sepulcro será destruido durantes las guerras de 1509.

Fernando de Rojas [1]
(La Puebla de Montalbán, hacia 1465-
Talavera de la Reina, hacia 1541)

«Lo que sabemos hoy en día de Fernando de Rojas nos permite afirmar que en efecto nació en La Puebla de Montalbán (Toledo), fue bachiller en derecho, tuvo una biblioteca importante, y que, a partir de 1517, se estableció en Talavera de la Reina donde, por poco tiempo, fue alcalde, y que era de origen marrano», cuenta J. L. Alborg [2]. Su ascendencia judía está demostrada por una serie de documentos jurídicos y literarios. Según Albert Sicroff: «Por los hechos que conocemos, nada nos induce a pensar que Fernando de Rojas fuese considerado un mal católico, a pesar de la creciente hostilidad en contra de los *cristianos nuevos,* hostilidad que cristalizaba en medidas discriminatorias cada vez más numerosas durante la época de Carlos V [3]. Rojas invocó siempre su hidalguía, lo que, según Lida de Malkiel, no es incompatible con su origen judío. Se pueden citar los casos de Fernando el Católico, de lejano origen judío por parte de su madre, y del padre y los tíos de Santa Teresa de Ávila * [4].

Hijo de Garci González Ponce de Rojas y de Catalina de Rojas, Fernando de Rojas es, pues, hidalgo. El 3 de abril de 1541, ya agonizante, redacta su testamento y, el 8 de abril, Leonora Álvarez, su mujer, hace el inventario de sus bienes. Encontramos un certificado de pureza de sangre así como una descripción del contenido de su biblioteca, unos libros que reflejan muy bien el espíritu de la época.

Denominada primero *Comedia* (¿1499?), luego *Tragicomedia de Calisto y Melibea* (1502), *La Celestina* —que, según A. Castro, contiene «un rencor antisocial que proviene de la misma fuente [conversa]» [5], abre la vía para el teatro y la novela. Una obra capital de la literatura española y mundial.

«*La Celestina*, dice M. Bataillon, tuvo, a las puertas del siglo XVI, un éxito fulgurante solo comparable con el de *Don Quijote*, un siglo más tarde. Pero hizo su entrada en las letras españolas como una obra con proyección de futuro [6].»

Aunque compuesta más para ser leída que para ser representada, su argumento, el interés de los diálogos, la viveza de la acción y el desenlace trágico le confieren un innegable valor dramático. El argumento se deriva, al menos en parte, de varias fuentes: del *Libro de buen amor*, del arcipreste de Hita (1350-¿1351?), de Petrarca, Virgilio, Terencio y Boccaccio. El personaje principal ha entrado en la historia de la lengua española hasta el punto de que su nombre mismo, celestina, hoy en día es sinónimo de «alcahueta».

Ya desde el siglo XVI, la obra se traducirá continuamente. En la actualidad sigue vigente con numerosas adaptaciones y representaciones.

Santa Teresa de Jesús (Ávila, 1515-Alba de Tormes, Salamanca, 1582)

TERESA DE CEPEDA Y AHUMADA nace en Ávila, o no lejos de allí, en Gotarrendura. Al igual que Fray Luis de León *, es de origen converso [1] y una de las figuras más importantes de la literatura castellana, y, con San Juan de la Cruz (1542-1591), del misticismo cristiano.

A muy temprana edad, en compañía de su hermano se escapa de su casa para ir en busca del martirio en tierras extranjeras; luego, siempre con su hermano, intenta escribir una novela de caballerías. En 1534 Teresa entra en el convento de las carmelitas de Ávila. En 1562 funda su primer convento reformado, lo que le vale muchas preocupaciones y sufrimientos: es confinada en Toledo, su obra *Libro de su vida*, que no es, hablando con propiedad, una autobiografía, es denunciado por la Inquisición, y ella misma es procesada por la Inquisición de Sevilla, proceso del que, afortunadamente, podrá librarse.

«Mujer sumamente sensible, muy femenina, tenía un temple enérgico y masculino que le permitía afrontar sin flaquear las dificultades más espinosas. Su espíritu era el de una fundadora, el de una mujer de acción, intrépida y voluntariosa, apasionada y entusiasta [2].» Viajera infatigable, crea toda una red de conventos a costa de luchas incesantes. Funda diecisiete en Castilla y en Andalucía —de ahí su *Libro de las fundaciones*. En 1582, durante un viaje de Burgos a Ávila, hace un alto en el convento de Alba de Tormes, donde la muerte la sorprende. En 1614 será beatificada y, en 1622, canonizada. Santa Teresa de Ávila «no tiene ninguna pretensión como escritora. Escribe en prosa —literalmente— para atender las necesidades de su labor religiosa o para obedecer a sus directores y, del mismo modo, en verso —técnica que no dominaba— para "alegrar a sus religiosas con sus entretenimientos" [3]».

El *Libro de su vida* (*Libro grande* o *Libro de las misericordias de Dios*), compuesto entre 1562 y 1565, describe su ascensión mística y abarca hasta 1562, año en que comienza su gran obra reformadora. El *Camino de perfección*, *El castillo interior* o *Las moradas*[4] se incluyen en la corriente de la mística.

Su estilo es muy sencillo. En el lenguaje corriente de Castilla, utilizando expresiones coloquiales nada literarias, escribe, en cierto modo, como se habla, lo que le confiere un interés añadido a esta descendiente de judíos, hecho que, una vez más, nos revela toda la complejidad de lo que fue «la España de las tres religiones».

Fray Luis de León
(Belmonte, Cuenca, 1527-
Madrigal de las Altas Torres, Ávila, 1591)

FIGURA EMINENTE de la literatura española del siglo XVI, Luis de León nace el mismo año que Felipe II (1527-1598). Aunque es de origen converso [1], su fervor cristiano no puede ponerse en duda. Al ser su padre abogado en la corte, empieza sus estudios en Madrid y en Valladolid; luego entra en la Orden de los Agustinos y, a los catorce años, se instala en Salamanca, famosa ciudad universitaria de la que salen tantos sefardíes de primera generación. Estudia bajo la dirección de Melchor Cano (1509-1560), teólogo dominico, y, a los treinta y cuatro años, le confían la cátedra de teología.

En 1572, las rivalidades entre profesores desembocan en el proceso inquisitorial del que es víctima. Se le acusa de defender el texto hebreo del Antiguo Testamento en vez del texto latino (actitud que sus enemigos relacionan en el acto con su ascendencia judía por parte de madre) y de haber traducido el *Cantar de los cantares* al castellano («lengua vulgar»), a pesar de las interdicciones del Concilio de Trento (1545 y 1563) al respecto. Pasará en prisión los casi cinco años que dura el proceso. Finalmente, será declarado inocente y reincorporado a sus cargos, mientras que sus dos colegas hebraístas morirán en la cárcel. «Este es un hecho que arroja mucha luz sobre numerosos aspectos de la vida y el pensamiento en España durante el siglo XVI [2].» Según la leyenda, habría reanudado sus clases con la palabras: *Decíamos ayer...* Ocupará otras dos cátedras, la de filosofía y la de estudios bíblicos, y morirá en 1591, algunos días después de ser nombrado provincial de su Orden en Castilla.

Luis de León representa al cristianismo en el Renacimiento; escribe casi exclusivamente en español, aunque el latín lo reserva para sus tratados teológicos y para algunos comentarios. Aquí no podemos citar la lista completa de sus obras [3], pero de su abundante producción mencionaremos sus traducciones, especialmente la del *Cantar de los cantares,* la del libro de Job y la del libro de los Proverbios.

Basta leer la traducción de *El cantar de los cantares*[4] de Luis de León para comprender hasta qué punto dominaba el hebreo nuestro poeta. En efecto, lleva a cabo una traducción literal palabra por palabra, como lo hacían los judíos de España y sus descendientes más allá de 1492. Así, declara en su *Prólogo*: «[...] llevar a nuestra lengua, palabra por palabra, el texto de este libro [...] explicar brevemente no cada palabra, sino los pasajes algo oscuros [...][5]».

Pero eso no es todo. Aunque nuestro poeta permanece muy apegado al texto original, además se inspira en numerosos comentaristas judíos tanto para esta traducción como para otras, pero también para comentarios bíblicos como *Los nombres de Cristo*[6]. Prueba de su fidelidad a la herencia del judaísmo: un humanista como él no podía hacer abstracción de este hecho.

EL DEVENIR DE LOS SEFARDÍES MÁS ALLÁ DE 1492

La diáspora sefardí después de 1492

EL 31 DE JULIO DE 1492, el último judío abandona España. Unos cien mil judíos habían abrazado la fe cristiana. Los otros, unos trecientos mil según algunos cálculos, componen la diáspora sefardí. Don Isaac Abrabanel * (1437-1508), que luchó por todos los medios para lograr la anulación del decreto del 31 de marzo de 1492, sitúa en una óptica mesiánica la liquidación del judaísmo europeo medieval. En su comentario de Isaías, XLIV: 5-7, escribe en los primeros años del siglo XVI: «En el año 5252 [1492] el Señor inspiró a los soberanos españoles el designio de expulsar de su país a todos los judíos, alrededor de trescientas mil almas, de forma que todos se fueran hacia todos los países de Occidente y volvieran sus ojos hacia Tierra Santa y, junto con los judíos, los marranos [1]».

La diáspora sefardí empieza instalándose en los territorios más próximos a España, como Navarra y Portugal. Luego se dirige hacia Italia y África del Norte. Sigue hasta las islas del Mediterráneo que no eran españolas, y también llega hasta Grecia, Egipto, Tierra Santa, Asia Menor. La mayoría de los sefardíes abandonan un territorio cristiano para establecerse en regiones conquistadas por el islam otomano.

La salida de la Península Ibérica se realiza en dos tiempos. El primero, tras el decreto de expulsión de los judíos, es muy breve, de mayo a julio de 1492 [2]: el éxodo desde Castilla y Aragón se realiza por vía terrestre o marítima. El segundo es más largo: muchos judíos que se habían convertido a la fuerza al catolicismo (los conversos), antes o después de las expulsiones de

España y de Portugal, abandonan la Península Ibérica a un ritmo más irregular en los años posteriores.

Sus descendientes, los cristianos nuevos, los imitan, esencialmente los de Portugal. Abandonan su tierra entre finales del siglo XV y finales del siglo XVIII. Este movimiento se extiende por un área geográfica más amplia. Los cristianos nuevos, llamados «marranos» (criptojudíos), se unen a alguna comunidad judía hispánica de la cuenca mediterránea, instalada en Grecia o en Turquía [3]. Asimismo hay muchos que se dirigen hacia los países católicos de Occidente.

Otros se establecen, hacia finales de los siglos XVI y XVII, en países protestantes como las Provincias Unidas o Inglaterra. Allí, los obstáculos a su instalación por ser judíos poco a poco desaparecen. Los cristianos nuevos también se extienden, desde comienzos del siglo XVI, hacia las posesiones americanas de España y Portugal. En cambio, cuando se proclaman judíos, se dirigen hacia los territorios conquistados por los holandeses o los ingleses, creando así las primeras comunidades judías del Nuevo Mundo en los siglos XVII y XVIII.

De modo que, después de 1492, el judaísmo sefardí se divide en dos grupos, uno de origen español y el otro denominado «portugués». Estos dos grupos, separados en el plano geográfico, constituyen un conjunto unido por un origen común, por unos vínculos económicos y familiares y por una lengua hispánica: el español, el judeoespañol (más o menos a partir de 1620) o el portugués.

En la Península Ibérica, desde los decretos de expulsión de España, en 1492, y de Portugal, el 5 de diciembre de 1496, los judíos ya no tienen existencia legal. Algunos núcleos de conversos juegan un papel destacado en la vida social, económica y política. Sin embargo, su asimilación es difícil, por una parte debido a los prejuicios, por otra, a los estatutos que rigen su destino: en efecto, a los marranos les está prohibido desempeñar determinados cargos civiles, religiosos y militares.

De acuerdo con las confesiones obtenidas por el Santo Oficio durante los numerosos procesos, las creencias y las prácticas judías siguen presentes en la Península Ibérica. Se mantienen relaciones entre los conversos de la Península y los judíos que viven en las comunidades de la diáspora. Para la historia general del mundo sefardí, la Península resulta una cantera de la que las comunidades de la diáspora sacan su fuerza.

En España hay que distinguir varios grupos de cristianos nuevos: los descendientes de los conversos hacia finales del siglo XIV, los que se convirtieron al cristianismo para evitar el exilio (sobre todo en 1492), y los que, después de haberse exiliado, no soportaron la expatriación, volvieron a España y aceptaron el bautismo. Los cristianos nuevos, que a menudo residían en los antiguos barrios judíos, no son bien aceptados, y los cristianos viejos les manifiestan su desconfianza y, a veces, su animosidad. En Toledo [4], el estatuto de limpieza de sangre [5] de 1547 preve una minuciosa investigación de los antecedentes de los futuros candidatos a las funciones religiosas o militares. Solo se puede ejercer alguno de estos cargos si se logra probar no tener ninguna ascendencia judía o mora. Los cristianos nuevos no son aceptados en muchos gremios, cofradías, colegios, órdenes religiosas y militares. Algunas ciudades incluso les niegan el derecho de residencia.

De forma que los cristianos nuevos constituyen un «grupo social» compuesto esencialmente por mercaderes y recaudadores de las rentas del Estado, que contribuyen al gran desarrollo económico de España durante el siglo XVI. La amenaza de la Inquisición sigue presente. Las denuncias secretas a menudo se basan en pretextos fútiles. La tortura le proporciona a los inquisidores confesiones y listas de cómplices que supuestamente practican el judaísmo en la clandestinidad. A principios del siglo XVI, los «judaizantes» se encuentran esencialmente en Castilla la Vieja.

La represión inquisitorial es tan fuerte que acaba con la mayoría de los grupos «judaizantes» de España a principios del siglo XVI. Después de 1580, los conversos portugueses se instalan en España, puesto que la Península Ibérica se ha convertido en un reino único. Esta inmigración se explica por razones económicas, pero también por el deseo de instalarse en un lugar donde nadie conoce los orígenes judíos, y por la elección de un paso previo en España antes de dirigirse hacia alguna comunidad judía de la diáspora. Para muchos cristianos nuevos, España es una tierra de espera; aguardan una oportunidad favorable para emigrar y, públicamente, volver a convertirse en judíos.

La historia de la Inquisición española atañe a la historia judía en la medida en que los individuos que juzga, condenados o no, practican más o menos el judaísmo y se consideran como integrantes del pueblo judío. La primera generación de los conversos de la época de la expulsión aún tiene recuerdos del judaísmo; las siguientes generaciones deben descubrirlo gracias a la educación familiar (lo que no deja de ser peligroso), mediante una iniciación exterior o recurriendo a los libros. Las creencias y las prácticas judías son descubiertas durante los procesos de la Inquisición a los criptojudíos españoles en los siglos XVI y XVII.

Los visionarios reavivan la fe mantenida. Así, en Chillón, provincia de Ciudad Real [6], una mujer llamada María Gómez ve cómo su madre se le aparece y le informa que Dios la ha escogido para anunciar una redención inminente a los conversos que respeten el Sabat y los otros mandamientos de la ley mosaica (esencialmente los ayunos). Las prácticas judaizantes más frecuentes de los conversos son el encendido de las luces la víspera del Sabat, la abstinencia de la carne de cerdo, la práctica del ayuno durante la festividad de la reina Esther y, sobre todo, durante el Kippur. Sin embargo, los criptojudíos practican un judaísmo muy pobre. Su gran preocupación es transmitir sus creencias a sus hijos. Generalmente la transmisión se lleva a cabo a los trece años —antes se corre el riesgo de que el secreto no sea respetado—, y esencialmente la realizan las mujeres [7].

En Portugal

En 1492, casi ciento veinte mil sefardíes encuentran un momentáneo refugio en Portugal con el permiso del rey Manuel. En 1497, tras la conversión forzada de la comunidad judía compuesta por los autóctonos y por los inmigrantes españoles, los cristianos nuevos van a constituir casi la décima parte de la población del reino. Las autoridades no emprenden ninguna acción para convencer a estos conversos y abracen sinceramente el catolicismo, ni para enseñarles los principios y la práctica de su nueva religión.

Una ley del 30 de mayo de 1497 protege a los cristianos nuevos de cualquier persecución judicial por razones religiosas durante veinte años. En esa época aún no existe la Inquisición en el reino de Portugal. En el plano económico, muchos cristianos nuevos participan en el desarrollo del país. Algunos judíos son arrendatarios de los ingresos reales o señoriales, otros se dedican a los negociados y compran cargos públicos.

Sin embargo, los cristianos viejos ven a los cristianos nuevos como judíos cuyo ascenso social no es aceptable. En abril de 1506, los cristianos nuevos sufren en Lisboa los efectos del odio popular. El cronista hebreo Salomón ben Verga *, algunos años más tarde, relata en *Sébet Yehudá* (La Tribu de Judá) las diversas peripecias de este drama [8].

En noviembre de 1525, David Rubeni *, tras presentarse como embajador de un lejano reino judío independiente situado más allá de Etiopía, y hermano de su rey Yosef, le solicita al rey Juan III una ayuda militar que le permita a su reino combatir a los turcos [9]. Una fiebre mesiánica se apodera de los cristianos nuevos. Están convencidos de su inminente redención. El paso de David Rubeni por Portugal renueva el fervor judaico de los nuevos cristianos y les insufla gran esperanza.

A partir del 23 de mayo de 1536, fecha en la que se instituye la Inquisición en Portugal, las circunstancias de los cristianos nuevos empeoran. Entre 1548 y 1594, en Lisboa tienen lugar mil novecientos veintisiete procesos por judaísmo. En Coimbra se cuentan tres mil ochocientos treinta y siete procesos entre 1567 y 1631. Al igual que en España, los cristianos nuevos tienen prohibido por ley el acceso a varios cargos y a las funciones eclesiásticas. En el siglo XVII, el dispositivo de exclusión social de los cristianos nuevos portugueses se extiende a numerosas funciones y profesiones como la de médico, boticario y profesor de universidad. Este rechazo económico y religioso lleva a expatriarse a los nuevos cristianos.

En Portugal, el criptojudaísmo solo conserva algunos ritos y preceptos. La salvación se ganaría no mediante la Ley de Cristo, sino mediante la Ley de Moisés. Las oraciones, los Salmos concretamente, se recitan en portugués. Entre las festividades que más se observan, la de Purim (en honor a Esther, que disimuló su fe y su origen ante el rey persa Asuero) es muy apreciada por los criptojudíos. Las prohibiciones del judaísmo respecto a los alimentos y las costumbres funerarias son, en la medida de lo posible, respetadas. Las prácticas abandonadas son: la elección de nombres judíos, la circuncisión, la matanza ritual de los animales para comer, la práctica de las filacterias y la celebración del Año Nuevo judío.

La fe y la práctica religiosa se ven favorecidas por la presencia momentánea, por razones familiares o comerciales, de cristianos nuevos llegados desde alguna comunidad judía del exterior abiertamente asumida como tal. Estas personas son una fuente de consuelo y contribuyen a la instrucción religiosa, sobre todo trayendo libros de oraciones. En el siglo XVII, estos contactos se vuelven habituales con la emergencia de Amsterdam, metrópoli religiosa de los sefardíes en los países cristianos.

Si bien en Portugal no hubo un verdadero éxodo de judíos, entre los siglos XVI y XVIII se produce un movimiento irregular de emigración de los nuevos cristianos. Depende de los recursos, de las motivaciones personales de los candidatos a la partida y de la posibilidad legal de abandonar el país. Las fluctuaciones económicas y políticas pueden modificar, acelerando o aminorando, la corriente migratoria.

La diáspora marrana

Los marranos portugueses y españoles, empujados por una fuerte motivación religiosa, ansían unirse a una verdadera comunidad judía. Algunos se dirigen hacia el Imperio otomano —básicamente a Salónica y a Constantinopla—, donde se erigen sinagogas españolas y portuguesas. Otros se detienen, provisional o definitivamente, en alguna de sus etapas italianas, Roma, Ancona, Ferrara, Venecia, Pisa o Liorno. Cristianos nuevos también van a establecerse en los imperios español y portugués de las Indias orientales y occidentales, donde los tribunales de la Inquisición los persiguen. En Goa, el primer auto de fe tiene lugar en 1563. En Bahía, Brasil, de 1635 a 1645, los cristianos nuevos constituyen entre el diez y el veinte por ciento de la población blanca [10].

Asimismo, a finales del siglo XVI, muchos criptojudíos se establecen en Amsterdam (que más adelante se convertirá en la metrópoli sefardí en los países cristianos), donde obtienen un estatuto benévolo que les permite crear oficialmente una comunidad judía [11]. Amsterdam será el origen de varias comunidades judeoportuguesas en las posesiones holandesas de América [12].

En Brasil se constituye en Recife (Pernambuco) la primera comunidad del Nuevo Mundo a principios de siglo XVII. En el Nuevo Mundo, el judío ibérico exhibe todo el orgullo de su etnia y una fe igual a la de sus vecinos cristianos. El criptojudío que llega a América en los siglos XVI y XVII tiene una resistencia, una finura y una rapidez de espíritu que le permiten sortear a los inquisidores. Esto lo sabemos por los interrogatorios a los que son sometidos mientras están encarcelados en las prisiones de la Inquisición: sus palabras son transcritas por algunos indiscretos que escuchan a través de aberturas secretas (algunas todavía se pueden ver hoy en la casa de la Inquisición en Lima, Perú).

El criptojudío prefiere vivir entre españoles o portugueses y entre los que comparten su carácter étnico laico, y escoge estar bajo la espada de Damocles. Américo Castro escribe que «los judíos expulsados de su patria, o sea, de España, en 1492, se sentían... tan españoles como los cristianos [13]».

Américo Castro recuerda también el testimonio prestado ante el Santo Oficio por un judío llamado Francisco de Cáceres, que abandona España tras haber abrazado abiertamente el cristianismo y que vuelve hacia 1500. Cuando le piden que explique su conducta, responde: «Si el rey nuestro señor ordenase a los cristianos que se convirtieran al judaísmo o dejasen su reino, algunos se volverían judíos y otros partirían; pero aquellos que partiesen, en cuanto descubrieran lo triste de su condición, se convertirían al judaísmo para poder volver a su país natal, y entonces serían cristianos, rezarían como cristianos y engañarían al mundo; pensarían en ser judíos, pero en el interior, en sus corazones y en sus voluntades, serían cristianos».

En el siglo XVII, la comunidad judeoportuguesa de Londres acoge a cristianos nuevos de la Península Ibérica. Desde Londres, nuevas comunidades van a crearse en las colonias inglesas de América Central, siendo la más importante la de Jamaica. En el mundo asquenazí, en el siglo XVII aparece la comunidad judeoportuguesa en Hamburgo, donde se establecen muchos inmigrantes, cristianos nuevos españoles y portugueses.

De modo que la diáspora marrana se divide entre ciudades españolas, portuguesas, americanas, y comunidades judías en países cristianos o en países musulmanes.

La elección de los expulsados de 1492 responde, por una parte, a los recursos materiales disponibles, y por la otra, a la facilidad del viaje. Por lo general, deben obtener un permiso de residencia expedido por las autoridades no judías y por los responsables de las comunidades locales. A fin de que su instalación sea lo más larga posible, o incluso definitiva, tras haber encontrado una ocupación profesional procuran integrarse en un grupo judío donde puedan recrear una existencia conforme a las normas y costumbres de su entorno original.

En el Imperio otomano

En el Imperio otomano, Moisés ben Eliah Capsali * (1420-1495) intercede ante Bayaceto II (1481-1512) para facilitar la instalación de los refugiados de España. El sultán exime a los judíos de cualquier tasa de desembarco. Promulga un decreto amenazando con pena de muerte a cualquiera que maltrate a los inmigrantes judíos. Dirige una proclama a los gobernadores de su reino para que ninguno los rechace ni los expulse. Las comunidades judías autóctonas participan haciendo un gran esfuerzo económico para ayudar en la instalación de los recién llegados. Los judíos expulsados se aprovechan de la partida de los griegos, que han abandonado sus casas ante la conquista turca. Estas moradas se alquilan por poco dinero a los inmigrantes judíos. Los dirigentes comunitarios y los particulares alientan a sus familiares y amigos, refugiados de España en ciudades italianas o del norte de África, a que acudan a reunirse con ellos.

Las principales ciudades de acogida son Patrás, Eubea, Tebas, Constantinopla, Andrinópolis, Nikopol, Brusa, Tokat, Esmirna y Salónica. La comunidad judía del Imperio otomano está administrada de acuerdo con el sistema del *millet*, de la misma forma que los agrupamientos no musulmanes. Está dirigida por un jefe religioso y tiene la ventaja de poseer un sistema jurídico autónomo [14]. Los impuestos que debe satisfacer se fijan tras una negociación; el total es dividido entre los miembros de la comunidad según las posibilidades de cada uno. El rabino Moisés Capsali visita las comunidades una por una para obligarlas a aportar su contribución [15].

Una de las comunidades más importantes es la de Salónica. Los inmigrantes españoles primero se unen a los judíos establecidos desde mucho tiempo atrás, los romaniotas. Muy pronto, los judíos catalanes crean su propia sinagoga. Más adelante, algunos inmigrantes establecen una comunidad más amplia adoptando el nombre de *Guerush Sefarad* (Expulsión de España). Se forman nuevas comunidades básicamente en función de las regiones o de las ciudades de origen. Las sinagogas son llamadas «Aragón», «Cataluña» o «Navarra [16]».

En Tierra Santa, durante los últimos años del siglo XV, la comunidad de Safed está dirigida por expulsados de España. Dos *yesivas* se ocupan de impartir sus enseñanzas. Una agrupa a los judíos instalados de larga data, la otra incluye a los expulsados de 1492 [17]. Algunos dignatarios llegan a Safed. Por entonces la comunidad cuenta con trecientos «cabezas de familia» y tres sinagogas. Hacia 1536, en Safed hay identificadas más de mil familias y siete comunidades. A mediados del siglo XVI, Safed, con cuarenta mil personas, es la comunidad más importante de Tierra Santa. A los viajeros cristianos y judíos que recorren Palestina les sorprende la gran cantidad de judíos españoles y portugueses que encuentran por todo el país, país gobernado por los turcos otomanos desde 1516.

Los sultanes Selim I (1512-1520) y su hijo Solimán el Magnífico (1520-1566) restablecen la seguridad de los caminos. Una nueva administración rige en Tierra Santa, dividida en cuatro *sanjaks* (Jerusalén, Naplusa, Gaza y Safed); cada *sanjak* incluye varios distritos. La agricultura se desarrolla y la población crece hasta alcanzar las trescientas mil personas. La economía progresa gracias a la construcción de prensas para producir aceite de oliva, telares y tinas para teñir.

La inmigración sefardí se inscribe en un contexto general de desarrollo del país. Al igual que en España, los asentamientos judíos son esencialmente urbanos, sin embargo, algunas familias judías eligen domiciliarse en pueblos y aldeas, sobre todo en Galilea. Las misiones de David Rubeni * y de Salomón Moljo * en Italia y Portugal entre 1523 y 1526, despiertan esperanzas mesiánicas. Y alientan, junto con el progreso económico, la inmigración judía. Después de Safed, Jerusalén es la ciudad que recibe la inmigración judía más numerosa, lo que le permite tener una fuerte expansión económica e intelectual.

El bienestar económico y social de las comunidades sefardíes en el Imperio otomano vivirá un declive gradual tras el reinado de Solimán el Magnífico (1520-1566), como resultado de una sucesión de crisis económicas y políticas que suponen el deterioro y la desintegración del imperio [18]. Estos cambios estimulan la migración hacia los países del centro y el oeste de Europa. Esta tendencia se acentúa durante el siglo XVIII.

Después de las victorias de la Liga Santa sobre los turcos, a finales del siglo XVII, los Habsburgo empiezan a colonizar Hungría y alientan a los granjeros alemanes para que se instalen en esas tierras. Los nuevos colonos necesitan intermediarios para distribuir sus diferentes productos, sobre todo los agrícolas. Los mercaderes judíos, griegos y macedonios de Turquía acuden a Hungría. El aumento de la población europea en general, y el creciente volumen de la población local, ofrecen buenas oportunidades al sector comercial.

El espíritu del Siglo de las Luces, que prevalece en la Europa del siglo XVIII, acentúa la tolerancia hacia los judíos. Inmigrantes sefardíes venidos desde Oriente se establecen en las comunidades de Viena, Timisoara y Transilvania, pero mantienen estrechos lazos entre ellas. En 1796, Austria otorga a los judíos el derecho a la ciudadanía sin ninguna restricción. Los judíos turcos visitan Hamburgo y acuden a la feria de Leipzig. Otros se dispersan por distintos lugares de Europa. Algunos forman sus propias comunidades, conservando su identidad de refugiados españoles, mientras que otros se integran en la comunidades asquenazíes ya existentes o bien se asimilan al mundo no judío.

En África del Norte

En el norte de África, la llegada de los refugiados españoles de 1492 significa un giro en la historia de los judíos de la región. A veces su instalación resulta problemática. En Marruecos, por ejemplo, el sultán Mohammed al-Shayk al-Wattasi acoge a los judíos españoles y portugueses, pero la población no los acepta. Los refugiados que desean llegar hasta la gran ciudad de Fez sufren por los caminos el asalto de los saqueadores. No pueden entrar en la ciudad y durante mucho tiempo deben residir en los campos de los alrededores. Se calcula que más de veinte mil refugiados murieron de hambre y enfermedades. Muchos son los que, desesperados, regresan a España y se convierten al cristianismo.

Los judíos autóctonos, llamados *toshabim*, se oponen a los expulsados, los *megorashim*, que rápidamente dominan las comunidades donde se instalan: Meknès, Debdu, Fez, Tánger, Tetuán, Salé, Arcila, Larache, Rabat y Safí. En el norte de Marruecos se adoptan las costumbres de los refugiados decretadas por sus rabinos. Se las conoce con el nombre de «*taqqanot* de los exiliados de Castilla», y conciernen sobre todo a las prácticas matrimoniales y sucesorias. En Tánger y en Tetuán, los autóctonos se asimilan a los refugiados españoles. Al igual que ellos, miran con cierta condescendencia a los judíos de tierra adentro, a los que llaman *los forasteros*.

Algunas dinastías de rabinos tienen gran importancia en la literatura hebraica, esencialmente en Fez. Sin embargo, la vida cultural se manifiesta en mayor medida a través de las enseñanzas orales y de los manuscritos que merced a los libros impresos. La llegada de los judíos de la Península Ibérica le permite a los judíos de Marruecos renovar sus conocimientos y hablar regularmente en hebreo.

En el Magreb central, los expulsados de España de 1492 son pocos y no provocan cambios en la vida de las comunidades establecidas, como sí ocurrió tras las matanzas de 1391 [19]. Los inmigrantes se establecen en un entorno familiar donde no entran en conflicto, al contrario de lo que se da en Marruecos con los habitantes judíos ya instalados. Así, los rabinos Jacob Berad y Jacob Quino son acogidos en Tremecén por la familia Gabisón, que había fijado su residencia en dicha ciudad en 1391 [20].

En el siglo XVI, en lo que más tarde se llamará Argelia, los expulsados de 1492 van a depender de la administración otomana, ya que por entonces la región está bajo el dominio turco. Los judíos españoles se establecieron principalmente en Argel, Orán, Constantina, Mostaganem, Miliana, Bugía, Tenes y Tremecén, llamada la «perla del Magreb». Al principio se constituyen en grupos aparte. En Argel, por ejemplo, los judíos nativos son conocidos como «los que usan turbantes», y los judíos españoles «los que usan capuces». La mayoría viven con grandes dificultades ejerciendo oficios artesanales o dedicados a la venta ambulante.

Los judíos españoles aprenden rápidamente el judeo-árabe y lo enriquecen con numerosos vocablos. En el plano religioso, en Argel coexisten dos ritos distintos, el *minhag alharün* y el *minhag malahim,* que corresponden, respectivamente, al ritual de Barcelona y al de Mallorca.

En Túnez, después de 1492, la cantidad de refugiados españoles es más importante y se acrecienta aún más tras la «conversión forzosa» impuesta en Lisboa en diciembre de 1496. Sin embargo, Túnez parece más un lugar de paso, una escala antes de viajar hacia Oriente. Hacia finales del siglo XVI, muchas familias emigran rumbo al gran ducado de Toscana, donde las comunidades de Pisa y Liorno están en pleno desarrollo. De esta época datan los estrechos lazos comerciales, familiares e intelectuales que más adelante vincularán a los judíos de Túnez con los de Liorno [21].

En el plano cultural, hay una figura que destaca; se trata de Abraham ben Salomón Levy-Baqrat, quien, en Málaga, fue discípulo de Yehudá Gabbay. Primero se instaló en Tremecén y, más adelante, viajó hasta Túnez donde, en 1507, completa su obra maestra, un gran comentario sobre Rachi, el *Séfer ha-Zikarom* (El Libro de la memoria). Esta obra, conocida durante mucho tiempo solo a través de copias manuscritas, no será impresa hasta 1845, en Liorno. En su introducción, Abraham Levy-Baqrat presenta su propia autobiografía, con las tribulaciones que padeció a consecuencia de la expulsión de España. Una de sus numerosas elegías concierne a la expulsión de los judíos de España.

En 1710 se constituye la comunidad liornesa o *grana* (en judeo-árabe, plural de *guerní,* de *Legorna*, Liorno), diferenciándose claramente de la comunidad de los judíos de Túnez, los *tuansa*. Todos los judíos originarios de países de mayoría cristiana forman parte de la comunidad de rito portugués o liornés. Los judíos liorneses contribuyen para edificar una sinagoga. Tienen su tribunal rabínico, su carnicería, sus escuelas, sus pompas fúnebres y un cementerio propio separado por un muro...

En Italia

Italia, dada su proximidad, se convierte en una escala muy frecuentada por los exiliados españoles de 1492 que se dirigen hacia los países islámicos. Varios principados y ciudades desean acogerlos. Sin embargo, muchos emigrados van a establecerse en comunidades ya existentes y prósperas, como las de Roma o Venecia, y solicitan permiso para poder residir en ellas. Algunos se presentan como portavoces de mercaderes judíos españoles y negocian con las cortes reales.

En 1493, algunos judíos españoles le someten una petición al duque Hércules de Ferrara, solicitando el derecho a instalarse en su ciudad. Se les otorga el derecho, así como a sus hijos, a sus descendientes y a todos los que lleguen de España para residir en Ferrara o en cualquier otro lugar bajo dominio del duque. Así se funda la comunidad española, que dispone de su propia administración y construye su sinagoga. El 1 de marzo de 1553 aparece en Ferrara la *Biblia en lengua española traduzida palabra por palabra de la verdad hebrayca*. Esta Biblia de Ferrara, reproducida en varias ocasiones en Amsterdam durante los siglos XVII y XVIII, se convierte en la «versión autorizada» para toda la diáspora sefardí en los países cristianos. Este gran texto salido de las imprentas sefardíes es responsabilidad del impresor Gersom Soncino, que instaló imprentas en la mayoría de las ciudades italianas y también en algunas del Imperio otomano.

Por lo que respecta a Saboya, al Piamonte y al condado de Niza, el duque de Saboya, Emmanuel-Filiberto, otorga en 1572, y por un periodo de veinticinco años, los mismos derechos que los concedidos por el papa Julio III a los judíos españoles y portugueses para Ancona y otros lugares del Estado pontificio, es decir, una amplia libertad de conciencia y de culto. Entre estas disposiciones tan favorables, hay una donde se precisa que los inquisidores y cualquier otra autoridad eclesiástica tienen prohibido molestar a los judíos, incluso si antes pasaban por cristianos, y que los judíos quedan exentos de llevar cualquier signo distintivo.

En Liorno, la carta otorgada el 10 de junio de 1593 por Fernando de Médicis, gran duque de Toscana, conocida como la Liornina, se convierte en un modelo para cualquier comunidad judía. Con anterioridad ha habido otros decretos para incitar a los mercaderes extranjeros, y a los judíos en particular, para que viniesen a instalarse en los puertos de Pisa y de Liorno [22]. La Liornina le garantiza a los criptojudíos que no serán perseguidos por la Inquisición por practicar de nuevo el judaísmo.

Los magistrados de la Nación judía tienen la posibilidad de admitir a los judíos llegados de otras comunidades. El gobernador de Liorno es el encargado de examinar los litigios entre cristianos y judíos, mientras que la magistratura de los *massari* (jefes y jueces de la Nación judía) es la única competente para juzgar los litigios entre judíos. Estos últimos pueden obtener el doctorado de la Universidad de Pisa. Sus médicos y cirujanos pueden atender a judíos y cristianos. Nodrizas y sirvientes cristianos pueden entrar al servicio de los judíos. Otra garantía: está prohibido arrebatarle a sus padres niños menores de trece años para convertirlos al cristianismo. Más adelante, los Médicis seguirán mostrándose favorables a la Nación judía y fieles a la letra y al espíritu de la Liornina.

En Liorno, el siglo XVII es el «gran siglo» de los sefardíes, mientras que el XVIII es el del lento declinar de su preeminencia en el seno de la Nación. En los siglos XIX y XX, el ejemplo liornés demuestra que la historia de los sefardíes se confunde en gran medida con la de los otros judíos de Italia. Como ha escrito Jean-Pierre Filippini: «El mundo sefardí va a sobrevivir en Italia solo a través de la cultura, tanto la cultura religiosa como la cultura popular [23]».

En Francia

Aún no sabemos en qué fecha emigraron a Francia los primeros cristianos nuevos de España y Portugal, tras la expulsión de los judíos del reino en 1394. Teniendo en cuenta la cercanía geográfica, es casi seguro que este movimiento debió empezar bastante pronto. El hecho de que Luis XI, en febrero de 1474, le conceda privilegios a los extranjeros que vengan a establecerse en Burdeos, permite suponer que algunos cristianos nuevos aprovecharon la ocasión para dirigirse hacia Aquitania [24], tanto más cuanto que allí los cristianos nuevos no son buscados con particular empeño.

En Burdeos, el primer cristiano nuevo sería André de Govea, que ejerce la dirección del colegio de Guyena. Se supone que él fue quien le facilitó a varios de sus correligionarios la posibilidad de establecerse. Y, esencialmente, también sería él quien negoció con la cancillería del rey Enrique II el texto del mes de agosto de 1550 (la «Carta Magna» de los judíos sefardíes en Francia), promulgada en favor de los comerciantes portugueses llamados cristianos nuevos [25]. Varios cristianos nuevos obtienen, a título individual, «cartas de naturalización» que les conceden derechos prácticamente iguales a los de los súbditos franceses.

El 11 de noviembre de 1574, en Lyon, los cristianos nuevos logran que Enrique III ratifique sus privilegios. Además, obtienen el derecho de residir libremente sin que pueda haber investigaciones sobre su forma de vida. Ello demuestra que estos españoles y portugueses practican el judaísmo, y que las autoridades no desean darle al pueblo argumentos en su contra. Como avezados negociadores que son, los representantes de los cristianos nuevos portugueses, con dinero de por medio, consiguen multiplicar el número de las comunidades en Francia, básicamente en el sudoeste y a lo largo del litoral atlántico y del canal de la Mancha. Sobre todo consiguen el desarrollo de las comunidades de Burdeos y Bayona.

Francia se convierte así en un país de tránsito y de rejudaización para los refugiados de la Península Ibérica y para los criptojudíos. Desde Bayona, Burdeos y otras comunidades francesas, hombres que han vuelto al judaísmo se dirigen a España y Portugal y transmiten el judaísmo a sus allegados y amigos.

Estos fugitivos, cuyos antepasados se vieron obligados a convertirse al catolicismo, crearon de la nada en una región donde antes no había ni rastro de ninguna comunidad judía, una sociedad estructurada, sólida e ilustrada que vivía de acuerdo con las normas de la tradición judía. Esta sociedad también logra ser tolerada en un sistema político que no se cuestiona la exclusión de los judíos. Aunque por lógica deberían haber desaparecido durante el siglo XVI, los criptojudíos se mantuvieron en el sudoeste de Francia y se reforzaron, obteniendo el derecho a permanecer en la historia de Francia.

En Amsterdam

La comunidad judía de Amsterdam tiene varios relatos tradicionales sobre sus orígenes [27]. Según una de estas leyendas, en 1593, Manuel López Pereira y su hermana, María Núñez, se embarcaron en Portugal con su tío Miguel López y otros cristianos nuevos rumbo a Europa septentrional. Tras ser capturados por los ingleses, son encarcelados en Londres. Pero la reina Isabel le cobra cariño a María Núñez. Un joven noble solicita su mano, mas ella se niega por fidelidad hacia los suyos. La reina Isabel libera a los cautivos, que entonces se dirigen hacia Amsterdam.

En 1598, María Núnez se casa con uno de los portugueses con los que compartió su aventura. Este matrimonio sería el primero que se celebró en Amsterdam siguiendo el ritual judío.

Según otro relato, algunos cristianos nuevos desembarcan en Emden (Frisia) en 1593, o, lo más probable, en 1601. Se ponen en contacto con el rabino asquenazí Moisés Ury Halevy y con su hijo Aarón, que aprendió español en Venecia mientras completaba su aprendizaje del oficio de impresor. Estos cristianos nuevos le piden a Moisés Uri Halevy que los acompañe y sea su rabino para así poder volver al judaísmo. Este les aconseja que se instalen en Amsterdam con él, lugar donde los circuncida.

Una tercera leyenda cuenta que el 15 de septiembre de 1603 el oficio del Kippur se ve interrumpido por una redada de la policía cuyo objetivo era desbaratar un complot de católicos españoles. Los súbditos portugueses son considerados enemigos de las Provincias Unidas ya que Portugal, entre 1581 y 1640, está unida a la corona española. El portavoz de estos portugueses, Jacob Tirado *alias* James Lopes da Costa, le explica en latín a los policías que ellos son judíos que han huido de la Inquisición española. Los burgomaestres de Amsterdam valoran la buena fe de Jacob Tirado, toleran el culto y no detienen a los fieles. Sin embargo, aún tendrá que pasar cierto tiempo hasta que se autorice la práctica del judaísmo. Así nació, oficiosamente, la comunidad judeoportuguesa de Amsterdam.

A principios del siglo XVII hay bastantes mercaderes judíos portugueses viviendo en Amsterdam. Mantienen constantes intercambios con sus familiares y amigos de la Península Ibérica y de Francia. En 1602 figuran entre los fundadores de la Compañía de las Indias Orientales. Estos hombres multiplican sus gestiones para lograr el derecho a tener, oficialmente, una sinagoga y un cementerio de la comunidad.

En Alkmaar, ciudad aparte de la jurisdicción de Amsterdam, los judíos obtienen el 10 de mayo de 1604 el derecho a vivir de acuerdo con su religión, con la condición de obedecer en todo a los burgomaestres. En Haarlem, el 10 de noviembre de 1605, se les otorga a los comerciantes portugueses el derecho de elegir a sus dirigentes comunitarios.

En Amsterdam, en 1607, la comunidad, que ha adoptado la denominación de *Beth Yahacov* (La casa de Jacob) y tiene una organización religiosa de caridad (la primera institución que se ocupa de visitar a los enfermos), adquiere un cementerio en Groet. La segunda comunidad de Amsterdam se crea en 1608, y adopta el nombre de *Nevé shalom* (Morada de paz). Cada comunidad dispone de reglamentos y dirigentes propios. Se crean varias instituciones para ayudar a los pobres, para la práctica religiosa, la enseñanza y el socorro de los judíos en Tierra Santa.

Los miembros de la comunidad de Amsterdam son originarios de «tierras de idolatría», pero sus rabinos proceden, al principio, de Salónica y de Venecia: al rabino asquenazí Moisés Uri Halevy le sucede David Pardo, nacido en Salónica, que llega a Amsterdam después de vivir en Venecia. Luego vendrá el marroquí Jacob Uziel. A finales del siglo XVII, Jacob ben Aarón Sasportas (¿1610?-1698), de Orán, será quien ocupe la cátedra rabínica.

En 1639, después de la creación de comunidades portuguesas disidentes, se unifican todas las comunidades en una sola, llamada *Talmud Tora* (Estudio de la Ley). En 1675 alcanza su cenit con la construcción de su gran sinagoga, que ocupa un lugar destacado entre los monumentos famosos de Amsterdam y se convierte en un modelo para la arquitectura sinagogal sefardí. En palabras de Gérard Nahon: «Aguilón sobre la sociedad europea, la sinagoga —es decir, la comunidad— de Amsterdam está considerada desde mucho tiempo atrás como la representación visible del judaísmo, como el interlocutor válido del cristiano ilustrado[28]».

Los sefardíes abren la vía para la vuelta al judaísmo en Europa occidental. Todas las comunidades americanas anteriores a la independencia de Estados Unidos (1776) son fundadas por criptojudíos de la Península Ibérica que han vuelto al judaísmo, por lo general tras una estancia en Amsterdam. Son comunidades pioneras en todos los sentidos del término, desde Oriente hasta América, y crearon con sus relaciones familiares, económicas e intercomunitarias la primera organización judía que rebasa los límites estatales.

A finales del siglo XIX, España descubre a los sefardíes. Los historiadores literarios se maravillan al escuchar el resonar de la «lengua de Cervantes» por los barrios judíos de Marruecos o de Grecia. El 29 de diciembre de 1948, un decreto-ley que aparece en el Boletín Oficial reconoce la condición de súbditos españoles en el extranjero para algunos sefardíes, antiguos protegidos de España [29].

Grandes figuras en Oriente Próximo

Yosef Caro (Toledo, 1488-Safed, 1575)

YOSEF BEN EFRAÍM CARO nace en Toledo. En 1492 su familia se refugia en Lisboa, de donde tendrá que huir hacia Constantinopla y Andrinópolis en 1497. Allí Yosef proseguirá sus estudios empezados bajo la dirección de su padre, Efraím, célebre cabalista, y luego de su tío Isaac Caro. Según Yosef Nehama [1], Yosef Caro también vivió en Salónica durante su infancia, ciudad donde conoció a Salomón Alkabets, el autor de *Lejáh Dodí*. En Turquía puede haber conocido a Salomón Moljo *, cuyo martirio (en diciembre de 1532 en Mantua) le perturbará fuertemente. En 1522, a los treinta y cuatro años, empieza a redactar su *Bet Yosef* (La Casa de Yosef); le dedicará al libro unos veinte años de trabajo y siete más para las correcciones. En 1523 dirige una *yesiva* en Nikopol, Bulgaria. En 1536 abandona estas tierras para establecerse en Safed, donde será uno de los cuatro discípulos ordenados en 1538 por Berab (1474-1541), ordenación —*semijá*— que este maestro había vuelto a instituir y que dará lugar a muchas polémicas.

Tras la partida de Berab, Yosef Caro asume la dirección de la academia. Según un testigo, más de doscientos estudiantes asisten a sus conferencias [2]. Ayudado por Moisés Mitrani (1500-1580), que no siempre estaba de acuerdo con él, por Moisés Cordovero (1522-1570) y por Yosef Sagues (fallecido en 1572), intenta proseguir con la obra de J. Berab. Para atender las demandas llegadas desde toda la diáspora, redacta cientos de *responsa* que serán reunidas y editadas en parte con el título de *Avkat Rojel* (El Polvo del mercader de especias) en Salónica en 1791. Yosef Caro se casará al menos tres veces y uno de sus hijos se desposará con la hija de Isaac Luria *. En 1565, publica su *Shulhan 'Aruj* (La mesa puesta), un genial compendio de su principal obra. Hacia el final de su vida se siente atraído por el misticismo e incluso cree a menudo que una voz del cielo se dirige a él, voz a la que nombra el *Maggid* («el Predicador»), y que él supone que es una encarnación del espíritu de la *Misná*. Estas anotaciones le proporcionarán el tema de su *Maggid Mesarim* (Lublín, 1646; Venecia, 1649; Amsterdam, 1708, primera edición completa).

Bet Yosef «por su forma y su presentación es un comentario del *Arbaá turim* (Las Cuatro Columnas) de Jacob ben Asher, aunque va mucho más allá de un simple comentario [3]». Pero, como buen pedagogo, Yosef Caro reducirá esta inmensa obra al *Shulhan 'Aruj* (así llamada por el Salmo 23,5), código rabínico que constituye un verdadero manual práctico y de fácil consulta, y que, con los añadidos de Isserles, rabino de Cracovia (1510-1572), se convertirá en el código rabínico por excelencia, y aún lo sigue siendo. Tendrá un gran número de ediciones, incluidas las ediciones en español con caracteres hebreos (Salónica, 1568, *Meza de el alma* (La mesa del alma); Venecia, 1602, 1712, *Meza de el alma*, etc. [4]).

Yosef Caro también estudia la *Misné Tora* de Maimónides *; este análisis será el germen de su *Késef Misné* (La doble plata, Venecia, 1574-1575).

Yosef Caro morirá en Safed el 13 del mes de *nisán* de 1575 a la edad de ochenta y siete años. Aún se puede ver su tumba en el antiguo cementerio.

Doña Gracia Nasí
(Lisboa, 1510-¿Estambul?, ¿Tiberíades?, 1569)

LA SENYORA, *ha-Gevereth* en hebreo, marcó de manera indeleble la cultura judía de Turquía. Todavía hoy, su recuerdo es perpetuado en numerosas sinagogas que llevan su nombre, concretamente en Esmirna, *El kal de la Sinyora* (La sinagoga de la Sinyora), que en 1970 se utilizaba como gallinero, al igual que la casa de Sabbataí Tseví * amenazaba ruina [1].

Catherine Clément escribe: «La historia de Gracia Nasí es [...] un asunto europeo [...]. Gracia nace en Portugal, allí se casa y enviuda. La viudez la sitúa a la cabeza del inmenso imperio bancario de los Mendes. Es Europa, y las finanzas de Europa: Gracia es la banquera de los reyes de Francia y del emperador Carlos V. Es difícil de imaginar. Una mujer de unos veinticinco años es el soporte financiero de los imperios y los reinos europeos. Los reyes y los príncipes recurrirán a la Inquisición para someterla a un juego cruel e implacable [de hecho, se trata de un ominoso chantaje]: el dinero o la cárcel. Banquera, pero también judía, Gracia Nasí será objeto en Europa de un perpetuo atropello [2]. Así es, a grandes rasgos, el perfil de la heroína por excelencia del judaísmo en general y del judaísmo sefardí en particular.

Doña Gracia nace en Lisboa en el seno de una adinerada familia de criptojudíos originaria de España. Su nombre cristiano, Beatriz Luna, sustituyó al de Gracia/Hanna. Su hermano, Agostino Miguez, *alias* Samuel Nasí, es médico de la corte y da clases de medicina en la Universidad de Lisboa. En 1528, Gracia se desposa con Francisco Mendes, también criptojudío que, con su hermano Diego Mendes, está a la cabeza de un negocio muy importante de piedras preciosas y de especias, pero sobre todo de un banco que muy pronto, además del de Amberes que dirige Diego Mendes, tendrá delegaciones en el conjunto de Europa y hasta en el Levante. Francisco Mendes muere en 1537. En 1536, al instituirse la Inquisición en Portugal, Gracia, no sin antes haber puesto sus bienes a buen recaudo, abandona inmediatamente

Portugal con su familia, incluido su sobrino João Micas (luego Joseph Nasí *); todos parten hacia Amberes vía Inglaterra. Doña Gracia, aún cristiana, al menos en apariencia, se integra en la alta sociedad de Amberes mientras ayuda a su cuñado a favorecer la huida de los criptojudíos y a luchar contra las actividades de la Inquisición en Portugal. Pero cuando Diego muere en 1543, se convierte en sospechosa de criptojudaísmo; deja a su sobrino atrás para que le cubra las espaldas y organiza su marcha hacia Venecia, utilizando a su vez las vías trazadas por su cuñado para el salvamento de los refugiados marranos —una auténtica red de solidaridad, raro ejemplo en la historia. «No existe ninguna red equivalente en la historia judía, ni, tal vez, en la de la humanidad, hasta la organización del "ferrocarril clandestino" que se esforzó por salvar a los judíos del infierno de la Europa nazi y posnazi y asegurar su llegada a la tierra de Israel [3].»

«Antes de abandonar Flandes, hacia finales de 1544, las hermanas Mendes se habían agenciado en secreto, gracias a sus agentes italianos, un salvoconducto que les autorizaba a viajar hasta Venecia, acompañadas por sus hijos, sus criados y sus bienes [4].» Doña Gracia y su familia pasan por Aix-la-Chapelle, Augsburgo (donde comercian los Fugger, vinculados desde tiempo atrás con los Mendes), Lyon (allí viven muchos criptojudíos y los Mendes tienen considerables intereses comerciales), y se instalan en Venecia, pero no en el gueto sino en el centro de la ciudad, cerca de la Ceca, la «Casa de la Moneda», como lo haría una familia cristiana. Al igual que en Amberes, su morada se convierte en un centro de acogida para los refugiados marranos. Claro que la intención de doña Gracia es instalarse en Constantinopla. En 1549, denunciada por su hermana que deseaba una parte más importante de la herencia, doña Gracia, acusada de judaizar, es detenida. Y su encarcelamiento se convierte en un asunto de Estado. El sultán de Constantinopla interviene, la toma bajo su protección —un movimiento nada inocente, por otra parte— y obliga a las autoridades venecianas a revocar su decisión. Dada la complejidad de los negocios que debe dejar solucionados, doña Gracia aún no puede abandonar Italia, de modo que, en 1550, se instala en Ferrara, donde vuelve abiertamente al judaísmo. En 1553, con gran boato [5], por fin llega con su familia a Constantinopla; desde su palacio, situado a orillas del Bósforo, seguirá interviniendo en cualquier lugar donde los judíos estén en peligro.

En 1553, Duarte Pinel (*alias* Abraham Usque), que llegó a Ferrara en 1543, y Jerónimo Vargas (*alias* Yom-Tob Athias), le dedican la edición de la Biblia de Ferrara destinada a los judíos, traducción indiscutiblemente literal y no «más o menos literal», como pretende Cecil Roth [6].

Por su parte, Samuel Usque (no se puede afirmar que sea familiar de Abraham) le dedica en 1553, también en Ferrara, su *Consolação às tribulações de Israel* (Consuelo de las tribulaciones de Israel), magníficamente reeditado por Yosef Haím Yerushalmi y J. V. Martins [7]. Samuel Usque dirá que doña Gracia es «el corazón de su pueblo [...] el principal y más noble órgano del cuerpo humano, el que primero siente el sufrimiento padecido por las otras partes [8]».

Desde 1520 reina en Turquía Solimán I, llamado el Magnífico, que sucedió a su padre Selim I. «Aunque piadoso, también era tolerante, como lo demuestra su alianza con Francia y las medidas que tomó para mejorar la suerte de sus súbditos no musulmanes [9].» Además, se rodea de médicos judíos, en especial de Hamon, un amigo de Ben Verga *.

La confianza que el sultán le otorga a Joseph Nasí, sobrino y ahora yerno de Gracia, le permitirá a esta embarcarse en empresas más ambiciosas, pues, aparte de su generosidad con los judíos de Estambul (invita a los pobres a sentarse a su mesa), intervendrá contra las decisiones del papa Pablo IV [10], el antiguo cardenal Giovanni Pietro Carafa; en 1556 organizará, con el apoyo del sultán, el boicot del puerto de Ancona donde tantos criptojudíos padecieron torturas y murieron en la hoguera. En un hecho sin precedentes, la solidaridad judía está a punto de lograr que la Inquisición dé un paso atrás, pero distintos intereses dividen a las comunidades, tanto respecto al destino de Pesaro como al de Ancona. Doña Gracia hizo que interviniesen todos sus agentes, desplegó los mayores esfuerzos, intentó lo imposible para triunfar en su empeño; las autoridades de Venecia, Ancona y Pesaro temblaban ante la idea de las consecuencias que tendría un boicot para su comercio. Pero, a pesar de todo, tuvo que abandonar la idea. Será un doloroso fracaso para la *Senyora.*

Al llegar a Estambul, la primera preocupación de doña Gracia es la de procurarle una sepultura en Palestina a su esposo, enterrado en Portugal. A pesar de la Inquisición y de todos los obstáculos, logra reunir sus restos e inhumarlos en Palestina. Además de a los criptojudíos, ayudará a la mayoría de las comunidades establecidas en Salónica, en Ragusa y en otras ciudades, creando escuelas, *yeshivot,* hospitales, sinagogas y otras muchas obras e instituciones.

Durante los últimos años de su vida, sus actividades serán ensombrecidas por las de su sobrino. No se conoce el lugar de su muerte: ¿Estambul o Palestina?

¡Qué destino tan excepcional el suyo! «Su ejemplo no puede morir. Los hombres que leen las obras que se han escrito sobre ella no dejan de sentirse impresionados por su personalidad, que revienta los parámetros de la ampulosa retórica del Renacimiento. En el gran palacio que dominaba el Bósforo, su ejemplo fue seguido durante mucho tiempo por su hija, doña Reina, compañera de tantas aventuras y peregrinaciones, y por su sobrino y yerno, el duque de Naxos *, cuya gran nobleza no podía, sin embargo, superar la suya [11].»

Moisés Almosnino
(Salónica, hacia 1515-Salónica, hacia 1580)

CÉLEBRE rabino de Salónica [1], ciudad donde nació, Moisés ben Baruj Almosnino tendrá presente toda su vida las desgracias de Israel y las hogueras en las que murieron sus antepasados de Aragón. Estudia astronomía, física y ciencias rabínicas. Sus *responsa*, no publicadas, se citan a menudo. Es un excelente orador y predica en dos sinagogas, especialmente en la de Livyat Hen, fundada por doña Gracia *. Una selección de sus sermones aparecerá en 1582.

En 1565, protegido por don Joseph Nasí *, se dirige a Constantinopla y se presenta ante el sultán Selim II; de él obtiene la confirmación de los privilegios y exenciones otorgados en 1537 por Solimán el Magnífico (1520-1566). Gracias a estas circunstancias, la comunidad judía de Salónica podrá disfrutar durante varios siglos de una relativa autonomía.

Además de las muchas obras escritas en hebreo [2], Moisés Almosnino compondrá dos obras esenciales en español, y no en judeoespañol (djudezmo) ni en ladino, aunque estén escritas en caracteres hebreos. (Que un texto español esté escrito en caracteres hebreos no implica que sea judeoespañol; por ejemplo, los *Proverbios morales* de la vida de Sem Tob Carrión * [3].)

1. *Redjimiento de la vida*, escrito a petición de don Joseph Nasí *, particularmente en lo que se refiere al *Tratado de los sueños* que contiene, y publicado en Salónica en 1564 en la imprenta de Joseph de Itshak de Yabets (162 p.). Al final del libro hay un vocabulario hebreo-español en caracteres cuadrados y vocalizados, lo que nos permite conocer mejor la pronunciación de la época.

Esta obra en castellano —en *romance*, dice el autor— está tan bien escrita que Sánchez, el literato español, afirma que «puede ser considerada como una de las más excepcionales de la lengua castellana [4]».

2. *Extremos y grandezas de Constantinopla*, escrito con motivo de su misión en la capital; es una auténtica descripción de la

vida social y política de la ciudad con los fastos que la caracterizaban (editado en Salónica en 1569). También es una fuente importante de información histórica. En España, que está pendiente de todo lo que allí ocurre, se publicará el libro, con el mismo título, en una transliteración en caracteres latinos con algunas modificaciones; la edición corre a cargo de Jacob Cansino de Orán (Madrid, 1638) y está dedicada al conde-duque de Olivares.

En 1729, el *Redjimiento de la vida* fue reeditado en caracteres latinos en Amsterdam.

Venerado por todos, Moisés Almosnino muere en Salónica en 1580.

Joseph Nasí, duque de Naxos (Portugal, hacia 1520- Estambul, 2 de agosto de 1579)

NACIDO en Portugal en una familia marrana, Joseph Nasí —João Míguez era su nombre de cristiano nuevo—, tal vez desciende de la vieja familia española de los Nasí. Su padre, Samuel, el doctor Míguez o Micas, hermano de Beatriz Luna, luego doña Gracia *, es médico del rey. Tiene otro hijo, Samuel, cuyo nombre de cristiano nuevo ignoramos. João/Joseph recibirá, como todos los marranos, una educación católica que le permitirá disimular su judaísmo, practicado en secreto desde los trece años. En 1525 muere su padre. Su tía, Beatriz/Gracia * se encarga de su educación, y en 1537, tras la muerte de su marido, Francisco Mendes, se lo lleva con ella a Amberes. Allí, Joseph frecuenta el ambiente de los grandes mercaderes, pero también el de los protestantes, los artistas y la corte de la regente María en Bruselas, donde se hace amigo del futuro emperador, Maximiliano. Se inicia en los negocios y colabora con su tío, Diego Mendes. Acto seguido, doña Beatriz/Gracia * cada vez recurrirá más a su sobrino y le confiará sus asuntos cuando ella se vea obligada a dejar Amberes a finales de 1544. Pero tras una serie de gestiones, siempre acompañadas de importantes cantidades de dinero ofrecido a las autoridades para ablandarlas, Joseph tendrá que partir a su vez, sano y salvo, pero abandonando una parte de sus bienes. Pasa por Francia, donde se las arregla para conocer a Francisco I, y luego se reúne en Venecia con sus tías Beatriz/Gracia y Brianda/Reyna, así como con su prima Brianda/Reyna llamada *la Chica*, única hija de Gracia. En Venecia debe intervenir en el conflicto que estalla entre las dos hermanas y recurre a su amigo Moisés Hamon, médico del sultán, para que este logre que Beatriz/Gracia pueda salir de las mazmorras venecianas. Vive en esta ciudad y también en Ferrara, pero lo encontramos en Milán bajo el nombre de Juan Micas, el apellido marrano de su padre Samuel/Agostinho Micas (siempre esa doble e incluso triple identidad para escapar de los sabuesos de la Inquisición).

En 1554, João/Joseph, acompañado por otros muchos marranos, se reúne con su tía Gracia Nasí en Constantinopla. Allí adopta definitivamente el nombre de Joseph Nasí y, al igual que todos sus compañeros de viaje, se hace circuncidar, ceremonia que un viajero alemán del siglo XV relatará con todo tipo de detalles [1].

En el mes de agosto de ese mismo año, Joseph se casa con Reyna (Brianda), la hija de doña Gracia. Se asocia con su tía y, en 1556, defiende su postura contra la ciudad de Ancona.

Moisés Hamon, médico de Solimán el Magnífico (1520-1566), lo introduce en la corte del sultán y se convierte en un consejero muy apreciado. Su conocimiento del Occidente cristiano y del mundo de los negocios, su red de agentes comerciales y políticos en el conjunto de Europa, su riqueza y su inteligencia le valdrán ganarse la confianza del sultán, que le abre las puertas de la corte. Gracias a sus agentes, Joseph Nasí puede informar al sultán de todo lo que se trama en Occidente, incluidos los preparativos de guerra.

Los hijos de Solimán se odian. El más joven es el preferido del sultán, pero Joseph Nasí defiende ardorosamente al mayor, Selim, el menos amado de los hijos, y se convierte en su amigo y confidente, hasta el punto que recibe el título de *muterferik*, caballero de la guardia imperial.

Solimán está tan bien dispuesto hacia Joseph Nasí que en 1561 le concede unas tierras en Tiberíades, autorizándole a reconstruir la ciudad y a repoblarla exclusivamente con judíos. En esta empresa también participará doña Gracia *.

Cuando Selim II sucede a su padre (en 1566), nombra a Joseph Nasí duque de Naxos y de las Sietes Islas (las Cícladas), pero Joseph no vive en la capital de su ducado, pues desde allí no podría dirigir su imperio comercial. Prefiere residir en su palacio del Belvedere cerca de Estambul. Le confía la administración de sus tierras al doctor Francisco Coronel, «cuyo padre, Salomón, tal vez descendiente del renegado Abraham Senior *, fue gobernador de Segovia. Mientras tanto, Joseph Nasí vivía en Estambul donde gozaba de un tratamiento casi real [2]».

Gracias a sus agentes, Joseph puede intervenir activamente en la política exterior de la Sublime Puerta. Ayuda al voivoda Lapuseau a recuperar su trono de Moldavia e interviene en las negociaciones entre Polonia y Turquía en 1562. Alienta la rebelión de los Países Bajos contra España en 1569, prometiéndoles el apoyo turco.

En 1566, Selim II le otorga el monopolio de la importación de vino a través del Bósforo. Además, Joseph obtiene importantes privilegios comerciales en Polonia.

Al incautar Francia una gran parte de sus bienes, Joseph logra que el sultán firme un decreto (1568) ordenando la confiscación de un tercio de las mercancías de cualquier barco francés que atraque en un puerto turco. Lo que se cumple, en Alejandría sobre todo, a pesar de las protestas francesas. Si bien es verdad que, por razones políticas, el decreto será abolido en 1569. ¡Pero es una hermosa revancha! En esa época, el embajador de Francia, Grandchamp, con la ayuda de un tal Daud, intenta implicar a Joseph Nasí en un complot, pero la intriga es descubierta y Daud excomulgado por las comunidades judías. Pero es una prueba de la cantidad de enemigos que tenía Joseph, tanto entre los judíos como entre los no judíos, y más concretamente en la corte, donde su buena estrella palidece tras el fallecimiento de Selim II y la subida al poder de Murad III, en 1574; sobre todo porque el nuevo gran visir, Mehemet Sokolli, pronto se gana la estima del nuevo sultán.

Durante la guerra de Chipre (1570-1573), y tras la batalla de Lepanto (1571), las islas de Joseph serán reconquistadas por los venecianos en favor del anterior duque cristiano, pero poco después las recuperará.

En 1574, el duque se retira a su castillo del Belvedere cerca de Estambul. Como gran protector de los eruditos judíos, tiene una biblioteca muy rica que contiene los libros y manuscritos hebreos más importantes de entonces.

Moisés Almosnino * le dedica su *Tratado de los sueños*, «compuesto a petición del más ilustre Señor, Señor Don Joseph Nasí, que Dios le proteja y aumente su prosperidad: ¡Amén! [3]», tratado editado al final de su *Redjimiento de la vida* (Cómo regir su vida, 1564).

Joseph Nasí transforma su morada en una auténtica academia. Instala un lujoso oratorio y recibe a las más altas autoridades literarias y científicas. Pone su biblioteca a disposición de estos sabios, así como de todos los eruditos que lo deseen.

Según Cecil Roth: «Don Joseph era, además, lo bastante liberal como para admitir en su biblioteca escritos sectarios, y es a partir de los manuscritos que allí se encontraban como el *Gan Eden,* del caraíta Aarón ben Eliyah, fue recopiado en 1580 (hoy en día se puede consultar en la Library of the British Museum MS. Add. 22029), y como *Adereth Eliyahu* (El esplendor de Elie) de Eliya Beschizi fue publicado de nuevo doscientos cincuenta años después de su muerte. Desde este punto de vista, sin duda que sus buenas obras le han sobrevivido [4]».

Tras la muerte de Joseph Nasí, el 2 de agosto de 1579, Reyna, su viuda, duquesa de Naxos, conserva su biblioteca y allí sigue recibiendo a numerosos lectores. En 1592 instala una imprenta dirigida por Isaac Achkeloni. Así intenta continuar la obra de su marido y de doña Gracia *. Su muerte en 1599 pondrá término a la excepcional aventura del linaje Nasí.

Yoseph Hacohén habla de Joseph Nasí en estos términos: «En Ferrara, entre los que habían salido del infernal horno de Portugal, se encontraba don Joseph Nasí, quien después de vivir allí varios días, partió hacia Turquía, donde halló gracia a los ojos del sultán Solimán, que lo estimaba mucho. El sultán le dio las ruinas de Tiberíades y siete ciudades francas de los alrededores, y allí lo instaló como jefe y señor. Don Joseph envió al rabino Yosef ben Adret, uno de sus adjuntos, para reconstruir los muros de la ciudad. Y hacia allí fue. Él también gozó del favor del hijo del sultán, que le daba sesenta aspros de pan al día. El sultán lo hizo acompañar por ocho hombres de su casa y puso entre sus manos un documento recomendándolo al pachá de Damasco y al de Safed, documento escrito y marcado con el sello real que decía: "Haced todo lo que os pida este hombre". Por orden del rey se publicó este edicto: "Que todos los albañiles y todos los peones de estas ciudades vayan a reconstruir Tiberíades. El que se sustraiga a esta orden será castigado [...]" [5]». Así estamos informados de lo que fue una de las primeras tentativas de regreso a la Tierra Prometida.

Isaac Luria
(1534-1572)

CONOCIDO con el nombre de *ha-Ari*, «el León», se le llama el *Rav Ari*, y en Turquía el *Raf Ari* por el ensordecimiento de la «v» final, pero también *el divino Rabí Isaac*, e incluso el *Asquenazí*, puesto que su familia era originaria de Alemania o de Polonia.

Isaac Luria nace en Jerusalén, donde su padre se había casado con una sefardí de la familia Francés. Su padre muere muy pronto e Isaac y su madre son acogidos por su tío, Mordejai Francés, en El Cairo, donde se consagra decididamente al estudio del *Zohar*, lo que no le impide ocuparse también de un negocio de pimienta, como hacían la mayoría de los eruditos de Safed. Sobre Isaac Luria corren una serie de leyendas: se dice que durante siete años vivió como un ermitaño en una isla del Nilo, y que allí habría escrito, en arameo, *Sifra di-zeniuta* (El Libro de los secretos), y que incluso llegó a considerar que él era el Mesías surgido de la casa de Joseph. Conviene aclarar que la época era propicia a este tipo de creencias. Por entonces solo habían transcurrido unas pocas décadas desde la expulsión de España, tantas como las que hoy nos separan de la Shoah. ¿Acaso Isaac Abrabanel * no había previsto la llegada del Mesías para 1540? Y un duque judío, Joseph Nasí *, ¿no había obtenido del sultán la autorización para reconstruir Tiberíades? Safed, la ciudad que había acogido a tantos sabios sefardíes, ¿no se convierte en el centro cultural del judaísmo mundial? La fiebre se apodera de los espíritus. «Incluso Moisés Almosnino *, llamado Joseph Nehama, que sin embargo es tan erudito y ponderado, también se deja ganar por el ímpetu general [1].»

Hacia finales de 1569 o principios de 1570, Isaac Luria se instala en Safed con su familia; allí estudia la cábala junto a Moisés Cordovero (1522-1570) y conoce a Yosef Caro * (1488-1575). Al cabo de tres años de estancia en Safed, morirá durante una epidemia de peste que azota la ciudad. Solo tiene treinta y ocho años.

Al contrario que Cordovero, no deja ningún escrito sobre sus doctrinas. Es su discípulo, el calabrés Haím Vital (1543-1620), quien devotamente las recopila con el título de *Ets Hayim* (Árbol de vida) editado en seis tomos en Korzec en 1782. Los preceptos prácticos serán reunidos en el *Shulhan 'Aruj shel ha-Ari* (La Mesa puesta del Rab Ari), editado en Cracovia o en Lublin, sin fecha, y luego en Praga en 1660, tomando el título de la obra de Yosef Caro *.

Graetz traza un retrato bastante desfavorable del personaje, al que califica de «visionario y nigromántico, dogmático y sofista [2]». «Fue él, dice, quien introdujo en la cábala la sutileza talmúdica. La cábala de Luria le ha causado un enorme perjuicio al judaísmo y le ha insuflado una mentalidad de la que, hasta ahora, no ha logrado liberarse [3].»

El misticismo de Luria tendrá una enorme difusión gracias a Haím Vital y a otros continuadores. Está en el origen del extraordinario desarrollo de las esperanzas mesiánicas y del movimiento de Sabbataí Tseví, pero, al contrario que este último, los hechos de Isaac Luria siguen nutriendo los cuentos populares judeoespañoles. En Esmirna, en fecha tan reciente como 1970, aún pudimos comprobarlo [4].

Sabbataí Tseví
(Esmirna, 9 de *av* [1] 5386 (1 de agosto de 1626)- Dulcingo, Yugoslavia, 17 de septiembre de 1676)

SABBATAÍ TSEVÍ nace en el siglo XVII, en un momento clave de la historia judía en el que las enseñanzas de Isaac Luria * en Safed han ganado terreno; la acumulación de matanzas y de tragedias ha quebrantado el alma del pueblo que ya no puede seguir esperando.

En esta época, la esperanza mesiánica no es exclusiva del mundo judío (el acontecimiento está previsto para 1648); el mundo cristiano también la comparte (para 1666). Mas en el caso de los judíos, que viven en el exilio, oprimidos, dominados por un permanente sentimiento de inseguridad, esta esperanza también refleja el deseo de liberarse de un yugo temporal. Aún falta mucho para la Revolución Francesa, y la única revolución que ha habido hasta ese momento, la revolución inglesa, se expresa justamente de un modo mesiánico. El padre de Sabbataí Tseví es representante de una casa de comercio inglesa y está al corriente del clima político de aquel país.

El joven Sabbataí recibe una educación religiosa completa. Da pruebas de una capacidad intelectual notable, hecho que será reconocido hasta por sus propios enemigos. Hacia los quince años emprende una vida ascética y solitaria. A los dieciocho, se desentiende del Talmud y estudia esencialmente el *Zohar* y sus comentarios cabalísticos. A los veinte años ya ha experimentado unos estados de exaltación mental poco habituales, pero también pasa por periodos de abatimiento y melancolía. Los jóvenes a los que en secreto inicia en los misterios de la cábala, evocan sus iluminaciones y sus «acciones» para «enmascarar su rostro».

¿Sabbataí es un enfermo? A partir de los testimonios de sus allegados, algunos han creído poder «diagnosticar» una psicosis maniaco-depresiva aunada con una cierta paranoia. Sin embargo, la exaltación mesiánica es un hecho entre los judíos de toda Europa, de la cuenca mediterránea y de Asia Menor.

Sabbataí no se proclama Mesías antes de 1648. En este año simbólico comete un acto insólito para probar que su relación con Dios es muy estrecha: de pie ante los rollos de la Tora, en la sinagoga, pronuncia en voz alta y clara el nombre divino que los judíos solo tienen el derecho de leer. Antiguamente, dicho nombre no podía ser pronunciado más que por el sumo sacerdote durante el Yom Kippur cuando oficiaba en el santuario del Templo. Además, Sabbataí quebranta varias leyes y tradiciones e incluso recita una bendición sobre estas transgresiones. Escandalizados por semejantes blasfemias, los responsables de la comunidad lo excomulgan varias veces.

No obstante, en el curso sus viajes, Sabbataí gana muchos adeptos. En 1662, en El Cairo, el acaudalado banquero Rafael Yosef cree en él y lo apoya financieramente. En Jerusalén, donde los judíos se ven abrumados por los impuestos de los turcos, hará que Rafael Yosef complete la cantidad que les falta y será considerado como el «salvador». El 31 de marzo de 1664 se casa con Sara, una joven que ha escapado de las matanzas de Chmielnitzki (1648-1649) y que ha soñado que se convertiría en la esposa del Mesías. En marzo de 1665, Abraham Nathan ben Elisha Hayyim Ashkenazí (Nathan de Gaza), conocido por ser un «hombre de Dios», tiene una visión profética según la cual Sabbataí es el enviado divino. El 31 de mayo de 1665, Sabbataí anuncia que es el Mesías. Entonces Nathan manda mensajes a todas las comunidades judías anunciando que la venida del Mesías va a revelarse mediante prodigios en 1666. Los rabinos de Jerusalén excomulgan de nuevo a Sabbataí Tseví.

Sin embargo, el movimiento mesiánico, rápidamente y en medio de un entusiasmo delirante, gana a las comunidades judías de Yemen, Persia, Inglaterra, Holanda, Rusia y Polonia. Para los judíos oprimidos de la Europa Oriental, el tiempo de la desdicha va a terminar. Incluso sefardíes de Hamburgo y Amsterdam, hombres de negocios de espíritu muy práctico, venden a toda prisa sus bienes y acumulan provisiones en vista del viaje hacia Tierra Santa que, seguramente, el Mesías les pedirá que emprendan.

Los cristianos observan maravillados estos sucesos. No sospechan que pueda tratarse de una superchería, tanto más cuanto que sus propios místicos han predicho la llegada del Mesías para el año 1666. Los partidarios de Sabbataí esperan que despoje al sultán de su corona para así inaugurar la nueva era mesiánica. Mehmet IV, preocupado por tanta agitación, atrae a Sabbataí a Constantinopla, ordena que lo detengan y lo encierren en la fortaleza de Gallipoli. Sabbataí acepta su encarcelamiento. Para él, esta humillación, estos sufrimientos son las etapas que debe recorrer para llevar a cabo su misión. En el castillo, Sabbataí mantiene una verdadera corte y recibe homenajes y regalos de judíos de todos los países.

Tras varias reuniones entre Sabbataí y el polaco Nehemías Cohen, que también ha predicho la llegada del Mesías, Cohen habría denunciado la impostura ante el sultán. Mehmet IV le propone a Sabbataí escoger entre la ejecución (mediante tortura) o la conversión al islam. El 16 de septiembre de 1666, Sabbataí acepta ser musulmán y abandona su nombre adoptando el de Aziz Mehmet-Effendi. Sara, su esposa, y varios discípulos también aceptan convertirse al islam.

Entonces cunde el desconcierto entre los judíos que habían puesto todas sus esperanzas en la promesa de una liberación milagrosa. Sabbataí Tseví y sus discípulos darán una explicación de esta conversión: Dios le habría revelado al Mesías que el tiempo de la redención aún no había llegado; aún había demasiados incrédulos, y demasiados pecados aún debían ser expiados. De modo que el Mesías ofreció exiliarse voluntariamente entre los ismaelitas, ¡para redimir los pecados de su pueblo y apresusar el fin de su exilio!

Sabbataí, aun permaneciendo fiel al islam, sigue estudiando la Tora y celebrando las fiestas judías con sus discípulos. En 1672 es acusado de haber renegado del islam. En lugar de ser condenado a la pena capital, logra que lo destierren en la fortaleza de Dulcingo (Ulcinj), en Montenegro. La muerte de Sabbataí Tseví no quebrantará las convicciones de sus discípulos, que seguirán creyendo en su futura reencarnación. El movimiento sabbataísta quedará reducido al núcleo más duro, que se estructura, desarrolla sus doctrinas y constituirá una secta en el seno del islam: los *dönme*, que durante mucho tiempo seguirán hablando en judeoespañol [2].

Los Sassoon

ESTA FAMILIA de comerciantes, filántropos y hombres de letras afirma descender de los Ben Sosán de España. Instalados durante mucho tiempo en Bagdad, los Sassoon primero tienen gran influencia en la India, influencia que más adelante alcanza a Inglaterra y China. En el terreno comercial ejercen un gran poder y las amplias ramificaciones de sus actividades les ganan la reputación de príncipes-mercaderes de Oriente, «los Rothschild del Este».

Sassoon ben Salá

El fundador de la familia es el jeque Sassoon ben Salá (1750-1830), casado con Amam (fallecida en 1827). El jeque Sassoon es el presidente (*nasi*) de la comunidad judía de Bagdad durante casi cuarenta años y responsable financiero de los pachás otomanos de Bagdad [1].

David Sassoon

Su hijo, David Sassoon (Bagdad, octubre de 1792-Bombay, 7 de noviembre de 1864), trabaja en el Banco de Bagdad hasta 1822. Casado con Hanna Joseph (muerta en 1826) y luego con Flora (1812-1886), domina el hebreo, el árabe, el persa, el turco y el indostaní, pero no el inglés. Tras una epidemia de peste, David Sassoon abandona Bagdad para instalarse primero en Basora y después en Bushir, en el golfo Pérsico; su padre, antes de morir, se reúne con él.

En 1832, un importante acuerdo comercial lo lleva a visitar Bombay donde, posteriormente, se mudará con toda su familia. Establece la compañía David Sassoon and Co., que cuenta con sucursales en Calcuta, Shanghai, Cantón y Hong Kong; sus negocios, que incluyen el monopolio del comercio de opio, se extienden hasta Yokohama, Nagasaki y otras ciudades de Japón. David Sassoon atribuye su gran éxito al hecho de haber contado con sus ocho hijos como agentes y a su estricta observancia de la ley [2].

Las actividades filantrópicas de David Sassoon y de sus ocho hijos suponen una gran ayuda para Bombay en general y para la comunidad judía en particular. En 1861, en Bombay, sufraga la construcción, en Byculla, de la sinagoga *Maguén David* (Escudo de David) y de algunas de las instituciones culturales y civiles más importantes, como hospitales, orfelinatos, bibliotecas, museos, escuelas y organizaciones municipales de caridad [3].

David Sassoon contribuye generosamente con los refugios para marineros de Bombay y Hong Kong, con los fondos destinados a las víctimas de la hambruna y para las viudas y huérfanos de los hombres muertos durante los motines de 1857, así como con los fondos de ayuda Lancashire. Apoya a una institución dedicada a la enseñanza del inglés, del árabe y del hebreo (cerrada en 1901). Poco antes de morir, destina una fuerte cantidad de dinero para edificar el Instituto de Mecánica en Bombay, instituto que lleva su nombre [4]. Crea el reformatorio Sassoon, así como la Institución industrial para jóvenes delincuentes; asimismo construye un asilo para enfermos en Puna. Gracias a él, también se fundan otras organizaciones de caridad: una enfermería, una leprosería y el hospital general de Puna, inaugurado en 1863 y abierto a todas las castas y religiones. Después de tantas obras benéficas, el apellido Sassoon le resulta familiar a todos los judíos de Turquía, China, Japón, Persia e India.

David Sassoon publica el periódico judeo-árabe *Doresh Tov le-Ammo;* también ampara a muchos eruditos y sufraga sus publicaciones. Cerca de su casa de verano de Puna ordena construir la sinagoga *Ohel David* con un aguja de noventa pies (27,43 m) de altura. Su mausoleo, sobre el que figura una larga inscripción en hebreo (en prosa y verso) está situado en el patio de la sinagoga.

Los ciudadanos de Bombay, como señal de aprecio ante las obras filantrópicas de David Sassoon, colocaron un busto de mármol con su efigie en el Museo Victoria y Albert. Su última actividad pública es la realización de una estatua en memoria de Albert, príncipe consorte. El 13 de diciembre de 1864 se celebra una sesión especial en el ayuntamiento de Bombay, presidida por el gobernador, para decidir la construcción de un monumento en memoria de David Sassoon. Finalmente, la estatua se erigirá en el Instituto Sassoon de Mecánica de Bombay.

Abdulá Sassoon (Bagdad, 1818-Brighton, 24 de octubre de 1896)

Abdulá (más tarde, Albert) Sassoon, el hijo mayor de David Sassoon, también sobresale por su dedicación al comercio y a la filantropía en Bombay. Recibe una educación europea y se casa con Hanna Moisés (1826-1895). En 1864, tras la muerte de su padre, asume la dirección de la gran empresa comercial y financiera David Sassoon and Co [5].

La historia de Bombay es inseparable del nombre Sassoon. Los Docks Sassoon de Kolaba, construidos por su compañía en 1872-1875, son las primeras dársenas construidas en la India; y ello anima al gobierno de Bombay a promover la construcción del Gran Dock del príncipe. Las fábricas de seda y algodón de Sassoon en Bombay le dan trabajo a muchos autóctonos. Los Sassoon también dirigen la Compañía de Puerto Canning, situado en la desembocadura del río Mullah, en Bengala [6].

Abdulá Sassoon realiza varias donaciones a la ciudad de Bombay, centradas sobre todo en el impulso de la educación en todas las clases sociales y con independencia de la religión. Contribuye generosamente a financiar el colegio Elphinstone de Bombay; asimismo, instituye becas universitarias y para la escuela de arte de la ciudad. En su propia comunidad, mantiene la institución de caridad David Sassoon, una escuela que educa a varios cientos de niños judíos. Es vicepresidente de la Anglo-Jewish Association; en Bagdad, funda la escuela de la Alianza Israelita Universal para, acto seguido, donarla a la comunidad sin ningún gasto para la misma.

En 1867, Abdulá Sassoon es nombrado compañero de la Estrella de las Indias y, un año más tarde, se convierte en miembro del consejo legislativo de Bombay, cargo que ocupa durante varios años. Si en Bombay se erige una colosal estatua de Edward, príncipe de Gales, es básicamente gracias a sus contribuciones.

Hacia 1875, Abdulá se instala en Londres, donde se concentran los principales negocios de la familia. En 1872 se le otorga el título de caballero y, en noviembre del siguiente año, la corporación de Londres le concede el derecho de ciudadanía, convirtiéndose en el primer angloindio que lo recibe. El sah, al que acompaña en su visita al Teatro del Imperio en Londres en 1899, le confiere la orden del León y del Sol. Mantiene lazos de amistad con el príncipe de Gales, el futuro Edward VII y, en 1890, la reina Victoria lo nombra barón.

Elías David Sassoon

Elías David Sassoon (1820-Colombo, 1880), hijo de David Sassoon y de Hanna Joseph, comerciante y banquero indio, es el primer hijo de David Sassoon que, en 1844, viaja hasta China para abrir una sucursal de la compañía.

A su regreso, dirige los negocios de su padre en Bombay con habilidad y energía, y logra no verse implicado en la crisis bursátil. Pero al detestar su posición subalterna, Elías David funda en 1867 una compañía independiente y rival, Elías David Sassoon and Co., con negocios en Oriente, sobre todo en Hong Kong y en Shanghai, en África, Europa y América. La nueva compañía es aún más próspera que la empresa familiar. Elías David, imitando la política de su padre, le proporciona escuelas y sinagogas a sus numerosos empleados, incluso en las sucursales más remotas de la compañía. En Puna contribuye a la construcción de la maternidad y del refugio para enfermos David Sassoon. Asimismo sufraga la construcción de una sinagoga en Hong Kong.

David Sassoon Sassoon

David Sassoon Sassoon, hijo de David Sassoon (1792-1864) y de su segunda mujer, Flora (1812-1886), nace en Bombay en

1832 y muere en Londres en 1867. Muy joven aún es enviado a Bagdad, donde se inicia en el estudio de la Biblia y el Talmud. Luego viaja a Shanghai y dirige las operaciones comerciales de la rama china de la empresa David Sassoon and Co. (hijo). Es el primer Sassoon que se instala en Inglaterra, en 1858; pronto ocupa un lugar destacado entre los principales comerciantes de Londres y es nombrado director de varias compañías muy importantes. Habla distintas lenguas orientales con gran facilidad.

David Sassoon Sassoon es tal vez el miembro más activo de la vida comunitaria judía en Inglaterra. Presidente de un comité cuyo objetivo es la organización de una misión para atender a los judíos de China, de Abisinia y de Oriente, también forma parte del Consejo del colegio judío y del comité de la escuela libre de los judíos de Harward, dos instituciones a las que dona importantes sumas. Asimismo es el director de la sinagoga española y portuguesa [7], y, durante varios años, examinador de hebreo en la Escuela Libre de los judíos de Harward. La hija de David Sassoon Sassoon, Rachel Sassoon Beer, será editora del *Sunday Observer* y del *Sunday Times*.

Reuben y Arthur Sassoon

Otros dos hijos de David Sassoon (1792-1864) y de Flora (1812-1886), Reuben David Sassoon (1835-1905) y Arthur Sassoon (1840-1912), juegan un papel destacado en la corte de Edward VII [8]. Reuben, que descuida los negocios familiares, es el compañero de viaje preferido del príncipe de Gales. Arthur, un erudito que habla hebreo y domina la Biblia, es muy apreciado como anfitrión durante los últimos años de la época victoriana y durante el reinado de Edward VII. Su casa de Brighton es famosa como lugar de extravagantes diversiones; Edward VII es un invitado asiduo.

Aarón Sassoon

David Sassoon y Flora tienen dos hijos gemelos, Aarón Sassoon (Bombay, 1841-1907) y Salomón David Sassoon, comerciante y banquero indio (Bombay, 1841-Bombay, 18 de marzo de 1894). Aarón Sassoon no interviene ni en los negocios ni en los asuntos mundanos, y distribuye la mayor parte de su fortuna entre los pobres, justamente en las zonas donde la compañía David Sassoon hace sus negocios. En cuanto a su hermano gemelo, Salomón Sassoon, vive en Oriente donde, desde muy joven, se hace cargo de los negocios de Shanghai y Hong Kong.

Salomón David Sassoon

Entre todos los hermanos de la empresa familiar, Salomón Sassoon, después de Albert, es el hombre de negocios más sagaz y dirige la compañía entre 1877 y 1894. Director del Banco de Bombay y administrador del puerto, por dos veces, en la época de sir James Ferguson, es nombrado miembro auxiliar del consejo del gobernador de Bombay para la elaboración de leyes y reglamentos. Es presidente de las hilanderías y de las fábricas de tejidos y sedas Sassoon and Co., de la sociedad para el acondicionamiento de tierras y del puerto, de la Compañía de Seguros de Vida Oriental y de varias asociaciones más. Hebraizante y estudioso del Talmud, en 1894 es nombrado presidente de la sección de Bombay de la Anglo-Jewish Association.

Flora Sassoon

La mujer de Salomón Sassoon, Flora Sassoon (1859-1936), biznieta de David Sassoon, es famosa como erudita hebraizante, y a menudo es consultada sobre cuestiones referidas a la ley judía. Tras la muerte de su marido, Flora dirige la compañía de Bombay durante algunos años y, en 1901, se instala en Inglaterra, donde recibe espléndidamente a sabios y personajes públicos. En su observancia del judaísmo demuestra una estricta ortodoxia y, cuando viaja, la acompañan un *shohet* y un *minyán* (quórum de diez hombres adultos necesarios para el rezo en común). En 1924, en el Colegio Judío de Londres, pronuncia un discurso erudito sobre el Talmud; y en 1930 publica un ensayo sobre Rachi en el *Forum judío*.

Edward Albert Sassoon

Sir Edward Albert Sassoon (Bombay, 1856-1912), el mayor de los hijos supervivientes de sir Albert (Abdulá) Sassoon y de Hanna (1826-1895, hija de Meyer Moisés de Bombay), se casa con Aline Caroline de Rothschild (1865-1908). En 1896, tras la muerte de su padre, retoma el título de barón. Sir Edward Albert es titulado por la Universidad de Londres y comandante de la guardia nacional montada de los húsares del duque de Cambridge [9].

Es el primer Sassoon que elige dedicarse a la política. En marzo de 1899, como representante del Partido Conservador en el marco de los intereses de la Unión [10], es elegido miembro del Parlamento por el puerto de Hythe. Conservará el escaño hasta su muerte. En febrero de 1902, después de la dimisión de sir Joseph Sebag Montefiore, sir Edward es elegido presidente de la congregación española y portuguesa de Londres; es vicepresidente del Colegio Judío y de la Anglo-Jewish Association.

Philip Albert Sassoon

Sir Philip Albert Sassoon (1888-1939), hijo de sir Edward Albert y de Aline Caroline de Rothschild, en 1912 gana un escaño en el Parlamento representando al Partido Conservador, y será uno de sus miembros hasta su muerte. Durante la Primera Guerra Mundial es secretario militar del mariscal Douglas Haig, comandante en jefe del ejército británico en Francia. Aunque personalmente aborrece la guerra, denuncia públicamente los sentimientos pacifistas de un familiar, el poeta Siegfried Lorraine Sassoon (1886-1967), casado con Esther Gatty.

Entre 1924 y 1929, y entre 1931 y 1937, sir Philip Albert es secretario de Estado del Ministerio del Aire, y en este desempeño manifiesta su amor por la aviación y su convencimiento en la importancia del poder aéreo. En *The Third Route* (El tercer itinerario), de 1929, relata la historia de su viaje de 17.000 millas (unos 27.000 kilómetros) por las bases aéreas británicas de ultramar. Sir Philip también es un famoso entendido en el terreno artístico. De ahí que sea nombrado administrador de la National Gallery, de la colección Wallace y de la Tate Gallery; seguirá dando muestras de su talento en su último cargo, como ministro de Obras Públicas, responsable de los palacios reales, de los parques y de los monumentos antiguos.

Sybil Sassoon

La hermana de sir Philip Albert, Sybil, nacida en 1894, se casa con lord Rocksavage, futuro marqués de Cholmondeley, heredero del gran lord Chamberlain. Es una célebre anfitriona y también la directora del Servicio Real de Mujeres durante la Segunda Guerra Mundial.

Jacob Elías Sassoon

Sir Jacob Elías Sassoon (1844-1916), hijo de Elías David Sassoon (1820-1880) y de Leah Gubbay (fallecida en 1878), casado con Rachel Simon Isaacs (muerta en 1911), extiende los negocios de su padre hasta la India, donde funda una gran compañía textil que incluye seis fábricas y los primeros talleres de tintura del país. La compañía desarrolla la industria textil del algodón en la India y, en 1916, el año en que alcanza su mayor producción, la industria de Jacob Sassoon emplea a 15.000 obreros y es la más grande del país. Elías David Sassoon es nombrado barón en 1909. Sir Jacob Elías Sassoon extiende sus negocios a Calcuta, Hong Kong, Shanghai, Koné, Londres y Manchester. En Bombay, sus actividades filantrópicas incluyen la construcción, en 1900, del Colegio Central de la Ciencia, del Hospital General y de la sinagoga Keneseth Eliyahu. También abrirá una escuela hebraica e inglesa para los niños judíos en el Alcázar.

Victor Ellice Sassoon

El último hombre de negocios importante de la dinastía es sir Victor Ellice Sassoon (1881-1961), hijo de sir Edward Élias (1853-1924) y de Léontine Lévy Sassoon. Al igual que sus antepasados, contribuye al desarrollo de la industria en la India y se convierte en el dirigente de los judíos indios británicos. Victor Sassoon es un entusiasta de la aviación. Durante la Primera Guerra Mundial es herido en el transcurso de una de sus misiones para el servicio naval y aéreo real.

Victor es miembro de la Asamblea Legislativa india en 1922-1923, así como entre 1926 y 1929, y después de 1933 trabaja para ayudar a los judíos alemanes a huir del nazismo. En 1931, traslada el cuartel general de la Compañía Bancaria E. D. Sassoon a Shanghai. En 1948, después que los intereses de la compañía se ven afectados sucesivamente por los comunistas chinos y por los japoneses, sir Victor parte rumbo a las Bahamas donde emprende nuevos negocios inmobiliarios, bancarios y comerciales. Es propietario de una famosa cuadra de caballos y ganará cuatro veces el Derby.

David Salomón Sassoon

David Salomón Sassoon (1880-1942), hijo de Salomón Sassoon (1841-1894) y de Flora Abraham (1859-1936), casado con Selina Prins, perpetúa el interés de la familia por los asuntos judíos. Se convierte en un notable hebraizante y bibliófilo. Su importante colección de más de mil manuscritos hebreos y samaritanos (entre ellos, la Biblia Farhi, escrita en Provenza en el siglo XIV) está catalogada en el *Ohel Dawid* (dos volúmenes, 1932). Las publicaciones independientes de David Salomón Sassoon incluyen la primera edición del *Diván* de Samuel ben Nagrela [11], a partir de un manuscrito de su propia colección (1934) y de su *Historia de los judíos de Bagdad* (1949, VI, 286 p.).

Salomón David Sassoon

Salomón David Sassoon nace en 1915, hijo de David Salomón (1880-1942) y de Selina Prins Sassoon, es ordenado rabino en 1936. Vive en Lechworth, en las afueras de Londres, hasta 1970, fecha en la que se establece en Jerusalén. Hereda la magnífica colección de su padre y la enriquece aún más.

Salomón David Sassoon comparte el mismo afán erudito de su padre y en 1959 publica *Moshav Zekenim*, un comentario de los tosafistas sobre el Pentateuco, a partir de un manuscrito de su colección; en 1965 publica el comentario de Abraham ben Maimón sobre el Génesis y el Éxodo a partir de un manuscrito bodléin; y también una elegante edición facsímil del comentario de la *Misná* de Maimónides (tres volúmenes, 1956-1966), con una introducción sacada de su colección de manuscritos y de documentos de Oxford, que podrían ser del puño y letra del propio Maimónides. Escribe *A Critical Study of Electrical Stunning and the Jewish Method of Slaughter* (Estudio crítico de la descarga eléctrica y el método judío de matar animales) en 1955, y *The Spiritual Heritage of the Sephardim* (La herencia espiritual de los sefardíes) en 1957.

Grandes figuras en África del Norte

Los Durán

ESTA FAMILIA de origen provenzal se instala en Mallorca en 1306 y, tras las persecuciones de 1391, en Argel.

Sémah Astruc Durán (fallecido en 1404)

Sémah Astruc Durán, sobrino nieto de Leví ben Guersón (Guersónides *), es rico, ya que es el heredero de su abuelo, el rabino Yehudá Desfils [1], un financiero de La Mure. Célebre como gran especialista en la hagadah y en la halakha, este erudito en medicina y astronomía también es muy respetado en los círculos no judíos.

En Argel, su hijo, Simón ben Sémah, dará origen a una sucesión de dirigentes espirituales y temporales, linaje que llegará hasta finales del siglo XVIII.

Simón ben Sémah Durán (Mallorca, 1361-Argel, 1444)

Simón ben Sémah Durán, conocido por Rashbaz, es una autoridad rabínica, un filósofo y un sabio. Desde muy joven estudia en la escuela rabínica de Efraím Vidal (llamado el «Mártir», pues fue víctima de las matanzas de Mallorca en 1391), luego sigue su formación en Teruel, Aragón, con Yoná de Maistre (Desmaestre), con cuya hija se casa. Adquiere profundos conocimientos en matemáticas, astronomía, ciencias, lógica y, especialmente, en medicina, que se convertirá en su profesión. En efecto, al regresar a Palma, ejerce la medicina y la cirugía. Reconocido como autoridad rabínica, su influencia perdurará hasta el punto que, cuarenta y cuatro años después de haber abandonado la isla, aún le enviará una carta a los judíos mallorquines reprochándoles que hayan descuidado algunas prácticas religiosas, e instándoles a cambiar su forma de vivir.

En Argel, después de 1391, los rabinos españoles se convertirán en los dirigentes religiosos de la comunidad. Isaac bar Séset es nombrado gran rabino y presidente del tribunal rabínico. Simón ben Sémah Durán, que ha perdido su fortuna y que no puede ganarse la vida como médico ya que la población local solo cree en las prácticas supersticiosas, acepta un cargo remunerado de rabino, parece que al servicio de Isaac bar Séset. Simón ben Sémah es conocido, sobre todo, por sus decisiones rabínicas, que entre los judíos de África del Norte generalmente tienen fuerza de ley. Así redacta unas ordenanzas que se conocerán como las *Taqqanot de Argel*[2]. Constituyen una legislación matrimonial que aún hoy en día se aplica en la mayoría de las comunidades judías. Su método es el siguiente: «Para llegar a mis decisiones, no busco a tientas como el ciego que avanza pegado a una pared, pues solo emito una decisión tras haber estudiado el caso con cuidado. Nunca he tomado una decisión que después haya retirado». Sus *responsa* se convertirán en una referencia para las autoridades rabínicas, por ejemplo, para Yosef Caro *.

Simón ben Sémah escribirá doce obras sobre la norma rabínica, los comentarios talmúdicos y bíblicos y el pensamiento filosófico. Una de sus grandes obras es el *Maguén abot* (El escudo de los padres), dividida en cuatro partes: las tres primeras tratan cada una de uno de los principios del judaísmo, la cuarta es un comentario sobre los *Pirqué abot* (Los dichos de los padres). Simón ben Sémah inaugura una nueva etapa en la filosofía judía medieval. Sus libros y sus trabajos forman una especie de síntesis filosófica que se aleja tanto del aristotelismo como del platonismo. Construye una teología fideísta, planteando una dogmática que reduce los trece artículos de fe precisados por Maimónides * a solo tres: existencia de Dios, revelación, retribución; los otros quedan subordinados a estos tres.

Salomón ben Simón Durán (Argel, hacia 1400-Argel, 1467)

El hijo de Simón ben Sémah, Salomón ben Simón Durán, conocido por Rashbash, «el Primero», según sus *responsa* parece haberse incorporado desde muy joven al tribunal rabínico de su padre, y, asimismo, haber asumido la dirección de la escuela rabínica. En 1438, en su obra apologética *Milhemet Mitzvah* (La guerra de los mandamientos), rechaza las acusaciones formuladas contra el Talmud por el converso Joshua Lorki (Jerónimo de Santa Fe) e incluso ataca al clero cristiano: el Talmud no favorece la inmoralidad, al contrario, enseña un alto grado de moralidad y castidad; son los círculos clericales cristianos los que, según Rashbash, se entregan a una conducta inmoral.

Los tres hijos de Salomón ben Simón Durán

Los tres hijos de Salomón ben Simón Durán serán jueces rabínicos en Argel.

1. Aarón (fallecido hacia 1470) es una autoridad rabínica y es consultado desde lejanas comunidades como la de Constantinopla.
2. Sémah ben Salomón Durán, casado con la hija del ilustre rabino de Tremecén Efraím Enkaua (al-Nakawa) [3], parece que fue el más activo y erudito de los tres hermanos. En un *responsum* de advertencia escrito a cierto rabino, afirma de sí mismo: «No me jacto de mis distinguidos antepasados, de mis sermones y de mis *responsa*, de mi saber —pues estoy muy familiarizado con toda la literatura tannaítica y con todo el Talmud—, de la precisión y de la profundidad de mi tradición jurídica, de mi razonamiento racional, aunque mi abuelo paterno [Simón ben Sémah Durán] me elogió desde la infancia por mi capacidad para captar la verdad».

Su salud era precaria y partirá hacia Mallorca para hacer una cura; no volverá hasta 1468.

Su ideología y su piedad se reflejan en el *responsum* en el que intenta refutar las ideas expresadas por Rabí Abraham Conque de Málaga quien, siguiendo a otros filósofos, defiende que la perfección y la inmortalidad no dependen de la observancia de los mandamientos y del estudio del Talmud, sino más bien del estudio de las ciencias y de la filosofía. Sémah ben Salomón intenta demostrar que la perfección solo puede ser alcanzada mediante la observancia de los mandamientos.

También se pronuncia sobre los marranos, a los que, en el plano religioso, considera judíos. Escribe unas *responsa* que figurarán en la primera parte del libro de su hermano Simón, *Yakhin u-Vo'az*. Algunas de estas *responsa* serán mencionadas por Yosef Caro.

3. Simón ben Salomón Durán, conocido por Rashbash «el Segundo» (Argel, 1438-después de 1510), sucede a su hermano Sémah como rabino de Argel. En 1499 interviene en el rescate de cincuenta judíos españoles llevados a Argel como esclavos. Siendo ya un anciano, tendrá que abandonar Argel cuando la armada española se aproxime a las costas de Bugía y Túnez. Varios autores lo confundirán con Simón (el segundo) ben Sémah.

Los Aben Sur

ESTA FAMILIA es realmente el espejo de la diáspora sefardí. Originarios de España, podemos seguir la pista de sus miembros en Marruecos, Italia, Amsterdam, Palestina, Dinamarca y Hamburgo (donde uno de ellos será ministro residente del rey de Polonia en fecha posterior a 1695)... Antes de 1492, sabemos de don Jacob (hacia 1365); Samuel (hacia 1413), personaje influyente en Valladolid; Isaac (hacia 1490), un notable de Trujillo.

Moisés, que tuvo que convertirse a la fuerza, huye a Fez, donde, en 1496, volverá al judaísmo. Reuben, rabino y famoso cabalista de Fez, tiene un hermano, Shalom (muerto antes de 1717), rabino, gramático y autor de *Chir hadash* (Canto nuevo), obra didáctica sobre la ciencia del calendario.

Pero el miembro más importante de la familia es Jacob ben Reuben (Fez 1673-1752). Hijo de Reuben, reconocido como una autoridad rabínica en toda Europa, es rabino, cabalista, astrónomo, jurista, gramático y poeta muy estimable. En 1702 huye de las persecuciones de Fez y se refugia en Meknès, ciudad que tendrá que abandonar hacia 1738-1740 debido a la hambruna. Esta vez parte hacia Tetuán donde, al igual que en Meknès, ocupa un lugar en el tribunal rabínico. Hacia el final de su vida volverá a Fez. Su reputación le supone tener que atender consultas de todos los rincones del mundo; sus *responsa* y sus cartas permiten conocer mejor el judaísmo marroquí de los siglos XVII y XVIII. Cantos, poesías litúrgicas y paralitúrgicas, oraciones fúnebres (*quinot*) —varias de ellas están incorporadas en el ritual del 9 del mes de *av* que aún se utiliza en Marruecos—, elegías para cualquier acontecimiento de la vida civil y religiosa se han compilado en un volumen *'Et le-khol hefes* (Un tiempo para cada cosa), editado en Alejandría en 1893.

Para indicar la melodía (*laham*) con la que deben cantarse sus obras litúrgicas, Jacob Aben Sur menciona los *incipit* de *romances* judeoespañoles cuyas tonadas eran conocidas. Se pueden encontrar múltiples ejemplos en Haím Zafrani [1]. Esta tradición aparece en Constantinopla ya en 1510, y será retomada por Israel Najara (Damasco, ¿1555?-¿1625?) en su *Zemirot Israel* (Melodías de Israel) editado en Safed en 1587 [2].

Jacob Abihasira
(Rissani, al sur del Atlas marroquí, 1807-Damanhûr, Egipto, 20 de *tevet* 5640 [9 de enero de 1880])

Los hombres empiezan a bailar. Alguien saca un retrato de Jacob Abihasira, lo utiliza como improvisada bandeja y ofrece una ronda de güisqui a la concurrencia. Una mujer, la cabeza cubierta con un pañuelo, agita un póster con la imagen de Anwar al-Sadat y se mueve siguiendo el compás de la música. Sin dejar de bailar, alguien canta: «El que lo contempla, aunque sea en sueños, ve sus deseos cumplidos. Al que está enfermo, lo sana». Los demás responden: *Ya sidi, ya sidi akham Abu Hatsira*. Esta fiesta, celebrada junto la tumba de Jacob Abihasira tras uno de los encuentros egipcio-israelí, corresponde al peregrinaje realizado en enero de 1979 por ciento ochenta judíos de origen marroquí con motivo del aniversario de la muerte de Jacob Abihasira.

El antepasado de la familia sería ese Semuel (el hombre de la alfombra) que cambió su nombre de Elbaz por Abihasira, y cuya leyenda narra que fue desde Jaffa a Constantinopla sobre una alfombra [1]. El padre de Jacob, rabino en Tafilete, era considerado un justo, hombre de gran piedad y rara modestia. Jacob es hijo de la segunda mujer de su padre. Es un niño muy dotado que demuestra una particular afición y una aptitud excepcional para el estudio de la Tora. Desde muy joven colabora con su padre, que no deja de plantearle cuestiones muy difíciles sobre el derecho rabínico. Aún adolescente, duerme poco y pasa la mayor parte de la semana en la Casa de estudio donde, a pesar de su juventud, profundiza particularmente en el conocimiento de la cábala. Solo abandona la Casa la víspera del Sabat, o para emprender algún viaje, yendo de comunidad en comunidad con el fin de recolectar fondos en favor de los desheredados y de los enfermos.

Siempre al servicio de sus correligionarios, su casa está abierta a todos. Gente llegada desde muy lejos le consulta hasta los problemas más insignificantes. Sin embargo, su afilado sentido de la justicia y las decisiones que toma, a veces sorprenden a su auditorio. Cuentan que «un rabino que residió en su casa un año entero tenía la impresión de que Rabí Jacob juzgaba los casos que se le presentaban de manera poco acorde con la ley judía, y que estaba muy extrañado. Pero que, en cada ocasión, la verdad resplandecía y podía comprobar que Jacob, desde el primer momento, había juzgado certeramente el caso. Se dice que la verdad le era revelada por el cielo, y que Dios le evitaba hasta el menor desacierto».

Para muchos judíos, Jacob está imbuido del Espíritu Santo y tiene el poder de realizar milagros. Hay numerosos ejemplos ilustrados por relatos que se perpetuarán a través del tiempo y el espacio. Cuando bendice a los fieles o cuando reza, se dice que solo su cuerpo está unido a la tierra, mientras que su espíritu vaga por las esferas superiores. Durante la mayor parte de su vida expresará el deseo de ir a vivir a Tierra Santa, pero su comunidad no quiere separarse de él. Solo a edad muy avanzada logra emprender el viaje. En Egipto, ya muy cerca de su destino, morirá el 9 de enero de 1880 en las afueras de Alejandría.

Jacob Abihasira escribió doce obras, todas publicadas después de su muerte, tal como él deseaba. En sus textos emplea, además de los cuatro modos tradicionales de interpretación (sentido literal, sentido alegórico, sentido simbólico, sentido místico), la *Guematria*, el valor numérico de las letras. También utiliza las primeras y las últimas letras de las palabras para extraer una enseñanza. A menudo recurre a la cábala y a los juegos de palabras.

La primera obra, *Dorech Tov* (El buen orador), publicada en 1884, reúne discursos de circunstancias, para el Sabat que precede a la fiesta de Purim y para el Sabat anterior a la Pascua, cinco sermones para la fiesta de Savuoth (que recuerda la promulgación de la Tora) y diez oraciones fúnebres, siendo la novena la pronunciada en memoria de su madre.

El segundo libro, editado en Jerusalén en 1885, trata de *Pitu'hé 'hotam* (Los grabados de un sello). Se trata de un comentario sobre la Tora que sigue el orden de las secciones semanales del Pentateuco. La tercera obra, *Yoru Michpatékha lé-Ya'acov* (Le enseñan Tus sentencias a Jacob), también publicada en Jerusalén en

1885, aporta respuestas a cuestiones tan dispares como las transacciones litigiosas, las herencias, los préstamos y empréstitos, las delegaciones de poder, matrimonios y divorcios, testimonios, testamentos, robos y encubrimientos, responsabilidad civil... El cuarto libro, *Bigdé hassérad* (Las vestiduras de ceremonia), editado en Jerusalén en 1887, es en su mayor parte una interpretación del relato de la Pascua.

La quinta obra, *Guinzé hamélekh* (El tesoro del rey), publicada en Jerusalén en 1889, está muy inspirada en la cábala —la ética de la penitencia, la ética de la majestad divina, la ética de la Alianza y en *Likuté Sosanim* (Libro de rosas). El sexto, *Ma'hsof halavan* (La blancura revelada), editado en Jerusalén en 1892, trata de cada una de las secciones del Pentateuco. El séptimo, *Alef Bina* (El alfabeto de la sabiduría), publicado en Jerusalén en 1893, desarrolla por orden alfabético, y para cada una de las veintidós letras, versículos escogidos de los Salmos que empiezan con la letra correspondiente, acompañados de comentarios. La octava obra, *Mé' galé Tsédek* (Los senderos de la justicia), es editada en Jerusalén en 1893. En el noveno libro, *Lévona Zacca* (Incienso puro), publicado en Jerusalén en 1929, Jacob, tomando como marco las secciones bíblicas semanales, se refiere al Talmud y hace su propio comentario.

En el libro décimo, *Sa'aré tésuva* (Las puertas del arrepentimiento), editado en Jerusalén en 1955, Jacob presenta cada uno de los veintiocho capítulos; utiliza el término *tésuva* (arrepentimiento), y con cada una de las letras que lo componen, construye frases de las que extrae la sustancia de determinados principios de la penitencia. En el undécimo libro, *Sa'aré arukha* (Las puertas de la curación), publicado en Jerusalén en 1966, Jacob comenta, mediante observaciones bastante breves y moralizadoras, diversos temas relacionados con el mes de *elul*, y las fiestas de Ros ha-Sanah, Kippur, Sucot, Hos'ana Rabba y Semini'atseret. Por sus iniciales, todos estos nombres se encuentran incluidos en el título, cada una de las veintidós letras del alfabeto hebreo forma un capítulo y cada letra es comentada mediante varios versículos, explicando la relación que pueden tener con estos puntos de referencia esenciales del calendario judío.

En cuanto a la duodécima obra, *Yaguel Ya'acov* («Jacob se regocija»), editada en Argel en 1908, se trata de un libro de poemas cantados que forman en un acróstico el nombre del autor. La «majestad divina», Israel, el exilio y la liberación, entre otros temas, son evocados. Además, encontramos poemas cantados compuestos en honor del rabino Jacob Abihasira.

Todos los hijos de Jacob Abihasira, Rabí Masud, Rabí Aarón, Rabí Abraham, Esther (casada con el rabino Dahan), y, sobre todo, Rabí Yishaq (enterrado en Tulal), acceden a la «santidad». Entre los nietos que siguieron la misma senda, debemos citar a los tres hijos de Rabí Masud: Rabí David (enterrado en Tafilete), Rabí Yishaq, conocido por Baba Haki (enterrado en Ramla, Israel) y Rabí Israel, llamado Baba Salé (enterrado en Netivot, en Israel, en 1984); dos de los hijos de Rabí Aarón: Rabí Israel, también conocido por Baba Salé (enterrado en Béchar) y Rabí Eliyahu (enterrado en Erfoud); el hijo de Rabí Yishaq, Rabí Abba (enterrado en Boudenib), y, por último, Rabí Méir, un biznieto (fallecido en Israel), que era famoso por sus dotes como taumaturgo [2].

Fernand Widal
(Dellys, Gran Cabilia, 1862-París, 1929)

TRAS LA MUERTE de Fernand Widal, el profesor Jean-Louis Faure escribe «[que él seguirá siendo] el nombre más importante de la medicina francesa y que, tal vez, permanecerá como el maestro más brillante de la medicina contemporánea [1]». Sus palabras son el reconocimiento de lo que Fernand Widal ha aportado a la medicina. En primer lugar, por unos descubrimientos capitales cuya importancia terapéutica es considerable en todo lo que se refiere a la fiebre tifoidea, al diagnóstico citológico, a la fisiopatología y al tratamiento de las nefritis o al «shock hemoclásico [2]»; pero también por una transformación completa de toda la concepción de la medicina llevándola del estadio anatomo-patológico al estadio fisiológico y biológico.

Este hijo de un médico militar en Argelia, en 1884 cursa su internado en los hospitales de París. Con el profesor Chantemesse empieza a estudiar el bacilo de la fiebre tifoidea [3]. Los dos relacionan la etiología de la fiebre tifoidea con las aguas contaminadas, y demuestran que está vinculada con un microbio específico, parecido pero claramente distinto, del colibacilo intestinal. Específicamente describen la formación de estos dos bacilos y así facilitan su distinción. En 1894, Fernand Widal pone a punto la vacuna triple T. A. B. (antitifoidea y paratifoidea A y B).

En su tesis, *Infección puerperal, flegmatia-alba-dolens y erisipela*, defendida en 1889, demuestra que esta infección no es más que una forma leve de la flebitis puerperal debida al estreptococo. En 1894 es nombrado profesor de patología interna de la facultad de París, y luego profesor de clínica médica. En su famoso servicio del Hospital Cochin, funda un centro de enseñanza e investigación cuya influencia alcanza al mundo entero. Siguiendo con sus investigaciones sobre la fiebre tifoidea y atacando el problema mismo de la inmunidad y la defensa del organismo, llega al descubrimiento capital del citodiagnóstico, descubrimiento que presenta con el profesor Ravaut. Según las etiologías, los tejidos y las células reaccionan de manera diferente y producen ora leucocitos ora células epiteliales descamadas. Fernand Widal instituye así los citodiagnósticos de las pleuresías inflamatorias, de las pleuresías tuberculosas y del hidrotórax de los cardiacos.

Sin embargo, la obra maestra de Fernand Widal es el estudio de las nefritis y del mal de Bright. Emprende una «revolución» mediante el estudio de los elementos químicos y del funcionamiento de la depuración renal. Estudiando los cloruros, descubre la causa de los edemas de las nefritis, y demuestra que un régimen sin sal permite reducirla rápidamente. Fernand Widal describe meticulosamente todos los signos clínicos de la uremia con el establecimiento del pronóstico de acuerdo con la tasa de urea sanguínea. Al sumarle el estudio de las consecuencias vasculares de las nefritis, establece una nueva clasificación de estas [4].

Más adelante, Fernand Widal estudia el problema de la anafilaxia y de la idiosincrasia. Sus descubrimientos permitirán el desarrollo posterior de los procedimientos de desensibilización que constituyen la medicina de las alergias. Relacionó esta sensibilización con una inestabilidad coloidal que llamó hemoclásica, o diátesis coloidoclásica. Con el método anatomoclínico, descubierto por Laennec, Fernand Widal restablece la medicina en la vida misma, medicina que sustituye «la noción de las secuelas materiales con la de trastornos funcionales, pero que, sin embargo, sigue siendo clínica y humana [5]». Reúne a las dos en una síntesis y con una armonía notables. A propósito de sus lecciones clínicas junto a la cama de los enfermos durante su visita diaria al hospital, Jean Louis Faure proclama que Fernand Widal es «el nombre de uno de esos grandes médicos cuya palabra basta para devolverle la esperanza a un corazón desesperado».

Con Fernand Widal se confirma esa noción de unidad, ya evidenciada por la tradición bíblica hebraica, que le confirió a la medicina francesa, en la época de Widal, su poderoso influjo y su impulso. Él formará a una generación completa de grandes médicos [6]. En 1906, Widal es elegido miembro de la Academia de Medicina, y en 1919, miembro de la Academia de Ciencias. Un hospital de París llevará su nombre tras un decreto aparecido en el *Journal officiel* el 26 de agosto de 1959.

Albert Memmi
(Túnez, 15 de diciembre de 1920)

HIJO de François Memmi, de profesión talabartero, y de Margarita, de soltera Sarfati, estudia en el liceo Carnot de Túnez, donde, a su vez, dará clases en 1953 después de estudiar en la facultad de Letras de Argel y en *l'École pratique des hautes études*.

En 1946 se casa con Germaine Dubach. Entre 1953 y 1957 es director del Centro de Psicopedagogía de Túnez. Por entonces se vincula con el CNRS y, en 1958, a su llegada a París, dicta cursos en *l'École pratique des hautes études* y es profesor responsable de la enseñanza cultural en *l'École des hautes études commerciales*. En 1970 ocupa la cátedra de Sociología de la cultura en la Universidad de París-X. Llega a director de la UER de las ciencias sociales en 1975. Entre 1976 y 1979 es vicepresidente del Pen-Club francés, miembro de la Academia de las Ciencias de Ultramar en 1975, síndico del Sindicato de Escritores en Lengua Francesa en 1981, vicepresidente de la Federación Internacional de los escritores francófonos en 1985. Además, es miembro del patronato del MRAP y de la Liga Internacional Contra el Racismo y el Antisemitismo (LICRA).

Múltiples actividades acompañadas por una obra científica y literaria considerables. Su primera novela, *La Statue de sel*, con prólogo de Albert Camus, aparece en 1953. «Las referencias, biográficas en este caso, a las que *La Statue de sel* remite —dice Tahar Bekri [1]— están en estrecha relación, aparte de algunos elementos, con la vida del autor: la infancia en el callejón Tarfoune en el Túnez colonial, el origen judeobereber, la adolescencia y los estudios en el liceo Carnot de Túnez, la influencia del profesor de francés, el señor Marrou, bereber y cristiano, personaje tras el que se reconoce al escritor Jean Amrouche [inolvidable entrevistador de André Gide].»

En su «Autorretrato», aparecido en la revista marroquí *Souffles*, Albert Memmi escribe: «Hasta ahora, lo único que he hecho es el balance de mi vida. Pero, desde la felicidad irreal de los primeros años, los juegos infantiles en el callejón Tarfoune, en Túnez, un largo conducto desértico que giraba dos veces sobre sí mismo para desembocar en un agujero de silencio y oscuridad, hasta la vida abstracta de las grandes capitales, pasando por la guerra, los campamentos y la descolonización, el camino es demasiado largo, demasiado caótico. El héroe ya no se reconoce. Empleo todo mi tiempo intentando llenar ese foso, esas rupturas múltiples, intentando firmar la paz conmigo mismo esperando una paz imposible [2]». Admirable explicación sobre el emigrante que es y cuya aventura es el objetivo de sus investigaciones, siempre retomadas, siempre colocadas de nuevo sobre el bastidor, para trascender su itinerario personal y desembocar en estos dos ensayos, *Portrait du colonisé* (1957) y *Portrait d'un juif* (1962), pasando por su segunda novela, *Agar*, en 1955, en la que nos describe el aislamiento de un judío tunecino rechazado a la vez por los franceses y los árabes, y que, en el marco de una pareja mixta, se encamina hacia el fracaso. «La novela es también la historia de ese desenlace lamentable, de esa caída en el racismo como manera de basar en una supuesta causa la dificultad de entenderse y comunicarse [3].»

Ya en *La Statue de sel*, Albert Memmi escribía: «Aunque descendiese de una tribu bereber, los bereberes no me reconocerían, pues soy judío y no musulmán, vivo en una ciudad y no en el campo; aunque llevase un apellido de pintor, los italianos [concretamente los *Grana* o liorneses] no me acogerían, pues soy africano y no europeo [4]», texto que repetirá como epígrafe de *Portrait d'un juif* (1962). Pero antes escribe *Portrait du colonisé*, donde da comienzo a su análisis sistemático y detallado de las «condiciones de opresión», análisis que obligatoriamente parte de su condición de judío ya marcado de forma muy especial por la presencia, felizmente efímera, de los nazis en su país.

Antes de seguir, mencionemos aquí los otros títulos significativos de su obra: *Anthologie des écrivains maghrébins* (1965), *La Libération du Juif* (1966), *L'Homme dominé* (1968), *Le Scorpion* (1969), *Juifs et Arabes* (1974), *La Terre intérieure* (1976), *Le Désert* (1977), *La Dépendance* (1979), *Le Racisme* (1982),

Ce que je crois (1984), *Écrivains francophones du Maghreb* (1985), *L'Écriture colorée* (1986), *Le Pharaon* (1988), *Le Mirliton du ciel* (1990).

Albert Memmi es judío y se declara abiertamente como tal, pero rechaza categóricamente la fe, a pesar de sentir una admiración plena y sin fisuras hacia su padre, que presidía todas las ceremonias religiosas. En *Ce que je crois*, escribe: «Dios, querido amigo de mi infancia [...], ya no tienes sitio en mi filosofía [y más adelante:] ... ¿Acaso desde mi duelo por ti no debo afrontar solo las tormentas del corazón, las dudas de la voluntad, las incertidumbres del saber y el abismo alucinate de los cielos? [5]». Pero en su laicismo no hay ni rastro de intolerancia. Estudia el judaísmo como sociólogo e introduce nuevos conceptos, verdaderos instrumentos susceptibles de afinar el análisis: «[...] distinguiendo la judaicidad, el judaísmo y la judiedad. La judaicidad es el conjunto de las personas judías, bien sea, en el sentido más amplio del término, todos los que viven en el mundo, bien sea, en sentido limitado, los que viven en una agrupación geográficamente localizada; el judaísmo es el conjunto de las doctrinas, creencias e instituciones judías; la judeidad es el hecho y la manera de ser judío [6]».

En 1966, Albert Memmi publica *La Libération du juif, portrait II*, dedicado «a todos los que luchan por una libertad». Se declara «judío de izquierda», pero afirma que ni el socialismo ni el marxismo han resuelto el problema judío. Tanto para los judíos como para los colonizados, la revolución debe ser primero nacional. Albert Memmi resume así el largo recorrido del pen samiento sionista. Lamenta que se haya tenido que escoger Palestina para dicha liberación, pero constata que hoy el mito se ha hecho realidad.

Durante un coloquio, Albert Memmi dice lo siguiente: «He reinsertado la opresión judía en la opresión general. Para mí, el judío se había convertido en el modelo del oprimido; algún tiempo después, estudiando los fenómenos de la dependencia, me di cuenta que el oprimido más antiguo era la mujer [...]. A continuación, recoloqué el movimiento nacional judío entre los movimientos nacionales en general [...]. Los judíos no eran un caso excepcional, muy al contrario [...]. Cuando digo que el pueblo judío tiene un problema de lengua materna, de lengua adoptada, de lengua vehicular, de doble lenguaje, de lenguaje familiar, solo describo una situación que otros ya han conocido [7]».

Como se puede ver, y como él no deja de repetir, la obra de Albert Memmi forma un todo en el que la literatura y la sociología se nutren de una experiencia primigenia siempre ensanchada, siempre comparada con otras vidas, con otras minorías. O, como lo expresó muy bien Henri Janne en un homenaje que le rindió en 1988: «Este intelectual reúne la personalidad del sociólogo, del universitario y, lo que es más raro, del hombre culto [...]. Albert Memmi ha producido los conocimientos sociales más auténticos bajo la forma de "relatos" imaginados, pero insertados en un contexto social verdadero [...]. Pero, además de su método para relatar y de cómo utiliza sus ambigüedades, Albert Memmi tiene un tercer mérito sociológico. Si se examinan sus estudios sobre *L'Homme dominé* (el negro, el colonizado, el proletario, el judío, la mujer, el criado), descubrimos que procede mediante la crítica y la extrapolación de testimonios [8]».

En otro homenaje a Albert Memmi, Vercors, recientemente desaparecido, el hombre que nos enseñó a preservar nuestra «virtud de indignación», dice: «En el corazón de la obra de Albert Memmi brilla su estudio sobre *La Dépendance*. Un libro que, por su luminosa originalidad, de entrada se sitúa entre las obras de referencia a las que uno ya no puede dejar de remitirse [9]».

Pero debemos dejarle la última palabra a Albert Memmi: «La aventura de un escritor es individual antes de ser colectiva. El escritor es un inconsciente antes de ser un sociólogo. Es verdad que en Argel o en Biskra podemos encontrar gente que repite furiosamente: Camus no es de los nuestros, y Memmi tampoco. Los comprendo. Vivo en París, doy clases en Nanterre, intento escribir en un francés clásico. Pero la última palabra le pertenece a la Historia [10]».

Grandes figuras en la Europa cristiana del Norte

Elie de Montalto (Castelo Branco, 6 de octubre de 1567- Francia, febrero de 1616)

Elie de Montalto, bautizado con el nombre de Filipe Rodrigues [1] en la iglesia de Santa María, en Castelo Branco, Portugal, es el tercer hijo de Antonio y de Caterina Ayres. Esta pareja de criptojudíos, que también lleva el apellido Luna [2], se casó el 22 de abril de 1563 en la iglesia de Santa María. Los padres de Elie vivirán en su ciudad natal, donde tienen una buena posición y esclavos. Según algunos testimonios de sus contemporáneos, gozan de gran estima. Su padre ejerce la profesión de farmacéutico; aconseja muy bien a sus clientes y lo apodan el «hermano de la misericordia».

Moisés, uno de los hermanos de Elie, es médico; también es conocido como Miguel o Daniel de Luna. Con este último nombre lo encontraremos en Polonia, convertido en el médico del príncipe Stanislas de Koniecpoli. Vivirá en Lublin, una ciudad que ha desempeñado un papel tan importante en la vida del judaísmo polaco [3], y allí morirá en 1637; su esposa Isabel, *alias* Esther de Fonseca, de Ruán, morirá en Amsterdam en 1692; será enterrada en la misma tumba donde yace Elie de Montalto, en el cementerio judío de Ouderkerk [5].

La familia de Montalto pagará un enorme tributo a la Inquisición: unos escogen el exilio; otros permanecen en Portugal.

Ningún miembro será bien visto por el Santo Oficio, ni nombrado caballero de la orden militar, ni formará parte de la magistratura o del clero, casi seguro porque, obligatoriamente, había que demostrar «la pureza de sangre». En esta familia también se puede ver cómo, a menudo, los nuevos cristianos practicaban la endogamia.

En Castelo Branco, Elie de Montalto se casa con Jerónima de Fonseca, quien, al abandonar Portugal, se hace llamar Raquel (Rachel). Raquel de Fonseca proviene de una familia de médicos célebres. Su padre, Lopo da Fonseca, fue médico de la reina Catalina de Portugal; Manuel, su abuelo, que también era médico, fue una de las numerosas víctimas de la conversión forzosa de 1497 en Portugal. Entre los miembros de la familia de Raquel Fonseca hay que citar a su hermana María, *alias* Sara Curiel, esposa del médico Jerónimo Nunes Ramires de Lisboa (muerto en septiembre de 1609) y cuyo hermano, Francisco de Vitoria, fue obispo de Tecumán.

Desconocemos la fecha exacta en que Elie de Montalto abandona Portugal con su familia, sin duda atormentado por la intolerancia religiosa del país en el siglo XVI. Según Meyer Kayserling (1829-1905), el gran historiador decimonónico del judaísmo sefardí, Elie de Montalto se establece en Liorno en 1598. De acuerdo con el relato del criptojudío Paul de Pina, sabemos que en 1599 ya estaba allí.

María de Médicis recomienda a Elie de Montalto ante su tío, Fernando I de Médicis, Gran Duque de Toscana (Florencia, 1549-Florencia, 1609), que lo toma a su servicio como médico. En la introducción de su obra *Óptica*, aparecida en Florencia en 1606, Elie de Montalto mencionará una breve estancia en París. Allí vio por primera vez, según sus propias palabras, a «la rama sublime de la noble familia de los Médicis», la reina María.

Su segunda estancia en París se producirá entre finales de 1606 y 1608 [7]. Estas fechas no coinciden con las aceptadas generalmente por los historiadores. Nos basamos en el testimonio de Leonora Dori Galigai (Florencia, 19 de mayo de 1568-París, 8 de julio de 1617) durante su proceso por brujería en 1617. El 22 de mayo de ese año, Leonora Galigai responde a la pregunta del tribunal sobre «si ha conocido a Montalto en Florencia»: solamente en Francia, antes de «la muerte del difunto rey, el mencionado Montalto, que venía de Portugal»; se detuvo en esta ciudad de París, para curar a los que «necesitasen de sus artes medicinales». En ese momento, ella padeció una grave enfermedad, sus amigos y sus médicos le aconsejaron que viera a Montalto: el doctor Duré estaba entre ellos y, todos juntos, la cuidaron tan bien «que vino en salud y convalecencia».

Según Fernand Hayem, que es el gran historiador de Leonora Galigai, Elie de Montalto está en París en 1607. Hayem escribe: «Pasó una temporada en París en 1607, "yendo de Flandes a Italia", y que aceptó practicar su medicina [8]».

En 1608, según el diario del médico de Luis XIII, Jean Héroard (1551-1628), Elie de Montalto aún está en París puesto que, en el día correspondiente al domingo 10 de agosto de 1608, leemos «el Delfín [el futuro Luis XIII] le dice: "Hablad, doctor, hablad, doctor de Palestina". Era un bufón italiano que estaba de prestado en la corte [9]». Este «doctor de Palestina» del que habla Jean Héroard es el doctor Elie de Montalto, que así es mencionado en los documentos italianos del Archivio di Stato de Florencia. Sin embargo, Enrique IV no acepta que Elie de Montalto permanezca en Francia, junto a Leonora Galigai, a causa de su religión judía. Elie de Montalto, bien provisto con una nueva carta de recomendación de la reina María de Médicis, regresa a Florencia donde el Gran Duque de Toscana, Fernando I, vuelve a tomarlo a su servicio.

Después de Florencia, Elie de Montalto se establece en Venecia, donde puede consagrarse más a los estudios hebraicos, como tantos otros marranos de su generación. Se convierte en uno de los más ardientes partidarios del judaísmo a cara descubierta, como se observa en las cuatro cartas publicadas por Cecil Roth en la *Revue des études juives*, en 1929. En esta correspondencia de los años 1611-1612, Elie de Montalto exhorta a un familiar, Pedro (Pero) Rodrigues, que acaba de abandonar España, a reverenciar en público al Dios de sus antepasados. En 1613, Pedro Rodrigues se convertirá en profesor de derecho civil en la Universidad de Pisa [10].

La considerable influencia que Leonora Galigai tiene sobre María de Médicis, logra que la reina le pida a Elie de Montalto que vuelva a Francia para ser uno de sus médicos; varios de los médicos más eminentes de París habían muerto en un lapso de tiempo muy breve. Elie de Montalto le responderá a la reina María de Médicis «que él no pensaba disfrazarse ni fingir en su profesión», desea «practicar libremente su religión judaica», para poder hacerlo había «rechazado grandes ofrecimientos que le habían hecho en Bolonia, en Mesina, en Pisa [...]. Y que también le habían ofrecido la primera cátedra de Padua. Añadiendo que, en un solo gesto, se podrán conocer sus intenciones, a saber, que no recibirá ningún dinero durante su día de observancia, es decir, en el día del Sabat [11]». María de Médicis le escribe entonces al papa Pablo V (Roma, 1552-Roma, 1621), para obtener una dispensa que le permita tomar a un infiel a su servicio. Así, una vez concedida la gracia, Elie de Montalto será el único judío, en la corte y en Francia, que profese oficialmente el judaísmo.

Elie de Montalto, acompañado por su esposa, por dos de sus hijos pequeños, Isaac y Moisés, y por un joven judío italiano, Saúl Leví Morteira, llega a París durante el verano de 1612, puesto que será nombrado *Consiliarius et Medicus* (consejero y médico habitual) de la reina el 19 de septiembre de 1612. El joven italiano, Saúl Leví Morteira (¿Venecia?, 1596-Amsterdam, 1660), al que en París llaman «Mortier», tendrá unos dieciséis años y, probablemente, sirve como *shohet* y se ocupa de la intendencia de Elie de Montalto. Más adelante, en Amsterdam, llegará a ser profesor en la escuela de la sinagoga y luego rabino de la congregación Bet Yahacob. Saúl Leví Morteira gozará de cierta fama como predicador y escribirá textos polémicos en defensa del judaísmo atacando al catolicismo y al protestantismo [12]. Pero es conocido, sobre todo, por su desempeño como presidente del tribunal rabínico que «excomulgará» a Espinosa.

Entre 1613 y 1615, Elie de Montalto desarrolla en París una actividad religiosa judía importante; con la ayuda de Saúl Leví Morteira crea una verdadera escuela de estudios hebraicos, atrayendo a marranos de Portugal y a judíos de Holanda. Juntos festejarán la Pascua de 1615 [13].

Este marrano, nacido cristiano, muere como judío practicante en febrero de 1616. La reina María de Médicis ordenará que su cuerpo sea embalsamado y transportado hasta Amsterdam para ser enterrado en el cementerio judío de Ouderkerk.

La elección de Elie de Montalto como médico de María de Médicis y de Luis XIII se explica por las pertinaces leyendas que corrían respecto a la superioridad de los médicos que eran «judíos creyentes» sobre los judíos conversos. Esta leyenda se hace especialmente ostensible cuando, en 1538, Francisco I, al regresar de la entrevista de Aigues-Mortes, cae enfermo en Compiègne. El rey le rogó a Carlos I que le enviase desde España un médico judío. Carlos I comisionó a un judío converso que, ante Francisco I, se jactó de su conversión. Tras esta revelación, Francisco I se negó a ser tratado por aquel judío converso, pues estaba persuadido de que un médico cristiano nunca podría curarlo. Tuvo que venir, desde Constantinopla, un judío no converso que sanó al rey con leche de burra [15]. En este sentido se puede considerar que, para dos supersticiosas damas florentinas como María de Médicis y Leonora Galigai, Elie de Montalto representa una garantía contra el mal y contra la enfermedad. Formará parte de su séquito gracias a una de esas lujosas excepciones que el catolicismo del siglo XVII le autoriza a los más altos niveles.

Manuel Rodrigues Vega
(Amberes, ¿1575?-¿primera mitad del siglo XVII?)

MANUEL RODRIGUES VEGA es hijo de Luis Fernandes [1] (1542-1602) y de Leonora Rodrigues Vega, que se establecieron en Amberes hacia 1572 [2]. Luis Fernandes, gran importador de azúcar y especias, será nombrado cónsul de la nación portuguesa en Amberes en 1583; posteriormente, cada cuatro años y hasta su muerte, verá renovado su mandato.

Manuel tiene varios hermanos y, al menos, una hermana. Entre sus hermanos está Antonio Fernandes, mayor que él. Rafael Fernandes (nacido en Amberes en 1574) que, al parecer, era el tesorero de su padre; en 1609, durante un breve lapso, es encarcelado en Rotterdam. Un tercer hermano, Gabriel Fernandes (nacido en Amberes en 1576) es comerciante en dicha ciudad, residió en Londres entre 1604 y 1608 y, ocasionalmente, viajó a Holanda. Gabriel se casa con María Beecx, una hija del noble Jan de Beecx. En 1618 llega a ser miembro del gremio San Lucas, un gremio de artistas de Amberes, como empleador de pintores y de orfebres plateros. También será comisionista. La fecha más probable de su muerte es el año 1639.

Un cuarto hermano de Manuel, Duarte Fernandes Vega (nacido en Amberes en 1587), vive durante algún tiempo en Ruán y luego se instala en Rotterdam hacia 1613. Los dos hermanos más pequeños, Pedro Rodrigues Vega y Gaspar Fernandes Vega (nacidos en Amberes en 1590), serán los más viajeros de la familia. Pedro es el primero que, en 1599 [3], se reúne con su hermano Manuel en Amsterdam. Poco después, debe partir hacia Bahía, en Brasil. Allí compra una plantación de caña y envía cargamentos de azúcar y de jengibre a su hermano de Amsterdam. En 1610 vuelve a Holanda donde obtiene unos contratos para dirigirse hasta Portudal, en Guinea, con su hermano Gaspar Fernandes, en calidad de agentes comerciales de su cuñado Gaspar Sanches (el marido de Gracia Rodrigues Vega), a la búsqueda de esclavos, oro y marfil. Anteriormente, Gaspar Sanches ya había realizado ese viaje y volvió con cuatro esclavos. Los miembros de la familia de Manuel serán sus agentes en Amsterdam, Rotterdam, Amberes y Lisboa, con breves estancias en Ruán, Londres y Bahía.

Manuel Rodrigues Vega se establece en Amsterdam hacia 1595. Viene de Nantes con su mujer y sus ocho hijos; es probable que en Nantes, con algún familiar, haya hecho su aprendizaje mientras su hermano Rafael ayuda a su padre en Amberes. El 31 de marzo de 1597, Manuel Rodrigues será el primer comerciante portugués que llega a la categoría de *poorter* (ciudadano) de Amsterdam. En el periodo que va de 1595 a 1613, no menos de 109 actas notariales permiten reconstruir la mayor parte de las actividades comerciales de Manuel Rodrigues Vega. Catorce contratos de fletes (de 1598 a 1600) referidos a cargamentos de trigo y de centeno para Lisboa, Oporto, Aveiro, Buarcos y La Rochelle; en algunos casos, se menciona la posibilidad de que, a su llegada a Portugal, el capitán se vea en la obligación de ir a Madera o al Algarve. Un contrato atañe a un cargamento de pescado que parte de Dartmouth hacia Oporto. Los cargamentos de regreso rara vez se especifican, pero incluyen higos del Algarve, sal de Aveiro y plata labrada de Oporto.

Teniendo en cuenta que la mayoría de los cargamentos solo representan pequeñas cantidades con respecto a lo que se necesita para fletar un barco, el examen de los contratos de flete es inútil. Sin embargo, hay otros documentos de diversa naturaleza —a menudo, los derivados de un fracaso en el engranaje comercial— que llenan esta laguna. Así, según una actas referidas a naufragios, quiebras y a un conflicto con un deudor, Manuel Rodrigues Vega exporta sarga a La Rochelle y a Lisboa, diferentes tipos de ropa a Vila Nova en el Algarve, cuchillos a Bahía, hierro, jengibre, clavo (especia), nuez moscada, cordeles y azúcar a Marruecos, perlas a Venecia, pimienta, azúcar, jengibre y perlas a Emden, algalia a Gdansk. Manuel importa glasto de São Miguel, en las Azores, que, en parte, reexporta a Gdansk; azúcar, madera y jengibre de Brasil vía Lisboa o Emden o, a veces, directamente.

Todo este comercio no lo hace únicamente por cuenta propia. Parece que el glasto importado de las Azores (1596) pertenecían a Bartolomeo Sanches de Lisboa. El cargamento de ropa exportado a Viana-do-Castelo (1596), y que será aprehendido por los corsarios españoles de Blavet, era suyo, pero también de su hermano Gabriel Fernandes y de su padre, Luis Fernandes de Amberes, de Manuel Palacios y de Bartolomeo Sanches de Lisboa, de Simón de Andrade de Oporto y de Bartolomeo Alvares Occorido. El azúcar importado de Brasil (vía Hamburgo) se embarcó por cuenta de Luis Mendes de Oporto.

La red comercial de Manuel Rodrigues Vega no solo está compuesta por mercaderes portugueses. Ciertamente, sus relaciones con Manuel Rodrigues Spinoza de Nantes, Henrique Garces de Amberes, Diego Dias Querido de Bahía, Joao Castelli y Álvaro Lopes de Pernambuco y Ruy Fernandes Cardoso de Hamburgo (además de las relaciones ya mencionadas) estarán entre las más señaladas que mantenga, pero en puertos no tan importantes, como La Rochelle, Londres, Middelburg, Emden y Gdansk, a menudo los agentes de Manuel no son portugueses. Así pues, las actividades de Manuel Rodrigues Vega son bastante parecidas a las de los primeros mercaderes portugueses de Amsterdam.

Sin embargo, Manuel toma iniciativas diferentes a las de sus colegas portugueses. En primer lugar, está la fianza que Manuel Rodrigues Vega, y también su padre, entregan por don Francisco de Mendoza, Almirante de Aragón, comandante de la caballería española a las órdenes de Alberto de Austria, que fue hecho prisionero durante la batalla de Newport (1600). Los Países Bajos piden esta fianza —50.000 florines de Manuel y de su padre y 25.000 florines de Johan Van de Veken— para asegurarse el acuerdo con los españoles, con la condición de que todos los prisioneros de guerra holandeses sean liberados a cambio del almirante. En mayo de 1602, Manuel acompaña al almirante en territorio enemigo y, el 4 de diciembre de 1602, se verá liberado de esta fianza.

Durante este asunto, nos enteramos de que Manuel Rodrigues Vega ha invertido sumas bastante importantes en algunos viajes a las Indias orientales holandesas. Su participación en la aventura oriental indiana parece alcanzar, al menos, los 60.000 florines. Que sepamos, es el único portugués que invirtió tanto dinero (teniendo en cuenta sus recursos financieros que, apenas unos años antes, dependían de los 25.000 florines confiscados en España); estas inversiones son los primeros intentos de la República para acabar con el monopolio colonial de Portugal en las Indias orientales. Es probable que esta inversión sea consecuencia del acuerdo respecto a la fianza del almirante. Manuel Rodrigues Vega es también, al parecer, el primer comerciante portugués que se aventuró en la industria. El 18 de diciembre de 1604, un tal «Emmanuel Rodrigos» recibe del burgomaestre de Amsterdam una casa en arrendamiento, pero sin cargas, para instalar su fábrica de seda, y, a cambio, deberá enseñarle el oficio a los holandeses [4].

Hacia 1606, Manuel se traslada a Rotterdam. En 1610 solicita y obtiene el permiso para instalarse y vivir allí «a la manera de los hebreos». Mientras esperan la instalación de treinta familias en Rotterdam, las autoridades de la ciudad quieren concederle a los judíos portugueses la mayoría de los privilegios comerciales de los que disfruta la nación portuguesa en Amberes. En 1612 este contrato es anulado a causa del escaso número de familias que desean instalarse en Rotterdam, pero Manuel Rodrigues Vega permanece en la ciudad y algunos de sus familiares vendrán a reunirse con él. Su hermana, Gracia Rodrigues Vega, por entonces viuda de Gaspar Sanches, compra en Rotterdam el terreno del primer cementerio judío de Holanda. Los hermanos de Manuel, Duarte y Gaspar Fernandes Vega, y varios miembros de la familia de Sanches, también parten hacia Rotterdam.

Manuel Rodrigues Vega se mostrará muy activo en todos los aspectos comerciales de la ruta entre Portugal y Holanda. Será un eslabón importante en la cadena que incluye a Amsterdam, Amberes, Lisboa, Oporto y Brasil, cadena reforzada por los vínculos con Nantes, Londres y Hamburgo.

Uriel da Costa [1]
(Oporto, 1585-Amsterdam, 1640)

NACIDO en Portugal en una familia marrana, Gabriel da Costa, tras instalarse en Amsterdam, adoptará el nombre de Uriel y se hará circuncidar. Según sus propias palabras, su padre «practicaba el cristianismo con convicción [2]». En cambio, pareciera que Sara, su madre, lo inició en el criptojudaísmo. Entre 1604 y 1608, está inscrito en los registros de la Universidad jesuítica de Coimbra. Pero él duda. Lee a Moisés y a los profetas y descubre el judaísmo. Su padre muere y Uriel da Costa huye con su familia a Amsterdam, donde constata que el judaísmo practicado de forma rígida y ritualista no se corresponde con el suyo. Desde su punto de vista, en la Biblia nunca se habla de «la inmortalidad del alma». Escribe un ensayo sobre este tema, pero, incluso antes de su publicación, Samuel da Silva le responde, en 1623, en su *Tratado da immortalidade da alma* (Tratado sobre la inmortalidad del alma). De ahí que Uriel da Costa publica su obra, con su contrarréplica, en 1624, *Examen das tradiçoes phariseas conferidas com à ley escrita por Vriel Jurista Hebreo com resposta à hum Semuel da Silva, seu falso calumniador* (Examen de las tradiciones fariseas sobre la ley escrita por Uriel Jurista Judío con una respuesta a un tal Samuel da Silva, su falso calumniador). Es excomulgado y sus libros arden en la hoguera. Huye a Hamburgo, donde entabla una polémica epistolar con el rabino veneciano León de Módena * (1571-1648). También en este caso, el asunto se saldará con la excomunión.

Uriel da Costa regresa a Amsterdam con la intención de reconciliarse con la comunidad, pero sin renegar de sus ideas, aunque las disimule. Sus hermanos lo rechazan y solo su madre, hasta su muerte el 4 de octubre de 1628, permanecerá a su lado. «Quien propició la reconciliación entre Da Costa y la comunidad fue un primo [3]», pero su sobrino denunciará su no observancia de la *cacherut*. Además, Uriel da Costa se atreve a disuadir a dos cristianos que deseaban convertirse al judaísmo.

Está condenado. Acepta la vergüenza de esta segunda *herem* (la excomunión, la segregación de la comunidad).

Uriel da Costa hallará descanso en la muerte: en abril de 1640 se suicida. Deja tras él su *Exemplar humanae vitae*, que escribió para la posteridad y del que dice: «Este es el relato verídico de mi vida. Y el personaje que he interpretado en el vano espectáculo de este mundo durante mi pobre y tan vacilante vida, lo expongo ante vuestros ojos. Y ahora, hijos de los hombres, que vuestra justicia juzgue [...] ante todo, emitid un juicio libre y conforme a la verdad[4]».

Su *Exemplar* será editado, por primera vez, por el teólogo cristiano Philipp van Limborch, en 1687.

Uriel da Costa se convertirá en el héroe de la lucha contra la intolerancia, venga de donde venga. Escritores y dramaturgos le dedicarán numerosas obras.

A menudo se le ha considerado como un precursor de Espinosa (1632-1677), pero «Uriel da Costa comprobó que no había verdadera religión sin libertad; Espinosa lo demostró y dedujo con su interpretación de la historia y con su filosofía[5]».

Menasseh ben Israel (Madera, 1604-Middelburg, 20 de noviembre de 1657)

En todo el mundo se alaba hoy en día la obra de Baruj Espinosa (Amsterdam, 1632-La Haya, 1677) y su pensamiento es un punto de referencia, mientras que su maestro, Menasseh ben Israel (Manuel Diaz Soeiro) ha caído en un injusto olvido [1]. Sin embargo, a mediados del siglo XVII, los dos hombres gozaban de parecido renombre en la diáspora. Menasseh ben Israel, autor de obras eruditas sobre los textos sagrados, mantenía entonces correspondencia con los más grandes sabios y con los príncipes [2]. No obstante, su nombre ha quedado ligado, sobre todo, al judaísmo inglés, que él, más que nadie, contribuyó a reconstituir después de tres siglos de eclipse.

Yosef, su padre, vive en Lisboa como un criptojudío (marrano); se ve obligado a ir a la iglesia y a comportarse, exteriormente, como un devoto cristiano. A escondidas, con su familia, recita las bendiciones, enciende las velas para el Sabat y celebra las grandes fiestas judías. Católico en apariencia y judío en realidad. Yosef Soeiro (ben Israel) es encarcelado y torturado por la Inquisición. En su obra *De termino vitae*, Menasseh escribe: «Mi padre Yosef ben Israel, de piadosa memoria, fue despojado de todos sus bienes por la Inquisición española porque era judío. Previamente fue sometido a tortura, lo que alteró gravemente su salud... [3]».

Algún tiempo después de su liberación, Yosef se embarca con su familia rumbo a Madera, bajo dominio portugués. Pero aún teme por su seguridad y se dirige hacia el norte; se establece en La Rochelle, aunque la abandona rápidamente debido a la inestabilidad política (tras el asesinato de Enrique IV, los hugonotes temen una traición y fortifican el puerto). Gracias a su huida, Yosef se salvará de los ejércitos de Richelieu y de los horrores del asedio. Va a instalarse en Amsterdam, la «Jerusalén del Norte», en la tolerante Holanda, donde la Nación judía se hace cargo de la familia, pobre y afligida.

Por entonces, Amsterdam contaba con la flota más importante de Europa. Es una orgullosa ciudad, un emporio mercantil, centro del comercio de las especias, rival de Lisboa y de Londres. En cuanto a los judíos, también contribuyen a la prosperidad holandesa; llegados de la Península Ibérica y de la vecina Alemania, conforman una sólida comunidad, rica e ilustrada, con sus banqueros, mercaderes, negociantes y escritores, todos implicados en el movimiento general tanto de los negocios como de las ideas. En esta tierra de libertad, la familia Israel se encuentra inmediatamente a gusto: no hay coacciones ni trabas, solo un puerto abierto, como en Lisboa, abierto al ancho mundo, y una comunidad que conserva un cierto color español.

Menasseh conoce una infancia difícil, y su instrucción corre a cargo de la comunidad. Isaac Uriel de Fez es uno de sus maestros; pronto observa que Menasseh es un niño particularmente dotado, brillante en retórica y elocuente en portugués. A los quince años, Menasseh redacta una gramática hebraica. Estudia latín, griego, hebreo, matemáticas, astronomía y medicina. Además, según David Franco Mendes, también hablaba portugués, español, neerlandés, francés e inglés.

En 1622, a la muerte de Isaac Uriel y a pesar de su juventud, sucede a este: solo tiene dieciocho años. Su sueldo es muy bajo, apenas le corresponden 150 florines al mes, mientras que el gran Saumaise (filólogo y erudito, 1588-1653) cobra 2.000 florines de la Universidad de Leiden. En 1623 se casa con Raquel Soreiro, bisnieta de Isaac Abrabanel *, que se vanagloriaba de que sus raíces genealógicas se remontaban hasta el rey David. Menasseh funda una imprenta y, en 1627, publica el primer libro en hebreo. Dirige personalmente la imprenta hasta 1643, luego sus hijos Yosef y Samuel se harán cargo de ella hasta 1656 [4].

La reputación de Menasseh como erudito y hombre de bien pronto traspasa las fronteras de su comunidad. Durante sus prédicas, los burgueses de la ciudad abandonan sus ocupaciones para asistir a la sinagoga, y la princesa Enriqueta de Inglaterra, de paso en Holanda, no deja de ir a escucharlo. Si seduce tanto, es gracias a su carácter sencillo y afable. Los mejores espíritus de su época lo tienen en gran estima. Rembrandt pinta su retrato; el ilustre Boyle le escribe desde Inglaterra; la reina Cristina de Suecia, que mantiene un intercambio epistolar con Descartes, le hace consultas. A pesar de su fama, Menasseh sigue siendo modesto; siempre vestido decorosamente con el traje negro y alta gorguera blanca, pasea su silueta algo rechoncha entre la bruma del puerto o a lo largo de los canales y, desdeñando las pelucas, muestra sin rubor sus cabellos grises. Parece un auténtico burgués de Amsterdam, amable y bondadoso, con un destello en la mirada que revela su agudeza y lealtad.

En 1649, Menasseh se plantea dejar Amsterdam y establecerse en Brasil por varias razones: primero, la disminución de su salario; luego, la elección de su rival, Isaac Aboab de Fonseca para el cargo de adjunto de Morteira, el Gran Rabino de Amsterdam; también porque sus actividades comerciales con su hermano y con su cuñado, Jonás Abrabanel, los han enemistado con influyentes miembros de la comunidad que quieren tener el monopolio de los tratos entre judíos; y, por último, su *herem* menor [5] (exclusión) por haber fustigado públicamente, en el seno de la sinagoga, a los dirigentes de la comunidad que condenaron a su cuñado.

Menasseh se pone en contacto con la comunidad de Pernambuco y obtiene del príncipe de Orange cartas de presentación para la cámara de comercio americana. Pero al ser nombrado para el segundo puesto de la jerarquía rabínica de Amsterdam, tras la elección de Isaac Aboab de Fonseca como rabino de la comunidad de Pernambuco, renuncia a partir hacia América.

En un ambiente favorable para la reinstalación de los judíos en Inglaterra, Menasseh viaja a Londres en septiembre de 1655 a la cabeza de una delegación, y allí se reúne con los judíos. En efecto, entre los mercaderes españoles y portugueses establecidos en Gran Bretaña hay algunas familias marranas. Se dejan ver en las iglesias para adecuarse a las leyes del país, pero profesan clandestinamente el judaísmo en la capilla de Antonio de Souza, embajador de Portugal, de origen marrano. Ese año, gracias a la presencia de Menasseh, la fiesta de Ros ha-Sanah se celebra abiertamente en la ciudad por primera vez en los últimos trescientos sesenta y cinco años. Inmediatamente después, el holandés le dirige una súplica a las autoridades británicas; solicita la readmisión de los judíos y la autorización para que puedan practicar libremente su religión.

Esta petición es acogida favorablemente, sobre todo tras la subida al poder [6] de Cromwell y los puritanos. Los protestantes, que están divididos en varias sectas, también necesitan tolerancia. Además, leen diariamente la Biblia y el nombre de Israel siempre está presente. Muchos adoptan nombres bíblicos y adornan sus banderas con el león de Judá. Los más fanáticos llegan incluso a celebrar el Sabat y a practicar la circuncisión. Oliver Cromwell recibe en audiencia a Menasseh y lo escucha complaciente. Su sueño es conquistar la supremacía en los mares y en el comercio. ¿Y si estos judíos pudiesen contribuir a sus propósitos? Tienen la experiencia del comercio a gran escala, la aptitud para las vastas empresas. Están en todas partes y atraen la prosperidad. La expansión de ciudades como Amsterdam, Leiden o Hamburgo está muy relacionada con la llegada de los judíos. Acoger a los marranos podría suponer un doble beneficio, puesto que así empobrecería a Portugal y a España, sus enemigos, y enriquecería a sus propios Estados. Por esta razón, el protector de Inglaterra reúne un consejo para examinar la petición de Menasseh.

Tras acaloradas discusiones, los criptojudíos reciben la autorización de practicar su religión en privado. Sin ningún acto oficial, los judíos pueden instalarse en Londres. En 1556 alquilan una casa en Creechurch Lane, en el casco de la ciudad, y la convierten en una sinagoga. Algún tiempo después, también alquilan un terreno para sepultar a sus muertos. De este modo se reconstituye la comunidad judía de Londres, sin ruido, con el tácito consentimiento del Gobierno.

Entre los grandes textos de Menasseh debemos citar el *Consiliador o de la conveniencia de los Lugares de la S. Escriptura que repugnantes entre si parecen* (1.ª parte, Francfort, 1632; 2.ª parte, Amsterdam, 1641; 3.ª parte, Amsterdam, 1650; 4.ª parte, Amsterdam, 1651), donde toma partido contra las actitudes que amenazan la religión y la seguridad de la comunidad.

En su *De creatione problemata* (1635), dedicada a David de Wilhem, Menasseh retoma las críticas que Maimónides formuló contra Aristóteles, reprochándole a este su error al «pretender que todo este universo, tal como es, siempre ha sido y siempre será así».

En *De la resurrección de los muertos, libros III en los quales se prueva la inmortalidad del alma y resurrección de los muertos* (Amsterdam, 1636) expone dos ideas que son esenciales para él: la libertad del hombre y la universalidad de la salvación. En *De termino vitae* (1639) no insiste tanto en la universalidad de la salvación como en la libertad del hombre.

En *De la fragilidad humana y inclinación del hombre al pecado* (Amsterdam, 1642), al tiempo que reflexiona sobre la debilidad del hombre, refuta la doctrina de la predestinación.

En *Nichmat Hayim. De Immortalitate animae libri quattuor* (Amsterdam, 1652) acomete la tarea de probar que la inmortalidad del alma es un problema común a la Biblia, el Talmud, la cábala y las glosas rabínicas.

En *Vindiciae Judaeorum* (Londres, 1656), Menasseh apoya los grandes esfuerzos de Cromwell respondiendo, punto por punto, a todas las calumnias racistas con el fin de quebrantar la violenta oposición que manifiestan los partidarios del Papa y del Rey ante el regreso de los judíos.

Al contar Menasseh con escasos recursos materiales, Cromwell le asigna una pensión en septiembre de 1657. Dos meses más tarde, Menasseh ben Israel fallece. Será enterrado en Ouderkerk aan de Amstel, el cementerio de los judíos portugueses de Amsterdam. Sobre su tumba se puede leer, en hebreo y en español:

> No murio por q[ue] en el Cielo
> Vive con suprema gloria
> Y su pluma a su memoria
> Immortal dexa en el suelo.

Jerónimo Nunes da Costa
(Florencia, 29 de mayo de 1620-Amsterdam, 1697)

JERÓNIMO NUNES DA COSTA, *alias* Moisés Curiel, cuenta con ilustres antepasados: el padre de su abuela, Lopo da Fonseca, médico de la reina Catalina de Portugal; Francisco de Vitoria, un tío abuelo, arzobispo de México; Jerónima de Fonseca, una tía abuela, esposa de Elie de Montalto *, médico de María de Médicis y del futuro Luis XIII.

El padre de Jerónimo, Duarte Nunes da Costa, *alias* Jacob Curiel (Portugal, 1587-Rotterdam, 1664), se instala primero en Florencia (o en Pisa) durante un breve periodo, pero pasa la mayor parte de su vida en Hamburgo. La madre de Jerónimo, Ynez Lopez Jorge *alias* Lea Abaz, también pertenece a una familia ilustre, dos de cuyos miembros, Francisco y Felipe Dias Jorge serán armados caballeros, en 1614, por el emperador alemán Mattias [1].

Jerónimo crece en Hamburgo, y luego, en la primavera de 1642, se establece en Amsterdam donde representa los intereses de su padre. En 1654 se casa con Ribca Abaz, su prima hermana (tendrán al menos seis hijos y una hija), y se convierte en uno de los notables de Amsterdam. Entre 1675 y 1695 es uno de los cinco mayores contribuyentes de la comunidad. Durante seis mandatos sirve en el *mahamad*, así como en otros organismos [2]. Con ochocientos guilders, será el mejor postor para tener el honor de poner las piedras angulares de la nueva sinagoga; se le asignará la segunda piedra (colocada el 17 de abril de 1671). Es un gran aficionado al arte y acepta la dedicatoria de varias obras literarias escritas por poetas judíos portugueses de Amsterdam. En 1676 y en 1685 asiste a los salones literarios del barón Manuel de Belmonte, de la Academia de los Sitibundos y de la Academia de los Floridos.

La riqueza y la notoriedad de Jerónimo Nunes da Costa provienen de sus muy lucrativas empresas comerciales, concentradas en Portugal y en sus colonias, así como de su trabajo diplomático y financiero para la corona portuguesa, siguiendo la obra de su padre y de sus tíos. Jerónimo es uno de los mercaderes más activos en la ruta de Portugal a Amsterdam.

Entre los productos que importa de Portugal, el que prima es la sal. Dicho producto se dirige, esencialmente, hacia Holanda, sin embargo, algunos cargamentos van directamente a Noruega, Copenhague, Estocolmo o Gdansk. Los otros productos que se mencionan en los contratos son: el azúcar (desde todos los puertos portugueses); los frutos (esencialmente los higos); las almendras, el aceite (del Algarve) y el glasto de las Azores. Generalmente parten con destino a Holanda, pero a veces también se dirigen hacia Le Havre, Ruán o Hamburgo. Según otras fuentes, Jerónimo importa madera de Brasil, madera de jacarandá y caña de Portugal o de las islas, diamantes de Amberes, oro de Alemania y perlas de Curaçao.

Hacia Portugal, Jerónimo Nunes da Costa exporta trigo, pescado, madera y cordeles. La mayor parte del trigo se embarca en Amsterdam; una cantidad menor en Nantes (o en Paimboeuf o Belle-Isle); y algunos cargamentos vienen de Glueckstad. El pescado, invariablemente, viene de Inglaterra y es cargado en Plymouth o en Dartmouth. El bacalao se exporta directamente desde Terranova hacia Lisboa. La madera y los cordeles se embarcan en Amsterdam hacia Lisboa o hacia Oporto. Estos cargamentos no tienen nada de particular, pero lo llamativo es su frecuencia, sobre todo si la comparamos con cargamentos similares de otros mercaderes.

Para gran sorpresa tanto de sus contemporáneos como de los historiadores de entonces, las coronas españolas y portuguesas emplean a agentes comerciales judíos en Amsterdam y en Hamburgo. Jerónimo Nunes da Costa será, prácticamente durante los cuarenta y cinco años que vivirá en Amsterdam, el delegado oficial de la corona portuguesa en dicha ciudad. Manuel de Belmonte será el delegado de España y, asimismo, residirá en Amsterdam durante la mayor parte de esta misma época.

La lealtad hacia Portugal de Jerónimo Nunes da Costa es sincera. Durante el siglo XVII, los judíos portugueses de Amsterdam hacen una diferenciación entre las autoridades políticas y las eclesiásticas de Portugal y de España. Saben perfectamente que los poderes del rey están limitados por la Inquisición. Por lo tanto, la lealtad hacia la corona no supone conflictos intelectuales o emocionales insolubles. Además, la mayoría de las actividades de Jerónimo Nunes da Costa favorecerán su éxito comercial. De hecho, los beneficios que obtiene de estos servicios, económicamente arriesgados, sin duda lo ayudarán a lograr una cierta superioridad en el campo del comercio internacional, que siempre fue la base misma del éxito de los judíos portugueses de Amsterdam.

Baruj Espinosa
(Amsterdam, 24 de noviembre de 1632-
La Haya, 21 de febrero de 1677)

NACIDO en una familia judía portuguesa de antiguos criptojudíos [1] llegados de España, Espinosa es educado en la religión judía [2]. En el *Talmud Tora Ets Hayyim*, estudia la Biblia y el Talmud, luego se interesa por las ciencias naturales y por la filosofía de Descartes. Asiste a la Universidad de Leiden y aprende latín con el «libertino» Van den Enden, en sus clases coincide con protestantes liberales. Tiene unos veinte años [3].

En 1655 entabla amistad con quien será su mentor, Juan (Daniel) de Prado, un médico heterodoxo que exhibía el escepticismo y la herejía que algunos criptojudíos derivaban de sus estudios universitarios, y del orgullo que alimentaban, como si no hubiera una autoridad más alta que sus puntos de vista. La dificultad de Juan de Prado radicó en pasar del judaísmo clandestino, que luchaba por su supervivencia separado de sus raíces y de sus tradiciones, a un judaísmo oficial, normativo, construido a partir del rabinismo, de las tradiciones, de las creencias y de las prácticas detalladas que debía acatar. Esto derivó en el resurgimiento de sus ideas heréticas de criptojudío judaizante.

Baruj Espinosa y Juan de Prado asisten a reuniones de amigos filósofos donde se interrogan sobre: ¿Por qué Dios escogió a Israel entre todas las naciones? ¿Quién es ese Dios que elige a una nación en vez de a otra? ¿Dios es una persona o bien solamente una causa primera cuyas leyes no son otras sino las de la ley natural? [4] B. Espinosa muestra un gran interés por las ciencias naturales y por la filosofía de Descartes. Su alejamiento de la tradición religiosa de sus padres y la afirmación de ideas consideradas como ateas y heréticas le suponen el rechazo de la comunidad de Amsterdam.

El 27 de julio de 1656 es desterrado de la comunidad (excomunión, *herem*). Así reza el texto del acta de exclusión: «Los señores de la Presidencia hacen saber que aunque desde tiempo atrás estaban al corriente de las opiniones nefastas y de las fechorías de XXX [Baruj Espinosa], por distintos medios y promesas se esforzaron para apartarlo del mal camino. No solamente fracasaron en su misión, sino que cada día les aportaba nuevas confirmaciones de las herejías que practicaba y enseñaba XXX [Baruj Espinosa] y de los actos monstruosos que cometía. Todo esto fue referido, en presencia del prevenido, por testigos oculares dignos de fe, y verificado ante los señores rabinos, en consecuencia, los señores de la Presidencia han decidido y decretado que XXX [Baruj Espinosa] sea excluido y apartado del pueblo de Israel como consecuencia de este *herem*».

> La fórmula tradicional del anatema es como sigue: «Con la ayuda del juicio de los santos y de los ángeles, excluimos, expulsamos, maldecimos y execramos a Baruj Espinosa con el consentimiento de toda la santa comunidad, en presencia de nuestros libros sagrados y de los seiscientos trece mandamientos que contienen. Formulamos este *herem* como Josué lo formuló contra Jericó. Lo maldecimos como Elías maldijo a los niños y con todas las maldiciones que están en la Ley. Maldito sea durante el día, maldito sea durante la noche, maldito sea durante el sueño y durante la vigilia. Maldito sea a la entrada y maldito sea a la salida. Quiera el Eterno no perdonarlo nunca. Quiera el Eterno atizar contra este hombre toda Su ira y verter sobre él todos los males mencionados en el libro de la Ley; que su nombre sea borrado de este mundo y que para siempre jamás quiera Dios separarlo de todas las tribus de Israel afligiéndolo con todas las maldiciones que contiene la Ley. Y vosotros que seguís unidos al Eterno, vuestro Dios, que os conserve la vida. Sabed que no debéis tener con [Baruj Espinosa] ninguna relación escrita ni verbal. Que no se le haga ningún favor y que nadie se le acerque a menos de cuatro codos [dos metros]. Que nadie permanezca bajo el mismo techo que él y que nadie lea ninguno de sus escritos».

Este texto demuestra que la exclusión de la comunidad es un acto de la autoridad laica y que los rabinos solo son consultados. Así, el *herem* entra en la categoría jurídica de las decisiones tomadas por la congregación. Conviene precisar que, a pesar de la terrorífica formulación y del hecho de que a veces condena al reo a la gehena eterna, el destierro, en el judaísmo, no es más que una exclusión de la comunidad de duración variable, y no dice absolutamente nada por lo que se refiere al destino del alma en el Más Allá, juicio que el judaísmo deja completamente en manos de Dios. En el momento del fallecimiento, el *herem* desaparece automáticamente [5]. Por muy draconiana que pueda parecernos hoy en día, la exclusión era una sanción bastante frecuente entre los miembros de la comunidad judía de Amsterdam. La mayoría de los casos parecen procedimientos casi rutinarios. El célebre rabino Menasseh ben Israel * fue expulsado, durante un día, por su pretendida implicación en algún asunto de impuestos y de desvío de material de propaganda. En el caso de Espinosa, se pueden aventurar tres hipótesis. La primera es que se debió a motivos políticos derivados más de las relaciones de la comunidad con el exterior que por necesidades internas. Los defensores de esta posición se basan en las circunstancias en las que los judíos fueron autorizados a instalarse en las Provincias Unidas y, más concretamente, en Amsterdam. De hecho, la exclusión de la comunidad iba en contra de la nueva política religiosa que se empezaba a vislumbrar en los círculos de poder neerlandeses [6].

La segunda hipótesis es que la exclusión de Espinosa de la comunidad está relacionada con el posible regreso de los judíos a Inglaterra [7]. El mismo día de la expulsión, Menasseh ben Israel *, que fue profesor de Espinosa, está en Londres, donde intenta convencer a Cromwell de que permita que los judíos (expulsados del país en 1290) vuelvan a instalarse en Inglaterra. Algunos autores precisan, oportunamente, que la exclusión de Baruj Espinosa forma parte del plan: con el fin de apaciguar los ánimos de los que se oponen al regreso de los judíos y de disipar sus temores en cuanto a las ideas heréticas que estos últimos podrían traer a la puritana Inglaterra, había que suprimir cualquier manifestación de apostasía en Amsterdam. Esta hipótesis sería válida si Menasseh ben Israel * hubiese tenido alguna influencia en Amsterdam; además, la idea del regreso de los judíos a Inglaterra era, probablemente, un plan personal (y muy mesiánico) de Menasseh ben Israel, y no un proyecto político oficial de la comunidad judía de Amsterdam.

La tercera hipótesis sería que la petición de destierro no provenía de la comunidad judía de Amsterdam, sino de los burgomaestres de la ciudad, que le habrían pedido a los administradores de la comunidad que expulsasen al filósofo. Esta versión de los hechos deforma completamente el significado de la exclusión en aquella época, e impide examinarla tanto según los criterios internos de la comunidad como en su relación con la tragedia que se encarna en este asunto. Entre otras herejías, se reprocha a Baruj Espinosa poner en duda la escritura de la Tora por Moisés, de dudar que Adán sea el primer hombre y de reemplazar la preeminencia de la ley mosaica por la ley natural. La hostilidad de la comunidad judía llega hasta el intento de asesinato.

Hacia 1660, Espinosa abandona Amsterdam [8] y se instala en el pueblo de Rijnsburg, cerca de Leiden. A su alrededor se organiza un círculo de estudio con reformados no calvinistas (Colegiantes), que se convertirán en sus amigos: Jarig Jelles, Simón de Vries, Peter Balling. Espinosa, que ya no trabaja en la empresa de exportaciones de su padre, se gana la vida puliendo y vendiendo cristales ópticos por toda Europa. En 1663, se instala en Voorburg, cerca de La Haya. Reemplaza su nombre por su traducción latina, Benedictus.

Espinosa escribió en español una apología de sus concepciones que no se ha encontrado, y que, al parecer, sirvió de base para su *Tractatus theologico-politucus*. En 1663 aparece la única obra que firma con su nombre; escritos en latín, los *Principios de la filosofía de René Descartes* son una exposición de las ideas del filósofo que le sirven para explayarse, llevando hasta el límite las ideas del pensador francés. Después de la publicación del *Tractatus theologico-politucus*, publicado anónimamente en 1670, debe abandonar Voorburg para dirigirse a La Haya, donde vive en casa del pintor Van der Spick. Allí muere siete años más tarde a consecuencia de una enfermedad pulmonar. Tenía cuarenta y cuatro años.

En el *Tractatus theologico-politucus*, Baruj Espinosa deja ver su rencor y animosidad en relación con el judaísmo [9]. Sin embargo, lo que intenta esencialmente es laicizar la historia judía para así laicizar a la historia en general incorporando valores judíos [10]. Para él, ante todo, el judaísmo es la religión política de los hebreos que les permite acceder a un poder teocrático. La destrucción del Templo le arrebata a los judíos su existencia política y su sentido religioso. También rechaza la elección del cristianismo. El judaísmo sería un régimen en el que las leyes de Dios se convierten en un lugar de suprema autoridad civil. El rabino fariseo Yokhanan ben Zakkai, que solicitó y obtuvo del emperador romano tener la autoridad sobre Yavné para establecer allí un centro de cultura y de ley judía, habría sentado las bases de la autonomía judía en la diáspora. Una autonomía fundada sobre la sanción del gobierno de los no judíos y sobre el desarrollo voluntario de un sistema de mandamientos rabínicos que sustituyen a un cuerpo político judío. Espinosa cree que la supervivencia de los judíos responde al odio que los no judíos les han prodigado desde el exterior. Esta presión habría reforzado la capacidad de supervivencia de los judíos como grupo. La fuerza de su superstición religiosa habría permitido su supervivencia en el interior.

Afirma que el odio de los gentiles hacia los judíos es debido a la xenofobia de estos hacia los no judíos, xenofobia que implica un sentimiento de superioridad que les procura la particularidad de su fe religiosa. Apoyándose en el ejemplo de los criptojudíos declara «que el odio de las naciones es muy apropiado para asegurar la conservación de los judíos, esto es, por cierto, lo que demuestra la experiencia. Cuando un rey de España obligó a los judíos a abrazar la religión del Estado o a exiliarse, un grupo muy numeroso se convirtió al catolicismo romano y, al tener desde entonces todos los privilegios de los españoles de raza, al ser juzgados dignos de los mismos honores, se fundieron tan bien con los españoles que, poco tiempo después, no quedaba nada de ellos, ni siquiera el recuerdo. Algo muy distinto ocurrió con aquellos a los que el rey de Portugal obligó a convertirse; siguieron viviendo al margen porque estaban excluidos de todos los cargos honoríficos».

Con este texto penetramos en los vericuetos de la conciencia de Espinosa y en la imagen que tenía de sí mismo al generalizar su propia experiencia: él, Baruj Espinosa, que seguía siendo mirado por los otros como un judío, en el sentido empírico-histórico del término. En realidad, es un judío perdido, excluido, encerrado en la paradoja de no poder ni vivir positivamente su identidad judía, ni liberarse de ella, pues es esencial y determinante.

En 1677, Baruj Espinosa publica las *Opera posthuma*, que contienen la *Ética*, un *Tratado de la reforma del entendimiento*, un tratado político, una correspondencia y una gramática hebraica. El título, *Ética,* enuncia, a la vez, el contenido de la obra (es una ética) y su método (es un discurso demostrativo que utiliza el rigor de los encadenamientos conceptuales de las matemáticas). Hay que añadir que lo que es «demostrado» es precisamente una ética. El itinerario existencial reposa sobre una progresión lógica que comprende cinco etapas. Son las cinco partes de la *Ética*. La parte I, que trata sobre el concepto de Dios, establece el comienzo, es decir, el soporte y el punto de partida del conocimiento filosófico, que es una reflexión ética apoyada en una ontología. La parte II es el planteamiento de una doctrina tan importante como la del monismo de la Naturaleza. El individuo humano no es sustancial, ni dualista, es la unidad contemporánea y sin interacción interna de un espíritu y de un cuerpo, siendo el espíritu precisamente la idea, es decir, la conciencia del cuerpo. La parte III muestra que el individuo humano es Deseo, ahí radica su esencia. Pero antes de establecerlo mediante la reflexión, había que mostrar que el hombre es también, y simultáneamente, primero conciencia y después conocimiento. Las demostraciones éticas de las partes IV y V se refieren, a la vez, a las partes III y II cuando se apoyan en la naturaleza del hombre, igual que se refieren a la parte I cuando tienen que inscribir al hombre en el todo de la Naturaleza o de «Dios». La parte IV describe las características del «hombre libre». En cuanto a la parte V, expone minuciosamente la actividad reflexiva de liberación (utilizando la energía del Deseo de Felicidad) mediante la cual el espíritu, al pasar de la simple conciencia al conocimiento adecuado, accede a esta felicidad que confiere la plena realización de sí mismo, plenamente comprendida.

Al retomar el método aritmético de Descartes, lo lleva hasta sus últimas consecuencias. Pero su racionalismo absoluto también lleva la impronta de la filosofía judía de la Edad Media. Algunos incluso ven una influencia de la cábala. La multiplicidad aparente no es más que la expresión de una sustancia única e infinita D., que solo conocemos por la extensión y el pensamiento. No existen cuerpos separados, sino manifestaciones de la sustancia única. Las leyes de la naturaleza son las leyes divinas, la libertad del sabio consiste entonces en obrar solo a partir de las leyes de la naturaleza, según el verdadero conocimiento. Vivir de acuerdo con la razón, es vivir de acuerdo con D. La paz civil y la sociedad democrática son necesarias para alcanzar el conocimiento de acuerdo con la razón. De este modo, Baruj Espinosa es un ejemplo de la situación del judío contemporáneo laico, asimilacionista, o nacional, sin que podamos, no obstante, identificarlo con una de estas dos categorías. Durante los siglos posteriores, muchos judíos se han encontrado en una situación parecida. Los judíos laicos han intentado definir su identidad judía en términos de pueblo judío o nación judía; y los asimilacionistas han intentado abandonar a su pueblo y fundirse con la sociedad de los no judíos. Sin embargo, muy a menudo se han sentido repelidos por la actitud de los no judíos hacia su situación existencial judía de la que intentaban huir. Por cierto que Espinosa era consciente de la incapacidad del judío para escapar a su condición, pero era incapaz de ofrecer una alternativa.

La adhesión de Baruj Espinosa a la laicidad lo convierte en un verdadero precursor del hombre contemporáneo. No obstante, el nuevo principio que enuncia no puede cambiar su propia vida como individuo, pues este principio es insostenible en la realidad social. Al encarnarlo él solo, estaba destinado, en un sentido decisivo, a padecer una existencia alienada. La afiliación religiosa era entonces el pasaporte para la aceptación social. Era posible renegar del catolicismo, pero solo si se aceptaba el protestantismo luterano o calvinista..., o incluso, en casos excepcionales, el islam o el judaísmo. Pero renunciar a todas las religiones históricas era tanto como optar por el aislamiento social y existencial. Formar parte del cuerpo político secular no era todavía una forma de identidad social viable, como Espinosa estaba condenado a descubrir. A pesar de todo, articula y muestra con su ejemplo personal lo que, con el tiempo, debía emerger como el principio dominante de la vida contemporánea.

Como ha escrito Robert Misrahi: «La existencia de Espinosa está constituida esencialmente por su trabajo filosófico: mediante la reflexión y la escritura comprende y supera la situación histórica en la que se encuentra, los proyectos de los contemporáneos, los problemas políticos que se plantean y los fundamentos filosóficos de estos problemas y de su solución. Más allá de lo político y de lo religioso, Espinosa se propone evidenciar los fundamentos existenciales, racionales y universales de la actividad humana. Es, simultáneamente, el contemporáneo de su tiempo y el contemporáneo del hombre universal que se expresa concretamente en y por su propia existencia [11]».

Manuel de Belmonte
(¿Castilla?, hacia ¿1635?-Amsterdam, 1705)

MANUEL DE BELMONTE, *alias* Isaac Nunes, fue agente comercial y diplomático español. Su hermano, Andrés de Belmonte, muerto en 1666, lo precedió en la responsabilidad de agente de la corona española [1]. Su hermana, Raquel de Belmonte, nacida en 1639 en España, se casa en 1659, en Amsterdam, bajo el nombre de Fernandes Nunes con Diego Ximenes, *alias* Isaac Leví (nacido en 1629 en Viseo). Manuel de Belmonte, en un gesto insólito para la época en la comunidad judía de Amsterdam, nunca se casará. Sin embargo, tendrá al menos dos hijos con una mujer holandesa, hijos que no reconocerá.

Manuel de Belmonte es elegido miembro del *mahamad* en 5458 (1698), 5461 (1701), 5462 (1702) y 5464 (1704). En la primavera de 1656 su nombre aparece por primera vez entre los nuevos *fintados* (notables de la comunidad) [2]. En 1681 es nombrado representante de la Nación judía de La Haya. Dota de estructura a las dos academias literarias, la de los Sitibundos y la de los Floridos. En 1693, Isabel Correa le dedica su traducción al español del célebre poema de Guarino, *El pastor Fido*, a «Don Manuel de Belmonte, barón de Belmonte, conde palatino y residente de Su Majestad católica [3]».

El 4 de mayo de 1671, Manuel de Belmonte es nombrado agente de la embajada española en Holanda por el conde de Monterrey, gobernador general de los Países Bajos españoles. Carlos II de España confirmará este nombramiento el 1 de enero de 1676. El 20 de febrero de 1679, Belmonte es nombrado residente de los Países Bajos españoles. Su principal función como agente y diplomático será la de informador. Esencialmente se interesará por el comercio con las Indias españolas [4].

Las actividades oficiales más importantes de un diplomático, en una época en la que casi no hay periódicos ni otras fuentes a partir de las cuales los dirigentes pueden estar informados sobre los países con los que tratan, consiste en enviar despachos a diversos dirigentes de su país. Manuel de Belmonte mantiene correspondencia en España con don Juan José de Austria y con su secretario, don Mateo Patiño, quienes, a su vez, le transmiten las informaciones de Belmonte a los ministros competentes. Belmonte, regularmente, también le envía informes a los gobernadores generales en Bruselas, a los embajadores españoles en La Haya y, en menor medida, a los embajadores españoles en Londres. A veces informa al conde Montecucculi, comandante de las fuerzas imperiales; al general Lauvigny, sargento general de las líneas fronterizas, y al marqués de los Vélez, virrey de Nápoles.

Los despachos de Manuel de Belmonte refieren minuciosamente todo tipo de noticias, desde los sucesos políticos, militares o culturales más nimios hasta las deliberaciones y decisiones de los Estados de Holanda y de la magistratura de Amsterdam. A don Mateo Patiño, por ejemplo, le envía una descripción detallada sobre «el arte del barnizado y de la pintura de la porcelana». A Baltasar de Fuenmayor y al marqués de la Fuente, embajador español en París, le da su opinión sobre la ópera que ha visto en Amsterdam. Algunos despachos abordan temas económicos: Manuel de Belmonte le propone a don Juan José de Austria el establecimiento de un monopolio sobre la madera de Campeche, y redacta informes sobre el comercio entre España y Francia. En 1667, cuando los ejércitos de Luis XIV invaden los Países Bajos españoles y el Franco-Condado español, Belmonte sugiere un embargo comercial contra Francia[5]. Expone que el comercio francés con las Indias se vería arruinado y que el embargo supondría un receso en la ininterrumpida construcción de barcos. También aconseja detener la expansión francesa en América.

Como representante de la corona española, Belmonte tiene buenas relaciones con los burgomaestres de Amsterdam y con los magistrados de la República. Estas buenas relaciones constituyen su principal fuente de informaciones diplomáticas durante las hostilidades entre Francia, por un lado, y España y las Provincias Unidas, por el otro. Durante la guerra entre Francia y Holanda en el Caribe, Belmonte está en contacto con los principales funcionarios holandeses y alemanes implicados en la gestión del apoyo que la República le presta a los intereses españoles en los Países Bajos del Sur. Manuel de Belmonte interviene para que Antonio Lopes Suasso (el judío portugués más rico de Amsterdam durante la segunda mitad del siglo XVII) le suministre pólvora al ejército español de Flandes, y para que los pagos del Gobierno español al almirantazgo de Amsterdam corran por su cuenta. Esta generosidad le valdrá a Antonio Lopes Suasso el título de barón de Alvernas-le-Gras, una baronía en los Países Bajos españoles [6].

La conducta de Manuel de Belmonte al servicio de España le permite asumir temporalmente, entre finales de 1679 y principios de 1680, el cargo de embajador de España en La Haya a la espera de un nuevo nombramiento. El emperador Leopoldo I (1640-1705), en señal de agradecimiento por sus esfuerzos en defensa de los Países Bajos españoles, lo nombra conde palatino. Pero al saber que Belmonte es judío, ordena que no se emita el decreto. El 11 de junio de 1693, Carlos II de España le concede a Manuel de Belmonte el título de barón (y unas tierras en los Países Bajos españoles), para recompensarlo por sus veintiocho años de servicio (catorce como agente y catorce como residente). Entre otros hechos, menciona la obtención del apoyo de la flota holandesa para la reconquista de Mesina, su lucha contra los franceses, su correspondencia y su asesoría para cerrar los distintos contratos de construcción naval. El escudo de armas de Manuel de Belmonte, grabado sobre su tumba, lleva la inscripción *Virtute et Fide* «por la virtud y la fe».

Al obtener cargos diplomáticos y títulos de nobleza, Manuel de Belmonte, Jerónimo Nunes da Costa * y Antonio Lopes Suasso serán los primeros y, sin duda, los más sinceros de toda una serie de «aristócratas» judíos. Durante el último cuarto del siglo XVII, la obtención de cargos diplomáticos y de las ventajas correspondientes se convertirá en un pasatiempo de los ricos judíos portugueses. Hacia 1680, Luis de Azvedo (Azevedo) representa al dey de Argel en Holanda; David Bueno de Mesquita, al conde de Brandenburgo, y Miguel Osorio de Almeida, a la reina de Suecia. El barón Francisco Suasso, hijo de Antonio Lopes Suasso, es agente de España, y Antonio Alexandro de la Penha es cónsul de España en Rotterdam en 1700.

Los Pereira

Jacob Rodrigo Pereira (Berlanga, Extremadura, 11 de abril de 1715-París, 15 de septiembre de 1780)

CONTEMPORÁNEO de Moisés Mendelssohn (mueren con seis años de diferencia), y de alguna manera su equivalente francés, Jacob Rodrigo Pereira es especialmente notable entre los pocos judíos que viven en París durante la segunda mitad del siglo XVIII. Los ambientes «ilustrados parisinos lo han admirado y honrado. Los textos de Buffon, Rousseau y Diderot mencionan sus espectaculares resultados en la reeducación de los sordomudos [1]».

Sus padres, Abraham Rodigues Pereyra y Abigaíl Rivka Rodrigues, miembros de la misma familia, son comerciantes de origen español cuyos antepasados se refugiaron en Portugal, concretamente, en Chacim y en Braganza [2], fundando prósperas fábricas de sederías y terciopelos. En 1698, durante el reinado de Pedro II de Portugal, las persecuciones religiosas obligan a los Pereyra, criptojudíos, a huir de nuevo. Regresan a España, donde la situación de los cristianos nuevos también es mala. Después de llevar una vida errante por España, la familia vuelve a Portugal donde Abraham muere joven en 1735, en Moita, cerca de Lisboa, dejando nueve hijos.

Acusada de hereje, la madre de Jacob huye de Portugal con, al menos, dos de sus hijas y dos de sus hijos, Jacob y su hermano pequeño, David. En el otoño de 1741 se instalan en Burdeos, donde la comunidad judía está lo bastante estructurada como para atraer a los criptojudíos. Jacob es circuncidado a los veintiséis años, el 29 de *hesvan* de 5500 (8 de noviembre de 1741); sus dos padrinos son David López y Díaz Julio [3]. En cuanto a David, es circuncidado el 26 de *adar* de 5506 (17 de marzo de 1746) [4], su único padrino es David Gradis (1665-1751), el fundador de la famosa compañía de armadores y navieros.

Jacob Rodrigo Pereira estudia varias lenguas, español, portugués, latín y hebreo, además de matemáticas, ciencias, anatomía y fisiología en España y en Francia. En 1734, con apenas diecinueve años, empieza a investigar sobre los métodos de educación para sordomudos; su interés por este tema tal vez responde al hecho de tener una hermana o una amiga sorda y muda, o tal vez porque en Berlanga, su ciudad natal, el monje dominico Pedro Ponce de León, en el siglo XVI, había logrado enseñar a leer, a escribir y a razonar a sordomudos de nacimiento. Incluso les habría enseñado a hablar, pero su método desapareció con él.

En España, Jacob Rodrigo Pereira tal vez estudió en la Universidad de Sevilla. Así se explicaría que, en el ambiente inquisitorial que reinaba, hiciese pública demostración de sus sentimientos cristianos con la publicación, en 1734, de un poema en el que alaba a la Virgen y las recientes victorias de los ejércitos católicos de España.

En Burdeos, Jacob Rodrigo Pereira desempeña sin duda un papel importante en el seno de la Nación portuguesa, puesto que desde sus primeros años en París, de 1746 a 1749, se convierte en el representante y el defensor de los judíos portugueses. Durante estos tres años también vive en el colegio de Beaumont-en-Auge, cerca de Caen, donde reeduca a su primer alumno sordomudo, el joven Etavigny. En abril de 1749, Jacob Rodrigo Pereira se instala definitivamente en París con su hermano David y una de sus hermanas, que trabajarán para él. En su domicilio también viven Etavigny y otros alumnos sordomudos que le serán confiados durante los siguientes años.

El 5 de noviembre de 1766, Jacob Rodrigo Pereira se casa en Burdeos con Miriam López Dias, de origen portugués pero nacida en Bayona, treinta años más joven que él. De los seis hijos que tendrán solo dos sobrevivirán, una niña, Abigaíl, y un varón, Isaac (1767-1806). Este último tendrá tres hijos: Émile Jacob, Mordochée-Télèphe e Isaac, que lleva su nombre en su memoria, pues nació tras su muerte.

La fama de Émile y de Isaac Pereira tal vez haya contribuido, a pesar suyo, a eclipsar el recuerdo de su abuelo, Jacob Rodrigo. Sin embargo, Isaac y su hijo mayor, Eugène, fundarán una escuela para niños sordomudos que llevará el nombre de *Escuela Pereira*.

Uno de los admiradores de Jacob Rodrigo Pereira, Charles Palissot, habla de él con entusiasmo y se rebela contra el olvido en que ha caído su nombre[6]: « Este judío, al que todos conocimos mucho y cuyo nombre no aparece en ningún diccionario, fue el primero que le mostró a la Academia de Ciencias y a la corte de Versalles el fenómeno, hoy en día tan alabado, de enseñar a hablar a los sordomudos. En todos los periódicos de aquella época resuenan las distintas tentativas que hizo en este arte, y los progresos de sus alumnos. De modo que fue el precursor de los supuestos descubrimientos del abate de l'Épée y de Sicard: sin embargo, su memoria casi se ha perdido. Y es que, gracias al dominio que tienen los sacerdotes sobre la opinión pública, saben atizar un entusiasmo permanente, mientras que un pobre judío que no tiene ni protector ni capacidad de intriga, pronto se difumina en la muchedumbre».

Asimismo, los conocimientos en física y matemáticas de Jacob Rodrigo Pereira le granjearon cargos y la amistad de los sabios más importantes de su tiempo. Buffon lo elogia en su *Historia Natural*[7], Réaumur y La Condamine lo aprecian mucho. Este último le dedica un pequeño madrigal al estilo de los que se hacían en aquella época:

> Pereira, tu genio y tus hábiles métodos
> le han devuelto la palabra a mudos que nacieron sordos.
> ¡Los mudos han hablado! Quién pudiera pretender
> recobrar, gracias a tu arte, la facultad de entender.

Los conocimientos lingüísticos de Jacob Rodrigo Pereira son notables y le ganan el respeto de Bougainville. Se desenvuelve perfectamente en portugués, francés, italiano y hebreo. En 1768 traduce al francés varias oraciones compuestas por el rabino de Burdeos, Jacob Hayim Athias, con motivo de algunos avatares referidos a la familia real: enfermedad del rey, de la reina o del delfín[8]. La fama que alcanzan estas oraciones es tal que, por dos veces, *Le Mercure de France* habla de ellas y las publica *in extenso*[9]. Su habilidad como traductor es reconocida y en 1765 recibe oficialmente de Luis XV el título de «intérprete... de Su Majestad para las lenguas española y portuguesa».

Jacob Rodrigo Pereira editará en 1765 y en 1776 todas las letras patentes que, desde Enrique II hasta Luis XVI, se han referido y protegido a los judíos portugueses. También le debemos el establecimiento del primer cementerio judío de París, sito en la calle Flandes; los pocos judíos que por entonces residían en París no habían tenido, hasta ese momento, ninguna posibilidad legal, o siquiera tolerada, de darle a sus muertos una sepultura adecuada. El cementerio se inaugura en 1780; Jacob Rodrigo Pereira, que muere poco después, será uno de los primeros judíos que yacerán en aquel lugar [10]. En 1876, su ataúd será transferido al panteón familiar del cementerio de Montmartre.

El trabajo de Jacob Rodrigo Pereira fue primordial en Francia para preparar las mentalidades y que se revisaran algunos estereotipos antijudíos. Así ayudó a progresar la idea de una emancipación de los judíos. Igual que Mendelssohn, era la prueba viviente de que los judíos pueden acceder al saber y sobresalir en los temas del espíritu.

Jacob Émile Pereira (Burdeos, 3 de diciembre de 1800-París, 6 de enero de 1875)

A los veintidós años, Émile abandona Burdeos y se instala en París, donde se convierte en corredor de Bolsa. Pronto se codea con los banqueros más famosos, James de Rothschild entre ellos, que suele llamarlo, cariñosamente, «el pequeño Pereira». A partir de entonces, el «pequeño Pereira» se siente irresistiblemente atraído por la economía política, pues sus ocupaciones diarias lo incitan a desentrañar los secretos del comercio, de la banca y de las finanzas. Sin embargo, una grave enfermedad respiratoria le obliga a permanecer recluido. Debe pasar, sentado en su sillón, largas noches sin sueño que llena con lecturas apropiadas de las que extrae un conocimiento meditado de los negocios que, más tarde, desplegará en tan gran escala.

Émile Pereira, adepto al sansimonismo [11], colabora con el *Globe*, órgano oficial del grupo, así como con el *National* de Armand Carrel y con otros periódicos progresistas. Con la ayuda de los Rothschild pronto se lanza a realizar grandes proyectos industriales y financieros y logra construir el ferrocarril de París a Saint-Germain-en-Laye, gracias a la ley del 9 de julio de 1835 que le otorga la concesión del ferrocarril de Saint-Germain. Cuando Émile Pereira ve cómo la primera locomotora recorre las cinco leguas que separan París de Saint-Germain, rememora orgulloso lo que le dijo a Armand Carrel, dos años antes, al separarse del *National*: «Escribiré mis ideas en la tierra y les daré cuerpo y consistencia».

La línea se inaugura el jueves 24 de agosto de 1837, y el día 21 del siguiente mes, el rey Luis-Felipe I recompensa a Émile Pereira con la Cruz de Caballero de la Legión de Honor.

Las creaciones de Émile Pereira son: en 1845, los ferrocarriles del Norte; en 1846, la línea de Versalles a Rennes pasando por Chartres, Le Mans y Laval; en 1847, el enlace en Saint-Quentin de la línea de Creil con la línea del Norte; en 1852, las líneas de Auteuil y de Argenteuil, los ferrocarriles del Sur y el canal lateral de la Garona; en 1853, los ferrocarriles de Ródano y Loira; en 1855, la Sociedad Austriaca de los Ferrocarriles del Estado y los Ferrocarriles del Este de Suiza; en 1856-1859, los ferrocarriles del norte de España; en 1857, la línea férrea de Córdoba a Sevilla y la gran sociedad de los ferrocarriles rusos.

La comodidad en los vagones era bastante rudimentaria; una disposición de 1846 especifica el tamaño de los asientos. Estos deben tener 45 centímetros de largo, 65 centímetros de profundidad y 1,45 metros de altura, lo que significa menos de medio metro cúbico por pasajero. Un humorista italiano narra su epopeya:

> Éramos ocho en aquel maldito compartimento recalentado:
> un ordenanza, un cura, una criada,
> un inglés, una nodriza y dos críos.
> Frente a mí se desparramaba el enorme y colorado cura,
> Entre mis piernas tenía una cesta y una caja,
> en un costado sentía la guarnición de una espada, en el otro,
> [un seno,
> Mientras que uno de los pies del inglés reposaba sobre
> [mis rodillas.

la obesa nodriza estornudaba,
los niños gritaban, el ordenanza fumaba, la criada tosía,
y el reverendo escupía [12].

Émile Pereira dirige, además, los consejos de administración de las compañías francesas de los ferrocarriles de Montereau a Troyes, del Este y del Delfinado, y de las compañías extranjeras de los ferrocarriles del Oeste y del Central suizo. Por si esto fuera poco, encabeza la lista de fundadores del «Crédit Foncier de France», del «Crédit Agricole», del «Crédit Mobilier Italiano», del «Crédit Mobilier Español», de la Banca Imperial Otomana y del «Crédit Mobilier Francés», cuyo objetivo es el desarrollo de grandes industrias e impulsar la formación de compañías poderosas.

El «Crédit Mobilier», que Émile Pereira funda en 1852, es un banco de negocios de nuevo cuño especializado en préstamos industriales a largo plazo. Esta empresa, inspirada en las ideas sansimonianas de los hermanos Pereira, desagrada a James de Rothschild, que la considera imprudente. Rothschild no solo rompe con los Pereira, sino que también entabla una lucha feroz en su contra.

Animado por el emperador Napoleón III [13], Émile Pereira se arriesga a probar suerte en la política. Es candidato oficial por la Gironde en las elecciones de 1863, y representa a la tercera circunscripción de este departamento en el cuerpo legislativo hasta 1869. En su condición de diputado es elevado al rango de comendador de la Legión de Honor el 13 de agosto de 1864 (ya era oficial de esta orden desde el 8 de abril de 1857). A pesar de las expectativas generales, apenas interviene en el Congreso, pues no posee ninguna capacidad de oratoria y sufre dolorosamente por culpa del asma.

En 1861, Émile Pereira transforma a la Compañía General Marítima en Compañía General Transatlántica, de la que también es presidente.

Tras la muerte de Émile, Isaac prosigue con su sobrino Émile y con Eugène, su propio hijo, nacido el 1 de octubre de 1831 y licenciado en «l'École Centrale des Arts et Manufactures», las operaciones de la compañía Pereira. Aún no se han superado todos los problemas originados a raíz del asunto del «Crédit Mobilier»; además, desde 1870, Isaac está prácticamente ciego. A pesar de todo, sigue en la brecha para defender su compañía.

Jacob Émile Pereira tiene dos hijos: Émile, el mayor, que se casa con Suzanne Chevalier, y Henry, que se casa con Léontine Stoppani. De sus tres hijas, la primera, Fanny Rebeca, nacida el 6 de febrero de 1825, se casa el 20 de septiembre de 1841 con su tío Isaac, que había enviudado unos años antes. La segunda se casa con un católico, Charles Rhôné, ingeniero. La tercera, Claire, nacida el 2 de febrero de 1834, se desposa el 5 de octubre de 1853 con un protestante, Georges Thurneyssen, administrador de los ferrocarriles del Sur.

Isaac Pereira (Burdeos, 25 de noviembre de 1806-Armainvilliers, Seine-et-Marne, 13 de julio de 1880)

Al igual que su hermano Émile, Isaac Pereira abandona Burdeos en 1823 para instalarse en París. Empieza a trabajar de contable en un banco y, también como su hermano, sucumbe a la tentación de la economía política. En adelante, los dos hermanos colaborarán tan estrechamente en la concepción y puesta en marcha de numerosas prácticas financieras y de tantas empresas industriales que será muy difícil distinguir la parte exacta que corresponde a cada uno de ellos, de modo que se les solía llamar bajo un nombre colectivo «los Pereira». Émile será el ingeniero, Isaac el financiero.

Isaac Pereira, como hombre de confianza de Émile, lo apoya sin cesar con su infatigable trabajo y su dilatada experiencia. Isaac es un fino hombre de negocios que se desenvuelve magistralmente a la sombra de su hermano. Sin embargo, en el momento de la fusión de las numerosas compañías licitadores de las grandes líneas de los ferrocarriles, escapa a esa relativa oscuridad. En 1846, Isaac se convierte en miembro del comité de dirección y de la comisión de trabajos de la Compañía París-Lyon, de la que Émile, por distintas razones, se mantiene al margen. En 1848, Isaac Pereira reconstituye la Compañía Financiera que recibe del Estado una nueva concesión para la explotación de dicha línea. Isaac medita sobre las cuestiones financieras y publica, entre otros, los siguientes libros: *La Banque de France et l'organisation du crédit en France*, en 1846; *Principes de la constitution des banques*, en 1865; *Politique industrielle et commerciale - Budget des réformes*, en 1877; *La Question religieuse*, en 1879; *La Question des chemins de fer*, en 1879; *Politique financière, la conversion et l'amortissement*, en 1879.

Isaac también prueba suerte en la política. En 1863 es elegido diputado por la primera circunscripción de los Pirineos Orientales; aunque la elección es anulada por corrupción, es reelegido. En 1869 se presenta de nuevo, esta vez por el departamento de Aube; gana la elección pero, como la primera vez, es anulada. Isaac decide entonces que nunca más volverá a pedir los sufragios de sus conciudadanos. El 13 de agosto de 1863 es nombrado oficial de la Legión de Honor.

De los cinco hijos de Isaac Pereira, uno muere sin sucesor y otro solo tiene un hijo que no tendrá descendencia. Esta rama, que sigue siendo israelita, ve cómo sus vástagos se mezclan con los Fould, Dreyfus, Kartun, Halphen, Mir o Dupont, y uno de ellos se emparenta con los Rothschild. Los encontramos en los negocios españoles, en los ferrocarriles austriacos hasta el Anschluss, o en las compañías inmobiliarias. Uno de ellos, François, incluso se convierte en el cofundador, con Edmond de Rothschild, de la «Compagnie Financière», poniendo así punto final a una larga rivalidad.

Al acercarse la Exposición Universal de 1867, la fortuna de los Pereira se tambalea. El intento realizado para salvar de la quiebra al «Crédit Mobilier» fracasa. Se nombra a un liquidador. Los administradores, sobre todo Émile e Isaac, deben enfrentarse a múltiples procesos judiciales interpuestos por los accionistas; los dos hermanos son condenados a resarcir parcialmente a los afectados. A pesar de todo, los Pereira logran salvar del naufragio unos 180 millones.

El famoso barco, de nombre *Pereira*, es un navío de hierro, a hélice, aparejado con tres mástiles poderosos, estilo Nueva York. Esta nave, con mascarón de proa de gran belleza, con el casco muy estilizado, en 1867 es visitada por el emperador Napoleón III.

Jacob Émile e Isaac Pereira tuvieron, en el siglo XIX, la audacia y el mérito de arrostrar innumerables dificultades para dotar a Francia con unos ferrocarriles que van a desempeñar un papel decisivo tanto en el campo de la civilización como en el de los transportes. Para terminar, recordemos lo que escribía Hippolyte Castille, en 1861, sobre los Pereira: «Su inteligencia y rectitud son aún más notorias que su riqueza. No son jugadores ni especuladores. Han fundado y creado».

Abraham Furtado
(Londres, 30 de julio de 1756-1817)

La importancia de Abraham Furtado y el interés que despierta son consecuencia del papel que desempeñará, como portavoz de los judíos de Francia, durante la Revolución y el Imperio. A lo largo de esos años, permitirá legitimar y transformar en institución la inevitable dicotomía de la vida judía moderna.

Algunos meses antes del nacimiento de Abraham, sus padres se salvan del terrible seísmo de Lisboa. Tras una breve estancia en Inglaterra, donde parece que Elie Furtado y su mujer se casaron de nuevo según el ritual de la ley judía, la familia se instala en Bayona. Allí transcurre la juventud de Abraham Furtado hasta su matrimonio con Sara Rodrigues Alvares en 1775 [1]. Entonces Abraham Furtado y su mujer se establecen en Burdeos, donde, siguiendo la orientación tradicional de los judíos ricos bordeleses, Abraham entra en el mundo de los negocios y, durante algún tiempo, trabaja en el sector de los seguros marítimos. No obstante, poco después abandonará los negocios y vivirá casi exclusivamente de las rentas.

Aunque la riqueza de Furtado nunca será comparable con la de otras familias, como los Gradis o los Raba, tiene lo suficiente como para formar parte del núcleo de la élite de la sociedad sefardí. Pero, aunque condicionada por su posición financiera, la influencia de Abraham Furtado responde sobre todo a su aguda inteligencia y a su fácil oratoria. Los judíos bordeleses lo reconocen como el mejor portavoz posible y, en marzo de 1787, lo eligen delegado de su Nación; luego, el 8 de abril de 1788, lo designan, junto con Lopes-Dubec, para ir a París y defender ante Lamoignon de Malesherbes, ministro de Estado, la posición de los sefardíes.

En junio de 1788, Abraham Furtado y Lopes-Dubec le expresan a Malesherbes el deseo de conservar los privilegios que le fueron concedidos a los sefardíes del sudoeste por Luis XV; estos privilegios incluyen mantener las diferencias legales entre ellos y los asquenazíes del nordeste, que están menos asimilados al país. También desean acceder a los derechos que el Gobierno acababa de concederles a los protestantes en 1787. Abraham Furtado es consciente de que el incremento indistinto de los derechos y los deberes de los judíos franceses va a mermar las distinciones entre sefardíes y asquenazíes. Malesherbes promete, sin embargo, que los privilegios de la Nación portuguesa permanecerán inalterados cuando los derechos de todos los judíos de Francia sean reconocidos [2]. Los proyectos de Malesherbes nunca se realizarán. La suerte de los judíos será decidida más adelante, en el marco de la Revolución Francesa.

En el verano de 1789, Abraham Furtado, que ya es uno de los noventa electores de la senescalía de Guyena, se convierte en miembro de la nueva municipalidad de Burdeos. Con otros sefardíes, como Lopes-Dubec, Pereira, Azevedo y Lopes-Dias, es uno de los fundadores de la Sociedad de Amigos de la Constitución; todos juntos se consagran a defender las decisiones de la Asamblea Constituyente. El 12 de enero de 1793 es elegido miembro del Consejo General de la comuna de Burdeos. Sus actividades no dejan de aumentar y su nombre aparece a menudo en las minutas de la municipalidad. En su condición de consejero municipal, Furtado participa en la actividad de diferentes secciones; el 8 de abril de 1793 encabeza una delegación de la sección 23 que persigue y desarma a los sospechosos [3].

En su tratado *Locura de juventud*, escrito en 1791, Abraham Furtado defiende ideas nuevas y desarrolla un sistema educativo basado en ellas; lucha contra la ignorancia y la superstición y postula la destrucción de las instituciones religiosas represivas. Está de acuerdo con los que piensan que las creencias y las instituciones religiosas han engañado y degradado al pueblo, y cree que la luz de la razón pronto brillará sobre los oprimidos y los conducirá hacia una sociedad más justa y más humana. El afán de Abraham Furtado no es el de atacar al judaísmo, sino a la Iglesia católica, a sus sacerdotes y a sus doctrinas. Si bien desconfía de todas las religiones, la gloria del cristianismo está, para él, marcada por los desastres. Piensa que los guardianes de las creencias religiosas, los sacerdotes, «se ríen por lo bajo, en los grandes recintos de sus ricos dominios, de la credulidad que les da de comer [4]».

En 1793-1794 es acusado de traición por haber participado en la Comisión popular girondina, Comisión proscrita por la Convención nacional. Primero se esconde en casa de unos amigos, luego en el desván de unos familiares pobres; más tarde, durante su huida hacia Bayona, Furtado escribe en sus *Memorias de un patriota proscrito* lo que ve, siente y lamenta [5]. En 1797 vuelve a la escena política y, el 3 de mayo, es elegido miembro de la municipalidad de Burdeos.

Hacia 1800, Abraham Furtado, políticamente más conservador y no tan optimista como en 1789, piensa que la participación en la comunidad nacional y ciertas garantías institucionales son necesarias para transformar a los judíos en ciudadanos franceses. Durante más de dos años, emprende la tarea de inculcar la idea de la participación y obtener las garantías. Se convierte en el nexo entre el emperador y los judíos, asume un papel esencial dirigiendo las discusiones de la Asamblea de notables judíos e influyendo en las decisiones que más tarde, en 1807, serán aprobadas por el sanedrín.

El sábado 26 de julio de 1806, después de congregarse para la oración en las sinagogas parisienses de la calle Sainte-Avoye y de la calle de Chaume, los diputados de Francia y de Italia, en la Asamblea de notables judíos, se reúnen en el ayuntamiento para nombrar a los miembros de su mesa. Abraham Furtado obtiene setenta y dos votos contra treinta y dos de Isaac Berr, y es elegido presidente. Durante la reunión del 29 de julio de 1806, Furtado responde a la exposición del comisario imperial Molé; alaba al genio que ha puesto fin a la anarquía en el país y a la ambición de los enemigos de Francia, y que ahora se encarga de la «regeneración» de los judíos.

Las respuestas a las doce preguntas presentadas a la Asamblea de notables por Molé, son formuladas por la comisión de los Doce, presidida por Furtado. Los representantes unen sus esfuerzos para lograr que el judaísmo y los judíos sean enteramente compatibles con Francia y con los franceses. Sin embargo, están profundamente divididos sobre la importancia de la conservación de la comunidad judía y del judaísmo, como lo demuestra la controversia sobre los matrimonios fuera del grupo religioso, así como las votaciones, nunca unánimes, sobre las funciones de los rabinos. Presionada por Furtado, la Asamblea de notables aprueba, el 9 de diciembre de 1806, un proyecto consistorial para la organización de las sinagogas y de los rabinos en Francia. En 1808, Furtado publicará en París su *Memoria de Abraham Furtado sobre el estado de los judíos en Francia hasta la Revolución.*

Abraham Furtado no consiguió asegurarle a los judíos franceses el tratamiento igualitario que había pedido para ellos. A duras penas los había convencido de que debían confiar en Napoleón y declarar su voluntad de cumplir con todas las obligaciones de los ciudadanos franceses. Pero, como ya le ocurrió con los excesos revolucionarios, sufre una nueva desilusión por culpa de la mala fe del Gobierno, que promulga unos decretos en los que los judíos reciben un trato diferente al reservado a los franceses. Públicamente rechaza el cargo de diputado-alcalde que Napoleón le ofrece a su regreso de la isla de Elba, pero este revolucionario aceptará la Legión de Honor de manos del duque de Angulema, sobrino de Luis XVIII, y el nombramiento de diputado-alcalde de Burdeos encargado de la Hacienda y de las Relaciones con las colonias.

Furtado contribuyó a trazar las grandes líneas de un plan de asimilación de los judíos de Francia. La conclusión a la que llegará se parece, como ha escrito Frances Malino, «de manera sorprendente a la que sustentaron los judíos occidentales y que, más adelante, sustentarán los judíos americanos. En parte como consecuencia de su propia posición dentro de la comunidad burguesa de Burdeos, de la que fue un fiel reflejo, y en parte a causa de su educación política durante los años tumultuosos de la Revolución, Furtado alcanzó a comprender la naturaleza del Estado moderno. El judaísmo que él alentó, desnacionalizado y despojado de sus particularidades étnicas y culturales, y su visión de los judíos, contribuyeron a formar un esquema que reaparece a través de toda la historia judía moderna[6]».

Sir Moses Montefiore (Liorno, 24 de octubre de 1784-Ramsgate, 28 de julio de 1885)

Moses Montefiore es uno de los judíos más célebres del siglo XIX [1]. Entre los miembros de su familia de origen toscano establecidos en Inglaterra, destacan los hermanos Moses Vita Montefiore (1712-1789) y Joseph Montefiore (nacido en 1723). Moses Vita se instala en Londres y prospera como importador de sombreros italianos de paja. Tendrá diecisiete hijos que se casarán con vástagos de las familias anglojudías. Sus nietos Joseph Barrow Montefiore (1803-1893) y Jacob Montefiore (1801-1895) jugarán un destacado papel en los albores de la historia australiana. Entre los hijos de Moses Vita, citemos a Joshua (1762-1843) y a Joseph Elías (1759-1804), que se desposará con Raquel Mocatta y será el padre de sir Moses Montefiore.

Abraham, el hermano de sir Moses, también es un hombre de negocios. Se casará, en segundas nupcias, con Henriette Rothschild, que le dará dos hijos: Joseph Mayer (1816-1880) y Nathaniel (1819-1883), padre de Claude Goldsmid Montefiore. Joseph Mayer sucederá a sir Moses como presidente del Board of deputies en 1874, después de haber ocupado la primera vicepresidencia desde 1857 [2]. Bajo la presidencia de Joseph Mayer, el Board y la Anglo-Jewish Association cooperarán para formar un Comité extranjero unido.

Moses Montefiore nace en Liorno [3], donde sus padres están pasando una temporada antes de volver a Inglaterra. Es educado en Londres, y su tío materno, Moses Mocatta, le da sus primeras lecciones de hebreo. Aprende los rudimentos comerciales en una compañía mayorista dedicada al negocio de las especias y del té. Deja este trabajo para convertirse en uno de los doce «corredores de bolsa judíos» de la City de Londres. Después de algunos reveses, se asocia con su hermano Abraham y la empresa familiar adquiere una buena reputación. En 1812, su matrimonio con Judith Cohen, hija de Lévi Barent Cohen, lo convierte en concuñado de Nathan Mayer Rothschild, para el que su empresa trabaja como agente de bolsa.

La influencia de Judith Montefiore (1784-1862) sobre su marido será profunda. Mujer de gran carácter, lleva un diario de su primer viaje a Palestina en 1827, y describe su segunda visita, en 1838, en su obra *Notas de un diario privado* (1844). También es la autora, o coautora, del primer libro de cocina anglojudío, el *Manual judío para una lady* (1846).

Moses Montefiore decide retirarse de los negocios en 1824; apenas tiene cuarenta años, y aunque mantiene algunas responsabilidades comerciales, prefiere dedicarse a asuntos cívicos y comunales.

Contrariamente a lo que se piensa, sir Moses Montefiore, durante bastante tiempo, no se muestra demasiado rígido en lo concerniente a la observancia religiosa. Sin embargo, a partir de 1827, después de su primera visita a Palestina, se convierte en un fervoroso practicante. Desde 1833, Moses Montefiore mantiene su propia sinagoga en su residencia de Ramsgate y, posteriormente, viajará con su *shohet*. Su firme oposición cortará en seco el desarrollo del movimiento reformista del judaísmo en Inglaterra. Aunque era uno de los protectores de los sabios judíos, no tenía ninguna pretensión en los temas eruditos.

Moses Montefiore es *sheriff* de Londres en 1837-1838 y es nombrado caballero por la reina Victoria durante la primera visita de esta a la City. En 1846, en señal de reconocimiento por sus esfuerzos humanitarios hacia sus correligionarios, recibe el título de baronet. El primogénito de Joseph Mayer, sir Francis Abraham Montefiore, sucederá a sir Moses en 1886. Tras su muerte, nadie llevará el título. Aunque fue presidente del Board of Deputies de los judíos británicos entre 1835 y 1874 (con solo una breve interrupción), después de los primeros años, Moses Montefiore ya no desempeña un papel importante en la lucha por la emancipación en Inglaterra, sino que se consagra a ayudar a los judíos oprimidos de ultramar. Se le ha descrito como el último de los *shtadlanim*, es decir, los representantes de la comunidad judía que, gracias a su influencia personal sobre sus gobiernos, logran hacer progresar la causa de los judíos en el mundo.

En 1840, durante el asunto de Damasco, sir Moses defiende a la comunidad acusada de un crimen ritual y logra la liberación de los inculpados. En 1846 visita Rusia e intenta convencer a las autoridades de que pongan fin a las persecuciones que sufre la población judía. En 1863 llega a Marruecos, donde el sultán se muestra conciliador y libera a un judío falsamente acusado de un delito [4]. Cuando se entrevista con el sultán para agradecerle su gesto, también logra la liberación de un moro condenado sin pruebas. Es un filántropo que combate cualquier injusticia sin preocuparse de la religión que profesan las víctimas. En Palestina, distribuye su fortuna tanto entre los árabes o los cristianos como entre los judíos. Abre una suscripción en favor de los católicos del Líbano, que están siendo perseguidos, y rescata a dos oficiales británicos detenidos por el emir de Bujara.

Moses Montefiore también interviene en Roma, aunque sin éxito, durante el asunto Mortara en 1858. Se trata de un niño judío, bautizado en secreto por una nodriza católica y que los guardias del Vaticano arrebataron a sus padres para educarlo en un convento. Esta forma de proceder, que desgraciadamente recuerda la época de la Inquisición, desata numerosas protestas, pero el Papa se niega a rectificar y el niño permanece entre las manos del clero.

Durante su intervención en Rumanía, donde en 1866 se desencadena una ola de antisemitismo, Montefiore está a punto de ser linchado. En Bucarest logra arrancarle al príncipe Charles de Hohenzollern-Sigmaringen la promesa de proteger a sus súbditos amenazados. Entonces la ira popular se vuelve contra el inglés y su hotel se ve rodeado por una multitud. Con mucha calma, Moses Montefiore se asoma a la ventana y luego se pasea por la ciudad en un carruaje abierto.

Con el paso del tiempo, algunos de los éxitos de Montefiore se revelarán transitorios. En 1872, después de haber representado al Board of Deputies en la conmemoración del bicentenario de Pedro el Grande, proclama que ha empezado una nueva era para los judíos de Rusia; sin embargo, en 1881, se producirán nuevas persecuciones.

Moses Montefiore hará siete viajes a Palestina, el último en 1874. En 1838, su proyecto de comprar tierras para que los judíos de Palestina puedan cultivarlas y ganarse la vida, se ve frenado cuando Mehemet Alí (Cavalla, Macedonia, 1769-cerca de Alejandría, 1849), virrey de Egipto, que se muestra favorable al proyecto, se ve obligado por las grandes potencias a abandonar sus conquistas turcas. Más adelante, Montefiore intentará desarrollar varias industrias en el país, instalando una imprenta y una fábrica textil, y contribuirá a la fundación de varias colonias agrícolas. El barrio Yemin Mosé, en las afueras de la ciudad vieja de Jerusalén, se debe a su iniciativa y lleva su nombre. En 1855, según los deseos del filántropo americano Juda Touro [5] (Newport, Rhode Island, 1775-1854), Montefiore es nombrado administrador de un legado de 50.000 dólares para los judíos de Tierra Santa. Fundará el colegio Lady Judith Montefiore en Jerusalén.

A pesar de su fascinación por aquellas tierras y aun creyendo en la restauración del Estado judío por el Mesías, no piensa que la solución del problema judío esté en el desarrollo planificado y a gran escala del país. Esto es debido, esencialmente, al hecho de que Montefiore y sus contemporáneos tienen una fe ciega en el carácter inevitable de la emancipación judía en el mundo.

Durante su vida, y más allá de su muerte, sir Moses Montefiore gozará de un prestigio inmenso. Su prestancia física (mide 1,90), su personalidad, su filantropía y su absoluta generosidad, le valdrán un gran respeto y admiración tanto en Inglaterra como en el extranjero. El apoyo del Gobierno británico, del que saca partido en sus actividades (en sintonía con la política británica de ultramar), así como el apoyo personal que le brinda la reina Victoria, aumentarán su reputación. El día que cumplió cien años se convirtió en un día festivo para las comunidades judías del mundo entero [6].

Adolphe Crémieux
(Nimes, 30 de abril de 1796 [1] - París, 10 de febrero de 1880)

ISAAC MOISÉS, también llamado Adolphe, nació durante la Revolución Francesa, el 11 del mes de floreal del año IV. Por lo tanto, forma parte de la primera generación de israelitas, educados en la igualdad de derechos, que entra de lleno en la sociedad francesa. Durante toda su vida combate por los principios de la Revolución de la que, en cierto modo, es hijo. Ministro por dos veces, bajo la Segunda y la Tercera República, se sitúa al lado de Victor Hugo, de Gambetta y de otras celebridades defendiendo la causa republicana.

La familia de Adolphe Crémieux es originaria del Condado *venaissin.* Su padre, David, junto con su tío Elías, tienen una tienda de sederías. David es jacobino y oficial municipal durante la época del Terror, y miembro de la Sociedad popular de amigos de la libertad y de la igualdad [2]. Desde niño, Adolphe da pruebas de una prodigiosa facilidad para los estudios. A los once años es enviado interno al Liceo Imperial (actualmente, liceo Louis-le-Grand). Muy pronto se gana el apodo de «el abogado», tanto por su facilidad de palabra como por su excepcional memoria.

En el Liceo Imperial, de 1808 a 1815, solo hay seis alumnos judíos, todos de la misma familia: dos son hijos del hermano de David Crémieux y tres son hijos de su cuñado. Adolphe Crémieux aprueba con brillantez; en 1813, en el Concurso General de liceos de París, gana dos premios y un accésit, y en su propio liceo, todos los primeros premios de su clase.

Adolphe Crémieux siente una gran admiración por Napoleón. Su juventud transcurre al ritmo de la epopeya imperial y experimenta toda su grandeza. Su pasión no flaquea cuando llegan las derrotas y, tras el regreso del emperador de la isla de Elba, se pone al frente de una delegación de antiguos alumnos del Liceo Imperial decididos a enrolarse en el ejército de Napoleón.

Después de terminar sus estudios de Derecho en Aix, Adolphe Crémieux es admitido en el Colegio de Abogados de Nimes, en 1817. Al día siguiente de prestar su juramento, tiene un brillante debut ante la sala de lo criminal. Los montpellerinos recordarán durante mucho tiempo su alegato en favor de Polge, acusado de asesinato. El pobre hombre había sido condenado a muerte por la sala de lo criminal de Nimes; la sentencia es anulada por vicio de forma y Adolphe Crémieux viaja hasta Montpellier para hacerse cargo de su defensa; en medio de una ovación general, el acusado es absuelto.

Como defensor del bando vencido en Waterloo, Crémieux alza su verbo elocuente en favor de los acusados políticos que recurren a su talento. Durante la defensa de un valiente capitán que solo percibe media paga, sostiene que el grito «viva Napoleón el grande», lanzado por un soldado excitado tras una buena comida y un baile, no pude ser un delito condenable: el tribunal absuelve al procesado. Se atreve a denunciar al fiscal general, el tristemente famoso Trestaillons, cuya ferocidad inspira un terror universal. En Aviñón, sus palabras indignadas persiguen y condenan a los asesinos del mariscal Brune, que más tarde serán juzgados en Riom.

Aún es un joven abogado, pero ya se relaciona con muchos liberales de París y allí pasa sus vacaciones. En 1819, su patriotismo queda demostrado durante el célebre asunto «de la Marsellesa»: lo contratan para defender a tres muchachos acusados de haber cantado el himno de la Revolución. A pesar de la oposición del presidente del tribunal, se atreve a alabar esta acción y recita el poema parafraseándolo, para que así el jurado pueda juzgarlo. Al oír el famoso verso «Amor sagrado a la patria», todo el jurado se levanta. Los acusados serán absueltos en 1820. Tras la revolución de 1830, Adolphe Crémieux se traslada de Nimes a París, donde en agosto de 1830 compra el cargo de Camille Hyacinthe d'Odilon Barrot (Villefort, Lozère, 1791-Bougival, 1873), en el Tribunal de Casación, cargo que ejercerá durante casi siete años.

Tras oír el primer alegato de Adolphe Crémieux en el Tribunal de Casación de Bastard, el presidente, le dice: «Señor, este tribunal ha visto encantado cómo vuestro elocuente predecesor ha sido dignamente reemplazado». En el proceso entablado contra los ministros de Carlos X ante el Tribunal de los pares, es escogido como abogado defensor de Guernon-Ranville, ministro de Cultos. El exordio de su alegato será recordado muy a menudo más adelante.

Ya sabemos el ardor con que, durante el reinado de Luis-Felipe, se entablaban procesos contra la prensa. Adolphe Crémieux, que siempre profesará verdadera devoción por la prensa y por la institución del jurado, defiende, uno tras otro, a *La Tribune*, *La Revolution de 1830*, *Le Courrier français*, *Le Charivari*, *La Caricature*, *Le National*, *La Gazette de France*. Es el abogado de los sansimonianos, de los Amigos del Pueblo; defiende a Marrast, a Raspail... Siempre desinteresado, nunca retrocede ante lo que considera su misión, mostrándose cada vez a la altura de su talento. También defiende a muchos acusados políticos ante el Tribunal de los pares (a Grandménil entre otros), o ante consejos de guerra (concretamente en el asunto de los suboficiales de Lunéville). Después de la revolución de Febrero, defiende a Genoude y a Proudhon, y ambos son absueltos por el jurado.

Ante el Consejo de Estado aboga, en unos alegatos que son verdaderos documentos históricos, por el derecho que Garat y Grégoire, antiguos senadores, tienen a percibir una pensión vitalicia de 24.000 francos, pensión que les fue otorgada y luego retirada por Luis XVIII. Defiende a los depositarios de cédulas emitidas en España por el rey José Napoleón. Tras los sucesos de junio de 1832, reclama y obtiene, mediante una carta del rey que se hace pública, la conmutación de la pena de muerte dictada contra Cuny y Lepage, que son condenados a cadena perpetua. En 1838, gracias a una amnistía, son liberados.

En 1831, Crémieux redacta, por encargo del Comité polaco, el manifiesto dirigido a la nación polaca sublevada contra el zar. Poco después, da una elocuente adhesión a la consulta de Marie sobre la rehabilitación del mariscal Ney. Más adelante, logra que el Gobierno de Luis-Felipe le otorgue una generosa indemnización pecuniaria a la familia de Lesurques. El 9 de diciembre de 1836, Crémieux litiga por última vez ante el Tribunal de Casación. El primer presidente, Portalis, le dirige públicamente unas palabras de despedida. En marzo de 1837 se inscribe en la lista de abogados del Tribunal Real de París.

Adolphe Crémieux, que es una de las glorias del judaísmo, se esfuerza denodadamente para que sus correligionarios estén en pie de igualdad con los otros franceses y para que se liberen de la opresión a que han estado sometidos durante tantos siglos. En 1828 y en 1829 logra que el tribunal de Nimes dicte dos sentencias para abolir el juramento *more judaico*. La ejecución de estas dos sentencias no será sencilla [3].

En 1831, como vicepresidente del Consistorio Central, Adolphe Crémieux solicita la ley que le concede un salario a los ministros del culto israelita [4]. Ante la tumba de Grégoire pronuncia una conmovedora oración fúnebre sobre tan digno sacerdote católico, cuya voz era, muy a menudo, la primera que se alzaba en Francia a favor de los judíos. En 1832, a la cabeza de una delegación de más de ciento cincuenta israelitas, le pide a Luis-Felipe la intervención del Gobierno ante Suiza, que en su territorio se niega a concederle a los judíos franceses los derechos que le otorga a los franceses católicos y protestantes. Adolphe Crémieux redacta el nuevo reglamento del culto israelita (la Ley del 25 de mayo de 1844); será la carta del judaísmo francés hasta la separación de la Iglesia y el Estado en 1905. En 1843, Crémieux llega a presidente del Consistorio Central. En 1845, cuando su mujer decide bautizar a sus hijos, presentará la dimisión.

Ese mismo año, como diputado, Crémieux defiende el estatus jurídico de los judíos franceses, que un reciente convenio acaba de reconocer. En 1840 viaja hasta Egipto para defender ante Mehemet Alí a doce israelitas de Damasco acusados de haber asesinado a un anciano sacerdote católico y de haber amasado con su sangre los panes ácimos para la celebración de la Pascua. Mehemet Alí reconoce que son inocentes y los pone en libertad.

En 1842 es nombrado diputado por el distrito de Chinon (Indre-et-Loire) y luego, en 1848 y 1849, representante del pueblo por dicho departamento; en esta tarea, Adolphe Crémieux se destaca durante once años entre las filas de la oposición más progresista, pero con una moderación que siempre lo acompañó. Se suma a la fracción de la Cámara que quiere que el Estado retenga en su poder la construcción de los ferrocarriles, en lugar de otorgarle esta potestad a las compañías. En 1844, por iniciativa suya y sin discusión, la Cámara de Diputados aprueba una enmienda que le prohíbe a los pares y a los diputados tener cualquier participación en los intereses de los ferrocarriles otorgados por el Estado, bien como concesionarios, bien como miembros de los consejos de administración. Tras un agitado debate, la Cámara de los Pares, de acuerdo con el ministro, rechaza la enmienda. Cuando, acto seguido, la discusión llega ante la Cámara, un discurso de Adolphe Crémieux en el que el patriotismo rivaliza con la elocuencia, es aplaudido por toda la Cámara y recibido con la misma simpatía por los periódicos de todas las tendencias políticas.

El 24 de febrero de 1848, Adolphe Crémieux es proclamado miembro del gobierno provisional a cargo de la cartera de Justicia. Es tan buen ministro como fue buen diputado. Propone la abolición de las leyes de septiembre y diversas modificaciones al código de instrucción criminal, además de prestar su voz y su apoyo a todas las grandes medidas del Gobierno. Sigue tan moderado como siempre; Luis Blanc constata el papel que Adolphe Crémieux desempeña en esta fase de su vida política: «Había [dice Luis Blanc en sus páginas sobre la historia de la revolución de Febrero], siempre había siete votantes de un lado y cuatro del otro [...]. Con su espíritu generosamente agitado, su inteligencia tan ágil como el progreso, con su alma entusiasta, el señor Crémieux había tomado partido resueltamente; de todos los miembros de la mayoría, era el único que se inclinaba por pactar con la revolución».

Entre las medidas que propone Crémieux, la abolición del juramento político tiene un gran alcance. Cuando, en la sesión del 4 de mayo de 1848, Demosthène Ollivier pide que cada representante proclamado preste juramento de fidelidad a la República, Adolphe Crémieux se levanta para protestar contra esta formalidad, a la que califica de escandalosa e inmoral.

Reinstituye el Tribunal Supremo, el Tribunal de Apelación, el Tribunal de Primera Instancia y el Tribunal de Comercio. Cuando el gobierno provisional propone la abolición de la inamovilidad de los magistrados, se opone; y cuando el 21 de abril la gran mayoría vota a favor, no destituye a ningún magistrado.

Adolphe Crémieux es uno de los más exaltados admiradores del emperador Napoleón, y le demuestra a la familia proscrita una devoción nunca desmentida. Mantiene estrechas relaciones con Joseph Napoleón, y Adolphe Crémieux redacta el testamento del príncipe, publicado en sus memorias. En 1844, es el ponente de varias instancias que reclaman la abrogación de las leyes de proscripción de 1816 y de 1830. Tras esta ponencia, la Cámara, de forma unánime, envía estás instancias al presidente del Consejo y al ministro de Justicia.

En Londres, en 1840, conoce al príncipe Luis. Vota a favor de su elección para la presidencia contra la candidatura del general Cavaignac, al que censura enérgicamente por haber rechazado dos veces el Ministerio de la Guerra cuando el gobierno provisional se lo ofreció. Incluso participa en la redacción del manifiesto de Luis-Napoléon Bonaparte, candidato a la presidencia. Pero pocos días después de la elección, al no caberle ninguna duda sobre las tendencias del nuevo gobierno, se sitúa en los bancos de la oposición más decidida y quiere ser miembro del grupo que llaman «la Montaña». Sin embargo, se pronuncia en contra de las propuestas del grupo.

El 2 de diciembre de 1851, es detenido, encarcelado durante diez días en Mazas, de donde es trasladado y encerrado ocho días en Vincennes. Una vez liberado, se mantiene alejado de la política y se limita a votar como elector. Se justifica durante el proceso de los Trece, en el que, ante el tribunal de París, explica las razones de su conducta. Pero sigue en la brecha como abogado, siempre en primera fila a la hora de defender la causa de la libertad. Vuelve al Parlamento en 1867 como representante del tercer distrito de París. De nuevo es el dirigente de la oposición hasta que, tras la caída del Segundo Imperio, asume la cartera de ministro de Justicia.

Durante su forzoso retiro de los asuntos públicos, Adolphe Crémieux se concentró en los asuntos judíos. En 1860 interviene en la creación de la Alianza Israelita Universal; a finales de 1863 es elegido para presidirla, y seguirá haciéndolo hasta su muerte, salvo un corto periodo en 1867. Pone todo el peso de su autoridad y de su experiencia política en apoyar la labor emprendida por la Alianza Israelita Universal en favor de las minorías judías oprimidas. A partir de 1866, Crémieux actúa en nombre de los judíos marroquíes, rumanos, serbios, turcos y rusos. En 1866, viaja hasta San Petersburgo e interviene con éxito en nombre de los judíos acusados en el panfleto de Saratov.

Tras volver al Gobierno, Adolphe Crémieux no se olvida de los problemas de los judíos, sobre todo de los de Argelia. En esa época, el objetivo de la política francesa es la total asimilación de los habitantes de Argelia, un proceso en el que los judíos también están incluidos. Como ministro de Justicia, Crémieux es el responsable de la organización administrativa de Argelia y firma el decreto (conocido como el «decreto Crémieux») del 24 de octubre de 1870: «Los israelitas nativos de los departamentos de Argelia son declarados ciudadanos franceses; en consecuencia, su estatuto civil y su estatuto personal serán, a partir de la promulgación del presente decreto, regulados por la ley francesa, siendo inviolables todos los derechos adquiridos hasta ese día. Toda disposición legislativa, todo senadoconsulto, decreto, reglamento u ordenanza contrarias, quedan abolidas [6].»

Derrotado en las elecciones legislativas de 1870, Crémieux se convierte en diputado por Argelia en 1872 y se decanta hacia la izquierda, con la Unión Republicana; el 15 de diciembre de 1875 es elegido senador vitalicio por la Asamblea Nacional. A pesar de su avanzada edad, sigue presidiendo los trabajos de la Alianza Israelita Universal y demostrando un interés sin límites por las comunidades judías de África del Norte y de Oriente.

Adolphe Crémieux es un gran ejemplo de personalidad judía francesa del siglo XIX, conjugando un profundo sentimiento de orgullo judío y una inmensa implicación en los asuntos de su país.

Benjamin Disraeli, conde de Beaconsfield (Londres, 1804-Londres, 1881)

«LOS DESCENDIENTES de los refugiados marranos de la Península también destacaron en todos los campos de la vida social. Benjamin Disraeli, duque [conde en realidad] de Beaconsfield, solía contar que un refugiado marrano, el fundador de su familia, había adoptado este apellido en señal de gratitud al dios de Israel, que había amparado su fuga. La anécdota es una hipérbole por la que el gran hombre de Estado sentía mucho cariño; pero es un hecho que, por parte materna, descendía de las grandes familias de cristianos nuevos Aboab, Cardoso y Villareal [1]». A estas palabras de Cecil Roth, añadiremos que se trata de un hermoso ejemplo de revancha histórica, pues el rey Eduardo I expulsó a los judíos de Inglaterra en el año 1290.

«En 1738, la comunidad judía de Londres vio llegar a un joven italiano, Benjamin Israeli o d'Israeli; originario de Cento, en Ferrara, primero había probado suerte en Venecia para luego decidir que sería más fácil triunfar en un país más joven y próspero [2]». El hijo, Isaac, es enviado a Holanda y a Francia. Vuelve convertido en un devoto de Voltaire y de Rousseau, y compone un gran poema *Contra el comercio, que es la corrupción del hombre*. Reacio a las actividades mercantiles, pasará su vida en la biblioteca del British Museum. Publica un libro de anécdotas con el título *Curiosidades de la literatura*, «que es un gran éxito y decide el rumbo de su carrera. A los treinta y cinco años se casa con una mujer dulce e ingenua que, como él, venía de una familia italianojudía [3]». Byron leerá encantado su obra. Isaac d'Israeli se aparta de la comunidad sefardí de Londres y bautiza a sus hijos. Benjamín, el primogénito, tiene entonces trece años. De acuerdo con la costumbre, lleva el nombre de su abuelo paterno. A pesar del agua bautismal, tendrá que sufrir las bromas de sus condiscípulos. Su educación es cristiana, pero está marcado por sus orígenes judíos.

Él también prueba suerte con las letras; en 1826, *Vivian Grey* es su carta de presentación en la sociedad londinense, donde su extravagante indumentaria llama la atención. Entre 1828 y 1831 emprende un viaje por Medio Oriente que le hace cobrar conciencia de los vínculos entre el judaísmo y el cristianismo. Su estima por los otomanos aumenta al observar que son tolerantes con los judíos. De esta experiencia nacerá *Alroy* (1833), una novela sobre el mesianismo judío.

Tras este periodo, Disraeli se inclina por la política. En 1837 es incluido en las listas del partido *tory* y elegido para la Cámara de los Comunes. Desea transformar este partido conservador y aristocrático en un movimiento popular abierto a la clase trabajadora. Muy pronto se convierte en un excelente orador. En 1841 dirige a un grupo de jóvenes conservadores, el Young England, que es hostil tanto a la clase media como al capitalismo. Sigue escribiendo novelas, *Coningsby* (1844), *Sybil* (1845), *Tancred* (1847), cuyos personajes principales están inspirados en sus propias experiencias. Toma partido en favor del barón Lionel de Rothschild que, a pesar de resultar elegido, no es admitido en el parlamento por ser judío. En 1852, tras la victoria electoral de lord Derby, Benjamin se convierte en ministro de Hacienda y líder de la Cámara de los Comunes. En 1867-1868, es primer ministro. Su Gobierno es derribado por Gladstone, pero vuelve al poder en 1874. Cercano a la reina Victoria, Disraeli intenta reconciliar a los trabajadores y al capital mediante una política paternalista, y consolida el Imperio británico al que presenta como el paladín de la cultura, la paz y la libertad. Para él, la India es el corazón del Imperio y la compra de las acciones egipcias del canal de Suez (con la ayuda de los Rothschild), responde al afán de asegurarse el control de la ruta más directa.

En 1876, la reina es proclamada emperatriz de las Indias y Disraeli recibe el título de conde de Beaconsfield. Por lo que se refiere al Medio Oriente, Disraeli procura contener la expansión rusa y salvaguardar al Imperio otomano. En 1878, en el congreso de San Stefano, se opone a las pretensiones rusas sobre los Balcanes, pero solo consigue frenarlas realmente en el congreso de Berlín, considerado como una victoria personal. Durante este congreso, exigirá la protección de los judíos en los nuevos Estados balcánicos. En 1880, la derrota de los conservadores le obliga a retirarse. Se dedica a escribir y así puede terminar su *Endymion*. Brillante carrera la de este hombre que alimentaba algunas vaporosas ideas sionistas. En un pasaje de *Tancred*, escribe: «Los viñedos de Israel ya no existen, pero la ley eterna prescribe que los hijos de Israel sigan celebrando sus vendimias. Una raza que persiste en la celebración de la vendimia aunque ya no tenga frutos que cosechar recuperará sus viñedos». Benjamin Disraeli muere el 19 de abril de 1881 [4]. Sobre su tumba puede leerse:

A la querida y honrada memoria
de
Benjamin, conde de Beaconsfield
está dedicado este monumento por
su agradecida soberana y amiga
Victoria R. I
Los Reyes aman al que habla certeramente.
Salmo XVI -13.

Cécile Furtado-Heine
(París, 6 de marzo de 1821-Rocquencourt, Seine-et-Oise, 10 de diciembre de 1896 [1])

Hoy en día, en el vestíbulo de la sinagoga de Versalles, sita calle Albert-Joly, n.º 10, podemos observar dos placas de mármol rojo; grabada en letras doradas se lee, en hebreo y en francés, la siguiente inscripción: «Este templo, consagrado al Eterno, fue edificado por Cécile Furtado-Heine. ¡Qué su nombre sea alabado generación tras generación! Septiembre de 1886 [2]».

Durante la ceremonia de inauguración, el 22 de septiembre de 1886, no hay ninguna colecta. Así lo ha querido Cécile Charlotte Furtado-Heine; desea asumir ella sola todas las cargas y afirma «que los invitados de París tenían sus pobres, y que le correspondía a ella ocuparse de los indigentes de Versalles». Suple la colecta entregando mil francos para ellos. Por último, pone a disposición de la comunidad de Versalles la cantidad de 150.000 francos, cuyos intereses deben servir para el mantenimiento del nuevo edificio [3].

Cécile Charlotte Furtado-Heine nació del matrimonio de Elie Furtado (1796-1867) y de Rosa Furtado, Fould de soltera, es decir, que proviene de dos familias, una sefardí y otra asquenazí, que a principios del siglo XIX brillaron con gran fuerza en el seno del judaísmo francés.

Elie Furtado representó durante veinte años a la circunscripción de Bayona en el Consistorio central. Era hijo de Joseph Furtado (1757-1840), agente de Bayona y rabino, casado con Raquel Levy Recio en 1792 [4], y sobrino del famoso Abraham Furtado * (Londres, 30 de julio de 1756-Burdeos, 19 de enero de 1817), casado en 1775 con Sara Rodrigues-Alvares (1755-1786).

La madre de Cécile Furtado-Heine es Rose Fould, hija de Beer León Fould (1767-1855), que fue alcalde de Rocquencourt y director del banco de ese mismo nombre. Rose Fould, según se sabe, fue una de las mujeres israelitas más devotas y caritativas de su tiempo. Los hermanos de Rose Fould, Achille (1800-1867),

Benoît (1792-1858) y Luis, destacaron en la Cámara de diputados de Luis-Felipe (1830-1848) durante la II República (1848-1852) y durante el Segundo Imperio (1852-1870). Achille Fould, bajo el Segundo Imperio, fue sucesivamente ministro de Hacienda, ministro de Estado y miembro del Consejo privado.

Cécile-Charlotte Furtado se casa con Charles Heine, primo del poeta Henri Heine e hijo del famoso banquero de Hamburgo, Salomón Heine (1787-1844), que dedicará una parte de su fortuna a la fundación de instituciones de caridad. En 1842, tras el pavoroso incendió que asoló la ciudad de Hamburgo destruyéndola en buena medida, Salomón Heine donó a la ciudad medio millón de marcos para afrontar las necesidades más urgentes.

Gracias a esta ayuda, la solvencia de la ciudad no se resintió y varias empresas comerciales que hubiesen quebrado sin remisión, pudieron continuar con sus negocios. Charles Heine trabajará con su padre. A su muerte, en 1866, le deja a Cécile-Charlotte una fortuna de doscientos millones que ella administrará con tiento [5].

Cécile Furtado no tiene hijos, pero adopta a una de sus sobrinas, hija de Joseph-Paul Furtado (1824-1848), su joven hermano fallecido a los veinticuatro años. Esta hija adoptiva primero se casa con el general Michel Ney, duque de Elchingen, hijo del héroe de Moscova. Tienen dos hijos, el príncipe de Moscova y el duque de Elchingen, y tres hijas, casándose la mayor con el príncipe Joachim Murat, hijo del general-príncipe Murat. Tras el suicido del general Ney, duque de Elchingen, en circunstancias misteriosas, la hija adoptiva de Cécile Furtado se casa en segundas nupcias con el descendiente de André Massena, el duque de Rivoli, antiguo oficial de caballería, miembro del Cuerpo Legislativo y uno de los bibliófilos más famosos de su época. El matrimonio tiene un hijo y dos hijas. De este modo, Cécile-Charlotte Furtado-Heine está emparentada con las grandes familias del Primer Imperio y de la nobleza francesa, puesto que es tía de la princesa de Mónaco, duquesa de Richelieu en primeras nupcias y tía del príncipe della Roca, cuya madre es una Heine [6].

Adrien Marx, un autor del siglo XIX, escribió sobre ella: «La señora Heine es una mujer muy hermosa, y para darse cuenta no es necesario contemplar en su casa el retrato que le hizo Ary Scheffer. Los años han respetado la pureza y la armonía que adornan sus rasgos, igual que han respetado la majestuosidad y la perfección de las esculturas griegas. Tiene incluso esa profunda miopía que le confiere un cierto encanto a algunos rostros. Su voz posee la resonancia contenida y musical característica de las hermanas hospitalarias. Se puede percibir su naturaleza bondadosa sin afectación, misericordiosa sin premeditación. Sus gestos y el ritmo de su conversación delatan, con su vivacidad y entusiasmo, la alegría de un alma que solo es feliz con la felicidad del otro [7]».

La principal virtud de Cécile Furtado es la caridad, a la que sabe dar un giro, una forma que constituye una novedad en el campo de la filantropía. Ella es, como se ha dicho, «la acreedora más importante del Estado». Su inscripción en el Gran Libro es la más importante; ¡pero con cuánta inteligencia y generosidad sabe dar! Pues dar no lo es todo; en la medida de lo posible, hay que dar con un propósito, y esa es su mayor preocupación, ayudar a los que menos pueden pedirlo: los niños, los enfermos, los ciegos.

Durante la guerra de 1870, Cécile-Charlotte Furtado-Heine distribuye sus dádivas en París y, durante el asedio, en Bélgica y en Suiza. Le prodiga su dinero a la Cruz Roja francesa, dedica la mayor parte de su tiempo al cuidado de los heridos y organiza un servicio de ambulancias en París para repatriar a miles de oficiales y soldados. En septiembre de 1895, cuando llegan las primeras noticias alarmantes sobre el estado sanitario del cuerpo expedicionario de Madagascar, le dona al departamento de Guerra su mansión de Niza para acoger a cincuenta oficiales convalecientes de los ejércitos de tierra y mar. La donación incluye una renta vitalicia para cubrir los gastos de mantenimiento [8].

En 1884 crea, en la calle Elbée del distrito XIV de París, un dispensario (el primer hospicio para niños), cuyos gastos de construcción e instalación se elevan a más de un millar de francos, y lo dota con cien mil francos de renta. Este dispensario para jóvenes menores de quince años les garantiza la mejor atención a cuatrocientos o quinientos niños enfermos o inválidos, sin distinción de religión o nacionalidad. El hospital es de régimen externo: abre a las siete de la mañana y cierra sus puertas al anochecer, pero durante todo el día, niños enfermos reciben gratuitamente los mejores cuidados, además de ser alimentados. Por la fundación de este dispensario, Cécile Furtado recibió la cruz de la Legión de Honor en julio de 1887. También logró que el dispensario se considerase de utilidad pública [9]. El establecimiento fue inaugurado en 1883. Desde 1897, la calle del distrito XIV donde está situado, lleva el nombre de Furtado-Heine.

En junio de 1896, Cécile Furtado crea en la calle Jacques, en el Petit-Montrouge, un albergue destinado a cien niños franceses. El edificio, construido en piedra y ladrillos, ocupa una superficie de 4.000 metros cuadrados y tiene una fachada de 67 metros de largo. Los trabajos de acondicionamiento, bajo la dirección de Blondel, el arquitecto del Louvre, costaron más de 600.000 francos. Un capital de 1.500.000 francos al 3 %, que suponía una renta de 45.000 francos, es destinado al mantenimiento del albergue. Incluso antes de que abriese sus puertas, el Consejo de Estado lo reconoce de utilidad pública [10]. Durante la inauguración, Louis Barthou (Oloron-Sainte-Marie, 1862-Marsella, 1934), ministro del Interior, felicitará en nombre del Gobierno a la señora Furtado-Heine «por su hermosa sucesión de grandiosas donaciones», y le hará entrega de las insignias de oficial de la Legión de Honor [11], hecho insólito para la época tratándose de una mujer. Pero Cécile Furtado llevaba décadas colaborando con los hospicios parisienses.

También se encarga de la construcción de una escuela para párvulos en Bayona. Instala una escuela profesional para los ciegos. Contribuye de manera decisiva a la fundación del Instituto Pasteur y por ello su busto figura en la galería de los ilustres suscriptores que crearon la institución. En Croisic ordena construir, siguiendo el modelo del establecimiento de Berck-sur-Mer, un hospital para niños que, acto seguido, donará a la beneficencia pública [12].

Nacida en el seno del judaísmo, no observa tan fielmente como su madre las prácticas y los deberes del culto, pero demuestra un gran interés por sus correligionarios. Por eso edifica el templo israelita de Versalles, y participa generosamente en la construcción de la sinagoga del rito portugués de París y de Bruselas, y colabora para que otras comunidades de Francia y de otros países tengan su propio lugar de culto. Asimismo, contribuye para la asistencia de las familias israelitas indigentes de la capital [13].

Tras una breve enfermedad, asistida en sus últimos momentos por las oraciones de los rabinos Moisés Bloch de Versalles y Emmanuel Weil de París, teniendo a su lado a su hija, la duquesa de Rivoli, a su nieta y a su marido, la princesa y el príncipe Joachim Murat, y a sus dos médicos, el doctor Charles Leroux y el profesor Raymond, Cécile-Charlotte Furtado-Heine expira a las nueve de la noche del jueves 10 de diciembre de 1896 en su castillo de Rocquencourt. Su muerte da lugar a un duelo público al que se suman el presidente de la República, Félix Faure (1841-1899), los ministros y la municipalidad de París, que honra así a esta gran francesa que tantas buenas acciones realizó en la capital.

El funeral se celebra a las dos de la tarde del domingo 13 de diciembre de 1896 en Rocquencourt (entre Versalles y Marly). De acuerdo con sus deseos, será enterrada simplemente «con las oraciones de su religión». La ceremonia empezará con el *Toslheb beceter* cantado por el coro de la sinagoga de la calle de la Victoire dirigido por el oficiante Beer. Luego el Gran Rabino de Francia, Zadoc Kahn, recordará las obras caritativas y patrióticas de la señora Furtado-Heine. El gran rabino de París, Jacques Henri Dreyfus, el rabino Emmanuel Weil y el rabino de Versalles, Moisés Bloch, dirán las demás oraciones.

Tras la recitación del salmo 130, se alzará el cuerpo y Cécile-Charlotte Furtado-Heine reposará junto a su padre, su madre, su hermano, su marido y su yerno, el general Ney, duque de Elchingen.

Así murió la mujer a la que, por sus acciones y en señal de agradecimiento, los habitantes de Chesnay llamaban «la bondadosa señora», ejemplo femenino del judaísmo francés del siglo XIX.

Camille Jacob Pisarro
(Saint-Thomas, Antillas, 1830-París, 1903)

EN 1824, Frédéric Pisarro abandona Burdeos, su ciudad natal, para establecerse en Charlotte-Amalie, capital de la isla de Saint-Thomas (60 km^2), en las Islas Vírgenes. Viaja hasta allí en su condición de albacea de su tío, Isaac Petit, muerto en el mes de mayo de ese mismo año. «La familia de Frédéric era originaria de Portugal donde, durante trescientos años, habían sido marranos [...]. Su abuelo, Pierre Rodrigues Alvares Pisarro, huyó de su Braganza natal en 1769 y se instaló en Burdeos, donde sus hijos llegaron a ser funcionarios y mercaderes. En 1802, Frédéric nació del matrimonio de Joseph Gabriel Jean Pisarro y de Ana Félicité Petit, hija de una familia judía de Burdeos originaria de Aviñón [1].» He aquí, desde nuestro punto de vista, un periplo muy interesante, un nuevo ejemplo de la dispersión marrana. La isla de Saint-Thomas se ha convertido en lugar de refugio para un gran número de marranos, y más aún desde que, hacia 1830, forma parte de las Antillas danesas, cuyas autoridades son mucho más tolerantes por lo que se refiere a la religión. En 1833 reconocerán el matrimonio de Frédéric con su tía Raquel, que se convierte así en «la viuda del hermano de la madre de su marido [2]». Antes de la formalización del mencionado matrimonio, al que se opondrá sin descanso la sinagoga local, nacen Joseph Gabriel Félix en 1826, Moisés Alfredo en 1829, Jacob Camille en 1830 y Aarón Gustavo en 1833, pero la familia cuenta también con los cuatro hijos nacidos del matrimonio de Raquel con Isaac Petit. La pareja tiene un comercio de ropa y, hasta 1848, año de la abolición de la esclavitud, tiene dos esclavos.

En 1841, los Pisarro mandan a Camille a Francia, a un internado de Passy, que entontes no era más que una aldea en medio de un bosque. La severidad del pensionado hace sufrir al niño, que se refugia en el dibujo. Durante las vacaciones, visita los museos y frecuenta el taller del pintor Augusto Savary. A veces, también visita a sus abuelos, Joseph y Ana Félicité Pisarro, que viven en París.

En 1847, mientras Camille regresa a Saint-Thomas, París es un hervidero. El constante interés de Camille por la política viene de aquella época. Poco dispuesto a trabajar en la tienda de su padre, su única distracción es el dibujo. En 1851 conoce al pintor danés Fritz Georg Melbye, y juntos parten hacia Caracas en 1852. El resultado del viaje serán centenares de dibujos. *El baile de carnaval*, una aguada sepia tiene un ritmo trepidante.

En 1855, cuando llega a París pocos días antes de la clausura de la Exposición Universal, Camille pasa tres o cuatro días en el pabellón de Bellas Artes. Luego empieza a trabajar en el taller de Corot y entabla amistad con Courbet, cuyas obras le inspiran los primeros cuadros que manda al Salón. De él conservará un sentido muy preciso de las formas y de la composición. Muy pronto se aleja de los pintores oficiales y pinta al aire libre, en Montmartre o en los alrededores de la capital; a este respecto, sigue el consejo de Corot: «Hay que ir al campo, la musa está en el bosque».

En 1856, la llegada de su hermano, que viene de Saint-Thomas para conocer a la familia instalada en París, libera a Camille de sus compromisos financieros. Lo que le permite concentrarse mejor en su trabajo.

En 1859 expone en el Salón un *Paisaje de Montmorency*. Asiste a las clases de la Academia Suiza y allí conoce a Monet y a Cézanne; también frecuenta a Zola, a Degas y a Duranty.

En 1863 expone en el Salón de los Rechazados, salón organizado por decreto imperial.

En 1866, Camille Pisarro se establece en Pontoise y luego en Louveciennes (en 1869). Al igual que sus amigos, ya solo pinta en el campo. Monet y Renoir viven cerca. Los encuentros se multiplican y los debates también. De esta época son *Orillas de la Marne*, *Vista de Pontoise*, *La esclusa de Pontoise*, *Orillas del Sena en Bouvgival...*

La guerra de 1870 lo obliga a refugiarse en Londres. Allí se reencuentra con Monet y con su futuro marchante oficial, Durand Ruel. Será una estancia muy provechosa, pues descubre a Turner y a Constable. También en Londres, por primera vez, pinta edificios públicos, el *Crystal Palace* y el *Dulwich College*. Al igual que hará más adelante con su hijo Lucien [3], mantiene una copiosa correspondencia con los amigos que permanecen en Francia. En efecto, Camille Pisarro será el «epistolario» del grupo de los impresionistas. Su amigo Octave Mirbeau dirá que en él había un poeta escondido.

A su regreso de Londres, descubre que su taller de Louveciennes ha sido devastado por los ocupantes prusianos. Más de mil telas pintadas por Monet y por él mismo han desaparecido. A pesar del rencor que siente por los firmantes del tratado de Versalles, retoma su trabajo. Entre 1872 y 1874 se instala en Pontoise. Cézanne viene a trabajar con él.

Entonces empieza el periodo más fecundo, el del *Camino de Louveciennes*, *Jardín y árboles en flor*, *Primavera en Pontoise*. Luego llega la primera exposición calificada de «impresionista». Entre 1874 y 1886 participará en las exposiciones de este movimiento. En la de 1886 intercederá para que expongan las obras de Seurat y de Signac (entre otras, *Una tarde de domingo en la Grande-Jatte*). Poco después, en 1888, su técnica vira hacia el puntillismo (por ejemplo, *La isla Lacroix*, de Ruán, o *Efecto de niebla*). Al final de su vida volverá a utilizar una pincelada más ancha y alternará paisajes campestres y urbanos (*Avenida de la Ópera*, 1898; *Plaza del Teatro Francés*; *El Bulevard de los italianos*...). En su obra hay que incluir un gran número de dibujos, litografías y aguafuertes. El 28 de enero de 1898 le escribe a su hijo Lucien, que vivía en Inglaterra, sobre el asunto Dreyfus: «Mi querido Lucien, por aquí las cosas empiezan a calmarse, o al menos, los manifestantes permanecen en silencio. Esperamos con impaciencia el proceso a Zola. Es evidente que será condenado [...]. ¡Qué le vamos a hacer! No se puede esconder la verdad impunemente, tarde o temprano estallará». Su hijo Lucien, nacido en 1863, será un digno alumno de su padre. Sus telas y dibujos ocupan lugares destacados en los museos. En 1883 prueba suerte en Inglaterra. Entonces se establece una correspondencia regular entre padre e hijo que solo se interrumpirá en 1903, con la muerte de Camille Pisarro, pero quedará su huella para siempre en la historia de la pintura francesa [3].

Los Camondo

«GRACIAS a la generosidad del conde Moisés de Camondo, París cuenta con un nuevo y magnífico museo, y el patrimonio artístico de Francia se enriquece con un conjunto de incomparables obras de arte del siglo XVIII francés.» Estas son las primeras palabras del catálogo [1] del Museo Nissim-de-Camondo, inaugurado en París en 1937.

Un proverbio portugués reza: «Cuando Adán araba y Eva hilaba, ¿dónde estaban los nobles?».

Pues sí, ¿qué fue de aquel antepasado, Abraham Camondo, que nace en Constantinopla en 1785? Fiel a la memoria de sus antepasados españoles acogidos en Venecia, contribuye a que dicha ciudad vuelva al seno de Italia, lo que le valdrá que el rey Víctor Manuel le conceda, para él y sus descendientes, el título de conde. En Turquía, Abraham juega un papel muy importante pues obtiene del sultán un firmán que le otorga a los extranjeros el derecho a poseer propiedades inmobiliarias. Reorganiza la comunidad judía siguiendo el modelo consistorial francés y preside el primer comité regional de la Alianza Israelita Universal. Como banquero, tiene una considerable influencia en los asuntos del Imperio otomano. En 1867, Abraham de Camondo tercia ante Alí Bajá para detener la expulsión de los judíos serbios. También tomará partido en la disputa que enfrenta a los oscurantistas y a los progresistas sobre el tema de la enseñanza de tipo occidental; en esta disputa contará con el apoyo de la Alianza Israelita Universal (AIU), que inaugura su primera escuela en Andrinópolis el 20 de octubre de 1867.

En Constantinopla, el rabino Akirch excomulga a Abraham de Camondo en 1862. Akirch es encarcelado y el populacho se manifiesta contra Abraham de Camondo, quien, finalmente, gana la partida. La escuela de la AIU cuenta ya con 160 alumnos cuando Abraham y su hermano Nissim, condes de Camondo, llegan a París, donde se establecen durante el Segundo Imperio. Se vinculan con la sinagoga sefardí más antigua, conocida como portuguesa, situada entonces en el número 23 de la calle Lamartine.

Abraham de Camondo muere en París en 1873. Su hermano, Rafael de Camondo, fallecido en Constantinopla en 1870, deja dos hijos, Behar-Abraham, que morirá en París en 1886, y Nissim, que también falleció en París, en 1887.

Estos dos hermanos, Abraham y Nissim, tuvieron un hijo cada uno. El conde Isaac, hijo de Abraham, cuyo nombre está ligado a importantes colecciones del Louvre, morirá en París el 7 de abril de 1911. El conde Moisés, hijo de Nissim, muerto el 14 de noviembre de 1935, legará al Estado su espléndido palacete de la calle Monceau, dedicado a la memoria de su único hijo, Nissim de Camondo, teniente de aviación, muerto el 5 de septiembre de 1917 defendiendo a Francia.

La única hija del conde Moisés se desposó con León Reinach, hijo de Teodoro Reinach, y la familia se extinguió. Pero su apellido queda ligado a ese hermoso museo y a otras colecciones, tanto del Louvre como de la sinagoga portuguesa. Así termina la aventura de una familia sefardí que salió de España durante la expulsión y que, al final del trayecto, en Francia, se convirtió en mecenas de las Bellas Artes [2].

Jules Pascin
(Vidin, 1885-París, 1930)

AL IGUAL que Elías Canetti *, Julius Pincas (o Pinkas), más conocido como Jules Pascin, proviene de Bulgaria. Nace en la ciudad-fortaleza de Vidin, situada en el centro de una vasta región sembrada de trigales. Su abuelo, de origen judeoespañol, era el cónsul de Austria, lo mismo que el abuelo de Edgar Morin * (Nahoum) fue dragomán del cónsul de Bélgica en Salónica.«Él fue quien forjó el nombre de Pincas añadiéndole una *C* a la palabra Pinas [1]». «Tras tener que abandonar España en el siglo XV, la familia se dividió en varias ramas. La primera se instaló en Francia, en Burdeos, con el apellido Spinas; otra en Holanda y conservó el apellido Pinas. Se dice que uno de los Pinas fue profesor de Rembrandt [2]». El padre de Jules Pascin se dedica al comercio de cereales, lo que le lleva a establecerse con los suyos en Bucarest, en 1891. Jules Pascin es el penúltimo de una familia de ocho hijos, seis chicos y dos chicas. Dulce, tranquilo, apasionado por el dibujo desde niño, a menudo acompaña a sus tías al baño turco. Esas imágenes lo perseguirán toda su vida. «Con frecuencia encontramos esta obsesión en sus pinturas y dibujos, en particular en su *Betsabé* y en sus cuadros mitológicos y bíblicos [3]. En Bucarest, a los dieciséis años, conoce a una mujer griega de treinta y dos que regenta una casa de citas. Desde entonces se aficiona a los lugares de mala fama y a sus mujeres, que inmediatamente se convierten en sus modelos y, de alguna manera, en su taller de aprendizaje. Envía sus dibujos a *Simplicissimus*, periódico satírico de Múnich, que en el acto intenta contratarlo. Rechaza el puesto que le ofrece su padre en su negocio y viaja primero a Múnich y luego a Berlín, donde colabora con el *Jugend*. Conoce a Bing y a Grosz, con quien coincidirá más adelante en París. Sin dejar de pintar ni de dibujar, asiste a clases de filosofía, griego y matemáticas. Los periódicos satíricos, incluido el *Lustige Blätter*, lo contratan y se asegura una buenas entradas. Jules Pascin ilustra *Aus den Memoiren des Herrn von Schnabelewpsky* (Memorias del señor de Schnabelewpsky) de

Heinrich Heine. Viaja y estudia en diversas academias, primero en Viena, polo de atracción de tantos sefardíes búlgaros [4], y luego en Múnich y en Berlín. Por esos mismos días cambia de nombre. En 1905, con veinte años, ya es conocido en Francia y decide partir hacia París. Una delegación de artistas lo espera en la estación. Se convierte en un personaje muy popular tanto en Montmartre como en Montparnasse [5]; siempre elegantemente vestido, como Modigliani a su llegada a París, pero siempre seguido por algún parásito. En 1907 conoce a la que será su mujer, Hermine David. Es alumna de Laurens en la Escuela de Bellas Artes y pinta miniaturas sobre marfil. «Por entonces, Pascin pintaba con una gama rebosante de azules, ocre, amarillos. Pero luego [...] cambiará completamente de estilo [6].» Lleva una vida fastuosa —los periódicos alemanes siguen pagándole—, a base de agasajos, parrandas e ínfulas de gran señor. Es un dibujante notable y gracias a su talento le llueven los encargos y aumenta su fama. Entabla amistad con Soutine, Modigliani *, Chagall y Kisling, los futuros pintores de la escuela de París.

En 1914, decidido a no volver a Bulgaria para así evadir sus obligaciones militares, retoma el camino del exilio y se dirige hacia Londres; allí lo espera su hermano con los billetes de barco para Estados Unidos, donde ya es muy conocido. (Cuando murió, John Quinn, de Nueva York, poseía veintitrés Pascin, siete óleos, diez acuarelas y seis dibujos.) En el barco conoce a la que será el segundo gran amor de su vida, Lucy. Se convierten en amantes pero sigue viajando con Hermine, siempre con el lápiz en la mano: Florida, Carolina del Sur, Texas, México. Es muy ingenuo, pero le sobran agallas y a menudo se pelea con gente de los bajos fondos. «En síntesis, es toda la humanidad la que surge en desorden, sensual, brutal, desaliñada o estirada, una humanidad reproducida al natural, deformada por un observador agudo que, de un vistazo, descubre el verdadero rostro de todos, desdeña la anécdota y rejuvenece los antiguos vicios para su placer y el nuestro [7]». Pero Pascin echa de menos París, adonde vuelve en 1920 ya con la nacionalidad norteamericana. Lleva una vida disipada, a pesar de lo cual produce quinientas telas, muchos dibujos y algunas esculturas.

«Es, esencialmente, un pintor de mujeres captadas en el momento del voluptuoso abandono o del solaz del taller. Como buen dibujante que es, un trazo le basta para delimitar con precisión sus figuras, luego significa a las modelos con un toque muy diluido (*Desnudo con sandalias rojas*, 1927, Ginebra; *Muchacha*, Institute of Arts, Detroit) [8].»

En su obra también encontramos toda una galería de retratos de sus amigos: Pierre Mac Orlan, André Salmon, André Warnod, Paul Morand... Para ilustrar algunas de las obras de sus amigos escritores hace grabados (*Las luces de París*, *Abecedario de muchachas y del niño querido*, *Cerrado de noche*, *Tres niñitas en la calle...*).

Una pelea con Lucy, el diagnóstico pesimista de su médico (cirrosis), una disputa con el director del *Crapouillot* y una depresión nerviosa lo conducirán al suicidio el 2 de junio de 1930, cuando acababa de firmar un contrato fabuloso con Bernheim. Su obra está repartida entre numerosos museos de Francia y del mundo.

Émile Benveniste
(Alepo, 1902-Versalles, 1976)

LLEGADO de Alepo con un bagaje políglota, Émile Benveniste se inscribe en París en los cursos de l'École Normale israélite oriental. Inmediatamente se apasiona por la lingüística y abandona la enseñanza secundaria a la que estaba destinado. Sigue con entusiasmo las clases del gran comparatista Antoine Meillet (1866-1936) en l'École Pratique des Hautes Études, donde, a partir de 1927, dará clases a su vez. En 1937 ya imparte sus enseñanzas en los anfiteatros del Collège de France, que debe abandonar por culpa de la guerra y de su cautiverio en Alemania. Pero en 1945 retoma sus clases, siempre de pie, al acecho de las preguntas de su auditorio, y siempre dispuesto a entablar un debate. Así hasta su jubilación forzosa en 1970. Entre 1959 y 1970, es el secretario de la Sociedad Lingüística de París que, en 1975, le rendirá un homenaje con un volumen de *Mélanges* [1]. Sus últimos años se vieron ensombrecidos por la enfermedad.

En 1922, con apenas veinte años, publica su primer artículo científico [2]. Y ya nunca se detendrá. Su exhaustiva bibliografía, fijada en 1975 por Mohamed Djafar Moinfar [3], incluye veintiún libros y doscientos ochenta y cuatro artículos, trescientos informes y veinticinco comunicaciones dirigidas a la Sociedad Lingüística de París; una obra considerable centrada en la gramática comparada de las lenguas y en la lingüística general. Indoeuropeo, hitita, tocariano, indoiraní, indio, iraní, armenio, griego, latín, francés, celta, germano, báltico, lenguas asiáticas, etrusco, paleosiberiano, buruchaski y lenguas amerindias, todas fueron estudiadas por este gran sabio.

En un homenaje que se le rindió a Émile Benveniste, también editado en 1975, todo un equipo de investigadores, entre los que destacan Pierre Vidal-Naquet, Roman Jacobson, Marcel Bataillon, Roland Barthes, Claude Lévi-Strauss, insisten en reconocer la deuda que las ciencias humanas tienen con Émile Benveniste. El siguiente texto nos ilustrará mejor sobre la importancia de dicha deuda:

«En el momento en que Émile Benveniste se jubila del Collège de France, cuando una grave enfermedad lo aflige desde hace tiempo, nos ha parecido de justicia reunir estas misceláneas y tributarle un homenaje con los textos que no serían lo que son sin sus enseñanzas.

»Gran indoeuropeísta, sin duda el mayor de este siglo junto con Jerzy Kurylowicz, también se ha preocupado siempre por la lingüística general, y esta inquietud ha ocupado un lugar cada vez más destacado en su obra. Benveniste ha permanecido relativamente al margen de las escuelas particulares, y esta independencia le ha permitido a su pensamiento conservar hoy en día toda su vigencia mientras la teoría lingüística experimenta profundas transformaciones. La presencia en este compendio de textos de jóvenes teóricos de distintas nacionalidades da fe de la aportación de Benveniste a toda una generación.

»Benveniste es también uno de los pocos lingüistas que siempre se han negado a enclaustrarse en una concepción estrecha de su disciplina. Tanto por sus propios trabajos como por su influencia directa o indirecta, ha sido capaz de marcar y renovar profundamente las disciplinas cercanas. Por eso está de más explicar el hecho de que especialistas en antropología, mitología, psicoanálisis y teoría literaria se hayan sumado a este homenaje [4]».

Precisamente desde el punto de vista pluridisciplinario hay que citar, entre todos sus textos, los dos volúmenes dedicados al *Vocabulario de las instituciones indoeuropeas*; tomo 1, *Economía, parentesco, sociedad*, y tomo 2, *Poder, derecho, religión*. Mencionemos también los dos volúmenes de sus *Problemas de lingüística general* [5].

Elías Canetti
(Rushchuk, Bulgaria, 25 de julio de 1905-
Zúrich, 13 de agosto de 1994)
Premio Nobel de Literatura de 1981

CURIOSO DESTINO el de este sefardí nacido en Bulgaria en 1905, poco antes de la independencia del país que, en 1908, se desgaja del Imperio otomano en plena decadencia. Para los judíos de Bulgaria supone el comienzo de un nuevo periodo de migraciones debidas al antisemitismo creciente de los nacionalistas victoriosos [1].

La familia de Elías Canetti es un buen ejemplo. En 1911, desafiando la fuerte oposición del abuelo paterno, la familia emigra a Manchester. Elías tiene seis años, pero se acuerda de la lengua de la «tribu» y habla de ella emocionado en su libro autobiográfico titulado *Die gerettete Zunge* (La lengua absuelta) [2].

Estas son las etapas de una vida errante. En 1911 la familia se establece en Manchester. El inglés se convierte en la segunda lengua de Elías; el francés, aprendido en casa, es su tercera. El 8 de octubre de 1911, el padre muere repentinamente. En 1913, la madre decide mudarse con sus hijos a Viena. Elías aprende el alemán, que era el idioma de sus parientes, bajo la férula de la madre. En 1916, la familia —Elías y sus dos hermanos, Nissim y Georges— vive en Zúrich. Elías estudia en un liceo de 1916 a 1921. Luego su madre lo envía a Fráncfort del Meno para que prosiga sus estudios. Regresa a Viena donde estudia química en la Universidad de 1924 a 1929. «La gran manifestación obrera del 15 de julio de 1927, que desemboca en el incendio del palacio de justicia, le causa una profunda impresión. Este suceso reaviva su interés por los fenómenos de masas, algo que ya experimentó en Fráncfort del Meno con motivo de los funerales de Rathenau [3]». En 1929, durante una lectura pública de Karl Kraus, conoce a Veza Calderón, se casarán en 1934.

Canetti abandona Viena en 1928 y pasa una temporada en Berlín, donde frecuenta a Babel, Brecht y Grosz. Piensa en dedicarse a las letras pero prosigue con sus estudios de química y obtiene el doctorado de la Universidad de Viena en 1929. Entonces concibe el proyecto de un ciclo llamado «Comedia humana de la locura». De él saldrá *Die Blendung* (Auto de fe), que hasta 1935 no encontrará editor.

Entre 1932 y 1934 escribe dos obras de teatro, *Boda* y *La comedia de las vanidades*.

Desde la subida de Hitler al poder, unida a su interés por los fenómenos de masas, la problemática de la fuerza le absorbe. Al tener un pasaporte turco (igual que Albert Cohen * antes que él), permanece en Viena, a pesar del Anschluss, para estudiar el nazismo. Pero la «Noche de los cristales rotos» (del 9 al 10 de noviembre de 1938) le obliga a huir de Austria. Pasa por París donde tiene familia, especialmente su primo hermano Elías Canetti, un auténtico doble, muerto en 1984 y que, durante la guerra, guiará a un convoy de refugiados sefardíes de Francia a España. Luego Canetti se establece en Londres de 1939 a 1971 y se dedica por completo a *Masa y poder*, fruto de treinta y cinco años de reflexión y que aparecerá en 1960. Al mismo tiempo, recopila sus reflexiones que serán publicadas bajo el título de *La provincia del hombre* (1973).

En 1952, con la obra *Los prorrogados,* el tema de la muerte invade el centro de la obra de Canetti. En 1953 escribe *Las voces de Marrakech* donde, por primera vez, habla de sus orígenes judíos, pero el libro no aparecerá hasta 1967. «Si Canetti sintió nostalgia por una sociedad comunitaria, no se volvió hacia el *shtetl*, que no era su lugar de origen, sino hacia un lejano residuo de los judíos de España, y una sociedad tradicional árabe y musulmana que nunca había conocido [4].»

Veza muere en 1963. Georges, el hermano pequeño de Canetti, investigador en el Instituto Pasteur, muere en París en 1971. Canetti se ve confrontado con la muerte. Quiere sobrevivirla mediante la memoria, sus memorias. De ahí su autobiografía, en 1977, completada en 1980 con *Die Fackel im Ohr, Lebensgeschichte* (Historia de una vida, La antorcha al oído) y en 1985 con *Das Augenspiel, Lebensgeschichte* (Juego de ojos, Historia de una vida). En 1987 aparece *Das Geheimherz der Uhr* (El corazón del reloj).

Otra manera de sobrevivirse a sí mismo: en 1971, Canetti se casa con Hera Buschor y fija su residencia en Zúrich, donde nacerá su hija Johanna en 1972.

Los tres retos, perfectamente definidos por Raphaël Sorim, son:

1. El reto literario con *Auto de fe*, una nueva hoguera, o un nuevo *Fahrenheit 451*, de los conocimientos humanos, los libros.
2. El reto histórico, *Masa y poder*, un libro que lo obliga a permanecer en Viena, a pesar del peligro nazi, para así poder comprender mejor el secreto del dominio de los dictadores, Hitler o Stalin, sobre las muchedumbres.
3. El reto a la muerte con su autobiografía.

Para Canetti: «La identidad sin metamorfosis, que aparece en *Auto de fe* como una "idea fija", será pensada en *Masa y poder* como el principio de paranoia, de poder, y, para llamar a las cosas por su nombre, la muerte [5]».

En 1977, el escritor redacta su autobiografía, *Die gerette Zunge* (La lengua absuelta), fijándonos en la edición en alemán, pues la traducción francesa refleja muy mal los términos que se refieren a la lengua y a la etnia judeoespañolas. Así, p. 2, «el barrio de los sefardíes españoles», por, p. 10, «das Viertel der Spaniolen»; asimismo, p. 13, «la mayoría de los sefardíes españoles» por, p. 11, «Von den Spaniolen waren die meisten [...]», etc., mientras que la lengua es llamada, como en alemán, «español», acompañada por un calificativo, «arcaico» o «antiguo».

Canetti está en lo cierto; el «judeoespañol», como miembro de la etnia judeoespañola, está bien denominado en alemán con el vocablo *Spaniole*, distinto de *Spanier*, el español peninsular. Así era cómo se denominaba a los judeoespañoles (*die Spaniolen*) en Alemania y en Austria-Hungría, particularmente en Viena, donde había una nutrida colonia judeoespañola y varios periódicos en esta lengua, periódicos mencionados en la segunda parte del presente libro; Viena, donde se instalarán Elías y su madre tras el súbito deceso del padre en octubre de 1911. Entonces, ¿por qué complicarse la vida con esos «sefardíes españoles»? «Judeoespañoles», a secas, hubiese bastado. En alemán, también se diferencia entre *spanisch* (la lengua española) y *spaniolisch* (la lengua judeoespañola). Es decir, que Elías Canetti adoptó la visión que se refleja en su lengua cultural, el alemán, que, para él, primero fue una criptolengua y la lengua cultural de sus padres.

Sobre su ciudad, Elías escribe: «Rushchuk [...], la ciudad donde nací, era una ciudad maravillosa para un niño [...] allí vivía gente de la más diversa procedencia. A lo largo de un día se podían oír siete u ocho lenguas diferentes. Además de los búlgaros [...] también había muchos turcos [...] y, al lado de su barrio, estaba el nuestro, el de los judeoespañoles [6]». Así aparece (p. 11) el nombre de su etnia. Y seguirá hablando de ella a lo largo de las páginas de esta autobiografía.

Y en el apartado «Orgullo familiar» del primer capítulo de su libro *Rushchuk*-1905-1911, Canetti percibe el lado negativo de ese orgullo: «Las primeras canciones que oí en mi infancia eran españolas. Se trataba de antiguos *romances* hispánicos. Pero lo que me marcó de forma indeleble fue una cierta mentalidad española [...]. Era inimaginable casarse con una *todesca* judía alemana o con una asquenazí. Solo tenía seis años y ya mi abuelo me prevenía contra semejante mal casamiento [...]. Pero entre los judeoespañoles también se distinguía a los que eran de *buena familia*, lo que significaba que eran ricos desde mucho tiempo atrás [...]».

Elías Canetti se rebela contra este orgullo y se lo reprochará a su madre, una actitud, dice más adelante, que adoptará a lo largo de toda su vida —«Solo detesto un cosa: al enemigo [del hombre], la muerte»—, actitud que se reflejará en sus obras.

Entre los *romances* que escuchó en su infancia, recuerda con deleite *Mansanikas koloradas, las ke vyenen de Stambol*, «Manzanitas coloradas, las que vienen de Estambul», que le canta su *nona* (abuela). Palabras y expresiones judeoespañolas salpican el texto página tras página: la *butika* («Así se llamaba, dice Elías, la tienda, el comercio donde el abuelo pasaba sus días»); *Yo ti bendigo, Eliatchiku, Amén!* («Yo te bendigo, mi pequeño Elías, ¡amén!», le dice su tío Bucco); *Madre miya kerida! Madre miya kerida!* («¡Madre querida!, ¡Madre querida!», gime la madre de Elías durante un parto difícil); *Li bezo las manos, Senyor Padre*,

«Beso sus manos, señor padre», (fórmulas de cortesía desaparecidas hoy en día, pero que Haïm Vidal Séphiha llegó a escuchar de niño); *falsu!* («¡falso!», o, mejor aún, «hipócrita», le dice el abuelo en tono amenazante al pequeño Elías cuando miente); *mizkin*, «avaro»; *Haman!* (a modo de insulto se cita al personaje maldito de Purim). También evoca fiestas como la Pascua, en las que aprende *Had Gadya* en judeoespañol: *Es un mintirozo!*, «¡Es un mentiroso!»; *agora te vo matar Laurika!*, «¡Ahora mismo te voy a matar, Laurika!», le dice a su prima... Por supuesto que encontramos la sonoridad del español en los nombres: Oro, Laura, pero también, para sorpresa del autor, aparecen nombres franceses como Sophie, Jacques o Régine, galomanía debida a la Alianza Israelita Universal.

Es verdad que, a lo largo de sus peregrinaciones posteriores, ya no se centrará tanto en la lengua judeoespañola, solo en los judeoespañoles que conoce en Inglaterra, en Austria, en Alemania o en Suiza. Sin embargo, la lengua y la cultura lo habrán marcado para siempre. ¿Quién es capaz de decir cómo influyeron estos primeros años en su obra? Pues, como lo afirma él mismo: «Mis padres hablaban alemán entre ellos. Yo no entendía nada. Con nosotros, los niños, así como con los familiares y amigos, hablaban en español. Era realmente la lengua de diario aunque, de sobra está decirlo, se trataba de un español arcaico. Más adelante volví a oírlo y nunca lo he olvidado». Sobre este tema versa la carta del 19 de septiembre de 1977, dirigida a Haïm Vidal Séphiha: «Desgraciadamente no puedo escribirle en judeoespañol. Claro que comprendo esta lengua, que fue mi lengua materna para la lectura o la conversación, pero nunca la escribí [...]».

Dicha carta, escrita en alemán, lengua cultural, oral y escrita, aprendida mucho más tarde bajo la severa vigilancia de su madre, nos demuestra cómo el judeoespañol rezumaba por todos los poros de su ser, pero que, y es el drama de la mayoría de los judeoespañoles, como Edgar Morin *, no pudo ir más allá y fijarlo gráficamente. En esto consiste la diferencia entre una cultura exclusivamente oral y una cultura libresca, la que le será dada a los judeoespañoles de Poniente y de Levante por unos organismos deseosos de atraerlos: la Alianza Israelita Universal,

Hilfsverein, Escuelas Dante Alighieri, misiones protestantes inglesas... Así empezará «la agonía del judeoespañol», una lengua que, afortunadamente, seguirá inspirando a autores judeoespañoles como Canetti o Clarisa Abinun-Nicoïdski [7].

Es evidente: gracias a Elías Canetti hemos regresado a las fuentes, las que seguirán fluyendo, bajo ropaje alemán, en su obra tan perfectamente analizada por Yousef Ishaghpour que escribe: «Pero la ironía de la historia ha querido que este gran hombre se convirtiese en lo que es gracias a la lengua que los sefardíes despreciaban: el *todesco* [8]».

El 17 de octubre de 1981, Raphaël Sorin, pariente de Elías Canetti, escribía en *Le Monde* a propósito de *La lengua absuelta*: «De una vida cosmopolita, tan singular, tan obstinada, ha extraído una historia ejemplar que, a cambio, le ha supuesto el reconocimiento de todos. El niño, el adolescente y el joven que fue y al que no olvida, sufrieron vejaciones. De una ciudad a otra, país tras país, lenguas y fronteras entremezcladas, se parecían, pero, sin saberlo, los imbéciles, patrioteros, antisemitas y fusileros templaban el alma y el corazón de su principal enemigo [9]».

Pierre Mendès France
(París, 1907-París, 18 de octubre de 1982)

BASTA con leer los titulares de la prensa al día siguiente de la muerte de Pierre Mendès France para calibrar la medida de este hombre excepcional.

En *Le Monde* del 19 de octubre hay dos páginas dedicas a recordar toda su vida: «La muerte de Pierre Mendès France - Un lugar aparte en la historia política de las tres Repúblicas - Admirador de Poincaré y ministro de Léon Blum - La guerra, la cárcel, la evasión y la vuelta al combate - El general de Gaulle entre la cirugía y la medicina - Casandra y Pigmalión - Diên Biên Phu - La apuesta del 20 de julio - El "golpe de Cartago" y la batalla de la CED (Comunidad Europea de Defensa) - Siete meses y diecisiete días - El "Frente republicano" y la dimisión de 1956 - El opositor a la V República - Viajes, encuentros, debates - La candidatura de mayo de 1968 - Una última campaña - Cuarenta años de vida pública». El resumen de la trayectoria de un hombre al que, unánimemente, se le reconoce una gran valía, tanto la izquierda como la derecha, tanto en Francia como en el extranjero.

Así, en *Le Monde* del 20 de octubre de 1982, se leían estas reacciones: «Una influencia que alcanzaba más allá de la izquierda - El prestigio del fracaso - Un adversario intratable - Las nuevas capas sociales» (J. M. Colombani y P. Jarreau) - «Los últimos años - Un observador atento y activo» (sin firma) - «La palabra cierta» (Th. Ferenczi) - «Una determinada idea de la política» (J. Amalric) - «Un diálogo difícil: De Gaulle: "un colaborador de una valía excepcional" - Pierre Mendès France: "Un personaje extraordinario"» - «La apuesta indochina» (P. de Beer) - «El rigor con un punto de utopía - La valentía de la impopularidad - La necesidad de elegir - Una espera en vano» (P. Fabra) - En un recuadro del periódico: «Las charlas del sábado por la noche» - «Con los estudiantes del liceo Condorcet - La nostalgia de la honradez» - Mitterrand: Francia acaba de perder a uno de sus hijos más preciados» - «Mauroy: nos señaló el camino» - «Defferre: valor y clarividencia» - «Jospin: valor, justicia, libertad» - «PCF (Partido Comunista Francés): Divergencias y combates comunes» - «Lecanuet: Un sombrío silencio» - «Jacques Chirac: [...] este gran hombre al servicio de Francia» - «El molde se ha roto para siempre» (Ch. Gombault) - «La excepción y la regla - Otro 18 de junio» (Rocard) - «Una inquebrantable convicción - El encuentro con Georges Boris» (P. Legatte) - «La deuda de la nueva sociedad con Pierre Mendès France» (J. Chaban-Delmas) - «El hombre diferente y el hombre que dice no» (J. Fauvet) - «En los sindicatos: E. Maire "[...] un amigo y un ejemplo" - H. Krasucki: "[...] un hombre de Estado francés que está entre los más influyentes de la posguerra" - A. Bergeron: "[...] una pérdida para la democracia francesa" - La FEN (Federación de la Educación Nacional): "[...] la democracia pierde a uno de sus militantes más ejemplares"» - «Minkowski: "Un conciliador valeroso para el Cercano Oriente"» - «Jerusalén: Peres saluda a un "gran francés" y a un "gran judío"» - «Ibrahim Souss rinde honores a Pierre Mendès France» - «Túnez: la pérdida de un "amigo"» «El secretario general de la Liga Árabe: "Era una especie de conciencia"» - «El embajador de Vietnam: "Un eminente hombre de Estado"» - «Rabat: Un anticolonialista convencido» - ... y en *Télérama*, «Las dos vidas de Pierre Mendès France - El rigor y la valentía - La pasión de explicar y de ayudar a entender» (Pierre Viansson-Ponté); sí, esa pasión de explicar y de ayudar a entender, esos dones de pedagogo y de investigador que lo animarán durante toda su vida y que lo impulsarán, en 1935, a comprender mejor sus raíces y a reunir muchos documentos sobre su familia. «Esta fiebre por mi genealogía, le cuenta a Jean Lacouture, me dio a mediados de los años treinta, cuando entré en posesión de documentos, recuerdos y papeles familiares conservados por mi abuelo paterno [...] [1]».

De hecho, según Michel Mendès France (carta del 13 de abril de 1992 dirigida a Richard Ayoun), «su genealogía está fijada desde el siglo XIII, en Portugal. Su antepasado, Luis Mendes de Franca (1581-?) había estudiado en la Universidad de Coimbra y trabajó para la Inquisición portuguesa, que lo dejó tranquilo. Pero Antonia, su nuera, fue torturada por esta, así como sus hijos; uno de ellos, Luis (1640-1695), que fue liberado tras las torturas, se refugió en Burdeos en 1684. En ocasiones se hacía llamar Luis de Franca o Luis Mendes de Franca, pero también Louis Mendes o Luis Mendes France».

A partir de entonces se llamará Louis Mendès France; se instala en Agen de donde, diez años más tarde, volverá a Burdeos. Aún afirma ser cristiano: «Pero, prosigue Pierre Mendès France, sus hijos, a pesar de que estaban bautizados y tenían padrinos de alcurnia, en 1720 escogen proclamarse judíos [...]. Mientras que, originalmente, remontándose de padres a hijos, encontramos en Portugal a una familia indiscutiblemente cristiana, a partir de 1720 ó 1725, en Burdeos, la condición de judíos de los Mendès France es notoria y vivida a conciencia [2]».

Volvemos a situarnos en plena saga marrana, una saga llena de giros imprevistos que podría servir de tema para una novela y cuyos grandes rasgos podemos leer en Jean Lacouture [3]. Pierre Mendès France describe a dos ramas de la familia: una es rica y está relacionada con el comercio con Santo Domingo; la otra, más modesta, se ha quedado en Burdeos, especialmente su abuelo Jules-Isaac, nacido en 1851, «fervoroso admirador de la Comuna», que inaugura una boutique en París hacia 1885. «Expiró el día de mi matrimonio, en 1933... Nunca olvidaré su forma de contarme los funerales de Victor Hugo, el velatorio alrededor del Arco de Triunfo [4]».

Su padre, Cerf-David Mendès France, nacido en Limoges en 1874, funda un negocio de telas en el Sentier. «En 1905 hace un viaje de trabajo a Estrasburgo. Allí conoce a Palmyre Cahn, hija de un honorable comerciante de la ciudad [...] seis años más joven que él. Se casa con ella: primer "mal casamiento" en esta familia sefardí en la que no están bien vistos los matrimonios con asquenazíes [...]. Una cuestión que no tenía ningún sentido para un hombre tan poco religioso como mi padre y tan profundamente asimilado como él [5]». Fue su muy piadosa abuela materna, Henriette Wolf, la que le organizó su *Bar-Mitzvah* en Estrasburgo.

En 1906, después de casarse en Estrasburgo ese mismo año, sus padres se instalan en París, donde Pierre, Isaac, Isidoro [6] nace en junio de 1907, y su hermana Marcelle, tres años más tarde.

Cerf-David Mendès France es ateo y humanista; admira a Jaurès y ha combatido a las órdenes de Dreyfus.

Pierre asiste a la escuela municipal, es un alumno brillante y en 1922, con quince años, aprueba el bachillerato. Solo que necesitó una dispensa. Para el bachillerato superior entra en el liceo Louis-le-Grand.

En 1923 se inscribe en la Facultad de Derecho y se afilia al radicalismo. Al año siguiente entra en la Escuela de Ciencias Políticas y se afilia a la LAURS (Liga de Acción Universitaria Republicana y Socialista), que fue una creación suya. Por entonces se vivía en plena ascensión de los nacionalistas, de la Acción Francesa y de los Camelots. Tiene su primer encuentro con el antisemitismo, al que combate como humanista y por afán de justicia.

En 1928, a la edad de veintiún años, Pierre Mendès France presenta su tesis sobre Poincaré [7] y se convierte en el doctor en derecho más joven de Francia. Hace su servicio militar en la sección de meteorología e interviene activamente en el Partido Radical, al que se afilia en 1924. En 1929 se inscribe en el Colegio de Abogados de Louviers; luego publica *La Banque internationale* [8].

En 1932 es elegido diputado por el departamento de Eure (y lo seguirá siendo hasta 1958, exceptuando la interrupción durante los años de la guerra). En 1933 se casa con Lily Cicurel, de origen egipcio, pintora con mucho talento, que morirá en 1967.

Primero gana la alcaldía de Louviers (1935), después el puesto de consejero general de Pont-de-l'Arche (1937). Y en 1938, siendo como de costumbre el más joven en el cargo, asume la ardua tarea de la hacienda en el segundo gobierno de Léon Blum. Es subsecretario de Estado para el Tesoro.

Cuando estalla la guerra, insiste en alistarse a pesar de que los parlamentarios gozan de permisos especiales; como teniente de aviación, es destinado al Estado Mayor de la fuerza aérea de Levante en Beirut. El 3 de mayo de 1940 regresa a Francia, donde lo sorprende la brutal ofensiva alemana. Reclama ser enviado al frente, pero entre el desconcierto más absoluto, los diputados se trasladan a Burdeos donde, muy pronto, Pétain asume la jefatura del Gobierno.

Pierre Mendès France quiere reunirse con su unidad de aviación en Marruecos y, con este propósito, se embarca en el *Massilia*, navío fletado por el Gobierno. Una vez en su unidad, poco a poco se le empieza a considerar sospechoso. Aunque estaba al tanto de su cercano arresto, se niega a huir. El 15 de octubre de 1940 es encarcelado en la prisión de Clermont-Ferrand, donde comparece ante un tribunal militar que lo acusa de deserción en un juicio amañado; en el transcurso del proceso se entera de que, al ser judío, pierde su condición de diputado y de alcalde. Veredicto: seis años de cárcel, degradación militar, prescripción de sus derechos cívicos y familiares. El acusado se gira hacia los soldados: «Se acaba de condenar a un inocente por odio político», y, girándose hacia el representante del Gobierno: «¡Se ha esforzado usted mucho por Hitler y para asegurarse un ascenso!».

Pierre Mendès France no se deja abatir por el pesimismo y logra evadirse. Esta escena está descrita a la perfección por Jean Lacouture [9] y también en la película de Marcel Ophüls *Le Chagrin et la pitié* (1969), película que estuvo prohibida en televisión durante doce años. Así es, Vichy lo acusará de daños a la propiedad pública (¡el barrote de la cárcel que había aserrado!). ¡Qué sarcasmo! Un antecedente de «el que rompe paga».

Pierre Mendès France se une a la Francia libre en Londres, vía Ginebra y Portugal; participa en numerosas incursiones aéreas sobre Francia. De Gaulle lo llama a su lado y, en 1943, le confía el cargo de Delegado de Hacienda en Argel. En 1944, es ministro de Economía Nacional en el gobierno provisional y periódicamente se dirige a sus conciudadanos, igual que lo hará en 1954-1955 durante su gobierno. En 1945 le presenta su dimisión a De Gaulle, pues su plan de reabsorción de billetes en circulación (a semejanza del plan belga) no es aceptado.

Ese mismo año es reelegido diputado de Eure. Representa a Francia en el FMI (Fondo Monetario Internacional, 1946), participa en los trabajos del Consejo Económico y Social de la ONU (Organización de Naciones Unidas, 1947) y da clases en la ENA (Escuela Nacional de Administración). En la Cámara, en 1950, interviene en contra de la guerra de Indochina. En 1951 es reelegido diputado de Eure y, en 1952, es nombrado presidente de la comisión de Cuentas de la nación. En 1953, por unos pocos votos en contra, la Cámara rechaza su investidura.

En 1954, el 18 de junio, nombra su Gobierno, que será derribado el 6 de febrero de 1955. Siete meses y diecisiete días que serán decisivos a pesar de las innobles campañas de calumnias. A un ritmo frenético será capaz de poner fin a la guerra de Indochina —esta era su principal apuesta— y negociará con Túnez. Pone en marcha la reforma fiscal para la que solicita poderes especiales, la emprende contra los privilegios de los cosecheros destiladores y el régimen del alcohol y lanza una campaña en favor de la leche, cuyo consumo es favorecido en los colegios, siendo él mismo el primero en dar ejemplo. Es un Primer Ministro que cada día que pasa se hace más cercano y popular, y al que se llama con toda sencillez PMF, siglas que el *Express* de Jean-Jacques Servan-Schreiber y Françoise Giroud pusieron de moda. Sabe estar en contacto con el pueblo gracias a sus charlas radiofónicas de los sábados que ayudan a crear un clima de confianza.«Con el tiempo aprenderemos a valorar la serenidad de su tono [dice Jean Lacouture]: "Mi intención no es daros grandes noticias, ni anunciaros decisiones importantes [...]. No, el objetivo principal de esta alocución es el de deciros que me propongo dirigirme a vosotros con regularidad [...]. Podéis sentiros íntimamente solidarios con un Gobierno que solo promete aquello que cree que puede cumplir, pero que lleva a cabo lo que anuncia [...] [10]".»

Desgraciadamente, el 30 de agosto, la CED (Comunidad Europea de Defensa) es rechazada por 319 votos contra 264 y 12 abstenciones. Además, en la noche del 31 de octubre al 1 de noviembre, estalla la guerra de Argelia, dos sucesos que dificultarán la labor del Primer Ministro y provocarán su caída, durante el debate presupuestario, el 5 de febrero de 1955. Le sucede Edgar Faure que, a su vez, es derribado el 2 de diciembre.

En enero de 1956, tras la victoria del Frente Republicano, Pierre Mendès France forma parte del Gobierno de Guy Mollet. Está en desacuerdo con su política para Argelia y presenta su dimisión el 23 de mayo de 1956. Se pasa definitivamente a la oposición y, en 1958, también se pronunciará en contra de la marcha de De Gaulle hacia el poder. En 1959, se afilia al Partido Socialista Autónomo (PSA) y denuncia la política de De Gaulle en Argelia.

En 1962 aparece *La République moderne* [11]. Es derrotado en las elecciones de la ciudad de Évreux. Será elegido diputado por el departamento de Isère en 1967 tras haber respaldado a François Mitterrand contra Charles de Gaulle en las elecciones presidenciales de 1965.

El movimiento de Mayo del 68 no deja de sorprenderle, pero le manifiesta su simpatía a los estudiantes y, el 27 de mayo, estará en el estrado durante el mitin del estadio Charléty. De Gaulle recupera el control de la situación y anuncia nuevas elecciones. Pierre Mendès France perderá su escaño por Grenoble. En 1971 se casa con Marie-Claire de Fleurie y juntos emprenden un viaje por Asia del que saldrán sus *Dialogues avec l'Asie d'aujourd'hui* [12]. En 1972 padece una grave enfermedad y se retira de la vida política. No obstante, en 1973, publica con Gabriel Ardant *Science économique et lucidité politique* [13] y apoya resueltamente la candidatura de François Mitterrand. En 1976 organiza en París unos encuentros entre israelíes y palestinos. Poco antes le declaraba a «Douze heures pour Israël»: «Tenemos en común la idea de dar a conocer nuestros sentimientos a favor de la supervivencia de una nación a la que todos los demócratas estamos vinculados [...]. Sin dejar por ello de ser amigos de Israel, se pueden criticar algunos aspectos de la política israelí [14]».

En 1977 está por casualidad en Jerusalén durante la visita de Anwar al-Sadat.

En mayo de 1981 celebra la victoria de François Mitterrand quien, durante su investidura, le declara: «Si estoy aquí, es gracias a usted. ¡Es la justificación de todos esos años en los que usted me ha impulsado [15]!». Los dos hombres se abrazaron.

Durante la guerra del Líbano se pone de acuerdo con Nahum Goldmann, antiguo presidente del Congreso Judío Mundial para hacer un llamamiento en favor de la negociación entre Israel y la OLP (Organización para la Liberación de Palestina).

A pesar de la enfermedad conservó su lucidez y siguió interviniendo en favor de la paz. «El miércoles pasado, 13 de octubre de 1982 [5 días antes de su muerte], aún estaba en el palacio de Luxemburgo, donde la sección francesa del Congreso Judío Mundial le había rendido un homenaje por su acción en favor de la paz en Oriente Próximo [16]».

Edgar Morin-Nahoum
(París, 8 de julio de 1921)

Sociólogo, filósofo y escritor, Edgar Nahoum adoptó el apellido Morin en la Resistencia. Es hijo de Vidal Nahoum, que llegó de Salónica en 1916, y de Luna Béressi, también originaria de Salónica, unos padres cuya vida ha descrito y recordado desde su emigración hasta su desaparición [1], el homenaje de un sefardí-marrano —como le gusta llamarse (hablaremos de ello más adelante)— a los suyos, que fueron arrastrados por la marea agitada y a menudo implacable de la historia [2]. Así regresa hacia los orígenes de su identidad.

A la edad de once años, Edgar pierde a su madre, un suceso que lo marcará profundamente. Los adultos le hablan en francés pero, entre ellos, a menudo hablan en *djidyo*. Así denominan al judeoespañol en Salónica, *djidyo*, que también significa «judío», lo mismo que *yídish* designa a la vez la lengua y la etnia. Los dos designativos, de una y otra parte, sirven como señales de identificación; Edgar Morin recupera su sonoridad mucho más tarde, durante sus destinos en países hispanohablantes e insiste en el «vacío religioso» que hubo en su educación, añadiendo que su «único alimento cultural realmente específico fue la cultura alimentaria: berenjenas gratinadas, *pasteles*, *borekas*, cocina a base de aceite de oliva... para mí, dice, forman parte de mi identidad más profunda, y la más amada. Entre todos los platos del mundo, mi preferido son las berenjenas gratinadas [3]». Hace su *Bar-Mitzvah*, pero solo aprende algunas nociones de hebreo. En la escuela se empapa de historia francesa, que lo apasiona. Pero, como él dice, «me ocurre un fenómeno curioso: por una parte, en la escuela, esa cultura me parece mía, pero por la otra, comprendo que no es del todo así. Es una época de feroz antisemitismo [4] [...]». Todo esto lo narrará en 1984, ¡pero qué trayectoria tan notable hasta entonces!

Como se puede observar, desde el alba de su vida está sumergido en el tejido poliétnico, políglota y policultural, en una complejidad de hechos y de relaciones a la vez humanas y políticas, complejidad de los fenómenos sociales, sí, «complejidad» será la palabra clave de sus investigaciones en el camino seguido por un espíritu siempre a la búsqueda de claridad, pero de una claridad que admite los claroscuros y lucha contra las simplificaciones excesivas, las que, en política, desembocan en las peores dictaduras.

Al producirse la invasión alemana, en mayo de 1940, se refugia en Toulouse, donde obtiene las licenciaturas de historia, geografía y derecho. Combate en la Resistencia al lado de los comunistas, cuyos ideales humanitarios abraza, e intenta proteger a los suyos. De 1945 a 1946 es el encargado de la oficina de propaganda en el gobierno militar francés en Alemania. Entre 1947 y 1950 es jefe de redacción de un periódico de París. En 1950 está desempleado y, afortunadamente, entra en el CNRS (*Centre National de la Recherche Scientifique*), donde llegará a director de investigaciones en 1970. Luego, en 1977, es director del CETSAP, *Centre d'Études Transdisciplinaires* (sociología, antropología, política) de l'École des hautes études en ciencias sociales (asociada al CNRS), de la que es director honorario en la actualidad.

Entre 1957 y 1962 dirige la revista *Arguments*, y desde 1972, la revista *Communications*.

Edgar Morin se presenta a sí mismo como un aventurero del conocimiento que va en su conquista obstinadamente, paso a paso, hasta el último libro, *La Méthode*, *Les Idées*, *leur habitat*, *leur vie*, *leur organisation*, 1991, tomo 4 de una serie que empezó en 1977: *La Méthode*, tomo 1, *La Nature de la Nature* (1977,1981); tomo 2, *La Vie de la vie* (1980,1985); tomo 3, *La Connaissance de la connaissance* (1986) [5].

«Entonces no podía imaginar que este proyecto se apoderaría de mí durante tanto tiempo, y, sobre todo, que evolucionaría desde el interior. Con el correr de los años, surgieron algunas ideas marginales que luego se convirtieron en centrales y expulsaron a otras. Así pude experimentar cómo nacen las ideas, cómo viven, se asocian, pelean unas con otras, un problema que es el tema de mi libro [6]», cuenta Edgar Morin de su última obra.

Incluso el regreso a sus orígenes, con *Vidal y los suyos*, quiere ser «un punto singular de un holograma que contiene la información del todo donde está inscrito, la historia única de Vidal Nahoum lleva en su interior la plenitud, el crepúsculo y la muerte de la cultura judeoespañola, el pasaje obligado de la ciudad-Imperio al Estado-Nación, la complejidad de las relaciones modernas entre judíos y «gentiles», entre Oriente y Occidente.

Esta complejidad que tanto lo impulsa no es una simple superposición de estratos; es un tejido, una imbricación, igual que los electrones y el núcleo forman un átomo que, con otros átomos, forman unas moléculas que, a su vez, se estructuran en macromoléculas, y luego en materia viva, cuya cohesión es debida a unas fuerzas relacionales que hay que analizar e identificar. Edgar Morin procede del mismo modo, con su escalpelo, sobre las ideas y sus meandros. De ahí la necesidad de conocer nuestro saber evitando las trampas de la simplificación. Hay que emprenderla contra los «complexus trans-mega-macro-meso-micro-social», todos los estratos solidarios unos con otros.

Edgar Morin es el hombre de las síntesis y encuentra su naturaleza profunda como pensador e investigador en el pasado itinerante de sus antecesores sefardíes, siempre dispuestos a recibir la cultura de los otros y a asimilarla en una simbiosis (su caldo de cultivo) fecunda.

«Todo lo que acabo de decir explica por qué me defino a mí mismo como neomarrano. Es decir, alguien que ha nacido en la cultura de los gentiles y que no ha conservado casi nada de lo que forma la fe en la identidad judía (religión y comunidad) [8].»

Edgar Morin, pensador y escritor de gran talento, siempre pendiente de la actualidad y cuyas obras puntúan una vida riquísima: *L'An zéro de l'Allemagne* (1945), *L'Homme et la mort* (1951), *Les Stars* (1957), *L'Esprit du temps* (2 tomos, 1962, 1976), *Commune en France: la métamorphose de Plodémet* (1967, 1984), *Mai 68: la brèche* (1968), *La Rumeur d'Orléans* (1969, 1982), *Journal de Californie* (1970), *Le Paradigme perdu: la nature humaine* (1973), *Pour sortir du XXe siècle* (1981, 1984), *Sociologie* (1984), *Penser l'Europe* (1987).

Grandes figuras en la Europa cristiana del Sur

León Hebreo o Leo Hebreus (Lisboa, ¿1460?-después de 1523)

Hijo mayor de Isaac Abrabanel *, León tendrá una vida tan agitada como la de su padre; a pesar de todo, y al igual que él, producirá una obra admirable.

Sigue a su padre hasta España y es educado por este tanto en las ciencias judías como en la filosofía árabe; así se convierte en un poeta famoso y en un filósofo del Renacimiento. También estudia medicina.

En el momento de la expulsión, León Hebreo envía a Portugal, en secreto, a su hijo Isaac, que entonces tenía once años. Allí será raptado y bautizado a la fuerza, una tragedia que se reflejará en su elegía *Telunah al ha-zeman* [1] (Lamento contra nuestro tiempo), escrita en 1503. No obstante, parece que su hijo pudo volver junto a su familia y a su religión.

Como su padre, León Hebreo se instala primero en Nápoles, donde vive de la medicina. El médico Amatus Lusitanus (João Rodríguez, de la antigua familia Habib [2]) señala que en 1566, huyendo de Ancona, vio en Salónica una obra sobre la armonía de los cielos que León Hebreo habría escrito para el humanista de Ferrara Pico della Mirandola (1463-1494). Parece que Hebreo lo conoció en Florencia, donde había una Academia neoplatónica. No se ha encontrado la obra en cuestión.

León Hebreo, después de acompañar a su padre en sus desplazamientos, vuelve a Nápoles en 1495, ciudad que los franceses acaban de invadir. En el acto parte hacia Génova pero regresa después a Nápoles donde da clases de medicina y de astrología en la universidad. Su nombre aparece entonces —como médico— en los documentos de Gonzalo de Córdoba (El Gran Capitán) [3].

En 1541 y en 1545, en la página del título de sus *Dialoghi di amore* (Los diálogos de amor), se presenta a León Hebreo como converso, lo que no está probado en absoluto.

León Hebreo escribe numerosos poemas en hebreo, pero aún no está demostrado que su obra más importante, el monumento más notable de la filosofía platónica del siglo XVI, *Dialoghi di amore*, haya sido escrita en dicha lengua. Marcelino Menéndez Pelayo sostiene que el libro fue escrito en español, otros dicen que en hebreo, pero según la *Enciclopedia Judaica* [4]: «Es casi seguro que el libro fue escrito en italiano (las hipótesis que defienden que fue escrito en hebreo o en español son inadmisibles)».

Publicada por primera vez en Roma en 1535 —Mariano Lenzi, el editor, pretende haberla rescatado de la oscuridad en que estaba perdida—, la obra tendrá un inmenso éxito desde su aparición y será traducida a muchas lenguas: veinticinco ediciones e impresiones (doce en italiano y trece en otras lenguas) verán la luz entre 1535 y 1607. Entre 1551 y 1660, aproximadamente, será traducida siete veces a cuatro lenguas (francés, latín, español y hebreo) [5]. Según Carl Gebhardt, «en el inventario de la biblioteca de Espinosa, efectuado el 2 de marzo de 1677, se encontró [...] el título: *León Abarbanel: Diálogos de amor*, ejemplar que seguramente poseía desde su juventud [6]».

Escrita en forma de diálogos (incluye tres), la obra sigue el ejemplo de Platón. Los dos protagonistas, Filón y Sofía, están descritos como dos castos enamorados, lo que se corresponde con la forma de pensar de León Hebreo, para quien el amor permite elevarse hasta las cimas de la sabiduría. El amor es el tema más importante de los *Dialoghi*, la fuente y el objetivo supremo del universo y de Dios, quien lo desea y se deleita en él. Es recíproco.

—El primer amante es Dios, que Conoce y Quiere,
y el primer Amado es ese mismo Dios, soberanamente hermoso.
—De esto se derivarían muchas contrariedades absurdas.
Primeramente, que la muy sencilla esencia divina,
fue dividida en una parte amada, y no amante,
y en una parte amante, y no amada.
En segundo lugar, que Dios amante sería inferior a sí mismo
[amado;
pues cualquier Amante, en su condición de Amante,
es inferior a lo que ama:
porque si el amor es un deseo de unión,
Dios Amante desearía unirse consigo mismo,
y siendo Dios siempre una misma cosa en sí mismo,
sería presuponer que Dios se hechó en falta a sí mismo
[...]
—Sofía, no es lícito hablar del Amor intrínseco de Dios
Amante y Amado,
con esta lengua y esta boca
con la que acostumbramos a conversar sobre los Amores
[mundanos.
En Dios no hay ninguna diversidad, porque ama y porque es
[amado;
sino que, más bien, en esta intrínseca relación
consiste Su muy sencilla y perfecta unidad,
porque si la excelente belleza, y soberana sabiduría amada por
[sí misma,
no reverberase en la incomparable belleza, y sabiduría indecible
[de sí mismo amante,
y el amor de los dos en uno,
su divina esencia no sería perfectamente adornada con la
[indivisible unidad[7]. [...]

Así dialogan Filón y Sofía.

En sus especulaciones, León Hebreo concilia las tradiciones rabínicas y las enseñanzas de la filosofía griega. Maimónides * y Gabirol * también influyeron en él. Algunos creen ver una adaptación poética de la metafísica de Hasday Crescas *.

Para Juan Luis Alborg: «El neoplatonismo, que había renovado profundamente las fuentes del sentido de lo absoluto, llegó a España con la famosa obra de León Hebreo, *Los diálogos de amor*. Sus sutiles teorías sobre el amor influyeron —como ya sabemos— no solo sobre las creaciones de los mejores poetas italianizantes, sino que dieron paso a una nueva sensibilidad de gran importancia social [8]».

Salomón ben Verga (Segunda mitad del siglo XV-Primer tercio del siglo XVI)

Los pocos datos que tenemos sobre la vida de Salomón ben Verga provienen de su libro *Sébet Yehudá* (El cetro [o tribu] de Judá). El libro, tal como será editado por primera vez, corresponde al trabajo de dos autores. Lo esencial será escrito por Rabí Salomón ben Verga, pero será revisado, antes de la impresión, por su hijo Yosef, que añadirá más relatos e introducirá comentarios propios a la obra de su padre. Pero si tomamos en cuenta las notas de su pariente Yehudá ben Verga, serían tres los autores. En efecto, ya desde el prólogo, Salomón ben Verga nos revela que: «Al final del libro que escribió mi maestro, el gran sabio don Yehudá ben Verga, de bendita memoria, encontré unas notas que se refieren a la violencia y persecuciones sufridas por Israel en tierras extranjeras, y las he traducido para que los hijos de Israel las lean y las escuchen [1] [...]». El mencionado Yehudá ben Verga aún aparece citado más veces en *Sébet Yehudá* [2].

Ignoramos las fechas de nacimiento y muerte de Salomón ben Verga. Sin duda nació en la segunda mitad del siglo XV, probablemente en Sevilla, lugar de origen de su familia. Eso es lo que nos dice al hablar de Yehudá, y sus relatos nos revelan un conocimiento profundo de Andalucía. Ben Verga vivirá en Castilla, donde gozará de un gran prestigio. Lo demuestra el hecho de que será el encargado [3] de recaudar entre las comunidades los fondos necesarios para el rescate de sus hermanos de Málaga.

Es probable que los Ben Verga se establecieran en Toledo (siempre según el autor [4]). Incluso tenemos conocimiento de un Avenverga citado por López de Ayala en el siglo XIV [5].

Salomón ben Verga padecerá el bautismo después del decreto de expulsión de 1492. Entonces tendrá que huir a Sevilla —también en este caso cuenta los problemas que tiene Yehudá con la Inquisición [6]—, Inquisición que él mismo burla huyendo a Portugal. Está en Lisboa el 9 de abril de 1506, fecha de la masacre de los *conversos*. «La masacre que tuvo lugar en Lisboa. Yo estaba cerca de la ciudad, allí volví algunos días más tarde. Me han contado lo que ocurrió, cada uno daba su versión, pero todos estaban de acuerdo en decir que fue muy doloroso, aterrador [7].»

Es muy probable que Salomón ben Verga abandonase Portugal en 1507, cuando se autorizó la salida de los *conversos*. Algunos historiadores creen que enseguida se encaminó hacia Turquía [8], otros piensan que primero se instaló en Italia [9]. Y también los hay, según Yosef Haím Yerushalmi, que «han demostrado que Ben Verga nunca estuvo en Italia, sino que murió en Flandes después de huir de Portugal en 1508 [10]». Pero, en ese caso, ¿cómo es posible que su hijo naciera en Turquía? De cualquier forma, durante esta época redactó una obra desconocida, *Séfer Sébet Ebrato*, que menciona dos veces, pp. 216 y 253.

Al igual que Isaac y León Abrabanel *, parece que Salomón ben Verga vivió en Nápoles, ciudad que abandonará para establecerse en Turquía cuando la situación le resulte insoportable. Será allí donde redacte su *Sébet Yehudá* y donde terminará sus días.

Su hijo, Yosef, vivirá otros exilios de *Sefarad* y será amigo de Moisés Hamon, médico personal del sultán Solimán el Magnífico (1494-1566). Su vida la conocemos mejor, pues es *dayan*, «juez religioso» en Andrinópolis. El doctor Hamon le proporcionará numerosas informaciones que Yosef incorporará al libro de su padre. Todos los añadidos empiezan siempre por «Yosef dice», así, p. 216, «Yosef dice: la causa de la expulsión de Castilla y su desarrollo han sido descritos por el gran príncipe, el famoso sabio, don Isaac Abrabanel *, en su *Introducción al Libro de los Reyes*; he decidido transcribirlo aquí con sus propias palabras, que son muy claras y elocuentes [...]».

Sébet tiene varios significados, por una parte, la «tribu», por otra, el cetro o el bastón, en este último caso, los golpes cuyas víctimas fueron los judíos, pero también el cetro de Dios, del que se dice en el Prólogo: «He titulado este libro *El Cetro de Yehudá* porque Judá, que reinaba, sintió después sobre él el peso del cetro del Altísimo, según las predicciones del profeta: "Jerusalén ha tropezado, Judá ha caído" [11]». De modo que se trataría de las vergas que golpearon a la tribu de Judá. Además, Ben Verga juega con las palabras, pues su nombre, *Verga*, significa precisamente eso en español. Dicha palabra está aún muy presente en el judeoespañol. La encontramos en el proverbio: *En kazal kon perros, kamina kon verga*, «En una aldea llena de perros, hazte con una verga», o también: *Asembra vergas para ke te aharven*, «Siembra vergas para que te flagelen», o «Dar vergas para que te apaleen».

Escrita con un estilo ligero y cautivador, esta obra es una fuente importante en lo que se refiere al judaísmo medieval español. Para Yosef Haím Yerushalmi, «*Sébet Yehudá* es un análisis sociológico sobre los padecimientos de los judíos durante toda la historia, en general, y durante la expulsión de España en particular; análisis conducido merced a una sucesión imaginaria de diálogos enmarcados en el entramado de una historia de las persecuciones [12]», y, continúa el autor: «Hasta el siglo XVI no encontramos en los judíos un fenómeno cultural que podamos calificar, sin sombra de duda, de verdadera historiografía [...] cinco [de los autores] eran exiliados de España y de Portugal, o descendientes de exiliados (Ben Verga, Zacuto, Usque, Yosef Hacohén, Guedaliá ben Yahiá), Eliah Capsali de Creta fue muy influenciado por los refugiados españoles que se establecieron en la isla [13]». Sí, añade Yerushalmi: «Ben Verga es el único que toma el concepto de "causa natural" (*Ha-sibbah ha-tiv'it*) a la filosofía y a la ciencia para aplicarlo a la historia. Él fue quien más profundizó en el análisis de las causas terrenales para la expulsión de los judíos dc España [14]».

El libro está compuesto por una introducción muy breve y por setenta y tres capítulos que se pueden clasificar en cuatro grupos [15]: 1) Debate, conversaciones o discusiones entre diferentes personajes, que tienen lugar en presencia y por petición expresa de un rey o del Papa. En general, las discusiones se entablan entre un sabio cristiano y un sabio judío (capítulos 7, 8, 12, 17, 32, 40, 41, 63, 64, 65, 70 y 73). 2) Los judíos españoles. Se pueden diferenciar los siguientes subgrupos: a) Los judíos en la España cristiana (capítulos 6, 8, 9, 10, 12, 15, 16, 27, 29, 38, 44, 45, 47, 48, 49, 50); b) Los judíos en la España musulmana (capítulos 5, 37, 64); c) La Inquisición (capítulos 61 y 62); d) La expulsión y sus consecuencias (capítulos del 50 al 58, 63, 66); e) Los judíos en Portugal (capítulos 13, 59, 60). Tanto en el primer subgrupo como en el último, la que habla es la experiencia personal del autor. 3) Los judíos en Europa: notas breves, menos detalladas y, al contrario que en los dos primeros grupos, no hay anécdotas (capítulos 11, 14, del 18 al 26, del 34 al 36, 39, 43); 4) Los judíos en Oriente y en los países árabes: es un grupo mucho más variado, pues se refiere a Palestina (1, 2), Persia (3, 31, 42), Turquía (28) y África del Norte (4, 30, 33).

«*Sébet Yehudá*, de Ben Verga, disfrutaría de una gran popularidad. Al menos he compulsado diecisiete ediciones diferentes publicadas desde mediados del siglo XVI hasta principios del siglo XIX», cuenta Yerushalmi [16]. En esta relación incluye una edición en yídish publicada en Cracovia en 1591. Hay que añadir que también fueron editadas traducciones en judeoespañol. Desde el punto de vista de la historia del judaísmo, la importancia de Ben Verga es indiscutible.

Alfonso de Zamora [1]
(Hacia 1474-1544)

ERUDITO ESPAÑOL de origen judío; su padre, Juan de Zamora, se exilia en 1492, pero después vuelve a España donde padre e hijo serán bautizados juntos en 1506. Durante un proceso de la Inquisición en los años 1528-1531 [2], Alfonso de Zamora afirmará «vivir en Alcalá, tener cincuenta y cuatro años y ser un converso de origen judío». Antes de su bautismo, Alfonso recibió una meticulosa educación judía, lo que le permitirá más tarde obtener la cátedra de hebreo y de lenguas orientales de la Universidad de Salamanca y, en 1512 [3], la cátedra de hebreo y de arameo de la Universidad de Alcalá de Henares, cátedra fundada por el cardenal Jiménez de Cisneros (1436-1517), que encarga a Zamora la corrección del texto hebreo de la *Biblia complutense* y de traducir al latín la paráfrasis aramea de Onquelos.

Se trata de la famosa Biblia políglota iniciada en 1502 e impresa entre 1514 y 1517, Biblia en la que cooperan también los conversos Pablo Núñez Coronel (antiguo rabino) y Alfonso de Alcalá (profesor de medicina en la misma Universidad). El texto hebreo de esta Biblia será reproducido en la *Biblia Regia* o Biblia de Amberes, que publicarán Arias Montano y el impresor Plantin entre 1569 y 1572 para el rey Felipe II.

Alfonso de Zamora también redacta, en hebreo y en latín, un tratado epistolar sobre los errores de los judíos, tratado que envía a los judíos de Roma a fin de convertirlos (editado en Alcalá de Henares en 1526). Traduce al latín el libro del Génesis, acompañado por numerosas notas en hebreo y en latín. El manuscrito de esta traducción, dedicado a Alfonso de Fonseca, arzobispo de Toledo, se conserva en El Escorial.

Alfonso de Zamora traduce igualmente al latín el comentario de David Quimhí * a los cincuenta y nueve primeros Salmos, así como su prólogo.

La obra más importante de Alfonso de Zamora es *Séfer hokhmat Elohim* (El libro de la sabiduría de Dios), vibrante apología de la religión cristiana y denuncia de los judíos, manuscrito que permaneció en El Escorial hasta que Pérez Castro[4] lo publicó en 1950. Esta edición incluye el primer estudio completo de la personalidad de Alfonso de Zamora, y en él el autor lleva a cabo una comparación entre *Séfer hokhmat Elohim* y *Pugio Fidei* de Raimundo Martín.

En el sexto y último tomo de la *Biblia complutense*, a la que Alfonso de Zamora dedicará quince años de su vida, figura su vocabulario hebreo y arameo bíblico (*Vocabularium hebraicum atque chaldaicum totius Veteris Testamenti*) y su gramática hebraica (*Introductiones artis grammaticae hebraicae*).

Era preciso destacar su obra, digna de los mejores hebraístas.

David Rubeni (Reubeni) (¿1483?-Badajoz, ¿1538?)

La aparición de David Rubeni permanece como un hecho poco común en la historia judía. Desde hace mucho tiempo, los historiadores se interrogan sobre la misión diplomática y sobre la personalidad de este hombre que afirmaba ser el embajador ante el papa Clemente VII del reino judío de Khaibar en Arabia (?); como tal, visitaba la corte pontificia y la de Portugal, así como varias ciudades italianas, para sellar una alianza entre la cristiandad y los judíos contra los turcos [1]. Este aventurero despertará entre los judíos unas esperanzas mesiánicas durante la primera mitad del siglo XVI.

Las principales fuentes de información sobre la vida de Rubeni son el diario que redactó en hebreo (en realidad, tal vez se deba a su secretario, Salomón Cohen de Prato) y las cartas de sus contemporáneos. Su verdadero nombre y su verdadera identidad siguen siendo un misterio. Afirmaba ser el hijo de un tal rey Salomón y el hermano de un tal rey Yosef, que gobernaban las tribus de Rubén, de Gad y de Manases en el desierto de Habor [2]: de ahí su nombre, Rubeni. Sin embargo, más adelante, afirmará ser un descendiente de la tribu de Judá e incluso exhibirá un árbol genealógico que se remontaba hasta el rey David.

Aunque los eruditos no se pongan de acuerdo sobre su origen, algunos indicios llevan a pensar que se trataba de un judío negro de Etiopía (falasha) [3].

El «diario [4]» narra los viajes de Rubeni por Oriente antes de su llegada a Europa; estos relatos parecen, en lo esencial, ficticios, basados en los mitos que corrían por entonces. Suponemos que fue capturado y vendido como esclavo a unos árabes que, acto seguido, lo llevaron a Alejandría, donde es rescatado por amigos judíos. Después de una breve estancia, parte hacia Jerusalén donde es recibido por el *nagid* Isaac Shulal. Luego viaja hasta Safed donde declara ser un Rubenita enviado en misión a Jerusalén por el rey de las tribus perdidas de Israel a fin de apresurar la redención mediante el levantamiento de una determinada piedra del muro del Oeste (Muro de las Lamentaciones). Afirma haberlo hecho en presencia del *nagid*, lo que este último negará posteriormente. Después, Rubeni parte hacia Damasco, donde proseguirá con su propaganda mesiánica; luego vuelve a Alejandría y allí se embarca rumbo a Venecia.

La primera aparición de Rubeni en Venecia tuvo lugar en el otoño de 1523. Según el relato de sus contemporáneos, tendría unos cuarenta años. Afirma ser el comandante en jefe del ejército de su hermano y solicita que los judíos de Venecia le ayuden en una importante misión ante el Papa. Aunque la mayoría de los judíos desconfían de sus palabras, algunos notables lo apoyan, entre otros, el artista Moisés de Castelazzo.

En febrero de 1524 llega a Roma montado sobre un blanco corcel. Es recibido por el cardenal y humanista Egidio de Viterbo, cuyo sostén refuerza su posición frente a los judíos de Roma. Parece que se les ordenó atender sus peticiones. Poco después, Rubeni será recibido por el papa Clemente VII, a quien propondrá un tratado entre su reino y el mundo cristiano contra los musulmanes. Sin duda, Rubeni también mencionó que un tratado semejante debía asegurar la libre circulación de las especias. Le pide al Papa cartas dirigidas a Carlos V y al rey de Francia, Francisco I, cartas en las que les recomienda prestarle su ayuda, esencialmente en forma de armas. Asimismo le solicita una carta para el mítico «Preste Juan» en Etiopía. A pesar del entusiasmo de Clemente VII respecto a una alianza antiturca, no será sino al cabo de un año cuando le entregue dos cartas, una para el rey de Portugal y otra para el rey etíope. En Roma, Rubeni encuentra cierto apoyo en algunos círculos de judíos ilustrados, de los que formaban parte los banqueros Daniel y Vitale da Pisa, así como Bienvenida Abrabanel, mujer de Samuel Abrabanel, que le entrega dinero y un estandarte de seda donde figuran bordados los Diez Mandamientos. Este emblema, así como otros pendones, crearán una teatral impresión allí por donde pase.

Entre los años 1525 y 1527, Rubeni está en Portugal, donde el rey Juan III lo recibe casi como a un embajador oficial. Inmediatamente, Rubeni es aclamado por los criptojudíos, que se apiñan para verlo y besar sus manos, pues están convencidos de que anuncia la llegada del Mesías. Al representante del sultán de Fez le dice abiertamente que para los judíos ha llegado el momento de retomar Jerusalén y el país de Israel de manos de los ismaelitas. Rubeni también entra en contacto con los judíos de África del Norte y les envía cartas de ánimo.

Mientras aumenta su fama como precursor de la redención entre los criptojudíos, su reputación declina entre los nobles y los funcionarios. La agitación que provoca Rubeni despierta serias sospechas en la corte y es llamado ante el rey, que lo acusa de venir para sublevar a los marranos a fin de que vuelvan al judaísmo. Cuando Diego Pires (Salomón Moljo *, 1500-1532[5]) se declara judío, Rubeni recibe la orden de abandonar Portugal. Parte dejando a los criptojudíos sumidos en la aflicción, pero les da ánimos diciéndoles que solo ha venido para informarles que la redención está cercana. Será arrestado cerca de las costas españolas y encarcelado, hasta que es liberado, como él dice, «por orden del emperador Carlos V».

El «diario» de Rubeni termina aquí, pero conocemos más sucesos. Poco después, Rubeni naufragará junto a las costas de Provenza. Es encarcelado durante dos años por el señor de Clermont y será liberado, a petición del rey de Francia, después de que las comunidades judías de Aviñón y de Carpentras pagaran un rescate.

En noviembre de 1539, tras visitar distintos lugares de Italia intentando entrevistarse con los gobernadores de las ciudades, Rubeni vuelve a Venecia, donde despierta un gran fervor mesiánico entre los judíos. Aún insiste en tratar de enviarle sus planes al emperador. Por sugerencia de Federico, marqués de Mantua, parte hacia esa ciudad. Sin embargo, los enemigos judíos de Rubeni informan a Federico que este ha falsificado varias cartas (de parte del rey Yosef al marqués, al Papa, a Carlos V y a los judíos) para reemplazar los documentos que ha perdido durante sus viajes. Entonces el marqués previene al Papa y a Carlos V; cuando en el verano de 1532 Moljo * y Rubeni se presentan ante el emperador, son encarcelados. Moljo morirá en la hoguera mientras Rubeni será conducido a España como prisionero. Allí, acusado de haber seducido a los cristianos nuevos para que abracen el judaísmo, sufrirá el mismo castigo.

En su «diario», Rubeni aparece como un hombre a quien la miseria de los judíos le ha despertado poderosos sentimientos. Admira a los judíos occidentales y se preocupa por su suerte, mientras que desprecia a los judíos de Oriente. Su profundo sentimiento hacia sus hermanos, su valor y su carácter constante son muy alabados por el banquero Daniel de Pisa. Rubeni despierta un gran fervor entre los criptojudíos y entre los judíos educados en el nuevo espíritu del Renacimiento y que aspiran a la redención.

Probablemente, los viajes de Rubeni debían preceder a un rebrote del mesianismo. Es dudoso que él haya escrito su «diario». A pesar de la ingenuidad del pensamiento político de Rubeni, intuirá el deseo del Papa de una cruzada contra Turquía para reforzar su autoridad temporal. De hecho, las posibilidades de reclutar una fuerza judía equipada con armas europeas y que, a su debido tiempo, pudiese reconquistar el país de Israel, no eran totalmente quiméricas. Rubeni pensará que una presencia importante y un programa político aparentemente realista pueden favorecer la propaganda mesiánica entre los judíos y los criptojudíos. Rubeni insistirá continuamente en el hecho de que él no es ni un profeta ni un mesías, sino, solamente, un jefe militar; y, con esa misma insistencia, hablará de las cualidades marciales de los judíos que conoce. Por sus cuantiosos gastos, sus depravados criados y sus grandes tesoros, se identifica con la nobleza. Sin embargo, a pesar de sus pretenciosas posiciones, se trata de un hombre muy religioso que observa escrupulosamente los preceptos divinos y que está convencido de que la Providencia lo ha escogido para anunciar la llegada de la redención a sus correligionarios oprimidos.

La aventura de David Rubeni evidencia la importancia del problema criptojudío en la Península Ibérica y el vigor de las aspiraciones mesiánicas de los judíos. Su historia deslumbrará a las siguientes generaciones e inspirará a muchos novelistas [6].

Yosef Hacohén (Kohen)
(Aviñón, 20 de diciembre de 1496-1578)

YOSEF HACOHÉN, médico, filólogo e historiógrafo, es originario de la ciudad de Cuenca, en Castilla, por parte de sus abuelos paternos. Durante las persecuciones, estos se refugian en la ciudad fortificada de Huete, donde permanecerán hasta la expulsión de 1492 [1]. Sus padres, Yehoshua Hacohén y Dolça Bonafous al-Constantini, hallan un lugar de refugio en la Francia meridional, en Aviñón, donde se casan el 5 de agosto de 1495. Yosef tiene cuatro hermanos y hermanas: Todros, Meír, Preciosa y Clara. También conocemos a algunos miembros de su familia materna, como su tío don Bonafous al-Constantini, quien se refugió en Provenza durante una temporada para luego seguir viaje hasta Nicópolis, en Turquía. Según parece, el padre de Yosef tenía algunas nociones de medicina y fue el traductor del *Libro de medicina* de Meír Alguades. Yosef Hacohén tiene cinco años cuando su familia, hacia 1501, abandona Aviñón para instalarse, primero, cerca de Génova [2], y luego en la misma ciudad. En 1509 está en Novi. De 1514 es una carta fechada en Génova. Pero en 1516 su familia padece, al igual que todos los demás judíos, la expulsión de esta ciudad por orden de Octavio Fregoso [3]. En 1517, Yosef se casa con Paloma, hija del maestro Abraham Hacohén, y fija su residencia en Novi [4]. En noviembre de 1519, a la edad de sesenta y ocho años, su padre muere en esta ciudad y allí es enterrado. Ese mismo año, también en Novi, nace el primer hijo de Yosef Hacohén, Yehoshoua. En el mes de *Tebet* de 5283 (19 de diciembre 1522-16 de enero 1523), Dolça, la madre de Yosef, muere y también es inhumada en Novi. Algunos años más tarde, Yosef llamará Dolça a una de sus hijas.

En 1523-1524, cuando los judíos obtienen el derecho de volver a Génova, Yosef no se aprovecha inmediatamente de esta autorización; por entonces vive en Larma, donde hace estragos una grave epidemia que también afecta a Lombardía y al Piamonte. En 1533 está en Voltaggio [5], donde nacerá su segundo hijo, Judá, en 1534. En 1538, Yosef vuelve a Génova para instalarse, y allí permanecerá hasta el edicto de expulsión de 1550. En esta ciudad, en 1540, nace su tercer y último hijo, Isaac, que morirá a los cinco meses, dos meses y medio después de la muerte de su hijo mayor, Yehoshoua, que entonces tenía veintiún años. Yehoshoua se ahogó durante un paseo en Pieve, donde había ido a estudiar el Talmud con su tío materno Moisés Hacohén.

En abril de 1550, Yosef y su familia se establecen en Voltaggio. Allí viven hasta el decreto de expulsión de los judíos, en junio de 1567, que los desterrará en contra de los deseos de los moradores de Voltaggio. Yosef se instala entonces, en octubre de 1567, en el territorio de Montferrat, en Costelleto; su estancia será breve por culpa del decreto de expulsión de los judíos del Piamonte, decreto proclamado en 1570. En 1571, Yosef volverá a Génova. La última nota escrita de su puño y letra se encuentra en su *Peles ha-shemot* (La Balanza de los nombres), fechada el viernes 26 de *Hesvan* 5337 (19 de octubre de 1576).

El primer trabajo erudito de Yosef Hacohén es, en 1546, la traducción del *Libro de medicina* de Meír Alguades. Lo esencial de su obra se escalona entre 1550 y 1567. Una obra de lo más variada que lo revela como historiador, gramático, traductor, poeta, médico y geógrafo.

Yosef Hacohén escribirá dos grandes obras. La primera, *Séfer dibré ha-yamin le-malkhé Sarfat ou-malkhé beit ottoman ha-togar* (Crónica de los reyes de Francia y de los reyes de la casa otomana), se imprime, en 1556, en el taller de los Adelkind en Sabionetta, en los alrededores de Venecia. Consta de 328 folios en dieciseisavo. La segunda edición, de 144 folios en dieciseisavo, se debe a Salomón Katzprofs y no aparece hasta 1733 en Amsterdam. La tercera edición sale en Lemberg en 1859, con un prefacio de Yosef Cohen Sedeq y una presentación del autor por Zalman Bonhard. Esta edición consta de 112 folios y el texto está impreso en caracteres rachi. Esta obra es la primera historia general escrita en hebreo. La introducción, que no figura en la edición de Amsterdam, tiene un carácter personal y es breve. La primera parte, desde la creación del mundo al año 1520, se termina con la muerte del sultán Selim I y del emperador Maximiliano I. La segunda parte, más voluminosa, abarca, sin embargo, un periodo más corto: 1520-1533, lo cual no es de extrañar, pues Yosef a menudo relata acontecimientos que ha presenciado [6].

El segundo gran libro de Yosef Hacohén es *'Emec habajá* (El valle del llanto). Inspirado en la *Consolaçam as tribulaçoens de Ysrael* (Consuelos para las tribulaciones de Israel) de Samuel Usque, Ferrara 5313 (1553), esta obra relata las persecuciones y desgracias de los judíos. Durante mucho tiempo circulará como manuscrito, antes de su impresión en Viena, en 1852. Esta obra será traducida al alemán en 1858, y al francés en 1881 por Julien Sée.

Como traductor, Yosef Hacohén pone al alcance de todos los judíos textos de geografía, historia y medicina. En 1546 traduce la obra de Meír Alguades, médico de los reyes de Castilla, con el título *Mequis nirdamim* (Despertador de durmientes), añadiéndole notas y complementos. En 1555 hace una traducción libre de la obra de Joannes Boemus Aubanus *Omnium gentium mores, leges et ritus*, Augsburgo, 1520, con el título de *Séfer masiv gevoulot'amin* (Los límites de los pueblos). En 1557 termina la traducción, también libre, de *La historia general de las Indias*, de Francisco López de Gómara: divide esta obra en dos partes, que titula respectivamente: *Séfer India* (El libro de la India) y *Séfer Fernando Cortez* (El libro de Fernando Cortez) o *Séfer Mexico* (El libro de México).

Como gramático, Yosef Hacohén redacta en Voltaggio, en 1561, el *Séfer Peles ha-Shemot*, compendio destinado a determinar el género de los sustantivos en hebreo, libro ilustrado con ejemplos sacados de la Biblia.

Yosef Hacohén se nos muestra como poeta con ocasión de todos los sucesos de la vida, desde los más cotidianos hasta los más dramáticos. En Voltaggio, durante una enfermedad, compone una serie de poemas alabando las treinta y tres bellezas de la mujer, *Tnaey yofi ha-ichah lag* (Las treinta y tres condiciones de la belleza de la mujer).

Además, Yosef Hacohén deja una correspondencia muy abundante. Las cartas a sus hermanos y hermanas, o a sus amigos, nos dan mucha información sobre sus altercados familiares y sobre los acontecimientos felices o trágicos de su vida. Varias cartas dirigidas a las diferentes comunidades judías de la cuenca mediterránea para recaudar fondos nos muestran otra faceta de Yosef Hacohén: su labor consagrada al rescate de los judíos capturados por los corsarios italianos o turcos. Merced a esta correspondencia se dibuja la personalidad de un hombre al que sus trabajos eruditos no apartan de la vida pública.

El estilo de Yosef Hacohén es claro, sin influencias del Talmud; se inspira en la Biblia que, por entonces, el Renacimiento estaba descubriendo. En eso se parece a los escritores del «Siglo de Oro» español. Ese carácter bíblico se encuentra tanto en la sintaxis como en el vocabulario y en el ritmo de la frase. Si Yosef Hacohén cita a menudo y textualmente a la Biblia, nunca da las referencias. Algunos pasajes no son más que un mosaico, coherente sin embargo, de varios versículos bíblicos. Con frecuencia utiliza el diálogo para animar una escena. Sin duda que así le da más vida al texto, pero también provoca situaciones bastante curiosas en las que personajes que no son judíos, hacen afirmaciones que solo un judío podría formular.

Salomón Moljo [1]
(Lisboa, 1500-Murió en la hoguera en Mantua, 1532)

NACIDO de padres marranos, Diego Pires recibe una educación no judía. En 1525, a la edad de veintiún años, es secretario de la Corte Suprema de Lisboa cuando llega David Rubeni *, supuesto embajador de un reino de Arabia. Diego Pires le declara que quiere volver al judaísmo y hacerse circuncidar. Rubeni intenta disuadirlo y lo anima a ir a Turquía. Impaciente, Diego Pires se circuncida él mismo y adopta el nombre de Moljo (derivado del hebreo *melekh*, «rey»). No sabemos exactamente qué ciudades de Oriente Próximo visita, pero su estancia en Salónica está confirmada. Estudia en la *beth-ha-midrach* de Yosek Taitazak, donde probablemente conoce a Yosef Caro *. Rodeado de discípulos, edita una antología de sermones, *Derashot* (Salónica, 1529), titulada *Séfer ha-mefo'ar* (El libro de la magnificencia) en las ediciones posteriores. En el saqueo de Roma, en 1527, ve las señales de que la Redención está próxima. En 1529 viaja a Italia. Sus sermones atraen a judíos y cristianos, pero pronto lo denuncian como marrano renegado por su vuelta al judaísmo, lo que le obliga a huir a Pesaro y a Roma. Allí logra impresionar a algunos cardenales e incluso al papa Clemente VII, quien, en 1530, le garantiza su protección, una posición que se verá reforzada tras cumplirse sus predicciones sobre una inundación en Roma (1530) y sobre un temblor de tierra en Portugal. Abandona Roma y se establece en Venecia, donde sigue con sus prédicas, pero la enemistad de Jacob Mantino, médico del Papa, casi le resulta fatal. Salomón Moljo, acusado por un tribunal inquisitorial de judaizar, es condenado a la hoguera. También en este caso, se salva gracias a la intervención del Papa. En 1532 parte de nuevo hacia el norte de Italia, donde se encuentra con Rubeni. Entonces ambos deciden ir hasta Ratisbona y presentarse ante Carlos V para convencerlo de hacer un llamamiento a los judíos para que lo ayuden a combatir contra los turcos. Carlos V los aherroja y los lleva a Mantua, donde Salomón Moljo será juzgado y quemado en la hoguera en 1532, después de haberse negado a volver al cristianismo. Su compañero será conducido hasta España y, en 1538, correrá la misma suerte.

Para Gershom Scholem: «En el transcurso de una generación, los cuarenta años que siguieron a la expulsión de España, asistimos a una fermentación y a un despertar del mesianismo casi tan profundo como el que se producirá en vísperas de la eclosión de movimiento sabbataísta. Es fácil explicar por qué esta reacción se produce inmediatamente después de la expulsión de los judíos de España [...]. Esta fermentación provocó los movimientos de Salomón Moljo y de Rubeni, así como de varios más de los que apenas se habla, pero que no son menos interesantes [2]».

La figura de Moljo se grabará tanto y durante tanto tiempo en los espíritus, que en plena guerra, el 26 de abril de 1942, una obra titulada *Shlomo Mol'ho* será representada en el gueto de Vilna [3].

Jorge de Montemayor [1]
(Montemor o Velho, ¿1520?-Piamonte, 1561)

MONTEMAYOR, el autor de *La Diana* (la primera novela pastoril española), nace en Montemor, cerca de Coimbra; adopta el nombre de su ciudad «castellanizándolo» en Montemayor. Este aventurero y, al tiempo, curtido viajero, goza de gran predicamento en la corte de Carlos V. Maestro de música de María y Juana, las hijas del emperador, acompaña a Juana a Portugal, con el cargo de chambelán, cuando esta se desposa con el príncipe portugués don Joãn. Tras la muerte del príncipe, Jorge de Montemayor regresa a Castilla. Es entonces cuando recopila su *Cancionero* (poesías religiosas y profanas), que edita en Amberes en 1545. Sus poesías religiosas serán prohibidas por la Inquisición. Viaja a Flandes y, probablemente, también a Inglaterra en el séquito de Felipe II. Toma parte en la guerra contra los franceses y puede que también participase en la batalla de San Quintín (1557), una victoria de Felipe II que ordenará la construcción de El Escorial con este motivo. En 1559, Montemayor regresa a España. Dos años más tarde, muere en el Piamonte durante una riña provocada por un lance amoroso.

Jorge de Montemayor compuso igualmente *Los trabajos de los reyes* (1558), aunque la importancia literaria de nuestro autor reposa sobre todo en *Los siete libros de Diana*. En esta novela pastoril hay una melancolía que lleva a Américo Castro a decir: «No es una casualidad que el *converso* Jorge de Montemayor haya escrito la *Diana*, introduciendo así a las letras españolas en la lírica narrativa y en la novela pastoril. Esas gentes, en cuyas almas había demasiada amargura, escogieron arremeter ciegamente contra ese mundo que los acosaba. También es el caso de Mateo Alemán [2]».

Caro Baroja, por su parte, nos recuerda que «en pleno siglo XVI, un escritor tan lírico y vaporoso como Jorge de Montemayor fue acusado por otro poeta, de nombre Alcalá, de tener origen judío y de no comprender casi nada de la doctrina cristiana. Parece que Montemayor, a su vez, insinuó que Alcalá también era de origen judío, llamándolo Alcaná (el nombre de la calle comercial de Toledo [3], calle judía por excelencia)».

Fitzmaurice Kelly [4] también sostiene que Montemayor era judío. «Ignoramos su apellido, su abuela era una cantante hispanojudía, inclinación que heredó Montemayor; su padre era joyero, tal vez un vástago ilegítimo de la casa Payva e Pina [5]», según EJC, p. 604 a.

Lo cierto es que *La Diana*, en la que también se percibe la influencia de León Hebreo, conocerá un éxito y una difusión extraordinarias así como numerosas traducciones, al francés especialmente, desde 1578. Honoré d'Urfé (1567-1625) se inspirará en *La Diana* para componer *La Astrea* (1607-1619).

León de Módena (Judá Aryeh [1])
(Venecia, 1571-Venecia, 1648)

Mordekhay, el padre de León de Módena, es expulsado de Bolonia en 1569; se refugia en Ferrara, pero el temblor de tierra de 1570 lo obliga a huir a Venecia. Allí nace León de Módena, de quien nos ha llegado un excelente retrato de Riccardo Calimani [2]. Es un niño prodigio; educado en Ferrara, muy pronto lee el hebreo, así como el italiano y el latín. A los doce años ya traduce pasajes de *Orlando furioso*. En su autobiografía, *Hayé Yehudá* (La vida de Judá), relata que incluso recibió lecciones de música instrumental. De ahí su interés por la música y su conformidad, en 1605, al empleo de la música culta en la sinagoga de Ferrara [3].

Ya desde 1589, al sufrir su padre una serie de reveses económicos, León de Módena imparte clases particulares. En 1593 empiezan sus prédicas, que atraerán a judíos y cristianos. Su oratoria es tan rica y sus conocimientos tan vastos, que nadie se cansa de oírlo. Es el principio de una gran carrera como predicador que proseguirá a lo largo de cuarenta años. En su vida privada conocerá desgracia tras desgracia: perderá, sucesivamente, a su esposa, a sus dos hijos, a su yerno y a su nieta. Además, en 1631, en Venecia, «una epidemia de peste causa más de cinco mil muertes sobre un total de ciento cincuenta mil habitantes [4]».

«Sin duda, en un intento de ahogar sus penas, se dejó arrastrar por la pasión del juego, pasión tan detestada durante su juventud [5].» Contrae deudas y acepta los trabajos más variados para poder pagarlas. La mayoría de los epitafios de Venecia de esa época fueron compuestos por él (un recurso entre tantos otros para ganarse la vida). Incluso escribe sermones para sus colegas.

Paralelamente, se refugia en los estudios y en la producción literaria. Su autobiografía es la primera en su género en la historia de la literatura hebraica. Sus sermones serán recopilados en *Midbar Yehudá* (El desierto de Yehudá) (Venecia, 1602). En *Maguén ve-tsinnanh* (Escudo de defensa) ataca sistemáticamente los puntos de vista de Uriel da Costa * (1585-1640), pero en *Kol sakhal* (La voz del loco) defiende exactamente lo contrario de lo que había defendido en *Maguén ve-tsinnanh*. En cuanto a *Shaagat arieh* (El rugido del león), León = Arié, por lo que León de Módena es una refutación de *Kol sakhal*. El asunto se embrolla tanto que es fácil preguntarse si León de Módena no se propuso defender una cosa y la contraria [6]. A este respecto, la polémica aún está en todo su apogeo. Entre su abundante producción citemos también *Maguén va-herev* (Escudo y espada), una de las polémicas anticristianas más estructuradas y mejor argumentadas de la época.

León de Módena también se interesará por la lexicología con *Galut Yehudá*, un diccionario de hebreo-italiano (Venecia, 1612), así como por las ciencias de su época, la alquimia y la astronomía, y traducirá obras de esas disciplinas. Se le puede considerar como el precursor de los estudios sobre el judaísmo, ya que es el primero que formula una descripción de los ritos judíos, *Historia de' riti ebraici*, escrita en italiano a petición del embajador inglés en Venecia y editada en francés en 1674 [7]; además, será traducida a numerosas lenguas. «En 1674 la obra fue vertida al francés por monseñor Bossuet, obispo de Meaux, por el señor de Simonville, antiguo sacerdote, que escondía bajo ese nombre falso la personalidad de Richard Simon, padre de la crítica bíblica [8] [...].»

Dicho libro también nos interesa por todo lo que aporta sobre la vida de los judíos de Venecia, que era por entonces la encrucijada de todos los judaísmos en una Europa convulsa.

«Entre las naciones judías, la forma de las oraciones es muy diferente [...]. Los alemanes cantan más alto que los otros [de ahí el nombre que, en Estambul, se le da aun hoy en día a su sinagoga, El *kal de los lokos*, la sinagoga de los locos. Los levantinos, y de alguna forma también los españoles, cuya manera de cantar recuerda un poco a la de los turcos. Los italianos cantan pausadamente y a su aire [9].»

Redactará su testamento en 1648, dos meses antes de su muerte, que sobrevino en marzo, dando instrucciones sobre la ceremonia de su entierro, pidiendo especialmente que se interpretase *Aquel que mora en el misterio del Señor*, que es, según dice, «una composición de mi sobrino Isacco Levi [...]».

Así era este hombre de tantas facetas e interesado por todo. Un hombre de su tiempo.

Fernando (más tarde Isaac) Cardoso [1]
(Transcoso, hacia 1603-Verona, 1680)

En su admirable libro *De la corte de España al gueto italiano*, Yosef Hayim Yerushalmi ha demostrado definitivamente que Fernando *alias* Isaac Cardoso no nació en Celorico, sino en Trancoso, en Portugal, a treinta kilómetros de la frontera española y en una familia marrana. Hacia 1610, la familia se instala en Castilla. Por entonces era muy joven, pues «sus escritos revelan una cultura casi exclusivamente hispánica y su lengua está expurgada de cualquier giro portugués [2]». «Fue al principio del reinado de Felipe III (1598-1621) cuando las esperanzas de los nuevos cristianos portugueses, relativas a una mejoría de su condición, empezaron a hacerse realidad [3] [...].» Su hermano Miguel, el futuro Abraham Cardoso, nacerá en Medina del Rioseco en 1627. Fernando-Isaac Cardoso estudiará en la Universidad de Salamanca. En 1524 es nombrado para la cátedra de filosofía de Valladolid, y, más tarde, doctor en medicina.

Entre 1627 y 1630 abandona Valladolid para vivir en Madrid, donde goza de la protección de grandes señores. Es verdad que la vida le sonríe, pero a su alrededor se suceden arrestos, procesos y autos de fe, en especial el de 1632, que empiezan a preocuparle. Son sucesos que recordará durante toda su vida. Por entonces publica su *Discurso sobre el monte Vesuvio*. En 1634 comparece ante un tribunal investigador de la Inquisición. A pesar de sus preocupaciones, prosigue con sus trabajos científicos y literarios: 1635, *Oración fúnebre en la muerte de Lope de Vega*, al que admira a pesar de su antisemitismo declarado. «Este hecho basta para reflejar la complejidad de las relaciones personales que Cardoso cultivaba en Madrid. El dualismo inherente a la vida de los nuevos cristianos aparece con claridad. [En esta *Oración*] Cardoso logra apreciar solamente los aspectos geniales del gran artista ignorando todo lo demás [4].» Pronto gozará de la protección del conde-duque de Olivares, ministro de Felipe IV; aparecen entonces *Utilidades del agua y de la nieve*, 1637, que le dedica al valido, y *De febre syncopali*. En 1640 es nombrado médico del rey; solo tiene treinta y seis años. En 1643, el conde-duque es apartado del poder y se redobla la represión inquisitorial. En 1648, Cardoso debe huir de España con su hermano. Escoge establecerse en Venecia, donde los dos vuelven al judaísmo y, respectivamente, adoptan los nombres de Isaac y de Abraham. En 1652, Isaac Cardoso se instala en Verona y allí ejerce la medicina. En 1673 aparece en Venecia su *Philosophia libera*, dedicada al dogo y al Senado de Venecia, «la primera obra importante de filosofía general escrita y publicada por un judío practicante en una lengua profana y destinada, desde el primer momento, a llegar a un amplio público europeo [5]».

En 1666, con el apogeo del sabbataísmo, estalla un conflicto entre los dos hermanos: Abraham defiende el movimiento de Sabbataí Tseví *, Isaac se opone a él. En 1668 se produce la ruptura definitiva.

En 1679 aparece en Amsterdam *Las excelencias de los hebreos*, de Isaac Cardoso, «apología del judaísmo y de los judíos ante las naciones y [...] en último término justificación de su propia vida y de las decisiones que tomó [6]». La dedicatoria *Al muy Noble y Magnifico Señor Iahacob de Pinto* está fechada en *Verona 17 Março de 5438* y firmada por *El Doctor Yshac Cardoso*. Morirá en Amsterdam en 1680.

«[...] la obra de Cardoso puede reivindicarse hoy en día. No la leemos simplemente como un texto apologético, sino como la respuesta de un gran espíritu judío a un odio jamás sofocado [7].»

La obra está repleta de citas bíblicas extraídas de la Biblia de Ferrara o de sus reediciones. Este es un hecho que no se ha resaltado lo suficiente y que debería animar a los investigadores a estudiar sistemáticamente las citas bíblicas españolas de los autores marranos [8].

Amadeo Modigliani
(Liorno, 1884-París, 1920)

«TU POBRE PADRE, decían ellas. Mi abuela con ternura y pesar. Mi tía y madre adoptiva, con un tono cargado de sobrentendidos.» Es la primera frase del libro de Jeanne Modigliani sobre Modigliani [1], su padre, al que nunca conoció. En este libro intenta refutar la mitología creada alrededor de su padre, en especial por el poeta André Salmon. También cuestiona las afirmaciones de su tía, hermana del pintor: «En sus anécdotas, todo apuntaba en la misma dirección: así son los genios, un poco tontos, egoístas e insoportables [2]».

Modigliani tuvo a veces la oportunidad de intervenir en persona en el diario de su madre donde figura la historia de la familia a partir de 1793. Jeanne Modigliani lo utilizará (información de Clarisa Nicoïdski).

Tanto la familia paterna como la materna de Modigliani están instalados en Liorno, donde Amadeo nacerá el 12 de julio de 1884. El bisabuelo, Yosef Garsin, había nacido en Liorno en 1793, hijo de Salomón Garsin y de Régine Spinoza, sin ninguna relación de parentesco con el filósofo, aunque a la familia Garsin le gustaba presumir de ello. La hija de Régine aún hablaba el judeoespañol.

En el siglo XVII encontramos un Garsin en Túnez; es comentarista de los libros sagrados y fundador de una escuela talmúdica que, a finales del siglo XIX, aún existía.

En 1870, cuando Eugénie Garsin conoce a Flaminio Modigliani, tiene dieciséis años. De su unión nacerán cuatro hijos. Los Modigliani son judíos que practican una estricta observancia. En el hogar de los Garsin, quien reina es el personaje de la «madre». En el de los Modigliani, por el contrario, funciona el régimen patriarcal; los hijos adultos se dirigen a su padre en tercera persona y besan su mano como aún se hacía, cincuenta años atrás, en las familias judeoespañolas de Turquía y de otras partes. Sin embargo, será Eugénie la que educará a los hijos; su marido se ausenta a menudo, de ahí que tendrá poca influencia en los niños.

El padre de Amadeo no es el «rico banquero» del que se ha hablado. De hecho, el banco no es más que un mostrador de comisionista instalado tras la quiebra de su comercio de madera y carbón. «Los Modigliani fueron los "banqueros del Papa", suspiraban los días en que resultaba difícil llegar a fin de mes [4].»

Los primeros años de Amadeo transcurrieron en un ambiente de muchas penurias, pero un pudor desmedido impide a la familia hablar de dinero.

Amadeo paseará y conversará mucho con su abuelo Isaac, a quien llama *nonno*, un hombre muy culto pero que sufría de manía persecutoria. El niño da muestras de una seriedad muy precoz y se gana el apodo de «el filósofo [5]».

Amadeo, o *Dedo*, es un niño iracundo, sombrío. Su primer gran amigo será Umberto Mondolfi, adoptado por la familia y siete años mayor que él.

El 1895, Amadeo padece de fiebres tifoideas. Entonces empieza la leyenda que Jeanne Modiagliani se empeñará en destruir, leyenda alimentada especialmente por André Salmon que afirmaba: «La vocación artística del niño brota de repente de los abismos del inconsciente gracias a un factor contingente y patológico como el delirio febril [6]». Es verdad que se apasionó por la pintura, ¿pero puede afirmarse que ese fue el origen?

«En el liceo es muy buen alumno y hace su *minián* [de hecho su *Bar-Mitzvah*] en 1897 [7].» En 1898 sufre una recaída; Amadeo decide ser pintor, asiste a una escuela de bellas artes y al taller de Michili. Es el año de la toma de las fábricas. Emmanuel, el hermano de Amadeo, un militante socialista, es encarcelado. Influida por sus hijos, Eugénie rompe moralmente los puentes con los elementos conservadores de la familia.

En 1900, Amadeo enferma de tuberculosis. Estancias en Nápoles, Capri, Roma y Florencia. Descubrimiento del arte antiguo, egipcio, inca... En 1902 se inscribe en la *Scuola libera del nudo* de Florencia. Sigue las clases de Fattori.

En 1903 se inscribe en el Instituto de Bellas Artes de Venecia y visita la bienal. Allí descubre a Cezanne y a Van Gogh y se interesa tanto por la escultura como por la pintura.

Hasta 1906 no se instala en París, donde descubre el fauvismo, Lautrec y Picasso (periodo azul). Si bien llega a la ciudad en plan burgués, muy pronto se queda sin recursos, cambia continuamente de vivienda (se podría, tal como hace Clarisa Nicoïdski [8], narrar su vida considerando cada dirección como una nueva etapa), y lleva una vida bohemia: hachís, absenta y promiscuidad sexual. Cuando está borracho, declama poemas de Rimbaud y de Baudelaire. El 31 de diciembre de 1908 pierde el control e incluso provoca un incendio

La escuela cubista le parece demasiado cerebral, deshumanizada. Su preocupación es la línea. En 1907-1908, Amadeo conoce al doctor Alexandre, que le compra varios cuadros, *La judía* entre ellos, expuestos en el Salón de los Independientes. Cuadros y esculturas se suceden (1910, *El mendigo*, *El violonchelista*; 1911, numerosos estudios para esculturas). Dibuja sin cesar, llega a producir hasta cien dibujos al día, pero también conoce muchos periodos de desánimo. Según Max Jacob, cada vez está más amargado. Vende a precio de ganga sus telas y dibujos, o los cambia por vino y absenta.

Entre 1911 y 1914, Modigliani se dedica básicamente a la escultura. Conoce a Lipschitz y a Brancusi. Trabaja la piedra directamente y sueña con producir una serie de cariátides que llama «Columnas de ternura».

Durante una de sus estancias en Liorno, conoce a Bice Boralevi, que tiene un cuello interminable. Le hará varios retratos.

En 1912, su amigo Zarazate lo encuentra desmayado en su cuarto; se hace una colecta para que pueda volver a Liorno, donde los artistas locales le provocarán una gran decepción.

Su amistad con Chaím Soutine data de 1913. Hasta su muerte, el sefardí profesará una admiración sin límites por el asquenazí, e intentará que Zborowsky se ocupe de vender sus cuadros.

En 1914 conoce a Beatriz Hastings, una poeta inglesa. Tendrán una relación que durará dos años, periodo durante el que trabajará mucho.

El mismo año, Max Jacob le presenta a Paul Guillaume, quien, aparte de Zborowsky, es el único que le comprará sus telas. En 1916, Modigliani pinta los retratos de Lipschitz y de su mujer.

Exigirá que le paguen en el acto y, además, pedirá una botella de vino. Modigliani debe terminar sus telas en una sola sesión. Es incapaz de retomarlas con la cabeza despejada. Durante sus últimos años, las líneas se harán, a la vez, más alargadas y más redondeadas, los colores más tenues y más claros y la mancha más fina.

En 1917 conoce a Jeanne Hébuterne, quien será su última compañera. Expone en la galería Berthe Weill, pero la policía ordena la retirada de sus desnudos.

Cada vez más enfermo (de tuberculosis), en 1918 viaja a Niza gracias a su mecenas Zborowski, y allí se encuentra con Fujita y Cendrars. Pinta sobre todo niños, adolescentes y maternidades. Ese mismo año nace su hija Jeanne. Luego, en 1919, se dirige hacia Cannes, donde Renoir lo reconoce como a un «gran pintor».

De regreso en París sigue pintando febrilmente. Zborowski le organiza una exposición en Londres, pero la enfermedad gana la partida. El 24 de enero de 1920 muere en el hospital de la Caridad. Jeanne, que espera otro hijo, se arroja por la ventana. Sus padres se niegan a que su hija descanse al lado de un judío. No será hasta 1921 cuando los dos cuerpos, a petición de la familia Modigliani, serán reunidos en el Père-Lachaise.

Orgulloso de sus orígenes, Modigliani reivindicaba su judaísmo abiertamente. A menudo con violencia, sobre todo cuando estaba borracho. Una noche, en casa de Suzanne Valadon, por la que sentía una gran ternura filial, bebió, como de costumbre, desmesuradamente, y, llorando, se puso a canturrear una melopea judía, probablemente el *kaddish*.

Con Soutine, Chagall, Pascin * y Kisling, Modigliani forma parte de esa primera escuela cosmopolita que aportó savia nueva al arte francés.

Según Claude Roy, «el joven Modigliani concebía la belleza como el fruto de las más hermosas impresiones del alma, y, hasta su muerte, fue fiel a este principio [9]».

Darius Milhaud
(Aix-en-Provence, 1892-Ginebra, 1974)

NACIDO EN Aix-en-Provence, Darius Milhaud afirmará descender de una familia instalada en Francia poco después de la caída de Jerusalén.

A los siete años, Darius Milhaud estudia violín con Leo Bruguier. En 1909 entra en el conservatorio de París. Sus maestros son Berthelier (violín), Paul Dukas y Vincent d'Indy (dirección de orquesta). Ya en 1910 se interesa por la poética de Francis Jammes, que le da el libreto de *La oveja descarriada* para que Milhaud lo convierta en una ópera cómica. Jammes le presenta a Paul Claudel y le pone música a *Conocimiento del este*. Milhaud también entabla amistad con Auric, Honegger y Widor. A finales de 1916, Claudel se lo lleva a Brasil en calidad de secretario. De allí volverá con *Saudades do Brasil*, *El buey sobre el tejado* (texto de Cocteau) y *El hombre y su deseo* (texto de Claudel). En 1918, de regreso en Francia, se hace amigo de Erik Satie y de los músicos del Grupo de los Seis. Su fama no deja de crecer y produce sin descanso. También aborda la temática judía: *Poemas judíos* (1916), *La creación del mundo* (1923), *Esther de Carpentras* (1925), *Cantos populares hebraicos* (1925), *Servicio sagrado para el sábado* (1947), *El candelabro de siete brazos* (1951), *David* (1952, con Armand Lunel), en parte compuesto en Israel.

«A través de [su revista], Albert Cohen * había conocido a Darius Milhaud, pues estaba anunciado un artículo del compositor. Para Milhaud, Cohen va a escribir dos obras que, unos meses más tarde, serán representadas en París. *Himno de Sión*, dedicada a Chaím Weizmann, e *Israel está vivo*, dedicada a Victor Jacobsen, otra figura del sionismo. [...] Tanto Marc Chapiro como Darius Milhaud serán sus amigos de por vida y el escritor los frecuentará durante los últimos años de su vida [1].» Dos grandes contemporáneos, dos grandes artistas que se conocieron gracias a la *Revista judía* dirigida por Albert Cohen * (1895-1981), dos hombres del Mediterráneo: uno, otomano de Corfú; el otro, provenzal.

En 1937, Darius Milhaud se casa con Madeleine, su prima y colaboradora. Viaja mucho y da conciertos en toda Europa. En 1938, la ópera de Berlín le reserva una acogida triunfal a su *Cristóbal Colón* (texto de Claudel). También cabe destacar sus obras de carácter cívico: *Muerte de un tirano* (1932), *Introducción y marcha fúnebre para el «14 de julio»* (texto de Romain Rolland), la *Cuarta sinfonía*, *El castillo de fuego* (1954, texto de Cassou), *Pacem in Terris*, de 1963, a partir de la encíclica del papa Juan XXIII...

En 1940, al producirse la invasión alemana, se retira a Aix para luego emigrar a Estados Unidos, donde, por encargo de la orquesta de Chicago, compone una sinfonía. Es nombrado profesor del Mills College (Oakland) y, después de la guerra, comparte su tiempo entre dicho College y sus clases de composición en París. En 1965, sus obras alcanzan la cifra de 409 [2]. En 1971 recibe el Gran Premio Internacional de la Música. Ese mismo año ingresa en el Instituto de Francia. En junio de 1974 fallece en Ginebra y, como era su deseo, fue enterrado en Aix-en-Provence.

Entre sus escritos hay que señalar los siguientes: *Politonalidad y atonalidad*, 1925; *Estudio*, París, 1927; *Notas sobre Erik Satie*, Nueva York, 1946; *Notas sin música*, París, 1947; *Entrevistas de Darius Milhaud con Cl. Rostand*, París, 1952; *Correspondencia de Paul Claudel y Darius Milhaud*, París, 1961; *Mi afortunada vida*, París, 1974.

Esto decía ese otro músico y musicólogo sefardí, León Algazi (Rumania, 1890-París, 1971), en *El judaísmo sefardí*, a propósito del *Servicio sagrado para el sábado*: «Por desgracia, el ejemplo de los viejos maestros no fue seguido ni por Camille Erlanger (quien, sin embargo, dirigió los coros del templo de la calle de Tournelles), ni por Paul Dukas (por citar solo a los fallecidos), que no se interesaron por la música para el culto. Darius Milhaud es el primer compositor francés de renombre que nos da una obra religiosa judía que abarca todo un oficio, e incluso dos, puesto que las piezas adicionales para la noche del viernes van unidas a la liturgia del sábado por la mañana. Además, es una obra comparable a las célebres partituras de la literatura musical cristiana [3]».

Albert Cohen (Corfú, agosto 1895- Ginebra, 17 de octubre de 1981)

INSÓLITO ITINERARIO el de Albert Abraham Coen (la H no existe en griego), transformado en Cohen en 1919. Al igual que Elías Canetti *, nace súbdito otomano; al igual que él, emigrará muy joven.

Hacia 1840, Jacob Israel (1797-1882), el bisabuelo de Albert Cohen, funda su fábrica de jabones en Corfú; fábrica que, hasta finales del siglo, «pasará por ser la única de toda Grecia, y en la familia de Albert Cohen afirman que sus ventas se extendían hasta Estambul y Alejandría [1]». El abuelo de Albert Cohen, Abraham Coen, es súbdito otomano, originario de Janina, región que perteneció a Turquía hasta 1920. Emigra a Corfú con su hermano Moisés; allí, los dos se casan con hijas de Jacob Israel.

Marco, el primogénito de Abraham Coen, nace el 15 de mayo de 1869. El 2 de octubre de 1894 se casa con Louise-Judith, la hija del notario real de Corfú, Elie Ferro. El 4 de agosto de 1895 (según el calendario juliano; el 16 según el calendario gregoriano [2]), nace en Corfú Abraham (el nombre de su abuelo) Albert Cohen. La época es particularmente convulsa. En efecto, en 1891 se produjo en la isla el pogromo del que Albert Cohen hablará a menudo, pogromo desencadenado por una acusación de asesinato ritual. Solo la intervención de la flota inglesa, anclada en Malta, pondrá fin a los crímenes y a los saqueos. De ahí que Mangeclous clamará su eterna gratitud por Inglaterra.

La consecuencia del pogromo será una oleada de emigraciones hacia Alejandría, Trieste, Francia o América. De los cinco mil judíos que vivían en Corfú a finales del siglo XIX, en 1940 solo quedarán dos mil, y, de ellos, mil setecientos desaparecerán en los campos de exterminio nazis, destino que siempre obsesionará a Albert Cohen. Hoy en día, en el Corfú de los turistas, no quedan más de un centenar de judíos.

En 1900, Albert Cohen desembarca con sus padres en Marsella. Tiene cinco años y descubre un mundo nuevo que examinará sin cesar. Marco se especializa en la venta de huevos al por mayor. La madre lo ayuda en la penosa tarea de seleccionarlos. Casi no puede ocuparse de su hijo, al que sin embargo adora, y que conocerá una gran soledad propicia para la ensoñación, la lectura y... la escritura. La severidad oriental de su padre lo marcará profundamente y se reflejará en su obra. No obstante, Albert Cohen le dedicará su segunda novela *Mangeclous* (1938).

Asiste a la escuela primaria, una escuela de monjas donde es un alumno brillante, admirado y adulado. En 1904 entra en el liceo de Thiers.

El 16 de agosto de 1905 («el día que cumplí diez años [3]»), durante un paseo, se acerca a un vendedor ambulante que está elogiando las virtudes de un quitamanchas. El pequeño Albert admira su facundia, quiere comprarle tres barras para su madre, el vendedor lo abofetea diciéndole «¡Sucio judío!»: «Me acerqué ofreciendo las rosas de mi corazón y me arrojaron a la cara, a mi cara de niño confiado e ingenuo, un montón de inmundicias [4]».

En Francia todavía se vive en el baño de odio del caso Dreyfus. Los emigrados de Corfú habían abandonado su isla para huir del antisemitismo y de nuevo se topan con él en la Francia de la Declaración de los Derechos del Hombre. Sin embargo, Albert Cohen siempre permanecerá fiel a esta y lo demostrará con sus actividades en los organismos internacionales.

El drama lo marcará para siempre. Afortunadamente están los amigos y, entre ellos, su compañero de clase Marcel Pagnol, que lo apoyará hasta el fin de sus días (18 de abril de 1974). Albert Cohen evocará detalladamente esta amistad en sus *Carnets 1978* [5].

A los trece años vuelve a su isla para la ceremonia de su *Bar-Mitzvah*. A lo largo de toda su vida recordará tanto la personalidad de su abuelo paterno, un auténtico patriarca, como la belleza de la ciudad y de los paisajes marinos. Sería imposible citar todos los pasajes de su obra donde se refiere al tema [2].

En los años 1910-1911, Albert Cohen conoce a una joven cantante que se convierte en su primera amante. En octubre de 1913 aprueba el bachillerato con un notable. Poco después debe viajar hasta Divonne-les-Bains para una cura. Durante toda su vida tendrá una salud muy frágil y padecerá de un sinfín de alergias. En

1914, con diecinueve años, llega a Ginebra. En octubre se inscribe en la facultad de Derecho, donde prosigue sus estudios hasta 1917. De Paul Moriaud, decano de la facultad, conservará un recuerdo imborrable. Sin embargo, le dedica más tiempo a vivir que a estudiar. Conoce a Adrienne de Fornszec, una condesa húngara con la que, a menudo, hace escapadas lejos de la ciudad.

En ese año se produce su primer compromiso con el sionismo tras su encuentro con André Spire, que representará a la Organización sionista ante el Congreso de Versalles.

En noviembre de 1917, después de licenciarse en Derecho, se inscribe en la facultad de Letras. En 1918 conoce a Elisabeth-Caroline Brocher, hija de un pastor, que en noviembre de 1919 se convertirá en su esposa. En octubre le conceden la nacionalidad suiza. En diciembre puede prestar el juramento profesional como abogado. En 1920 queda exento del servicio militar a causa de su asma. Con la esperanza de encontrar un buen empleo, Albert Cohen, sin su mujer, abandona Suiza para establecerse en Egipto, donde su primo Battino le ha ofrecido una pasantía, pero lo embauca y se niega a pagarle. Una contrariedad que, sin embargo, se ve atenuada por el descubrimiento de Proust en una librería.

En enero de 1921 aparece, en Ginebra y en París, su libro de poemas, *Palabras judías*, muy bien recibido por la crítica. En Marsella, el 21 de enero, en casa de sus suegros, Elisabeth da a luz a una niña, Myriam Judith. En julio, Albert Cohen prueba suerte en un banco de El Cairo. Pero en octubre se le detecta un principio de tuberculosis y parte hacia Europa. En el barco conoce a Chaím Weizmann, quien ha leído *Palabras judías*. Simpatizan. En octubre de 1922, la *Nouvelle Revue française* publica «Proyecciones o Tras la medianoche en Ginebra». Jean-Richard Bloch, que con Romain Rolland acaba de fundar la revista *Europa*, expresa su admiración. Jacques Rivière entra en contacto con Albert Cohen para ofrecerle un contrato. En marzo de 1923 aparece en la *Revue de Genève* una crónica titulada: «Israel - El judío y los novelistas franceses». En junio publica en la *Nouvelle Revue française* «La Muerte de Charlot».

El 13 de marzo de 1924, Elisabeth muere en Ginebra a la edad de veintinueve años.

En 1925, Albert Cohen inicia una relación con Yvonne Madeleine Ruth Imer, antigua amiga de su mujer. Para ella escribe su primera novela, *Solal,* que aparecerá en Gallimard en 1930.

A petición de Chaím Weizmann, Albert Cohen asume la dirección de *La Revue juive*. Albert Einstein y Sigmund Freud forman parte del consejo de redacción. En el sumario del primer número (15 de enero de 1925) figuran textos de Albert Einstein, Pierre Benoît, André Spire, Albert Cohen y Max Jacob. Más adelante, Albert Cohen y Max Jacob mantendrán una notable correspondencia.

Albert Cohen conoce a Vladimir Rabinovitch, también llamado Rabi. Hasta el fallecimiento de este último, en abril de 1981, los unirá una profunda amistad.

El 15 de mayo de 1925, en el tercer número de *La Revue juive*, Albert Cohen publica «Cántico de Sión»; en julio, en el cuarto número, «La Farsa judía (fragmentos)»; en septiembre, quinto número, «Amado Oriente». Ese mismo mes, Albert Cohen deja París y vuelve a Ginebra. Dificultades administrativas ponen fin a la aparición de la revista. El sexto y último número aparece en septiembre.

En 1926, gracias a Jacques Rivière, Albert Cohen es contratado por la División diplomática del Bureau Internacional del Trabajo (BIT), en Ginebra. Así se convierte no en un diplomático pero sí, de manera muy intermitente, en un funcionario internacional. Cada vez que sienta la necesidad de poder consagrarse a la escritura, solicitará una baja. Ese mismo año conoce a Darius Milhaud *. Juntos componen el *Himno de Sión*, dedicado a Chaím Weizmann, e *Israel está vivo*, dedicado a Victor Jacobson.

En 1927 pide una baja para escribir *Ezequiel*, una obra de teatro en un acto que le entrega a Louis Jouvet. El actor opina que «está muy lograda». En 1928, Albert Cohen vuelve a su puesto en el BIT.

El original de *Solal* aún no está terminado del todo. Albert Cohen despliega una intensa actividad literaria, escribe numerosos textos que destruirá tras la muerte en Ginebra, en junio de 1929, de Yvonne Imer a consecuencia de una crisis cardiaca. Max Jacob, al recibir el manuscrito de *Visiones*, le escribe entusiasmado. También este texto, desgraciadamente, fue destruido.

En junio de 1930, Albert Cohen obtiene una licencia especial y, en agosto, publica *Solal.* En noviembre, en *Palestine-Nouvelle Revue juive,* aparece *Ezequiel.* La obra gana el premio del concurso de textos en un acto.

El 2 de febrero de 1931, Albert Cohen se casa, en segundas nupcias, con Marianne Goss. El 1 de abril tiene lugar, en el teatro Odeón, una única representación de *Ezequiel.* En otoño, Myriam, la hija del primer matrimonio de Albert Cohen, se va a vivir con ellos. A finales de año, Albert renuncia definitivamente a su puesto en el BIT y se dedica por entero a sus trabajos.

En 1932, el escritor y su familia abandonan Suiza para instalarse en Neuilly. Aparece la traducción alemana de *Solal* que, a pesar de la ascensión del nazismo, es muy bien recibida por la crítica.

En mayo y junio de 1933, las funciones de *Ezequiel* en la Comédie-Française tienen una acogida dispar: un sector la aprueba, pero hay otro, en el que están incluidos los judíos ortodoxos, que la acusan de antisemitismo. Albert Cohen se alejará definitivamente del teatro.

Ese mismo año aparece la edición inglesa de *Solal*, *Solal of the Solals*.

El 15 de septiembre de 1935, Albert Cohen retoma la saga de los *Solal* dictándole el texto a una amiga ginebrina de la familia, amiga que ayudará al autor hasta 1939 y vivirá en su casa durante todo este periodo. Durante una estancia en Pro-d'Aulph, Albert Cohen conoce al doctor León Boissonnas, que aparecerá en *Bella del Señor.* En noviembre, toda la familia abandona Pro-d'Aulph y se instala en París, donde Albert Cohen trabaja sin descanso.

A comienzos de 1938, presionado por Gaston Gallimard, Albert Cohen selecciona tres mil páginas de su texto, la parte correspondiente a los Valerosos, y da forma a la novela *Mangeclous*, redactada a toda velocidad y, autor *dixit*, «para hacer reír a Myriam». Terminada de imprimir el 27 de julio, está dedicada al padre de Albert Cohen. Las críticas son entusiastas.

En los pocos momentos en que interrumpe su trabajo, Albert Cohen visita a amigos como Marcel Pagnol o el escultor Constant, que escribe con el seudónimo de Michel Matveev.

A principios de 1939, Albert Cohen es comisionado por Chaím Weizmann y nombrado consejero en el Departamento político de la Agencia Judía en París. Suyo fue el proyecto de crear una legión judía en Francia, proyecto que defenderá con perseverancia ante numerosos políticos franceses.

Durante una breve estancia en Pro-d'Aulph le llega la noticia de la declaración de guerra.

En 1940, mientras el ejército alemán avanza, abandona París con su mujer y su hija para dirigirse hacia Burdeos. Allí se embarca rumbo a Londres, donde la Agencia judía para Palestina le encarga una misión de enlace ante los distintos gobiernos en el exilio que se hallan en Londres. El 9 de agosto, Albert Cohen se entrevista con el general De Gaulle.

En 1941 empieza a escribir para la revista mensual *La France libre*, dirigida por André Labarthe y de la que Raymond Aron era el redactor jefe. Además, Albert Cohen conoce a Gombault y a su hijo Charles, que colaboran en el periódico *France*; Myriam, que entonces tenía veinte años, se ofrece como correctora. El 20 de junio, *La France libre* publica «Inglaterra» de Albert Cohen.

El 15 de junio de 1942, firmado con el seudónimo de Jean Mahan (para proteger a sus padres que estaban en la Marsella ocupada), aparece en *La France libre* su artículo «Saludo a Rusia», cuya continuación aparece el 15 de julio. El 15 de septiembre será «El combate del hombre».

El 10 de enero de 1943, en Marsella, en plena caza al hombre, la madre de Albert Cohen muere a consecuencia de una crisis cardiaca. El 15 de junio empieza a publicar unos textos que, reunidos y corregidos, se convertirán, en 1954, en el inolvidable *Libro de mi madre*.

Poco antes ha conocido a Paul-Henri Spaak, ministro de Exteriores del Gobierno belga en el exilio, un amigo sincero que, en 1950, le aconsejará rechazar el cargo que le ofrecen de embajador del Estado de Israel: «[...] ¡en el mundo solo hay un Albert Cohen escritor!», le escribirá Paul-Henri Spaak.

En ese mismo año, 1943, por mediación de su hija Myriam, Albert Cohen conoce a Bella Berkovitch [2], que trabaja en el Departamento para las colonias de la Francia libre, y empieza a colaborar con el escritor. Se casarán en Ginebra el 21 de febrero de 1955.

En septiembre de 1944, Albert Cohen entra como consejero jurídico en el Comité Intergubernamental para los Refugiados. Bella lo acompaña. En adelante, el escritor firmará de nuevo con su verdadero nombre.

El 16 de julio y el 15 de agosto de 1945 aparece en *La France libre*, en dos entregas, «El día que cumplí diez años», que será retomado en 1972 en *Oh vosotros, hermanos humanos*.

En 1946, Albert Cohen y Marianne, su mujer, se separan. El 15 de octubre, el Comité Intergubernamental decide entregarle un pasaporte de treinta y dos páginas a los refugiados, «un pasaporte más lujoso que mi pasaporte suizo», «mi más hermoso libro», decía Albert Cohen.

En julio de 1947, Albert Cohen abandona definitivamente Inglaterra para establecerse en Suiza. Su hija se casa, la joven pareja se muda a París y luego parte hacia Estados Unidos.

El 1 de junio de 1948, Albert Cohen es nombrado director adjunto del departamento de protección de la Organización Internacional para los Refugiados (OIR).

Ese mismo año recobra el conjunto de sus archivos que, durante la guerra, se salvaron de la Gestapo gracias a la legación suiza de París, lo que lo animará a abandonar la OIR y a aceptar un cargo en el BIT (donde solo permanecerá hasta finales del año 1951). Decide retomar la escritura. En 1952, Marco Coen, su padre, muere en Marsella.

Entonces aparecerán, uno tras otro, *El libro de mi madre* en 1954, *Ezequiel* (versión modificada y definitiva) en 1956, *Bella del Señor* en 1968, *Los valerosos*, compuesto a partir de pasajes suprimidos en *Bella del Señor,* a petición de Gaston Gallimard, en 1969, *Oh vosotros, hermanos humanos* en 1972, *Carnets 1978* en 1979. Una obra considerable que, desde 1929, estaba madurando, y que le supondrá premios, entrevistas, mediatización desenfrenada y adulación, sobre todo porque, entre 1961 y 1964, Albert Cohen padece tres operaciones graves. El 7 de noviembre de 1968, el gran premio de novela de la Academia Francesa le es otorgado a *Bella del Señor*. En 1969, Corfú (donde se inaugura una calle Albert Cohen) y Jerusalén invitan al escritor para rendirle un homenaje: la enfermedad le impide viajar tan lejos. En Suiza, dos homenajes. En 1970 es nombrado oficial de la Legión de Honor. En 1972, Joseph Kessel, apasionado admirador de Albert Cohen, lo propone para el premio Nobel de Literatura. El 23 de diciembre de 1977, el programa *Apostrophes*, de Bernard Pivot, está dedicado a él. François Mitterrand expresa su deseo de que le otorguen el premio Nobel a nuestro autor, lo que acrecienta su fama entre el gran público. Pero, en 1978, Albert Cohen padece una depresión nerviosa y anorexia. El 14 de septiembre de 1979 le informan de que, en los alrededores de Jerusalén, se va a plantar un bosque que llevará su nombre. El 6 de abril de 1981 muere su amigo Rabi. El 4 de octubre, Albert Cohen se cae en su apartamento. Expirará el 17 de octubre. El 19 de octubre de 1981 será enterrado en el cementerio israelita de Veyrier, cerca de Ginebra. «Su tumba está situada exactamente en la frontera franco-suiza[6]».

Así fue el itinerario de este «valeroso» de la pluma que provocará tantas interpretaciones y mil y un estudios, tanto dentro como fuera de la universidad[7].

Los autores sefardíes se interrogarán sobre su caso. Albert Memmi llegará a decir «conocí muy bien a Mangeclous», título[8] de un artículo en el que, entre otras cosas, afirma: «[...] pues Solal también somos nosotros, muchachos de Túnez, Argel, Casablanca, El Cairo o Cefalonia[9], tan atados a nuestras múltiples raíces que debemos huir hasta el Gran Norte, quiero decir, París, Nueva York o Montreal [de alguna manera, la constelación de los sefardíes] para demostrarnos a nosotros mismos que sabemos vivir sin sol y sin nuestras comunidades, incluso si durante toda nuestra vida suspiramos al recordar el café a la sombra después de la siesta y las charlas a la luz de la luna sentados a horcajadas sobre sillas de madera. En cuanto a *Bella del Señor*, es la imposibilidad de vivir un amor en solitario, incluso si se está locamente enamorado; los Primos están ahí para recordarlo, no solo para ser un contrapunto cómico, sino para oponer dependencia contra dependencia, la del grupo a la de la pasión, y esta se descompone, se pulveriza ante la solidez indefectible de los vínculos comunitarios...».

Primo Levi
(Turín, 1919-Turín, 1987)

PRIMO LEVI nace en una familia con un lejano origen español. Lo relata con ternura y humor en *El sistema periódico* [1], donde también señala que su familia no era practicante. Por otra parte, este químico, licenciado en 1941, detenido en 1943 después de la caída de Mussolini y deportado a Auschwitz en 1944, no puede creer en la Providencia: «Creo que, hoy en día, el solo hecho de que haya podido existir un Auschwitz, debería vedar a cualquiera la pronunciación de la palabra Providencia [2]. Sin embargo, eso no le impide buscar sus raíces y luchar contra el olvido. En 1947, dirigiéndose a sus lectores, reproduce en el prefacio de *Si esto es un hombre* los acentos del *Semá:*

> Vosotros que vivís con tanto sosiego
> Al calor de vuestro hogar
> [...] No olvidéis que aquello ocurrió,
> No, no lo olvidéis:
> Grabad estas palabras en vuestro corazón.
> Pensad en ello en casa, en la calle,
> Al acostaros, al levantaros.
> Repetídselo a vuestros hijos.
> O que vuestra casa se derrumbe,
> Que la enfermedad os abrume,
> Que vuestros hijos se alejen de vosotros [4].

Primo Levi nunca podrá olvidar la deportación. Según él, ese periodo fue «una gigantesca experiencia biológica y social [5]». Una experiencia que analizará como científico, con el escalpelo de su permanente curiosidad intelectual, en una serie de libros sobre el universo de los campos de concentración. Un análisis escrupuloso para comprender mejor el sistema nazi y el comportamiento que provoca en los deportados, en ese universo donde el hombre se convierte en un lobo para el hombre. Desde el prefacio de su primer libro, *Si esto es un hombre*, afirma « [...] mi libro [...] no lo he escrito con el fin de lanzar nuevos cargos de acusación, sino más bien para proporcionar un documento para un estudio desapasionado de algunos aspectos del alma humana [6]». Sí, intentar comprender, en la escritura, pues comprender «allí, en el momento, era un esfuerzo inútil [...]; un desperdicio de energía que era más útil invertir en la lucha cotidiana contra el cansancio y el frío [7]».

Este mensaje tiene una dimensión universal, la de la inteligencia que se debate contra los intentos de destruir la dignidad humana. Sin embargo, para poner fin a sus días tan brutalmente, ¿no habrá conocido un momento de desesperanza ante tantos padecimientos siempre repetidos, siempre renovados?

Conclusión

Homenaje al doctor don Ángel Pulido y Fernández (29 de febrero de 1852-4 de diciembre de 1932)

Es sorprendente que ni en la *Enciclopedia Judaica* ni en la *Enciclopedia Judaica Castellana* haya un artículo consagrado a este justo que dedicó su vida a la defensa de los judeoespañoles. ¡Qué ingratitud! ¿Acaso es fruto de la ignorancia? ¿Es voluntaria? No lo sabemos. Pero por eso queremos cerrar esta galería de figuras con la suya. Merece nuestra admiración y, al menos, un bosquecillo es Israel.

En 1964, durante su intervención en Madrid en el Primer Simposio de estudios sefardíes [1], Ángel Pulido Martín recuerda cómo su padre, el doctor Ángel Pulido, descubrió la existencia de los judeoespañoles y empezó su cruzada en favor de estos *españoles sin patria*, expresión que se convertirá en el título de uno de sus libros [2]: «Durante el verano del año 1903, mis padres vinieron a visitarme a Viena acompañados por mi hermana Helena. Una vez allí, decidieron que emprendiésemos un viaje por Europa oriental: Budapest, Belgrado, Bucarest, Constantinopla... Fue en el transcurso de ese viaje, y sobre la cubierta de un barco en la ruta de Budapest a Serbia, que empezó su cruzada en favor de los sefardíes.

»Mi hermana tenía entonces doce años. Durante uno de sus paseos por la cubierta del barco descubrió a una pareja de ancianos; le pareció oír que hablaban en un castellano un poco extraño para ella, en un lugar donde no creía poder oír su lengua. Volvió y nos contó el suceso. En el acto supuse que eran sefardíes [Ángel Pulido Martín conocía a la colonia sefardí instalada en Viena desde el siglo XVIII] y me dirigí hacia el lugar señalado por mi hermana. Y, en efecto, se expresaban en un castellano del siglo XV. Volví junto a mi padre y le dije: "Para que te convenzas de la realidad de todo lo que escribí en aquella carta de *El Siglo* [3], acércate y entabla una conversación con esas personas".

»Mi padre lo hizo y, al escucharlos, su sorpresa y su alegría fueron tales que en ese instante experimentó una conmoción que cambiaría todo el curso de su vida. Durante un buen rato habló con una de las dos personas, que resultó ser el profesor Bejarano, de la escuela sefardí de Bucarest».

Era, en efecto, el rabino Haím Bejarano, futuro Gran Rabino de Estambul y gran amante de nuestra lengua judeoespañola [4].

Enseguida, el médico y senador Ángel Pulido, a pesar de sus actividades profesionales, políticas y sociales, que son muchas y dignas del humanista que es [5], emprenderá una campaña para alertar a la opinión pública de su país sobre la existencia de estos *dejados de lado* por España.

Artículos, conferencias y viajes (a París, Marruecos, Italia...) se suceden. Dedica lo mejor de su tiempo a la causa sefardí y encuentra un sostén entusiasta en personalidades como Unamuno, Cansinos-Assens, Menéndez Pidal, Maura, Romano... Tánger termina siendo su segunda residencia. Allí encontrará fervorosos colaboradores como Rahma Toledano, Pinhas Asayag y otros muchos miembros de la colonia sefardí de Marruecos.

Es verdad que ve en estas comunidades otras tantas salidas para una España en crisis desde la pérdida de Cuba (1898), la de la famosa generación intelectual del Noventa y Ocho, pero no es menos cierto que sus libros, en especial los consagrados a los judeoespañoles, serán como un aldabonazo para las, por entonces, aletargadas masas sefardíes.

Su libro, *Españoles sin patria* [2], es un monumento que merecería ser reeditado y ser objeto de nuevas investigaciones sobre el devenir de todos sus correspondientes del mundo judeoespañol. Sería una importante contribución a la historia de los judeo-españoles y un justo homenaje rendido a este generoso humanista, quien, a costa de tantos esfuerzos, reunió tantos documentos.

El enorme trabajo de Ángel Pulido y sus incesantes gestiones conducirán al decreto de Primo de Rivera (1924) por el que se otorga a los sefardíes la nacionalidad española —por intermedio de los consulados en los países donde residen— si la solicitud se realiza en un plazo de seis años. Serán muchos los que formulen la solicitud, y muchos también los que, gracias a este decreto, podrán refugiarse en España durante la Segunda Guerra Mundial.

Ángel Pulido y Fernández es asimismo un médico concienzudo que «practica la medicina como una religión» y creará un gran número de asociaciones diversas para acudir en ayuda de los ciegos, de los niños... «Tolerancia, justicia y humanismo», esa será su divisa, siempre al servicio de la ciencia y del progreso. Podemos seguir con interés los pormenores de su carrera en los trabajos de Martine Lemoine [5].

La Shoah

EN 1940, Italia atacaba a **Grecia**. Ocho mil judíos de Salónica lucharon en el ejército griego, setecientos perdieron la vida, otros muchos quedaron inválidos. Para los supervivientes se preparaba la «solución final».

En abril de 1941, las tropas alemanas invadieron el norte de Grecia. Como en todos los países ocupados, la trampa se cerró muy rápido. Inscripción en el registro de judíos, obligación de llevar la estrella amarilla, confiscación de los bienes y de las cuentas bancarias, expulsión de los judíos de los lugares públicos, concentración en barrios determinados, y luego, deportación masiva hacia Auschwitz-Birkenau. La maquinaria infernal se detuvo a finales de 1943 y, a excepción de los que habían podido escapar a la caza del hombre, por estar en la Resistencia o protegidos por los italianos y los españoles, toda la población fue aniquilada en los campos de exterminio nazi. Murieron más de 60.000 judíos griegos.

En toda Grecia, hoy en día, solo la ciudad de Rodas tiene una plaza dedicada a los Mártires Judíos. En Salónica, donde hay una comunidad muy activa de un millar de personas, el judeoespañol ya no se habla. Ni un monumento en memoria de los 45.000 judíos de Salónica deportados y, en la guía turística de la ciudad, ni una palabra sobre los 56.500 judíos que allí vivían en 1940. Un olvido voluntario, igual que el de las víctimas de Vilna. Es verdad que en la actualidad existe el Jewish Museum of Greece, no en Salónica sino en Atenas; no con fondos del Estado, sino con fondos privados y el apoyo de todos los sefardíes del mundo. Este museo edita regularmente un boletín, *Newsletter*.

El venerable Yosef Nehama (1881-1971), al que la *Enciclopedia Judaica* no le dedica ni siquiera una línea, volvió de Bergen-Belsen con sesenta y cinco años, volvió a una Salónica vaciada de sus *djudyos*. Tenazmente, Nehama consagró sus últimos años a fijar la lengua de los desaparecidos en su *Diccionario del judeoespañol* [1], algo maltratado por los editores que ignoraban tanto el francés como el judeoespañol. Aun así, es el único documento lexicológico importante [2].

Yugoslavia fue ocupada por los ejércitos del Eje en abril de 1941: alemanes, húngaros, italianos y búlgaros. Solo los judíos que se hallaban en la zona italiana pudieron escapar a las masacres y a la deportación. En Macedonia, entre 150 y 200 judeoespañoles fueron reconocidos como españoles por las autoridades consulares; otros 2.000 se unieron a los partisanos. Hacia finales de 1944, había 14.000 supervivientes, de los cuales, alrededor de 8.000, recibieron la autorización para emigrar a Israel. En 1951, había 3.500 judeoespañoles y 3.500 asquenazíes. Más de 55.000 judíos yugoslavos habían muerto. Desde el regreso de los supervivientes, la comunidad se las arregla como mejor puede, pero sigue editando su revista mensual, *Jevrejski Pregled*, y preservando los vestigios de la presencia judía en aquellas provincias, así como el judeoespañol en los departamentos de lenguas romances de las universidades.

En 1924, **Rumania** contaba con una población de 920.000 judíos, que pasó a 850.000 en 1939 por culpa de una desenfrenada propaganda nazi. En 1950, solo eran 350.000, de los cuales 5.000 eran judeoespañoles. Entre estos, algunos centenares se beneficiaron de la protección de las autoridades consulares españolas presentes por aquel entonces. Al menos 15.000 judeoespañoles habían perecido. Las puertas del país se abrieron en 1962-1963 para los judíos que deseaban marcharse a Israel, con la condición, claro está, de que abandonasen sus bienes.

Bulgaria, aliada de la Alemania nazi, siguió los pasos de esta en materia de legislación antisemita. Los judíos de las regiones ocupadas por los búlgaros, sobre todo Kavalla y otras ciudades de Tracia, fueron deportados por los alemanes, pero una protesta a nivel nacional se elevó contra la deportación de los judíos búlgaros, que ya habían sido desposeídos de sus bienes, expulsados de las grandes ciudades y sometidos a trabajos forzados. Así se explica su presteza, después de su liberación en 1944, por emigrar hacia Palestina e Israel. Aunque ninguno murió, se habían salvado por poco y recordaban los malos tratos sufridos. En cuanto se abrió la frontera hacia Palestina, 45.000 de los 50.000

judíos de Bulgaria emigraron rumbo a Israel donde se concentran en Tel Aviv y en Bat Yam, ciudad de *La Luz de Israel*, el último periódico judeoespañol que existe. Los 5.000 judíos que permanecieron en Bulgaria organizaron su comunidad según las reglas del país y pudieron editar una revista anual *Godichnik*, con una versión en inglés, *Annual*, dedicada al judaísmo búlgaro y que contiene una crónica del judeoespañol escrita por Isaac Moscona [3] hasta su fallecimiento a finales de 1985.

Aunque **Turquía** permaneció ajena al conflicto, las simpatías pronazis se expresaron abiertamente en la prensa de entonces. Se alentaba la política de eliminación de las minorías y, en 1942-1943, con motivo de un impuesto excepcional sobre los bienes (*varlik vergisi*), apareció a cara descubierta: los M (musulmanes) tuvieron que pagar el 5 %; los D (dönme, descendientes de los partidarios de Sabbataí Tseví * convertidos al islam), el 10 %; pero los G (no musulmanes), y aún más los judíos (como se ve, nos encontramos ante la jerarquía establecida por los teóricos del nazismo), tuvieron que pagar cantidades desproporcionadas para sus posibilidades. Muchos mercaderes se arruinaron vendiendo todo lo que poseían. Los pequeños comerciantes que no pudieron pagar fueron enviados a trabajos forzados en los confines de Erzerum. Estremece pensar en lo que habría sucedido si el curso de la guerra no llega a girar a favor de los aliados. Eso fue, precisamente, lo que intuyeron a tiempo los responsables políticos de la época que, a finales de 1943 y a principios de 1944, liberaron a los deportados, suprimieron el impuesto en cuestión y moderaron a la prensa pronazi que hablaba de los «¡Turcos solo de nombre!, los enemigos del pueblo». Y a pesar de todo, un convoy de judíos turcos de Bélgica fue deportado en diciembre de 1943 sin que las autoridades consulares turcas intervinieran en lo más mínimo.

En los otros países de Europa

A estas víctimas de la Shoah, hay que añadir los judeoespañoles emigrados a Europa y sorprendidos por la ocupación nazi.

En Francia, antes de la última guerra, había 60.000 (cifra dada por Michael Molho en *In Memoriam* [4]), 3.000 en Bélgica, 2.000 en Holanda, 5.000 en Alemania y 15.000 en Austria. En 1950, estas cantidades se habían reducido a 20.000, 500, 7.000, 1.000 y 200 [5], respectivamente. A falta de estudios demográficos serios debido a la extrema movilidad de estas poblaciones, y a menudo también a su clasificación como judíos o sefardíes indistintamente, estas cantidades son simplemente estimativas. Las primeras cifras facilitadas por Alemania y Austria son anteriores a las migraciones provocadas por las persecuciones nazis en cada uno de estos países (ver el caso de Elías Canetti * en Viena). Tomando en cuenta estas observaciones, puede afirmarse que en Europa occidental murieron 60.000 judeoespañoles. Y habría que sumar también los judíos italianos deportados, como Primo Levi * (8.360, de los cuales 7.749 sobrevivieron[6]), o que fueron asesinados *in situ* tras la caída de Mussolini.

Así, en vísperas de la Segunda Guerra Mundial, en Europa y Asia Menor había 375.000 judeoespañoles. Al terminar la guerra, solo quedaban alrededor de 200.000.

En Francia, basta con examinar las listas de deportados fijadas por *Les Cahiers Sefardis* [7], de noviembre 1946 a octubre 1949, así como *Le Memorial de la déportation des Juifs de France* [8] de Serge Klarsfeld, para encontrar esos «nombres que cantan, encantan y hacen llorar [9]», esos nombres que surgen del olvido, arrancados a la *Nacht und Nebel*, a la noche y a la niebla [10] que debían, según las SS, borrar cualquier memoria: Abastado, Alcalay, Almosnino, Ángel, Arama, Abinoun, Arditti... Barnatán, Behar, Béart, Beja, Benarroya, Benichou, Benoliel, Benozio, Benveniste, Bueno... Cabili, Carvallo, Confino, Conforte, Córdova, Covo... Danone de Toledo... Eskenazi, Estrugo... Flores, Franco, Fresco... Galante, Gattegno... Habib, Haleva... Misrahi, Modiano, Motola... Nahoum, Navarro... Ouziel, Ovadia... Pardo, Peres... Romano, Rozanes... Saporta, Saragossi, Sevilla, Sephiha, Souroujon, Suares... Tchiprout, Tiano, Tordjman... Ventoura, Yerouchalmi... Y todo el abanico geográfico de los lugares de nacimiento de estos: Argel, Andrinópolis, Atenas, Belgrado, Brusa, Bucarest, Constantinopla-Estambul, Corfú, Alejandría, Janina,

Jerusalén, Karnobat, Larissa, Lisboa, Liorno, Magnesia, Monastir, Orán, Rodas, Rostock, Salónica, Sarajevo, Scutari, Sidi Bel Abbés, Esmirna, Sofía, Tánger, Tetuán, Túnez, Varna, Viena, Volo...

Los sefardíes en la posguerra

LAS GRANDES MUTACIONES en el mundo sefardí durante la posguerra se producen, básicamente, en la cuenca mediterránea. A mediados del siglo XX, los judíos del norte de África están divididos en dos grupos: los urbanos, a veces culturalmente muy asimilados, y los que aún viven relativamente aislados en los pueblos del interior. Son estos últimos, sobre todo en Marruecos, los que, a partir de 1948, emigran a Israel instigados por el movimiento sionista. El sionismo llegó a África del Norte mucho antes, desde el primer congreso sionista, y los judíos norteafricanos también forman parte de las *aliyot* (inmigraciones) presionistas del siglo XIX. Pero después de 1948, las llegadas masivas a Israel calan profundamente entre los que no están influidos por el movimiento sionista.

En África del Norte la situación se deteriora después de cada victoria israelí; 1967 es un momento crucial: el número de judíos en todos los países disminuye con regularidad y, virtualmente, no queda ningún judío en Libia, donde son presa de un dirigente imprevisible (más de 34.000 judíos libios emigran a Israel). Marruecos, donde el monarca sigue manteniendo su hospitalidad, es la única excepción, aunque también se produce una emigración regular. Solo permanecerán unas comunidades muy pequeñas.

En Egipto, el último periodo [1] de la historia de los judíos egipcios empieza con la campaña del Sinaí, en octubre y noviembre de 1956. Centenares de judíos son arrestados, alrededor de 3.000 son internados en campos de detención y, por esos días, varios miles deben abandonar el país dejando atrás todos sus bienes, pues deben entregárselos al Gobierno. Estos emigrantes se dispersan por todo el mundo: 35.000 se instalan en Israel, 15.000 en Brasil, 10.000 en Francia, 9.000 en Estados Unidos y en Argentina y 4.000 en Gran Bretaña. El censo egipcio de 1957 registra menos de 9.000 judíos; una década más tarde, su número se ha reducido hasta alrededor de 3.000.

Como consecuencia de la guerra de los Seis Días, los últimos funcionarios públicos judíos en Egipto serán despedidos, y arrestados centenares de judíos. Gracias a la intervención de los países occidentales, en particular de España, la mayoría podrán abandonar el país. En 1970 solo queda un ínfimo residuo de la comunidad judía original.

En 1992, la población judía de El Cairo contará con unas 160 almas, mientras que en Alejandría habrá alrededor de 135 judíos. En las ciudades de provincia, que antaño tenían comunidades judías organizadas, no quedará ningún judío. Solo permanecerán entre 200 y 300 miembros de la secta caraíta.

En Túnez, los judíos empiezan a emigrar en masa hacia 1948, y sobre todo a partir de 1957. Entre 1949 y 1970, más de 40.000 judíos tunecinos se establecen en Israel, y casi la misma cantidad se instala en Francia. Los años sesenta son difíciles para la comunidad judía. Los judíos se ven acusados de falta de patriotismo y sufren discriminaciones económicas. Durante la guerra de los Seis Días se producen disturbios de origen musulmán y la gran sinagoga de Túnez es incendiada, lo que supone una nueva oleada de emigrantes. En 1968 solo quedan entre 7.000 y 8.000 judíos en el país. La guerra del Líbano, en 1982, provoca una nueva ola de antisemitismo: numerosas sinagogas sufren ataques, la emigración crece, particularmente entre los judíos jóvenes del país. Así, más de 46.000 judíos tunecinos se instalan en Israel.

En 1992, habrá alrededor de 3.300 judíos, sobre todo en la isla de Djerba y en la ciudad de Túnez. Una comunidad judía tradicional permanecerá, pero casi aislada del resto de mundo judío.

En Argelia, en 1962, en el momento de la independencia, el nuevo Gobierno mantiene buenas relaciones con los judíos a pesar de la salida de muchos de ellos hacia la metrópoli. En febrero de 1964, la Federación de las comunidades judías de Argelia celebra una asamblea general en Orán para reorganizarse. Un año más tarde, Bumedián toma el poder y la situación empieza a deteriorarse. Se le imponen gravosos impuestos a los judíos, que también son discriminados en otros muchos campos. El Gobierno deja de pagar el salario de los rabinos con el pretexto de que son ciudadanos franceses. La Corte Suprema dictamina que los judíos ya no están bajo la protección de la ley y se organiza un boicot económico en su contra. El presidente de la comunidad es acusado de haber tenido tratos con los sionistas, incluso se ejecuta a un judío. Después de la guerra de los Seis Días, el Gobierno ocupa todas las sinagogas y las transforma en mezquitas. En 1969 solo quedará un millar de judíos en el país, esencialmente los que son demasiado viejos o están demasiado enfermos para partir. En 1990 habrá 300 judíos, en 1992, menos de 100.

En Marruecos, después de 1967, numerosas instituciones judías locales son cerradas. La falta de rabinos, de *dayanim* (jueces rabínicos) y de *hazzanim* (chantres) pesa mucho. Sin embargo, una estructura de base de la comunidad permanece con sus escuelas, instituciones de caridad, consejos de comunidad, sinagogas. La mayoría de las instituciones judías marroquíes cuentan con una importante ayuda por parte de las organizaciones judías mundiales.

En los años ochenta, el caso de los judíos marroquíes se parece mucho al de los judíos iraníes en la década de los setenta, solo protegidos por la gracia de un monarca.

Durante la primera generación del Estado de Israel, la imagen de los judíos norteafricanos no se corresponde con su valor. No obstante, las generaciones futuras señalarán las contribuciones de estos judíos a Israel y al mundo sefardí durante las décadas posteriores a la dispersión de sus comunidades. Así, desde los años cincuenta, la mayoría de los rabinos, docentes y *hazzanim* de las comunidades sefardíes de la diáspora son judíos marroquíes. Además, estos judíos de origen marroquí ocupan cargos muy importantes en la vida comunitaria de cada uno de los países donde se han instalado, así como en las instituciones judías mundiales. De este modo, los últimos años de los judíos norteafricanos, como entidad, distan de ser estériles.

En Israel, para medir la importancia de la *yishuv* (colonia) judeoespañola, basta con examinar la lista de sus periódicos. De 1840 a 1939, solo la ciudad de Jerusalén con su viejo barrio sefardí, en el sentido hispánico del término, está representada. Durante ese periodo se publican doce cabeceras. Entre 1940 y 1972 aparecen seis cabeceras, dos en Haifa, una en Jerusalén, dos en Lod, una en Richon Letsion, siete en Tel Aviv. A partir de 1973, solo una sobrevive, *La Verdad*, que acto seguido pasó a llamarse *La Luz de Israel* [2]. Pero en 1979 apareció la revista *Aki Yerushalayim* [3], surgida de las emisiones diarias en lengua judeoespañola de la radio israelí y dirigidas por Moisés Shaul, que prosigue el trabajo de rescate de nuestra cultura iniciado por Isaac Levi [4], fallecido en 1977.

Ya hemos visto que las grandes oleadas migratorias de los judeoespañoles de Turquía y Bulgaria se produjeron entre 1948 y 1953. Después, solo llegaron los judeoespañoles de Marruecos y algunos de los países de Europa occidental. Ahí radica la importancia de las emisiones en esta lengua.

Al principio, movilizado por múltiples problemas, el Estado se propuso unir a todos los israelíes en torno al idioma, de acuerdo con la máxima *Am ehad, safa ahat*, «Un pueblo, una lengua». Solo más tarde, por las presiones de las minorías y de los regionalismos activos en el conjunto de Europa, las autoridades comprendieron que había que proteger y cultivar la riqueza cultural de los recién llegados. De ahí que los quioscos de periódicos en Israel sean auténticas torres de Babel y lo conviertan en un país ideal para aprender idiomas.

Desde entonces, también se han creado en las universidades israelíes departamentos dedicados al estudio de los judaísmos, de las «judaicidades», diría Albert Memmi *, llamadas «sefardíes» porque la dicotomía política simplista de la época llevaba a la señora Golda Meir a decir que «son sefardíes todos los judíos que no son asquenazíes». Además, la fundación en 1948 de un instituto que, en 1952, adoptó el nombre de Makhon Ben Tseví (Instituto Ben Tseví) para el estudio de las comunidades orientales de Israel, vino acompañada de la de un departamento especializado en el judaísmo español y en el estudio del judeoespañol. Dicho instituto publica una revista, *Pe'amin*, dedicada a los «Studies in the Cultural Heritage of Oriental Jewry», que se independizó en 1989, en el n.º 41, «Studies in Oriental Jewry». Las dos denominaciones son significativas del esfuerzo que se realiza para evitar la ecuación Oriente = sefardíes.

Por su parte, los judeoespañoles marroquíes han reafirmado su identidad con la creación, en 1983, de la asociación Mabatt.

Hoy en día viven en Israel 300.000 judeoespañoles en vías de hebraización. Junto con los de Turquía, forman el último bastión, muy cuarteado, de una entidad agonizante. Parece que esta sea la cantidad máxima: la tasa de natalidad, debido a la hebraización general (escolarización), ya no juega a favor del judeoespañol. Igual que en Turquía, los pocos casos de judeohispanohablantes monolingües solo se encuentran entre los ancianos [5]. Los demás, llegados desde distintos horizontes, son al menos, y al principio, bilingües —la lengua de su país de origen y el judeoespañol— y, hoy en día, trilingües.

En efecto, entre los dispositivos de acogida están incluidos, además del alojamiento y las primeras ayudas para la instalación, cursos intensivos de hebreo israelí llamados *oulpanim*. En estos *oulpanim*, intencionadamente, se mezclan inmigrantes de cualquier procedencia. Este método pedagógico que obliga, igual que en la Alianza francesa, a hablar una sola lengua, el hebreo en este caso, facilita unos resultados fulgurantes. Es el primer *melting pot*, el *mizoug* como dicen allí; el segundo será la vida social y nacional, la escuela para los niños, la universidad y el ejército para los adolescentes.

Ya hemos visto que la gran mayoría de los sefardíes está concentrada en Israel, al menos por lo que respecta a los judeoespañoles que, en la actualidad, solo tienen una pequeña representación en Europa y América; mientras, los judíos magrebíes son muy numerosos tanto en Francia como en Estados Unidos y, en particular, en Canadá, sobre todo en Quebec, donde la francofonía ha favorecido su concentración [6].

En Estados Unidos, *La Vara*, el último periódico judeoespañol (en caracteres hebreos) desapareció en 1948 [7]. En Nueva York subsiste la Sephardic House, siempre activa en el aspecto judeoespañol y editando numerosos libros sobre el tema.

Debemos señalar aquí que, hasta 1972, la Federación Sefardí Mundial, o World Sephardi Federation, estaba presidida por un judeoespañol, siendo el último el señor Elie Nahmias quien, desde entonces, defiende su hispanidad en España donde, concretamente, ha financiado la creación del Museo Sefardí de Toledo y numerosos coloquios, entre otros, en 1985, el de Córdoba dedicado a Maimónides. Desde entonces, la presidencia de esta federación ha pasado de los hispanohablantes a los arabehablantes en la persona del señor Nissim Gaón. Al mismo tiempo, desaparecía la revista *Kol Sepharad*, que se editaba en Londres.

En Francia se produce la misma mutación y los judeoespañoles se convierten en un grupo minoritario.

¿Debemos pensar que el sefardismo cultural existió para dejar su lugar al simple sefardismo cultual y ritual? No es seguro. Es verdad que en Israel se encaminan hacia un *minhag yahid*, rito único con un *siddour*, el del ejército, único. ¿Pero qué sucederá después de la integración de los inmigrantes de la antigua URSS? ¡El futuro es imprevisible!

En cambio, en los países de la diáspora, una vez fallecidos los últimos judeoespañoles fieles a su cultura, el sefardismo cultual y magrebí se llevará la mejor parte.

Este es el panorama del sefardismo en la actualidad, un sefardismo en pleno proceso de cambio, que se libera de las antiguas vestiduras y que, hoy en día, es tema de estudios universitarios o de espectáculos folclóricos.

Población judía estimada en los países musulmanes de Oriente Próximo y de África del Norte [8]

	Antes de 1948	**1985**
Afganistán	5.000	70
Argelia	130.000-140.000	300
Bahréin	400	10
Egipto	75.000	250-300
Irán	90.000-100.000	30.000-35.000
Irak	125.000	250
Líbano	5.000	100
Libia	38.000	7
Marruecos	265.000-300.000	18.000
Sudán	400	40
Siria	30.000	4.500-5.000
Túnez	105.000	3.500
Turquía	80.000	18.000-22.000
Yemen (incluyendo Adén)	55.000	1.000-2.000
TOTAL	1.003.800-1.058.800	76.027-86.577

Conclusión a modo de deseo

Aquí toca a su fin la saga sefardí, esta crónica de andanzas, la de los sefardíes errantes, la de *Sefarad* errante, que nuestros personajes, y tantos otros, llevaron en su corazón y en su espíritu.

Andanzas colectivas o individuales.

Andanzas cuya primera causa es el odio surgido de la ignorancia y de la incomprensión del prójimo.

Andanzas que para Primo Levi y tantos otros terminó en Auschwitz.

Andanzas dolorosas y no viajes de placer o de estudio.

Andanzas/viajes que mañana, cuando la violencia sea abolida, se realizarán en paz, en el respeto del otro, en el interés por el otro, en un mundo sosegado.

Andanzas/viajes cuyo fin principal será el de abrirse al otro.

Andanzas/viajes que, por azar, permitieron al humanista español Ángel Pulido preocuparse por la suerte de esos otros que eran los sefardíes hispanohablantes

Andanzas/viajes en el espacio y el tiempo, en el espacio y el espíritu.

Andanzas/viajes a imagen de un mundo ideal, ardientemente deseado por la raza humana, un mundo donde, en esta ocasión, todos podrán desplazarse libre y voluntariamente de un lugar a otro del globo para ver tal o cual exposición dedicada a Rembrandt, Modigliani, Pisarro, Durero, Rimbaud, Hemingway... o también al islam, al judaísmo, al cristianismo, al budismo, a las religiones africanas, en pocas palabras, a todo lo humano.

Viajes e intercambios para el enriquecimiento intelectual y cultural de todos y cada uno. Viajes provechosos. Génesis de una humanidad mejor.

Anexos

Lengua y habla de los sefardíes antes de 1492

En el año 711, en el momento de la conquista de la Península Ibérica por los musulmanes, la lengua española aún no está formada. Se han producido muchos cambios lingüísticos, pero aún permanece muy cercana al latín. Toledo será islamizada durante trescientos setenta años, Sevilla durante quinientos treinta años. No hace falta decir que, dado que el número de los ocupantes era muy inferior al de los ocupados, la lengua de estos últimos no podía borrarse con un simple golpe de varita mágica. La coexistencia supondrá una lenta arabización, pero básicamente en el nivel léxico, pues la sintaxis romana solo adoptó unas pocas fórmulas calcadas del árabe.

Las poblaciones cristianas y judías sometidas al invasor son llamadas mozárabes, del árabe *musta'rib*, «arabizado». La sociedad, la alimentación, las vestiduras se arabizan, pero la lengua, por su parte, se mantiene. Hay documentos que demuestran su supervivencia. Muchos autores prefieren aplicar el término mozárabes solo a los cristianos. Nos parece que esto es una aberración ya que, en el año 711, judíos y cristianos hablan el mismo protoespañol. Además, paradójicamente, los lingüistas llamarán a esta lengua mozárabe por el nombre de los no musulmanes de la España musulmana.

Menéndez Pidal sostiene que los mozárabes conservarán su lengua a lo largo de toda la era musulmana [1]. Divide su historia en tres periodos.

La primera época, la de la revuelta, dura hasta el año 992, año de la sumisión de Toledo al poder califal. Es el siglo de la mayor «exaltación nacional» de los mozárabes, el de los mártires cristianos admirados como tales por toda la cristiandad, cuando, sin embargo, «los jóvenes cristianos adoptaban las costumbres de los dominadores hasta el punto que se circuncidaban para evitar injurias, y, fascinados por la erudición musulmana, solo se entusiasmaban con los versos y las fábulas árabes [2] [...]». Pero únicamente los más cultos son bilingües. Entre los judíos ocurrirá lo mismo.

Se cuenta que el padre del eunuco Nasar, favorito de Abderramán II, solo sabía hablar en romance. Sobre este tema hay muchas anécdotas. Entre el pueblo, el romance domina y también se impone a los poetas musulmanes populares, como da fe Mucaddam Ben Muafa de Cabra, poeta ciego que inventa las *moaxajas,* canciones que se terminan con una *jarcha* (literalmente «salida») en lengua romance, como más adelante lo harán también tantos poetas judíos: Yehudá Haleví *, Moisés ben Ezrá *, Abraham ben Ezrá *... que escriben el cuerpo del texto en árabe y en hebreo.

El segundo periodo mozárabe va del año 992 a 1099, año en que los almorávides emprenden las primeras persecuciones contra los mozárabes. La primera traducción de los cánones de la Iglesia al árabe es del año 1049, pero, también en este caso, no va más allá de los medios eruditos y la lengua romance se mantiene.

«Entre los musulmanes, también se siguen utilizando las dos lenguas. Abderramán III y sus cortesanos se entretenían improvisando versos en los que intercalaban una frase en mozárabe que servía de rima [3].»

Por lo que se refiere a este bilingüismo, todos los testimonios concuerdan. A mediados del siglo XI, un autor escribe en mozárabe una *Crónica seudo-isidoriana*, prueba de que poco antes de la reconquista de Toledo por Alfonso VI, en 1085, los mozárabes aún tienen una actividad literaria en su lengua.

Es precisamente en ese momento cuando se inician las emigraciones, tanto para los cristianos como para los judíos, hacia los reinos cristianos.

Con el siglo XII empieza el tercer periodo definido por Ramón Menéndez Pidal. Almorávides y almohades se sucederán y la inestabilidad aumentará. Las poblaciones serán atraídas por los reyes cristianos, que buscaban repoblar sus tierras abandonadas por las guerras. Curiosamente, y por las mismas razones, a finales del siglo XV el soberano turco actuará de la misma forma y acogerá de buen grado a los exiliados de España.

En 1126, muchos mozárabes son deportados al norte de África, sobre todo a Fez y a Meknès. La grave decadencia de esta población empeora a partir de 1146, con la llegada de los almohades. Con la caída de Sevilla en 1247, la organización cristiana de Andalucía llega a su fin. El clero huye hacia Castilla, a Talavera o a Toledo. El sultán Abd el-Mumen decreta la expulsión de todos los judíos y de todos los cristianos que no acepten convertirse al islam... A pesar de todo, la lengua romance se conserva en el sur hasta el siglo XIII. Ben Cuzmán, muerto en 1157, sigue el ejemplo de Mucaddam Ben Muafa de Cabra y se expresa en mozárabe en los finales de sus *moaxajas*. Jacob de Vitry (primera mitad del siglo XIII) asegura que los mozárabes utilizan el latín en sus escritos. Ben Albeitar, que morirá en 1248 (durante la conquista de Sevilla por Fernando III), señala la existencia de esta lengua vernácula... Incluso en el reino de Granada, que sobrevivirá hasta 1492, se mantendrá un mozárabe considerablemente recastellanizado.

Aunque estaban más inclinados a asimilar el árabe, no en balde es una lengua semítica, como el hebreo —su lengua litúrgica—, los judíos de la España musulmana también conservarán el protoespañol o mozárabe. Lo cierto es que no se trataba de una cuestión de fidelidad. No se puede borrar de un plumazo la lengua de las poblaciones conquistadas. El propio invasor asimila la de los conquistados. Los alemanes hubiesen necesitado varios siglos de ocupación para imponer su lengua a las naciones conquistadas durante la última guerra. Esto no excluye los contactos que favorecen los préstamos lingüísticos. Es, concretamente, lo que ocurrió en España, y por eso, hoy en día, el español tiene más de cuatro mil palabras —incluidos los derivados— de origen árabe. Y ni toda la furia desarabizante de los Reyes Católicos pudo extirparlas. Forman parte del cuerpo, pertenecen para siempre a la carne, al tejido de esta lengua surgida tras una historia turbulenta. Por mucho que los nazis se esforzaron por extirpar las palabras extranjeras de su lengua, hoy *Telephon* le ha ganado la partida a *Fernsprecher*. Y todos los puristas del mundo no tienen nada que hacer contra la anglomanía actual. Del mismo modo que el hecho de que los árabes utilizasen el aceite de oliva, impuso en español la palabra aceite, derivada del árabe *az-zayt*. El origen de todo es la coexistencia, sea esta pacífica, ruda u hostil. El origen de todo son los contactos que se establecen.

Para Menéndez Pidal, «dado que el romance mozárabe estaba relegado al ámbito privado de las familias, se conservó en el estado en que se hallaba en el momento en que el reino visigodo se derrumbó. Del mismo modo, el judeoespañol, rodeado de otras lenguas oficiales, como el turco, el rumano, el serbio... se estancó, su evolución también se vio interrumpida casi en el estadio en el que se encontraba al salir de la España de los Reyes Católicos [4]». Por lo tanto, lo mismo que el judeoespañol (escrito y hablado) constituye un museo viviente de la lengua española del siglo XV, el mozárabe (el escrito obligatoriamente) constituye un museo de la lengua de los siglos VII al XIII.

Pero dado que los escritos surgen sobre todo de los medios eruditos, no hace falta decir que la lengua vernácula («el modelo que no hay que seguir»), se ha conservado poco. En aquel tiempo no había magnetófonos. Es verdad que nos quedan muchos glosarios latino-árabes [5] que contienen glosas en mozárabe, de indudable interés desde el punto de vista fonético, morfológico y léxico, pero que no nos aportan nada desde el punto de vista de la sintaxis. Como ya lo hemos explicado, es básicamente en la poesía donde nuestros autores recurren al carácter afectivo e íntimo de la lengua vernácula, el mozárabe, que hoy en día aún aparece con bastante claridad en la toponimia

En 1948, Stern publicó veinte *moaxajas* con sus versos finales (*jarchas*) en español [6]. Francisco Cantera las retomó en 1949 para precisar su significado y corregirlo [7]. De su libro extraemos una de Yehudá Haleví, escrita en honor de Yosef ben Ferruziel, judío de la corte de Alfonso VI, conocido por *Cidiello*, es decir, el «pequeño Cid»:

Desde cand' meu Cidyelo venyd	En cuanto mi Cidiello llega
tan bona albixara!	¡Oh la buena nueva!
com' rayo de sol exyd	en Guadalajara aparece
en Wad-al-Hadjara.	como un rayo de sol.

Como ya sabemos, Yehudá Haleví * fue un sincero admirador de la lengua y de la literatura árabes. En árabe escribió *El Kuzarí,* y también escribía en árabe su correspondencia familiar. Algunas de sus poesías en árabe las tradujo al hebreo, como la siguiente, muy famosa:

Los jarros de vino son pesados,
son jarros, como todos los jarros, de barro.
Pero si están llenos de vino, se aligeran,
como se aligeran mi cuerpo y mi alma [8].

Señalemos desde ahora, para anticiparnos al problema de la terminología y del rigor que es necesario imponer sobre este tema, que los investigadores utilizan el término «hebraico-español», pues los textos españoles en cuestión están escritos en caracteres hebreos, y a veces en caracteres árabes, y, afortunadamente, a ningún investigador se le ocurre llamarlos textos judeoespañoles. Lo repetimos una vez más, no porque un texto en «una lengua X» esté transcrito en caracteres hebreos puede decirse que es un texto «en judeo-X». Por la misma razón, se considera que los textos de Sem Tob de Carrión * y de Moisés Almosnino * están en español, aunque escritos en caracteres hebreos.

Nos basta con pasar revista a algunos autores judíos de la España musulmana, pero también del periodo de transición entre las dos Españas, la musulmana y la cristiana, para observar que la mayoría escriben tanto en árabe como en hebreo.

Intentaremos clasificarlos en una diacronía creciente:

Hasday ben Saprut * (915-hacia 970) traduce del latín al árabe el *Tratado de medicina* de Dioscórides que el emperador de Bizancio, Constantino VII, le había enviado a Abderramán III en el año 951.

Samuel ben Nagrela * (993-1056) introduce la métrica árabe en sus poesías en hebreo y escribe en árabe.

Yoná ben Yanah (Primera mitad del siglo XI) escribe su *Libro de las raíces* en árabe.

Alfasí * (1013-1103) escribe la mayoría de sus quinientas *Responsa* en árabe.

Bahia ben Pacuda * (¿1040?-¿1110?) escribe su *Guía de los deberes de los corazones* en árabe.

Moisés ben Ezrá * (1055-1135) escribe su *Poética hebraica* en árabe, así como su *Arriate de especias*.

Yehudá Haleví * (¿1075?-¿1141?) escribe *El Kuzarí* en árabe.

Abraham ben Ezrá * (¿1092?-¿1164?) traduce del árabe al hebreo tres libros sobre la *Gramática hebraica* de David Hayuj (943-¿1000?). Casi todos sus comentarios bíblicos están escritos en árabe. En su poesía hay muchos calcos del árabe, pero también hay expresiones de origen romance.

Ben Daud * (1110-1180) escribe *La Fe sublime* en árabe.

Maimónides * (1138-1204) escribe su *Guía de perplejos*, *La Epístola al Yemen* y su *Pirqué abot* en árabe, mientras que su *Misné Tora* está en hebreo.

Muy pronto, los siguientes autores, aunque la mayoría dominaban el árabe, solo escribirán en hebreo, si bien utilizarán la lengua de su territorio, igual que Yehudá Haleví * y Abraham ben Ezrá * utilizaban el mozárabe en sus poesías.

Guersónides * (1288-1344) glosa a veces una palabra hebrea por una palabra en provenzal, igual que Rachi glosaba en francés (los famosos *loazim* que pueden contribuir a la historia de la lengua francesa [9] sin que, una vez más, se trate de judeofrancés (*sic*) como algunos pretenden.

Sem Tob de Carrión * (Primera mitad del siglo XIV), además de sus obras en hebreo, escribe sus *Proverbios Morales* en castellano: un manuscrito en caracteres latinos y el otro en caracteres hebreos.

Hasday Crescas * (1340-1410) escribe algunas obras en catalán, aunque utilizando caracteres hebreos, pero no en *judeocatalán como afirman algunos investigadores.

Y, nueva transición, una vez que ya se ha iniciado la emigración de 1492, Moisés Almosnino * (hacia 1515-hacia 1580) escribe en castellano y en hebreo.

Este no es más que un breve resumen de la curva lingüística que siguen los sefardíes, quienes, a lo largo de sus peregrinajes, van asimilando las lenguas de las provincias y de los países donde se les ofrece un remanso de paz siempre problemático. De ahí su don, supuestamente «innato», para las lenguas, y su capacidad como traductores.

Los sefardíes traductores

En cada una de las etapas esbozadas antes, los sefardíes sobresalen en el oficio y en las funciones de traductores, tanto en la España musulmana como en la España cristiana. Sirven como «trujimanes», «traductores», en el sentido etimológico de la palabra (de la raíz semítica cuadrilítera TRGM, que dio *truchiman*, luego *trujimán* en español y *dragomán* en turco), «trujimanes» también en el sentido figurado de la palabra, «intermediarios».

Por eso colaboraron de manera tan relevante en la obra de lo que se conoce como la «Escuela de traductores de Toledo».

En realidad, desde 1085, año de la conquista de Toledo, Alfonso VI transforma la ciudad en un centro no solo hispánico, también europeo. En él se fusionan tres culturas, la cristiana, la judía y la musulmana, lo que le da un sesgo muy particular a las actividades artísticas y científicas de la Edad Media española. Oriente y Occidente se encuentran en un crisol al que, a medida que progrese la Reconquista, se sumarán cada vez más gentes y más influencias procedentes del Sur.

La civilización de la Península se verá definitivamente reestructurada, y su rostro conocerá una metamorfosis. La filosofía árabe, judía y griega penetrarán en la cultura occidental por medio de las traducciones de las obras más importantes. Los judíos contribuirán de forma notable a esta tarea.

Al principio se tradujeron, sobre todo, obras de medicina y de astronomía.

El siglo XII, como ya hemos dicho, marca el cenit tanto de la cultura árabe como de la judía. Basta con fijarse en las fechas de Yehudá

Haleví *, Ben Ezrá *, Maimónides *... y añadirles las de Avicena (muerto en 1138), Averroes (muerto en 1198) o Ben Tufayl (muerto en 1195) para comprobarlo.

La traducción de los comentarios de Avicena a las obras de Aristóteles contribuirá de manera decisiva a la irrupción del pensamiento oriental en Occidente.

Es cierto que ya existían centros de traducción de textos árabes y griegos al latín (Burgos, Tarragona, el monasterio de Ripoll...), pero fue en Toledo, en el marco de lo que se ha llamado la «Escuela de traductores de Toledo», donde también se pasará al español, lengua que, de este modo, adquirirá un rango «honorable».

El iniciador de estas actividades es el arzobispo don Raimundo de Sauvetât, sacerdote cisterciense francés que ocupa la sede episcopal de Toledo y desempeña el cargo de canciller de Castilla entre 1126 y 1150. Su obra será continuada por sus sucesores, Juan y don Rodrigo Jiménez de Rada (1170-1247).

«En el siglo XII, afirma Américo Castro, la Escuela de traductores de Toledo, nombre no del todo exacto, trabajó al servicio de extranjeros ávidos de filosofía, de matemáticas y de ciencias físicas; la "escuela de traductores" del siglo XIII puso en lengua vulvar, y no en latín, aquellos aspectos de la civilización islámica que servían al ideal de Alfonso X, el de poseer la clave de lo "humano", lo que el hombre fue, históricamente hablando, lo que debe de ser moral y jurídicamente, lo que el destino hace con ellos [10].»

Es decir, que hay que examinar dos épocas: la de Raimundo y la de Alfonso X el Sabio.

Este último periodo debe ser, a su vez, dividido en dos etapas: 1250-1260 y 1269-1284.

En cuanto a las obras traducidas, corresponden a las siguientes categorías: a) literarias (las *Cantigas* y *Calila y Dimna*, recopilación de apólogos orientales; el *Septenario*, una especie de enciclopedia científica y literaria a la vez); b) jurídicas (especialmente las *Siete Partidas*, compilación legislativa de la que Solalinde afirma: «Es una enciclopedia en la que, a través de las leyes, se abordan todas las relaciones humanas [11]»); c) históricas (la *Crónica General*, en la que se reúnen todas las crónicas anteriores de la historia de la Península —desde los primeros habitantes del país hasta San Fernando (1199-1252), conquistador de Córdoba, Sevilla, Murcia y Jaén—, la *Grande e General Estoria*, ensayo de historia universal, desde la creación del mundo hasta el reinado de Alfonso X); d) religiosas (El Corán, el *Libro de la escuela de Mahoma* y numerosas traducciones de la Biblia conocidas con el nombre de *Biblias medievales romanceadas*; la mayoría se encuentran en la biblioteca del Escorial [12].

Las traducciones de la «escuela de Toledo» eran producto de un trabajo de colaboración. Así «entre [los traductores] estaban Dominico Gundisalvo y Juan Hispalense, el primero de Segovia, el segundo un judío converso de Sevilla, que colaboraron en diversas traducciones; Juan traducía en lengua vulgar [el español de la época, claro] y Gundisalvo la retomaba para pasarla al latín [13]». El mismo método se seguía para el árabe, que un judío o un musulmán traducía al romance y que un cristiano pasaba al latín.

La participación judía en la «escuela de Toledo» puede calcularse en un 45 % del total de los colaboradores de la segunda época. Intervienen en la traducción de veintitrés obras, es decir, en un 70 % de la producción total [14]. Lo que deja bien a las claras la importancia de esta participación, sobre todo en la elaboración de las famosas *Tablas alfonsíes*, que estudian las estrellas, los instrumentos astronómicos y el calendario de acuerdo con el sistema de Tolomeo.

Entre estos traductores judíos hay que citar a:

1. Yehudá ben Mosé Hacohen, médico, muy versado en astronomía, dominaba el árabe y el latín.

2. Isaac ben Sid, generalmente conocido por Rabi Sag o Rabi Sag de Toledo. Experto en la construcción de instrumentos astronómicos y relojes. Es famoso, sobre todo, por la redacción de las *Tablas alfonsíes*.

3. Don Abraham, médico, interviene en la redacción del *Liber de mundo et coelo* (Libro del mundo y del cielo), así como en la escritura de la *Escala de Mahoma*. Sucede a Yehudá ben Mosé como traductor real.

4. Samuel Levi de Toledo, interviene en la traducción de *Las estrellas fixas*.

¡Mas, cuántos otros traductores anónimos! Los que, por ejemplo, participaron en la traducción del Talmud, como da fe el infante Don Juan Manuel, al hablar de Alfonso X, en el prólogo de su *Libro de la caza*: «Hizo que tradujeran toda la ley de los judíos, así como el Talmud y otras ciencias harto secretas que llaman "cábala"».

¿Existía un judeoespañol vernáculo antes de la expulsión?

Esta es una pregunta a la que suele responderse con demasiada facilidad por una especie de judeocentrismo, homotético de aquel que pretende que los judíos de hoy en día, en Francia, hablan «judío», afirmación contra la que el lingüista Claude Hagège se alzó antaño.

Por supuesto que los autores españoles judíos pueden seguir escribiendo en hebreo, pero, como ya lo hemos afirmado, Sem Tob de Carrión * escribe sus *Proverbios Morales* en español, aunque uno de los manuscritos esté en caracteres hebreos. Por la misma razón, en su edición de las *Coplas de Yoçef*, Ignacio González Llubera no habla de judeoespañol, sino de *Spanish in Hebrew characters* [15]. Posición que resulta seria y clara. Al rumano en caracteres cirílicos hay que llamarlo rumano, o al turco en caracteres árabes, turco, y al francés en caracteres góticos, francés, pues la grafía no tiene nada que ver. ¿Acaso no existe una *Hagadah* de Pésah en caracteres cirílicos [16]? ¿Y eso cambia la naturaleza del judeoespañol así «revestido»? No es más que un asunto de vestiduras, el hábito no hace a la lengua.

Sin embargo, hay que admitir que existen textos jurídicos españoles atiborrados de hebreo, igual que los textos notariales de los cristianos están atiborrados de latín. Pero no por eso se puede hablar de *judeo o de *cristianoespañol. Estos documentos no se corresponden con la lengua vernácula. Llaman la atención por su «jerga», pero son los árboles que esconden el bosque de la lengua vernácula. Tal es el caso de las *Taqqanot de Valladolid* de 1432 [17] que, aunque escritas en caracteres hebreos, no son calificadas de judeoespañolas ni por Yolanda Moreno Koch ni por Isaac Baer. Y con toda razón. Veamos lo que dice Baer al respecto: «Estos estatutos comunales son preservados en su integridad en una mezcla de hebreo y castellano [18]».

Es evidente que algunas palabras hebreas entraron en la lengua, pero decir, por ejemplo, «estoy entrampado», ¿equivale a hablar en cazador? Estas son imágenes, incluso tecnicismos, que entran en la lengua corriente. ¿Acaso los protestantes de Francia hablan protestante-francés *(sic)* cuando dicen «el servicio divino» o «el templo», en vez de hablar de «la misa» y de «la iglesia» como los católicos? Absurdo, ¿verdad? Incluso si los judíos españoles se distinguen de los cristianos al adoptar la palabras árabe *alhad* para designar el domingo, que entonces aún estaba muy cercano a su étimo *dies dominicus*, «el día del señor». Por la misma razón adoptan el calco *El Dyo*, del árabe *allah*, para rechazar la palabra española *Dios*, que les parecía un plural por su s final, cuando etimológicamente es singular. Para los judíos, inconscientemente, *Dios* era un «cristianismo», en el sentido conceptual de la palabra, lo mismo que hoy en día, en Israel, la «Cruz Roja» es un «cristianismo» para los musulmanes y para los judíos; la «Medialuna Roja», «un islamismo» para los judíos y los cristianos, y el «Maguén David Rojo», un «judaísmo» para los cristianos y los musulmanes. Así nos vemos sumidos en plena socio-etno-psico-lingüística. En 1492, los judíos expulsados se llevarán unas pocas particularidades y muchos arabismos que entonces eran de uso corriente y aún no han sido extirpados a pesar de la política de «purificación». También se llevarán su lengua litúrgica, la de los *Talmudé Tora*, con la que los rabinos enseñan los textos hebreos bíblicos a los niños en una traducción literal, palabra por palabra, del texto hebreo en español.

De la existencia de estas traducciones literales dan fe tanto las Biblias medievales romanceadas [19] como la traducción realizada en 1432, por el converso Pedro de Toledo, de la *Guía de perplejos* de Maimónides, de la que Haïm Vidal Séphiha ha podido estudiar una parte editada por Rosenblatt. Ha comparado los versículos bíblicos con sus versiones en ladino. Tenemos que admitir que, en 1432, estamos en presencia del judeoespañol calco o ladino.

El prefacio de la Biblia de Ferrara de 1553, también nos permite situar al ladino en los siglos anteriores a la expulsión. En efecto, en su «prólogo a los lectores [20]», Jerónimo Vargas y Duarte Pinel, *alias* Yom Tob Athías y Abraham Usque declaran: «*Biblia en lengua española de la verdad habrayca por muy excelentes letrados* [...]» «*Y aun que a algunos paresca el lenguaje della barbaro y estraño y muy diferente del polido que en nuestros tiempos se usa: no se puede hazer otro porque queriendo seguir verbo a verbo* [21] *y no declarar un vocablo por dos (lo que es muy dificultoso) ni anteponer, ni posponer uno a otro, fue forçado seguir el lenguaje que los antiguos Hebreos Españoles usaron* [21] [...] *el phrasis es la misma lengua y los Ladinos* [22] *tan antiguos y sentenciosos y entre los Hebreos ya convertidos como en naturaleza* [21][...]».

Veamos ahora algunos versículos de una Biblia medieval española y sus equivalentes en una Biblia en ladino:

En ellos se apreciará la transición entre las Biblias medievales y las Biblias en ladino del Renacimiento.

Génesis I, 1 a 5

Damos en orden las versiones 1. de I.j.4 (Biblia medieval del siglo XIV [23]), 2. de la Biblia de Asa (1740) [24], 3. de la Biblia de Ferrara (1553) [25], 4. de *Los Cinco Libros de la Ley* (Amsterdam, 5478/1718 [26]), 5. de la *Sagrada Biblia* [27] (en castellano moderno).

Esta serie nos familiarizará con la «problemática del judeoespañol» que será tratada en «Hablas ibéricas de los sefardíes después de 1492» *(infra).*

Versículo 1

I.j.4	*En comienço crio Dios alos çielos e ala tierra*
Asa	*En preçipio krio el dio aloç çieloç i ala tierra*
Ferrara	*En principio crio el dio a los çielos y ala tierra*
1718	*En principio crió Dios, à los cielos, y à la tierra*
1980	*A[l] principio creó Dios () los cielos y () la tierra.*

En este primer versículo se observa que I.j.4 está próximo de las siguientes versiones, traducidas palabra por palabra del hebreo al español, bien sea en «judeoespañol calco» o en *ladino.* Asa nos aporta la variante fonética *preçipio* sin «n» en vez de «pren» —o *prinçipio.* 1718, descendiente de la Biblia de Ferrara, sustituye a *el dio* por *Dios,* pues los marranos que llegan a Holanda a finales de siglo XVI ya no conocen *el dio,* expresión que les habría traicionado en su país de origen. El término *Dios* sirve para esconder su caracter judío, y entró en su vocabulario con toda naturalidad. Lo mismo ocurrirá en las comunidades del sudoeste de Francia.

La versión cristiana introduce el artículo «l» de «al» mientras que en todas las demás, de acuerdo con la letra hebraica, no hay.

Por eso las Biblias judeoespañolas nos proporcionan mucha información sobre la historia de la mentalidad de los sefardíes, así como sobre su lengua vernácula, que deja numerosos rastros.

Sigamos ahora sin más comentarios. La grafía adoptada permite poner de relieve las diferencias que existen entre estas versiones. Nuestra versión de referencia es la versión en ladino de Ferrara y de Asa. De ahí la utilización de [ ] para lo que sea superfluo, () para lo que falte. (El lector observará las variaciones léxicas.)

Versículo 2

I.j.4 *e la tierra era vana e vazia, e tiniebra sobre* [la] *faz* () *de* [l] *abismo e* [el] *espíritu de Dios auentaua sobre* [la] *faz* () *delas aguas*

Asa *i la tierra era uanedad i guaguedad i eçkuridad çobre façeç de auiçmo i uiento de el dio abolaba çobre façeç delas aguas*

Ferrara *y la tierra era vana y vazia: y escuridad sobre façes de abysmo; y espirito del dio se mouia sobre façes de las aguas*

1718 *Y la tierra era vana y vazia, y escuridad sobre faces de abismo: y espiritu de Dios se movia sobre faces de las aguas*
1980 *La tierra estaba confusa y vacía y las tinieblas* [cubrían la] *haz* () *de* [l] *abismo*, [pero el] *espíritu de Dios se cernía sobre* [la] *superficie* () *de las aguas*.

Es fácil constatar que la última versión está llena de cincunloquios y muy alejada de las versiones anteriores.
Sigamos.

Versículo 3

I.j.4 *Et dixo Dios: sea luz, e fue luz*
Asa *i dixo el dio çea luz i fue luz*
Ferrara *y dixo el dio sea luz: y fue luz*
1718 *Y dixo Dios, sea luz, y fué luz*
1980 *Dijo Dios: «Haya luz»; y hubo luz.*

De nuevo esta última versión está muy alejada de las otras y pasa de *ser* a *haber*, de *ser* a *tener,* que no puede «ser» sin valor de existencia. Lo mismo ocurrirá en el versículo 5.

Versículo 4

I.j.4 *et vido Dios* () *la luz que* [era] *buena; e aparto Dios entre la luz e* () [la] *tiniebra*
Asa *i bido el dio ala luz ke buena i aparto el dio entre la luz i entre eçkuridad*
Ferrara *y vido el dio a la luz que buena: y aparto el dio entre la luz i entre la escuridad*
1718 *Y vido Dios a la luz que buena: y apartó Dios entre la luz, y entre la escuridad*
1980 *Y vio Dios ser buena la luz, y la separó de las tinieblas.*

En esta ocasión, nada de circunloquios, sino, al contrario, fórmulas recogidas que se apartan completamente del hebreo subyacente. También en este caso hay sustitución definitiva del arcaísmo *vido*, aún muy presente en judeoespañol vernáculo y en América Latina, por *vio*.

Versículo 5

I.j.4 *e llamo Dios ala luz dia, e ala tiniebra llamo noche; e fue tarde e fue mannana, dia uno*

Asa *i iamo el Dio ala luz dia i ala eçkuridad iamo noche i fue tadre i fue maniana di a uno*

Una sola diferencia con Ferrara: *tadre* en lugar de *tarde*. La forma *tadre*, con metátesis, debio formarse hacia 1700 [28] en la lengua vernácula (LV/LT) [29] y sustituyó a la forma *tarde* que se quedó obsoleta en judeoespañol vernáculo.

Ferrara *y llamo el dio ala luz dia: y ala escuridad llamo noche: y fue tarde y fue mañana dia uno*

1718 *Y llamó Dios à la luz dia; y à la escuridad llamó noche: y fué tarde y fué mañana, dia uno*

1980 *y a la luz llamó día, y a las tinieblas () noche, y hubo tarde y () mañana, día primero.*

Esta última parte del versículo ha sido minuciosamente estudiada en *Le Judéo-espagnol* [30].

Veamos un versículo del Génesis estudiado con mucho detenimiento en *Le Ladino II* [31]:

Génesis XXXVII, 14

I.j.4 *Et dixo le: ve agora a vee* [sy han] () *paz* () *tus hermanos, e* [sy han] () *paz* () *las ovejas*

Asa *i dixo ael anda agora vee a paç de tus ermanos i apaz de laç obedjaç*

Ferrara *Y dixo ael anda agora vee a paz de tus hermanos y a paz de las ouejas*

1718 *Y dixo à él, anda agora vë à paz de tus hermanos, y à paz de las ovejas*

1980 () *Pues vete a ver si están bien tus hermanos y el ganado.*

En esta última versión, como se puede comprobar, se trata de nuevo de una refundición completa, mientras que en judeoespañol vernáculo o djudezmo, del que hablaremos en «Hablas ibéricas de los sefardíes tras la expulsión (1492)», el resultado es, manteniendo la sintaxis del español:

Djud. *anda agora mira komo estan tus ermanos i komo estan las ovejas*, con una fonética y una grafía muy aproximadas, parecidas al español de otras Biblias españolas cristianas:

anda ahora mira cómo están tus hermanos y cómo están las ovejas.

Este ladino, lo mismo que las variedades del español vernáculo, viajará con los judíos de la Península a partir de 1492, y más allá en el tiempo.

Se mantendrá casi incólume en el transcurso de los siguientes siglos, tanto entre los hispanohablantes como entre los lusohablantes. La sintaxis hebraica permanecerá inmutable, solo el léxico, la fonética y la morfología —como hemos subrayado a lo largo de esta presentación— conocerán cambios debidos a la importancia de los que habrá en la lengua vernácula. Se producirá, de alguna manera, una reactualización. Este ladino será común al conjunto de los sefardíes hispanohablantes, incluso si no se expresan en judeoespañol vernáculo, ese descendiente de las hablas ibéricas llevadas por los sefardíes después de la expulsión.

Ahora ya disponemos de las herramientas necesarias para retomar el problema de las lenguas de nuestros sefardíes más allá de la expulsión.

Hablas ibéricas de los sefardíes tras la expulsión (1492) (hispanohablantes, judeo-hispanohablantes y lusohablantes)

Debemos retomar el final del anexo anterior. Ya hemos visto cómo, en la España cristiana, los sefardíes se hispanizan y crean un instrumento pedagógico, el judeoespañol calco o ladino, cuyas estructuras ya hemos detallado, al menos en parte.

Examinemos de nuevo el problema empezando por el principio.

Fuentes

El 31 de marzo de 1492, la España de las tres religiones sigue el ejemplo de las otras naciones europeas. Los reyes católicos, Isabel de Castilla y Fernando de Aragón, tras la toma de Granada que señala el fin de la Reconquista, deciden expulsar a los judíos que se nieguen a convertirse.

En sucesivas etapas, además de los 100.000 judíos que, según Cecil Roth [1], escogieron Portugal —120.000 según Anita Novinsky—, cerca de 200.000 judíos se exilian; algunos viajan hacia el norte de Europa, pero la mayoría se establecen por toda la cuenca mediterránea. *Sefarad* era el nombre hebreo de España; *sefardim* o sefardíes, su gentilicio.

En general, se integran en las comunidades judías ya existentes y, desde la segunda generación, adoptan su lengua. Así se convierten en sefardíes no iberohablantes, sefardíes de rito, igual que los católicos de Francia son romanos solo por el rito que practican.

En cambio, en el norte de Marruecos y en el Imperio otomano, que entonces estaba en plena formación, los sefardíes mantienen su lengua española y se la imponen a las comunidades ya establecidas antes de su llegada, e incluso a los no judíos, que así disponen de una lengua vehicular indispensable en las relaciones comerciales.

Pero su cultura y su lengua van a internarse por un camino desconocido. Al evolucionar lejos de la Península, su lengua arcaizante pronto es considerada como algo específicamente judío. De ahí, más adelante, el calificativo de judeoespañol, utilizado aquí en sus acepciones étnica y lingüística.

Según Francisco Cantera Burgos [2], que no cree que el número total de exiliados de la Península haya superado los 165.000, la distribución habría sido: 3.000 en Francia, 9.000 en Italia, 21.000 en Holanda (más Hamburgo y Gran Bretaña), 1.000 en Grecia, Hungría y los Balcanes, 93.000 en la Turquía europea (que incluía a Salónica hasta 1912) y en la Turquía asiática, 20.000 en Marruecos, 10.000 en Argelia, 2.000 en Egipto y 5.000 en América. Así se dibuja la geografía de los judíos hispanohablantes. No obstante, hay que añadir los judíos españoles refugiados en Portugal, aunque, desgraciadamente, por poco tiempo, puesto que se convertirán en prisioneros de la autoridad real. Es el caso de doña Gracia* y de su sobrino, Joseph Nasí*, que más tarde se establecerán en el Imperio otomano y seguirán siendo hispanohablantes. A finales del siglo XVI, otros se instalarán en el sudoeste de Francia y en Amsterdam, donde hablarán portugués y español, siendo el español la lengua literaria mientras que en portugués, con raras excepciones (como la de Samuel Usque [3]), se escribrá poco. De ahí nuestro título «Hablas ibéricas de los sefardíes tras la expulsión (1492)».

La lengua, un águila de dos cabezas

Situación lingüística de los judíos españoles en 1492

Por entonces, en España, coexistían el hebreo (L1), la lengua de los rabinos y de algunos eruditos —las hablas españolas (leonés, aragonés y, sobre todo, el castellano, la lengua de la corte y, por lo tanto, con más prestigio) comunes a los fieles de las tres religiones (LV/LT) y el producto de la traducción del hebreo o del arameo (L1) a la LV/LT, lengua vernácula y de traducción a la vez que, al someterse a las estructuras de L1 en un palabra-por-palabra fiel, da como resultado el ladino o judeoespañol calco (L2) no hablado y anterior (como ya lo hemos dicho) a 1492.

Así queda definida la problemática del judeoespañol perfectamente representada por el siguiente trinomio [4]:

L1 > LV/LT > L2

trinomio que se aplicará tanto a la lengua como a la literatura (en realidad, dos lenguas y dos literaturas, e incluso una tercera, ladinoide, que tendrá numerosos hebraísmos por ladino interpuesto).

No es sino hacia 1620 cuando, del LV/LT, nacerá el judeoespañol vernáculo o djudezmo (en Oriente), *haketiya* en Marruecos, *tetauni* en Orán, surgiendo de la etnia judeoespañola. Cuando el español y el portugués peninsulares, siempre renovados por los marranos que llegaban con cuentagotas a los Países Bajos y al sudoeste de Francia, seguían hablándose en esas regiones.

De modo que trinomio citado incluirá:

L1 (hebreo o arameo) — LV/LT (judeoespañol vernáculo o djudezmo en Oriente y en Marruecos, español o portugués peninsulares en los Países Bajos y en el sudoeste de Francia) y L2 (judeoespañol calco o ladino).

L2 es utilizado por todos los *sefardim*, hispanohablantes claro, tanto en Oriente, en Marruecos y en Orán, como en las comunidades del sudoeste de Francia y en Holanda, mientras que el judeoespañol vernáculo no se extiende por estas dos últimas regiones donde se habla, o se hablaba, portugués o español peninsulares hasta los primeros años del siglo XIX. Poco importa qué nombre le demos a este judeoespañol calco, ya sea ladino, *onidal*, *ladiv*, *nassah* o cualquier otro. Lo importante, lo que resulta absolutamente necesario, es que, metodológicamente, se haga la distinción entre las dos modalidades. Invitamos a un gran rigor terminológico, pues, por culpa de las crisis políticas, lo habitual es moverse en un terreno pantanoso, característico de la aculturación-desculturización de la que los judeoespañoles han sido víctimas (el ladino no se habla).

Y es a la luz de la problemática del judeoespañol como hay que volver a estudiar toda su producción.

Nos bastará con pasear este trinomio a lo largo de los siglos (tiempo) y por distintas regiones (espacio), para descubrir los cambios de este águila de dos cabezas que es nuestro judeoespañol (djudezmo y ladino), pero también los cambios de mentalidad que los acompañan.

Hacia 1492, nuestros judíos españoles se llevan, pues, de su «madrastra» patria, por una parte, ese ladino o judeoespañol calco, lengua pedagógica y litúrgica no hablada formada por los rabinos españoles en la enseñanza y la traducción de la Tora a los niños que, por supuesto, eran hispanohablantes; y por la otra, las distintas variedades de español vernáculo que darán lugar a los judeoespañoles vernáculos que, por antonomasia, llamamos «djudezmo», término que abarca distintas variedades y, en concreto, las de Salónica y Marruecos, cuyos rasgos distintivos detallaremos más adelante. Lo que equivale a decir que en España no existía una lengua hablada que fuese específicamente judía.

Según nuestro criterio, la etnia judeoespañola se formó en el marco del naciente Imperio otomano y en el norte de Marruecos. Este es el tema principal del libro *L'Agonie del Judéo-Espagnols* [5].

Los turcos musulmanes, que solo conocían el español como la lengua mayoritaria de su minoría judía, terminan designándola con el término *yahudice*, «judío» en turco. Por supuesto que es un contrasentido, pero la historia es una acumulación de contrasentidos. Basta con que se confunda nación con etnia, a la que está unida una lengua determinada, y que el deseo de particularizar intervenga, para que todo se embrolle. Hay que suponer que si los colonos franceses en Canadá hubiesen sido judíos, se le habría atribuido a dicha condición làs particularidades del francés canadiense y, en última instancia, se habría afirmado: «Este es el francés de los judíos o *judeofrancés». Absurdo, ¿verdad?

Por último, este designativo de judío fue adoptado por nuestros judeoespañoles y traducido por *djudyo* o *djidyo*, igual que los yídish-hablantes llamaron a su lengua yídish (del alemán *jüdish*, «judío»).

He aquí un ejemplo [6] que ya estudiamos en la primera parte, pero que ahora resumimos para así poder continuar mejor nuestro análisis:

Génesis XXVII, 14

Ladino (judeoespañol calco): *I dicho a el anda agora vee a pas de tus ermanos i a pas de las ovejas*. Esta es la traducción literal del hebreo, de alguna manera, es hebreo vestido de español.

Djudezmo (judeoespañol vernáculo): *I le dicho: anda agora mira komo estan tus ermanos i komo estan las ovejas* («ch» y «j» se pronuncian en este caso como en francés y en español antiguo).

Castellano moderno (Santa Biblia, 1960): *E Israel le dijo: Ve ahora, mira cómo están tus hermanos y cómo están las ovejas.*

Y aquí la «ch» y la «j» del español antiguo se han convertido en la *jota* igual que la «ch» de Don Quichotte (escrito entonces Don Quixote) ha pasado a Don Quijote con *jota*, sonido que no existía en español cuando los franceses tradujeron la obra maestra de Cervantes, o la hubieran retranscrito como *Don Quirote*, igual que algunos escriben o pronuncian *Mireille Gorbatchov* en vez de Mikhail Gorbatchev.

Esta última versión, con unas pocas diferencias fonéticas (la pronunciación moderna del castellano), no difiere tanto de la del djudezmo, que conserva los sonidos antiguos del español, especialmente las sibilantes sonoras (*kaza*, en vez de casa; *meza*, en vez de mesa, etc.; *ijo* y *kacha* en vez de hijo y caja, con *jota*), pero también las africadas iniciales (*djente*, en vez de gente; *djarro*, en vez de jarro;...).

Un museo viviente del español de siglo XV

No hay duda de que el judeoespañol (ladino y djudezmo) es un museo viviente del estadio de la lengua española en la época anterior a 1492, y que además de los arcaísmos fonéticos mencionados, perpetúa otros, tanto a nivel morfológico como sintáctico. De modo que los filólogos y los historiadores de la lengua española encontrarán en él muchos elementos apropiados para enriquecer sus respectivas especialidades. Aquí no podemos ir más allá en este tema; el libro *Le Judéo-espagnol* permitirá al lector obtener más información [7].

Lenguas y culturas en contacto (interferencias-simbiosis)

No hace falta decir que esta lengua adoptará términos de cada una de las lenguas de los pueblos anfitriones, y muy especialmente, en Oriente, del todopoderoso turco, que marcará de forma indeleble al conjunto de las lenguas balcánicas. Términos que serán hispanizados, como lo serán los términos tomados del árabe por el judeoespañol de Marruecos. Además, el hebreo, el italiano, el griego, el búlgaro, etc., también marcarán a nuestro djudezmo protoplasmático.

Galomanía galopante del judeoespañol

Pero si hay una influencia capital, aunque relativamente tardía, es la del francés —el de las escuela de la Alianza Israelita Universal, creada en París en 1860— que invadirá al turco (en 1970 se calculó que en dicha lengua hay unas 5.600 palabras tomadas del francés), y también al judeoespañol, hasta el punto de formar un nuevo estadio de la lengua que llamamos *judeofrañol.*

Así queda trazada, a grandes rasgos, la historia (nacimiento, evolución y, desgraciadamente, la agonía [5] acelerada por el nazismo) del judeoespañol y de sus dos modalidades, el ladino y el djudezmo.

Abordemos ahora el estudio del djudezmo.

En la diáspora sefardí, el judeoespañol vernáculo se diversificó según las regiones [8]. En Oriente —después volveremos a la *haketiya* de Marruecos— aparece una diferencia muy nítida entre el habla de Estambul y la de Salónica. En consecuencia, podemos estudiar el djudezmo haciendo un estudio comparativo de estas dos hablas.

Rasgos distintivos del judeoespañol de Salónica

Antes de estudiar la literatura judeoespañola, intentemos caracterizar el habla de Salónica.

Los judeoespañoles de Estambul imitaban a los de Salónica diciéndoles *Tu fijo se fizo grande ama le manka daynda farina para favlar i fazer buenos fetchos*, «Tu hijo ha crecido, pero aún necesita harina [comida] para hablar y hacer buenos negocios», haciendo hincapié en las «f» iniciales tan características de Salónica. En realidad, en España, según las regiones, la «f» inicial latina se había mantenido o se había convertido primero en «h» aspirada y después en muda. Esta es la situación del castellano moderno que, sin embargo, ha conservado la grafía «h» aunque no se pronuncie.

LATÍN	SALÓNICA	ESTAMBUL	CASTELLANO MODERNO
FILIUS	*fijo*	*ijo*	*hijo*
FACERE	*fazer*	*azer*	*hacer*
FABULARE	*favlar*	*avlar*	*hablar*
FARINA	*farina*	*arina*	*harina*
FUMUS	*fumo*	*umo*	*humo*
FURNUS	*forno*	*orno*	*horno*

Sin embargo, no ocurre lo mismo con la «f» delante del diptongo WE. En este caso, se mantiene en las dos comunidades.

FONTIS	*fuente* o *huente*	*fuente* *o huente*	*fuente*
FOCUS	*fuego* o *huego*	*fuego* *o huego*	*fuego*
FORTIA	*fuersa* o *huersa*	*fuersa* *o huersa*	*fuerza*

La pronunciación con «h» (como la *jota* española) se puede observar aún hoy entre los indios de México [9].

Etc.

En resumidas cuentas, Salónica tiene la «f» por todas partes mientras que Estambul tiene ora la «f» ora «nada», situación que deja a Salónica sin la expresividad o la intensidad resultante de la explotación de esa nada —opuesta a la «f»— perfectamente resaltada en Estambul [10]. Así:

SALÓNICA	ESTAMBUL	CASTELLANO
feder	*feder*, en lugar de *eder*	*heder*
fyel	*fyel*, en lugar de *yel*	*hiel*
fuyir	*fuyir*, en lugar de *uyir*	*huir*
forka	*forka*, en lugar de *orka*	*horca*
ferir	*ferir*, en lugar de *erir*	*herir*
bafo	*bafo*, en lugar de *bao*	*vaho*
etc.		

Palabras tomadas del hebreo con 'ayin final

En términos generales, el hebreo se pronuncia igual en Salónica que en Estambul. Sin embargo, el *Semah Israel*, «Escucha Israel» de los salonicenses, las primeras palabras de la oración que se reza varias veces al día y que se han convertido en una verdadera invocación, en Estambul son pronunciadas *Sema Israel*, sin la «h» final sustituida por un golpe de glotis del ayin final que no se pronuncia en Estambul. Este es un rasgo distintivo del habla de Salónica. Así:

SALÓNICA	ESTAMBUL
yetser arah, «malos instintos»	*yetser ara*
zerah, «simiente, raza, descendencia»	*zera*
rachah, «malvado»	*racha*
etc.	

Por lo que se refiere a la morfología, se observa una sobrediptongación en Salónica, y una subdiptongación en Estambul.

SALÓNICA	ESTAMBUL
kyen, «quien»	*ken*
kyerer, «amar y desear»	*kerer*

Diferencia que también se encuentra a todo lo largo de las conjugaciones:
Presente de indicativo
kyero, *kyeres*, *kyere*, *kyeremos*, etc. en Salónica
kero, *keres*, *keres*, *keremos*, etc. en Estambul
Pretérito imperfecto de indicativo
kyeriya, *kyeriyas*, *kieriya*, etc. (Salónica)
keriya, *eriyas*, *keriya*, etc. (Estambul)
Presente de subjuntivo
kyera, *kyeras*, *kyera*, etc. (Salónica)
kera, *keras*, *kera*, etc. (Estambul)
etc.

Italianismos

Cabe señalar asimismo que, tanto desde el punto de vista fonético como desde el punto de vista del léxico, la influencia del italiano sobre el judeoespañol de Salónica es mucho mayor que sobre el de Estambul; estas influencias responden, probablemente, a la gran cantidad de judíos españoles que emigraron a Salónica después de una larga estancia en Italia, sobre todo en Liorno. Es el caso de la familia Allatini, cuya marca de galletas y otros productos similares aún subsiste, así como de la familia Nahoum/Morin *[11].

SALÓNICA	ESTAMBUL
etchetera	*etsetera*
tcherka, o *buchka*, «él busca»	*buchka*
difitchil(e)	*difisil*
pretchizo	*presizo*
tchita o *sivda(d)*	*sivda(d)*
komunita	*komunidad* y *komunita*
inotchente	*inosente*
perikolozo	*sekanozo*
londje y *lechos*	*lechos*
povero y *prove*	*prove*
sotto	*bacho*
lo stesso o *lo mizmo*	*lo mizmo* o *lo mezmo*
semplitche	*simple* o *semple*
espyegar	*eksplikar, aklarar*
preveder	*prever*

Encontramos cientos de ejemplos parecidos en la prensa judeoespañola de Salónica y, especialmente, en *La Solidaridad ovradera* [12], periódico socialista de los años 1911-1912.

Es fácil comprender que esta inmersión lingüística también propició un gran número de palabras tomadas del griego, empezando por *piron*, «tenedor», del griego *piruni* originario de Venecia y presente en el conjunto del djudezmo oriental. El término fue tomado junto con el objeto. Este es un hecho civilizador que viene a corroborar la teoría de *Las Palabras y las Cosas*. Señalemos algunas otras diferencias lexicográficas:

peche, «pescado» en Salónica - *pichkado* o *pechkado* en Estambul, todas ellas formas de origen hispánico; *nuera* en Salónica - *ermuera* en Estambul. Esto con el fin de evitar *muera*, en ese movimiento que va de *nos* - *nozotros* - *nuestro* - *nuevo* - *nueve* - *nuezes* - *buñuelo* - etc., a, respectivamente (por labialización de la «n» en «m»), *mos* - *mozotros* - *muestro* - *muevo* - *mueve* - *muezes* - *bimuelo*, etc. En este caso había una coacción social imperativa, toda vez que es fácil observar que abundan los proverbios y las canciones en los que se critica a la nuera (*La nuera traye achugar de oro i de marfil, la suegra tyene syempre ke dizir*, «La nuera trae un ajuar de oro y de marfil, pero la suegra siempre tiene algo que decir»). Realmente no podemos imaginarnos a una suegra conminando a su nuera de esta forma: *muera, ven aki!*

Por supuesto que estas diferencias no implican que las dos comunidades no pudieran comprenderse.

La haketiya (judeoespañol vernáculo de Marruecos) [13]

Al principio, en 1492, la lengua es la misma, con los mismos arcaísmos fonéticos y lexicográficos, pero con un aporte considerable de la lengua del país, el árabe, que, al igual que las palabras turcas, formarán el verbo en «ear», lo mismo que los neologismos verbales en castellano: *telefonear*, *boicotear*, *chequear* [14]...

Marruecos (del árabe)	Oriente próximo (del turco)
chaàtear (lanzar)	*englenearse* (divertirse)
nekdear (irritar)	*patladear* (reventar)
bedèar (invadir)	*bozdear* (estropear)
etc.	

Pero también hay palabras tomadas del hebreo; así, a partir del hebreo *herem*, («excomunión»), en una y otra zona:

heremear (excomulgar) *heremear* (excomulgar)

Es decir, que en las dos regiones se siguió recurriendo al español.

Además, el sustrato árabe favoreció, en el *haketiya*, por una parte, la conservación del énfasis fonético del hebreo, y por la otra, la explotación de dicho énfasis en español con fines expresivos, peyorativos o lo opuesto [10]. Así:

Ven aki ijjiko [en lugar de *ijiko*] *miyo* («ven aquí hijito mío»), y *Fulano es un ombre bachcho* [en vez de *bacho*], («Fulano es un hombre vil»).

Por supuesto que también hay diferencias de mentalidad perceptibles, especialmente en el caso de los proverbios (*véase* infra).

Desgraciadamente, arrinconado entre las influencias aculturantes de España y Francia, el *haketiya* se afrancesó y recastellanizó muy rápido y, a excepción de la literatura ladina tradicional, no produjo ni libros ni periódicos en *haketiya*, en judeohispañol o en judeofrañol. Lo cual no significa que no haya que seguir compilando toda la literatura oral, tanto de Marruecos como de Orán, donde tantos originarios de Tetuán se instalaron más o menos a partir de 1850 [15]. Señalemos que la palabra *haketiya* deriva de una raíz árabe que significa «contar», repetida por los arabehablantes en las frases del tipo «¡Pero qué están contando estos!».

Tanto para el *haketiya* como para el djudezmo de Oriente, hoy en día Israel constituye una posible elección, pues allí han decidido vivir muchos judeoespañoles tanto de Oriente como de Occidente: es un terreno que han explorado numerosos investigadores. Los jóvenes, por supuesto, ya no hablan el djudezmo y hay que apresurarse a acudir junto a los ancianos. Sobre todo porque la influencia del francés es tan fuerte que, en el término de una generación, se ha pasado de *dile ke venga* a *dile de venir*, un calco exacto del francés. Incluso se ha pasado, por influencia de la escritura turca moderna, de *profesor* a *profesör*, de *englenearse* a *amüzarse*, de *meldadura* a *lektüra* y de *yamada del Haham Bachi* a *appello del Gran-Rabbino*, etc. [16].

Literaturas judeoespañolas

Salónica formará parte del Imperio otomano hasta 1912. En consecuencia, se verá afectada por toda la producción judeoespañola del imperio, participará en ella y se beneficiará. Así fue como las obras del Gran Rabino Moisés Almosnino * de Salónica, redactadas en castellano del siglo XVI, en *romance*, como él mismo afirma, y no en judeoespañol, aunque estén escritas en caracteres hebreos, *Redjimyento de la vida* (Guía de la vida, 1564), un libro de moral, y *Ekstremos i grandezas de Konstantinopla* (Prodigios y grandezas de Constantinopla, 1566), un libro de historia, se difunden hasta España. Pero aún no se puede hablar de judeoespañol (djudezmo o ladino). Señalemos también que a través de las imprentas judeoespañolas de Liorno, estas obras también llegarán hasta las comunidades de Marruecos y de Orán, hasta el punto que si la historia hubiese seguido otros derroteros, hoy en día tal vez tendríamos una nueva lengua común judeoespañola [17].

Si nos atenemos a las cifras del salonicense Michael Molho, autor del único libro de *Literatura sefardita de Oriente* [18] (Madrid, 1960), y que nos servirá de guía a pesar de su confusionismo terminológico [19], entre cinco y seis mil obras fueron escritas en judeoespañol (ladino y djudezmo sumados). Pero a este balance de 1960 deben sumarse cerca de mil títulos descubiertos desde entonces, especialmente seiscientas setenta obras de teatro identificadas por Elena Romero en 1979 en su tesis *El teatro de los sefardíes orientales* [20]. Asimismo habría que añadir las doscientas noventa y seis cabeceras de periódicos catalogadas por Gaón en 1965 en *A Bibliography of the Judeo-Spanish Press* [21]. Del mismo modo, habría que sumar a este recuento las centenares de piezas (cantos profanos y litúrgicos, cuentos y proverbios) recogidos por decenas de investigadores, tanto en Europa como en el resto del mundo.

Para estudiar las literaturas judeoespañolas hay que volver a partir de nuestro trinomio L1 > LT/LV > L2 y ver lo que LT ha dado a lo largo de los siglos, bien en sus estructuras propias, bien en lo expresado de las estructuras de L1 (hebreo o arameo). Lo que significa que LT/LV sería portadora de una literatura oral —*romansas*, *kantigas*, *komplas*, *konsejas* (cuentos ejemplares) y refranes— y de otra, escrita, pero tan acompañante de L2 (escrita u oral) que, por cierto, revela aspectos anteriores a 1492.

Problemática de las literaturas judeoespañolas

De hecho es una labor que exige mucho esfuerzo; habría que pasar por la criba de nuestro trinomio LT/LV//L2 el conjunto de las obras judeoespañolas, o supuestamente consideradas como tales (es el caso de los *Proverbios Morales* de Sem Tob de Carrión * (hacia 1350) que de judío solo tienen la temática. ¡No se puede confundir temática y lengua!

Literatura ladina (judeoespañol calco)

En este caso se trata, por supuesto, de las fieles traducciones palabra por palabra según el método de los rabinos de España, y que ya produjo *El Pentateuco de Constantinopla* (1547) [22], la famosa Biblia de Ferrara (1553) [23], y también numerosos *sidurim*, «libros de oraciones», las recopilaciones de *Pirqué abot*, «Dichos de los padres», extractos del Talmud, el relato de la salida de Egipto llamado *Hagadah de Pésah* impreso —siempre en versión bilingüe— como los *sidurim* y *Pirqué abot* decenas de veces a lo largo de los siglos; la última edición de la *Hagadah de Pésah*, una verdadera antología, la hizo en 1970 la comunidad de Tesalónica en homenaje a los 65.000 judíos de Grecia aniquilados por los nazis.

En 1739, Asa le da a Estambul una nueva versión bilingüe hebreo/ladino, ligeramente modificada, de la Biblia hebraica. Será reeditada en Viena entre 1813 y 1816 y retomada en Esmirna, esta vez por misioneros protestantes que más adelante, en 1873, en Estambul, proporcionarán una versión en djudezmo muy recristianizada; es, de alguna manera, una Biblia judeoespañola cristiana [24]. Además, también aparecerán, por separado y a lo largo de los siglos, numerosos libros de la Biblia: los Salmos, el Cantar de los cantares, el Libro de Ruth, el Libro de Job [25].

¿Ladino o djudezmo?

Los judeoespañoles también abordarán los libros de moral, a menudo traducidos del hebreo (véase Molho, p. 225 a 294), de los que falta determinar si están en ladino o en djudezmo: *Meza de el Alma*, traducción del *Shulhan 'Aruj* de Yosef Caro * (1568 en Salónica; 1602 y 1712 en Venecia); *Ovligasyon de los korasones* (La guía de los deberes de los corazones), traducción de *Hobot halebabot* de Ben Pacuda *, por Yosef Formon (Estambul, 1569-Amsterdam, 1670); David Pardo, *Kompendyo de dinim ke todo Israel deve saver i observar*, Amsterdam, 1689; 1843, Salónica, Issac Amaradij y Joseph Sasson, *Moral edifikante*; 1850, Salónica, Mosé Emanuel Chalem, *El buen Kastigo*; 1858, Salónica, Haím Yom Tov de Agola, *Kastigo deskubyerto*; 1869, Salónica, Nissim Hacohen, *Konsejo divino*; 1870-1873, Constantinopla, Eliezer Papo, *Admiravle konsejero*; 1887, Salónica, Isaac Farhi, *Palavras de entendimyento*; 1887, Salónica, M. Hasid, *Kuentos morales*; 1893, Salónica, Haím Palatchi, *Manadero de vidas*; 1896, Salónica, *Eskalones de las kalidades*, traducción de una obra en hebreo de 1278 de R. Jahiel bar Jekutiel, quien vivió en Italia; 1921, Esmirna, Ben Guiat, *Perlas del Talmud*...

El *Meám Loéz* (Molho, p. 247 a 294)

La obra maestra de la literatura judeoespañola (muy poco ladino, mucho djudezmo).

Una creación que se extiende a lo largo de varios siglos, siempre reimpresa, siempre leída y releída, esta obra fascinó y sirvió de modelo a los sefardíes desde el siglo XVIII hasta nuestros días, y Michael Molho habla de ella con un entusiasmo más que justificado.

Concebida por Jabob Kulí a principios del siglo XVIII, el *Meám Loéz* es una obra inmensa, la obra maestra de la literatura judeoespañola, capaz de lograr que las masas judías salgan de la ignorancia en la que estaban sumidas tras las crisis del siglo XVII debidas a los trastornos provocados por Sabbataí Tseví*, el falso Mesías.

Para Jacob Kulí se trata de utilizar un lenguaje simple y claro y de recurrir a cuentos y anécdotas, así como, por supuesto, a los mandamientos clásicos; todo con el fin de llegar al público medio e incitarlo a retomar el estudio de la Biblia, de acuerdo con un método que viene directamente de España, *enseñar deleitando*, un principio que convendría introducir en nuestras universidades.

El primer volumen, dedicado al libro del Génesis, aparece en Estambul en 1730 y tiene un éxito considerable, lo que anima al autor a abordar el libro del Éxodo; pero, agotado por la empresa, muere en 1732, quedando interrumpido su trabajo en el capítulo 25. Este libro aparecerá en Estambul en 1733.

Sin embargo, la vía ha quedado trazada para sus sucesores que, en una cadena, primero continua y luego discontinua, proseguirán su trabajo hasta 1899, e incluso hasta 1908, en Jerusalén, con la última edición del Cantar de los cantares de Chaqui: Magresso (1746 a 1747, la continuación de *Éxodo* y el *Levítico*); 1764, *Números*; Argüeti (1773, *Deuteronomio*, solo una parte); luego hay una interrupción brutal; después viene Mitrani (1847 y 1867, *Josué*); R. H. Pontremoli (1889, *Esther*)... los centros de impresión van de Constantinopla a Salónica, de Andrinópolis a Jerusalén pasando por Liorno, desde donde llegaban a Marruecos y a las otras comunidades occidentales, impresiones que se repitieron varias veces.

En resumidas cuentas, nos encontramos en presencia, como dice Michael Molho, «de una verdadera enciclopedia popular» que amenizará las largas veladas invernales reuniendo a toda la familia alrededor del fuego, pero también facilitará la labor de los investigadores que así completarán sus conocimientos sobre la vida, los usos y costumbres de nuestros *djudyos* (judeoespañoles).

En España se han aplicado a la tarea de reeditar la obra en caracteres latinos. Desgraciadamente, solo se ha llegado hasta el cuarto volumen y muy a menudo los autores ignoran los rudimentos del judeoespañol.

En Israel, los especialistas han captado la importancia del *Meám Loéz* y en la actualidad hay una versión hebraica disponible.

Es una obra religiosa y moral, compuesta por dieciocho tomos redactados por trece autores, por lo tanto, hay estilos diferentes. Por regla general, cada versículo de la Biblia está traducido al ladino y después comentado de la forma antes descrita en djudezmo. «Es una suma»

—siempre en palabras de Michael Molho— «a la que la gente de cultura media recurría como a una fuente de saber, y en la que cualquier judío debe beber para conocer el pasado de Israel, sus ceremonias, sus tradiciones, sus leyes, sus prácticas religiosas, sus principios morales, sus leyendas.»

Literaturas populares orales
(Molho, p. 19 a 133)

Proverbios y dichos (Molho, 18 a 58)

Tomemos el proverbio I: *El haham yerra en la teva*, «Incluso el rabino se equivoca en el púlpito», es decir «El error es humano». Expresada así, esta verdad ya no tiene ningún carácter judío, mientras que con la referencia al *haham* («rabino» en judeoespañol) se alza el telón sobre el teatro de la vida judeoespañola en una ciudad de Oriente. Estamos en presencia de una verdad general revestida de color local judeoespañol. Se puede considerar que se toma una situación (la sinagoga en este caso) y se acompaña con palabras tomadas del hebreo, *haham* y *teva*. Cada sociedad, cada grupo humano, nacional, regional o incluso profesional, podría expresar esta verdad a su manera. Así, en España, *Al mejor cazador se le escapa la liebre*, y, en América Latina, *Al mejor mono se le escapa la zapotilla*. Si se pudieran reunir las variaciones sobre este tema en todas las lenguas del mundo, ¡qué hermosa antología! ¡Eso sí sería humano a la enésima potencia!

Mirado desde este punto de vista, un proverbio nos ofrece mucha información sobre la sociedad que lo destila en un momento determinado, pero también a lo largo del tiempo. Por eso, influido por el francés de la Alianza Israelita (y no judía) Universal, este proverbio tan rico perderá algo de gracia convertido en *El yerro es umano*, y que este otro, tan tremebundo, *A la ora de la pichada fraguar la privada*, «A la hora de mear construir el váter», se verá remplazado por *Azer las kozas al ultimo punto*, un calco de «*dejarlo todo para última hora*». El conjunto de estos refranes y dichos permitirá trazar un retrato de la sociedad donde surgen, y con esto, de región en región, las variantes que responden a las condiciones de vida de cada lugar. Es lo que intentamos hacer en una serie de artículos, que serán revisados y reunidos en una recopilación titulada *La Sociedad judeoespañola a través de sus proverbios* o *Dime tus proverbios y te diré quién eres*.

Poco a poco se van haciendo recopilaciones de proverbios [26] o refraneros, y en la actualidad se elabora un repertorio general en el Instituto Arias Montano de Madrid bajo la dirección de Leonor Carracedo.

Romansas (Molho, p. 59 a 115)

Además, muy a menudo, un proverbio puede ser la moraleja de una canción o de un cuento. Igual que cuando nuestro *nona*, «abuela», nos cantaba la *romansa* de la mujer adúltera (n.º 80 del catálogo de R. Menéndez Pidal), que se terminaba con este proverbio *Kyen tyene mujer ermoza ke la tenga byen guadrada*. En efecto, se puede contar y relatar cantando. El proverbio es, pues, el eslabón común entre *romansas* y *konsejas*, «cuentos morales» que concluyen precisamente con un *konsejo*, de ahí el título de uno de los capítulos de nuestra recopilación, *Kontar, kantar i refranear*.

El *romancero* (colección de *romances* o *romansas* en judeoespañol) es, sin lugar a dudas, el capítulo que más y mejor se ha estudiado de toda la literatura judeoespañola.

El pionero fue Ramón Menéndez Pidal, y hoy en día sus pasos son seguidos por los investigadores de la colección *El romancero judeoespañol en el Archivo Menéndez Pidal*, que constituye un inventario permanente de lo que se hace en este dominio en el mundo entero, así como una herramienta de trabajo indispensable [27]. El trabajo de campo nunca se ha detenido, y en la actualidad aún se descubren variantes con múltiples versiones [28].

El núcleo central de este *romancero* está constituido por los romances que conocían los exiliados de 1492, y a los que se han venido a sumar las piezas aportadas por los marranos de los siglos XVI y XVII reconvertidos al judaísmo. Pero, también en este caso, ha podido haber retoques, bien sea por descristrianización, bien sea por influencia del turco primero y luego del francés.

La temática es religiosa o profana, y Menéndez Pidal distinguió quince clases (de la A a la O: históricos, moriscos, carolingios, bíblicos, clásicos, de cautivos, etc.), clasificación que ha servido de base para sus seguidores.

Por regla general, esta tradición oral es anónima y hunde sus raíces en la tradición de España hasta constituir un museo de piezas desaparecidas de la Península. Asimismo pudo servir como modelo para nuevas creaciones. Además, las melodías de estas romansas fueron adoptadas para el canto de los poemas litúrgicos, y numerosas recopilaciones, especialmente la de Israel Najara, *Zemirot Israel* (1587), dan los incipits para recordar la melodía adoptada[29]. Véase especialmente Aben Sur *.

Por último, en el transcurso de las dos últimas décadas, la *romansa* sefardí ha sido cantada por decenas de intérpretes —en Francia, entre otras, por Esther Lamandier—, y en Turquía por el grupo de los «Pacharos Sefardíes». Continuamente aparecen nuevas grabaciones.

Konsejas y *kuentos* (Molho, p. 117 a 133)

Es decir, cuentos ejemplares (*exempla*) y otros. Ya hemos establecido la relación con los proverbios.

Este género no se ha estudiado con la misma profundidad. Aún es necesario recopilarlos, hacer la colección, el *kontero*, pues si en el caso de unos cuentos cantados, que es lo que son las *romansas*, las *komplas* y las *kantigas*, la música ayuda a la memoria, la *konseja*, al ser recitada, se deshilacha en la memoria de los últimos *djudyos* que aún conservan algún recuerdo.

Por añadidura, si bien antiguamente los contadores y contadoras animaban las veladas, desde principios del siglo XX la modernidad desestructuró la vida comunitaria; y muy pronto, la radio y la televisión iban a terminar el trabajo de erosión que ya estaba en marcha.

Hoy solo quedan jirones. Pero una labor encarnizada aún permitiría salvar algunas [30].

Muchos cuentos nos vienen de España, a menudo tienen elementos mágicos, y son de temática indoeuropea. Es lo que hemos tratado de demostrar en *Contes judéo-espagnols. Du miel au fiel* [31].

Una vez dispongamos de una colección que sea lo más completa posible, podremos, lo mismo que en el caso de los proverbios, describir con más detalle la sociedad de la que han surgido.

Literatura popular escrita
(a menudo anónima - Molho, p. 135 a 182)

Komplas de Purim (fiesta de Esther)

Se trata de una producción muy numerosa de poemas burlescos que celebran la victoria de los judíos sobre Amán gracias a Mardoqueo y a su sobrina Esther, convertida en reina (la Biblia: libro de Esther). Con ellos, Hassan ha constituido una hermosa colección en su tesis *Coplas de Purim* (Universidad Complutense de Madrid).

Abundan los elementos interesantes que nos ayudan a captar la naturaleza de la vida de nuestros *djudyos* durante los siglos XVIII y XIX, ya que dichas *komplas* se escalonan, en sus más de sesenta ediciones, a lo largo de dos siglos, e incluso hasta principios del XX, y en un marco territorial que llega hasta Marruecos.

Entre los muchos autores encontramos a Abraham de Toledo (primera mitad del siglo XVIII) y Saadi Halevi (muerto en 1905).

Cantos de Pésah (Pascua judía; Molho, p. 165 a 173)

Además del salonicense Saadi Halevi, director de varios periódicos de su ciudad, Michael Molho da las versiones ladinoides de dos cantos tradicionales de la Pascua, *Un kavritiko*, «Un cabrito», y *Ehad mi yode'a o Ken supyese i entendyese*, «¡Uno! ¿Quién sabe?» o «¿Quién sabe y comprende?». Otros cantos fueron compilados por el Taller judeoespañol, sobre todo por Henriette Azen, originaria de Orán.

Komplas de Savuoth (Pentecostés; Molho, p. 169 a 179)

Entre estas hay que mencionar las del *Bokieto de romansas* (Estambul, 1926) y las del salonicense Yehudá Bar León Kalhi (Venecia, 1753), que contienen numerosos ladinismos y que fueron adoptadas por el conjunto de los judeoespañoles.

Endetchas de Tichabeav (9 de *av*, fecha de la destrucción del Templo)

Endechas fúnebres que pueden cantarse con motivo de cualquier ceremonia luctuosa. Dado que sobre este género pesa un tabú, para lograr compilarlas hay que vencer muchas resistencias de los últimos ancianos de la comunidad.

En este género literario hay que incluir los epitafios en judeoespañol, auténticas poesías populares; en el caso de Salónica, se han perdido para siempre, pues su famoso cementerio, que databa de principios del siglo XVI, fue arrasado por los ocupantes nazis, que incluso construyeron una piscina con las lápidas de este y de otros muchos cementerios de Estambul.

Komplas de las flores (15 de *svat, Año Nuevo de los frutos y de los áboles*) (Molho, p. 179 a 182)

Cantadas con motivo de Tu bi-Svat, 15 del mes de *svat*, también llamado Año Nuevo de los frutos y de los árboles (en febrero normalmente). Las más hermosas fueron compuestas por el salonicense Yehudá bar León Kalhi en 1870, y forman parte de una tradición aún viva entre los ancianos, tan sensibles a los primeros y tímidos brotes de esa primavera que se prepara en secreto. Del mismo autor son las *Komplas de las frutas*, que también se entonan con el mismo motivo. En el primer caso, se trata de una pugna entre las flores, invocando una cualidad que distingue a cada flor de las otras; en el segundo, la pugna oratoria y cantada se produce entre los frutos.

Poesía, teatro, novelas (Molho, p. 295 a 319)

La poesía

Los mejores ejemplos son autores como:

a) Abraham de Toledo, que en 1732 escribe las *Komplas de Yosef ha-Sadik*, «Estrofas sobre el santo José», una obra maestra que se incorpora a la tradición y que está escrita según el esquema de las *komplas* festivas mencionadas antes.

b) Yaakov Berab, autor de *Zimrat ha-arets*, «Canto de la tierra», que contiene poesías en hebreo y en djudezmo. El libro aparece en Mantua en 1745, y será reimpreso en Salónica y en otras ciudades muchas veces.

c) Yehudá Kalhi, ya citado por sus *Komplas de las flores* y *de las frutas*, es el autor de un poema religioso que se cantaba en la sinagoga en Pentecostés: *Es razon de alavar a el Dyo...*

d) Israel Haím traduce el libro de Ben Sirat en 1818, en Belgrado.

e) El trovador salonicense Jacob Abraham Yona, del cual Armistead y Silverman han vuelto a publicar una notable primera recopilación en 1971 [33].

f) Pero no hay que olvidar a los autores que afrancesan su lengua y que, como Salem de Salónica, traducen las *Fábulas* de La Fontaine: *Seed piadozo, tened un korason tyerno*; / *Un diya yelado, de estos de invyerno,*/ *la sigala, de su natura haragana,* / *de meter koza en la boka tuvo gana...*

Ya habrán reconocido los primeros versos de *La cigarra y la hormiga.*

Las poesías también abundan en la prensa, como veremos muy pronto.

El teatro (Molho, p. 300 a 303)

Los comienzos, según Michael Molho, son ingenuos e infantiles. De hecho, se trata de obras de aficionados y representadas sobre todo con motivo de la fiesta de Purim, igual que en el mundo asquenazí existen los *Purimspiel* («Juegos de Purim»).

A finales del siglo XIX, el teatro evoluciona y el número de traducciones de obras clásicas aumenta rápidamente. Occidente irrumpe, sobre todo en su vertiente francesa, que también servirá como modelo para la novela. En 1882 aparece en *El Tyempo* una traducción de *Esther* de Racine; en 1884, David Hassid, de Salónica, adapta *El Avaro* de Molière; *El korreo de Lion* (Vienna, 1901); *El hazimo imaginado*, «El enfermo imaginario» (Sofía, 1903), *Romeo i Julieta* (Salónica, 1922), etc., pero Michael Molho detalla muy pocas obras; esta relación aumenta considerablemente gracias a Elena Romero[20].

La novela, «romanso» *en judeoespañol* (Molho, p. 303 a 304)

Hay pocas novelas originales. En la mayoría de los casos, son traducciones del francés, aunque sean novelas rusas, alemanas o inglesas, que son editadas a partir de la traducción francesa. Conviene aclarar que esto mismo se hacía en España a finales del siglo XIX y principios del XX, lo que suscitaba las protestas de Miguel de Unamuno. Tal era el poder de la lengua y de la cultura francesa.

Molho olvida citar aquí los nombres de los autores más importantes, que a menudo también eran periodistas y editaban sus obras, originales o traducciones, en seriales. Así, *La madre* de Gorki apareció en *La Solidaridad ovradera*, periódico socialista de Salónica (1911-1912). Lo que también solía ocurrir con las novelas traducidas es que eran adaptadas o retocadas en función de los gustos del público y de la falta de espacio. Entre los traductores, citemos a Ben Guiat, Eliya Karmona, Chelomo I. Cherezli, que tenía una editorial en Jerusalén, David Fresko...

Junto a Cholem Aleikhem, Máximo Gorki, Tolstoi, citemos a Bernadin de Saint-Pierre, Victor Hugo, Eugène Sue, Alejandro Dumas... Toda una literatura que merece un estudio detallado, pues, a pesar de la intención de copiar las costumbres francesas, bajo estas aparecen las costumbres de los *djudyos*.

Dentro de los estrechos límites de este apartado, debemos significar una novela judeoespañola (tema y lengua), *En Torno de la Torre Blanka*, aparecida en 1982, de Enrique Saporta y Beja (1898-1984), originario de Salónica. Es la última novela aparecida en esta lengua [34].

Historia (Molho, p. 323 a 327)

Además de algunas obras generales, Molho cita decenas de monografías sobre las comunidades judeoespañolas de Viena, Vidin, Rostock, Salónica, Kostur... y decenas de monografías sobre numerosas personalidades. Remitimos al lector a nuestro autor y pasamos al periodismo.

Periodismo (Molho, p. 327 a 337)

El tema es abordado en profundidad en *L'Agonie* [5] (cap. 9, p. 97 a 106). Pensamos que basta con consultar la referencia para tener una visión de conjunto de la prensa judeoespañola en los territorios del antiguo Imperio otomano y del resto del mundo.

Recordemos simplemente que el primer periódico en judeoespañol, *La Buena Esperansa*, apareció en Esmirna en 1842. Turquía y las minorías que habitaban en el país salían del oscurantismo. La *Haskalah*, «El movimiento de las Luces», llegaba hasta las masas judías de Oriente.

A partir de este primer logro, la prensa iba a multiplicarse. 1853: *Or Israel*, «Luz de Israel» (Estambul); 1856: *El Manadero*, «El Manantial» (Estambul), publicado por misioneros escoceses; 1860: *Djornal Israelit* y su suplemento de humor (Estambul), etc.; 1864: *El Lunar*, «El Claro de Luna», dirigido por Yehuda Nehama (Salónica); 1869: *Salonik*, «Salónica», dedicado sobre todo a la agricultura y el comercio... en total, cerca de 300 cabeceras para el universo judeoespañol y toda su diáspora, que aparece claramente expresada en las siguientes cifras. Número de periódicos por países o ciudades, en orden alfabético: Austria (26), Bulgaria (50), Curaçao (1), Checoslovaquia (1), Egipto (10), Estados Unidos (14), Francia (3), Gibraltar (2), Grecia (112), Hungría (1), Inglaterra (1), Palestina/Israel (26), México (1), Rumanía (3), Turquía (72), Yugoslavia (5), con 105 títulos solo en la ciudad de Salónica entre 1869 y 1941. En abril de 1941, el último diario, *El Mensajero*, deja de aparecer y empieza la represión, seguida poco después por las deportaciones. El estudio de la cantidad de periódicos por ciudades y épocas (*L'Agonie*, p. 102-106) permite comprobar la dispersión de los judeoespañoles por el mundo entero.

Esta prensa judeoespañola es una fuente irreemplazable. Aquí nos limitaremos al ejemplo de Salónica que, aunque más liberal, incluso socialista, es válido para un análisis de la prensa de los otros países: las crónicas locales, regionales o nacionales abundan. Todas las tendencias políticas están representadas: *Avanti*, periódico del partido Socialista, se pasa al comunismo en el momento de la III Internacional. En 1875 nace *La Epoka*, dirigido por Samuel Lévy, periódico liberal, como sus descendientes *El Emparsyal*, creado por Mataraso y Bezantchi en 1909 y *El Liberal*, también de Mataraso. Elías Arditti funda *La Libertad* en 1909. *El Avenir*, socialista, dirigido por David Florentin, nace en 1897. Ya hemos mencionado *La Solidaridad ovradera*. *El Pueblo*, fundado en 1917, es dirigido por Bezantchi y Eliya Veisi. Este último, en 1935, crea *El Mensajero*, ya mencionado con anterioridad. En 1920, Isaac Chaki crea *La Verdad*. Eliya Veisi, él de nuevo, funda en 1929 *Aksyon*. Daniel Alaluf crea y dirige entre 1934 y 1935 *La Prensa*. Es toda una pléyade de periodistas que, por cierto, encontramos a la cabeza de numerosos diarios. Es todo un mundo que sería interesante estudiar con detalle, un mundo que pronto debía desaparecer en un horrible genocidio.

También hay «gacetas» literarias, científicas, humorísticas, culturales, ejemplos de un nuevo despertar, de una nueva *Haskalah*. El deporte también tiene un lugar. Y, después de 1912, el sionismo (excepto en Turquía) será representado por diferentes órganos: *La Esperansa* (1915-1917 y 1919-1920); *La Renasessya Djudiya*, una publicación semanal, era el órgano de la Federación Sionista de Grecia y siguió apareciendo hasta la ocupación de la ciudad por las tropas alemanas. Era bilingüe, una parte en judeoespañol y otra en griego para los judíos de Grecia que no eran hispanohablantes. Además, aparecían regularmente publicaciones anuales, *El Makabeo*, es decir, «El sionista», y *El Djudyo*.

Este tesoro tiene un considerable interés tanto desde el punto de vista literario como histórico, económico o filosófico.

La prensa judeoespañola en su conjunto (desde 1842 hasta nuestros días) representa para el conocimiento de toda esta época lo que las *responsa*, «consultas entre rabinos» (Molho, p. 359 a 376), fueron y siguen siendo para los siglos anteriores. Además, constituye una literatura en gestación que, de haber tenido el tiempo y el vigor para desarrollarse, probablemente habría dado obras maestras comparables a las de la literatura yídish; esta no se vio perturbada por la galopante influencia francesa introducida en la cuenca mediterránea por la Alianza israelita universal.

De esta prensa, tan floreciente antaño, hoy solo sobreviven *La Luz de Israel* y *Aki Yerushalayim* en Israel; *Chalom* en Turquía, que solo reserva una página sobre seis al judeoespañol; *Vidas Largas* en París, que aparece muy irregularmente; y, desde 1990, en Bruselas, *Los Muestros*.

Hoy en día, en las universidades del mundo entero se realizan investigaciones sobre el judeoespañol. En 1967 se inauguró un curso de esta disciplina en l'École nationale de lenguas orientales y en la Sorbonne.

Notas

Introducción

1. Cf. el *Targum* de Onquelos es el de J. BEN UZIEL. Sobre el versículo citado de Abdías, el comentarista español Abraham ben Ezrá (hacia 1092-hacia 1164) explica: «Jonathan ben Uziel traducía *Sefarad* por España, pero se trata del exilio de Tito: el profeta predice el futuro —no, como lo afirma Rabi Moisés, su dispersión se remonta a la del Primer Templo.»
2. «*Lo cierto es que como término técnico lo sefardí queda reservado para lo judío-español diaspórico, con exclusión de su precedente hispano-judío medieval*», I. M. HASSÁN, introducción a las *Actas del primer simposio de estudios sefardíes*, Madrid, 1-6 de junio 1964, Instituto Arias Montano, 1970, p. XVII, citado por G. NAHON, «Les sépharades: pour une histoire globale», *Les Temps modernes*, París, t. XXXIV, n.º 394 bis, 1979, p. 39-92, y especialmente p. 40.
3. J. L. LACAVE, «Presentación», en *Estudios sefardíes*, n.º 1, Instituto Arias Montano, Madrid, p. VII-IX, y especialmente p. VIII.
4. Encyclopaedia Judaica (en adelante, *E. J.*), Jerusalén, 1971 a 1973, «Sephardim», t. XIV, col. 1164-1177. Véase también H. V. SÉPHIHA, «Diagnostic du judaïsme français: une *sépharadite* aiguë», en *Combat pour la diaspora*, «Juifs d'Orient et de Méditerranée», n.º 3, 1980, p. 55-63.
5. Fédération sephardite mondiale, *Actes de la rencontre d'Amsterdam*, 14-17 de enero 1971, dir. R. Cohen, Amsterdam, s. d. [1971], p. 60
6. M. ELBAZ, «L'Exil intérieur», en *Les Temps modernes*, París, t. XXXIV, n.º 394 bis, p. 199-245, y especialmente p. 200-201, n.º 4 y, en el mismo número, S. Ouaknine, «Le retour d'Abel», p. 480-492, y especialmente, en la p. 480, esta nota: «Para evitar cualquier polémica geohistórica, llamo aquí sefarad a la orientalidad del judío. Este artículo intentará, precisamente, mostrar las facetas de esta polaridad del judío en su judeidad global».

En la Península Ibérica, desde los orígenes hasta 1492

1. L. García Iglesias, Los Judíos en la España antigua, Ed.Cristiandad, Madrid, 1978, p. 183-198.
2. J. Green «Historical and Genetic Studies on the Twelve Tribes of Israel and their Relation to the Present Ethnic Composition of the Jewish People», *Jewish Quarterly Review* (en adelante, *J. Q. R.*), LVIII, fasc. I, julio 1967, p. 1-13; cf. *Sefarad*, XXIX, fasc. I, 1969, p. 130.
   Hoy en día, los historiadores dudan entre dos hipótesis. Para unos, los judíos de África del Norte y de España serían originarios de la Palestina meridional y habrían asimilado a las poblaciones indígenas convertidas al judaísmo. Para los otros —por cierto, el grupo más numeroso—, las diferencias que ya existían durante la Edad Media entre los sefardíes y los asquenazíes, tendrían su origen en la oposición entre el hogar palestino y el hogar babilónico durante el primer milenio de nuestra era. En esta hipótesis, los sefardíes estarían vinculados con Babilonia, mientras que los askenazíes lo estarían con Palestina. Sin embargo, los estudios sobre la historia de la pronunciación del hebreo subrayan el origen palestino de la pronunciación sefardí. Por lo tanto, la teoría sobre Babilonia parece difícil de mantener. Mejor conocidos también, los contactos de los judíos norteafricanos o españoles con Tierra Santa durante la Edad Media, demostrarían un estrecho parentesco de los sefardíes con el centro palestino.
3. Nuevo Testamento, Epístola a los romanos, t. XV, 24 y 28.
4. B. Leroy, *L'Aventure séfarade, de la Péninsule ibérique à la diaspora*, Ed. Albin Michel, París, p. 23.
5. E. Asthor, *The Jews of Moslem Spain*, Ed.The Jewish Publication Society of America, Filadelfia, 1979, 3 vols., vol. II, p. 1-12.
6. B. Leroy, *La Navarre au Moyen Âge*, Ed. Albin Michel, París, 1984, p. 29-32.

Hasday ben Saprut

1. J. y H. Derenbourg, *Opuscules et traités d'Abou'l Walid Merwan ibn Djanah de Cordue*, Ed. de l'Imprimerie nationale, París, 1880, p. II. Los autores afirman que Saprut-Saportas es un nombre hispano-romance.
2. Una de las academias de Babilonia.
3. J. Halévy, *Le Livre du Kuzari*, Ed. J. Vrin, París, 1982, p. 211-219.

Los Ben Nagrela

1. S. Munk, «Notice sur Abou'l-walid Merwan ibn-Djana'h et sur quelques autres grammairiens hébreux des Xe et XIe siècles, suivie de l'introduc-

tion du Kitab al-Luma d'ibn Djana'h», en *Journal asiatique*, París, t. XV, abril 1850, p. 297-337, t. XVI, julio 1850, p. 5-50, septiembre 1850, p. 201-247, noviembre-diciembre 1850, p. 353-427, y especialmente p. 203.

2. R. AYOUN, «La carrière politique de Samuel ibn Nagréla, juif espagnol du XIe siècle», en *Politique et religion dans le judaïsme ancien et medieval*, Ed. Desclée, París, 1989, p. 209-248, y especialmente p. 239, nota 28.
3. A. BEN BOLLUGIN, *Mudhakkarat al-amir Abdallah akhir muluk Bani Zin bi-Gharnata al-musammat bi-Kitab at-tibyan*, Ed. E. Lévi-Provençal, El Cairo, 1955, p. 37-38.
4. IBN BASSAM, *Adh-Dhakhira fi mahasinahl al-djazira*, Primera parte, vol. I-II, El Cairo, 1939-1942, p. 270.
5. A. M. HABERMAN, «Jehoseph bar Shemuel ha- Nagid, sa vie et les vestiges de sa poésie» (en hebreo), en *Tesoro de los Judíos sefardíes*, VI, 1961, p. 44-58.

Isaac ben Jacob Alfasí

1. A. IBN DAUD, *Libro de la tradición* (*Sefer ha-qabbalah*; en adelante, *Lib. Trad.*), Ed. Riopiedras, Barcelona, 1990, p. 98.
2. F. DÍAZ ESTEBAN, «La academia de Lucena», en *Los judíos en Córdoba* (*ss. X-XII*), Ed. El Almendro, Cordue, 1988, p. 126-132.
3. «Alfasi, Isaac ben Jacob», en *E. J.*, t. II, col. 600-604.
4. *E. J.*, art. citado, col. 603.
5. F. DÍAZ ESTEBAN, art. citado, p. 129.
6. A. IBN DAUD, *op. cit.*, p. 99.

Salomón ben Gabirol

1. I. DAVIDSON, *Selected Religious poems of Solomon ibn Gabirol, from a Critical Text Edited*, Ed. The Jewish Publication Society of America, Filadelfia, 1974, p. XVII.
2. S. MUNK, *Mélanges de philosophie juive et arabe*, Ed. A. Franck, París, 1857-1859, 3.ª edición, Ed. J. Vrin, París, 1965, p. 515, reeditado en 1988.
3. J. SCHLANGER, *Salomon ben Yehûdah ibn Gabirol, Livre de la Source de vie* (*Fons vitae*), Ed. Aubier-Montaigne, París, 1970.

Bahia ben Pacuda

1. BAHYA, *Les Devoirs du coeur*, traucción de André Chouraqui, Ed. Desclée de Brouwer, París, 1978, especialmente p. LXX.

2. S. GAÓN (Le Fayún 892-Sura 942) de la academia de Sura en Babilonia, gramático, teólogo y exégeta, dirige la lucha contra la herejía de los caraítas. Su obra más importante, *El libro de las creencias religiosas y de las doctrinas filosóficas*, escrito en árabe, es traducido al hebreo en el siglo XII por Yehudá ben Tibón *. Para poner fin a la anarquía doctrinal provocada por la «secta» de los caraítas, que rechazan la autoridad de la tradición consignada en el Talmud, Saadiá Gaón, por primera vez en la historia del judaísmo, busca llevar a cabo una exposición sistemática del pensamiento judío y así inscribe una fecha muy importante. Saadiá parte del principio de que la razón enseña las mismas verdades que la revelación, y rechaza, por una parte, las creencias que le parecen absurdas y no basadas en las Escrituras (la creencia en la metempsicosis, por ejemplo), y, por la otra, establece las verdades que le parecen fundamentales, como la unidad de Dios, sus atributos, la revelación de la Ley... Su teoría de la creación de la materia es un ataque directo contra toda la filosofía de los antiguos, y expone con una fuerza innegable dos tesis que seguirán siendo esenciales para la filosofía judía en la Edad Media y en la era moderna, la de la creación *ex nihilo* y la del libre albedrío.
3. M. E. STERN, *Choboth ha-L'baboth, Lehrbuch der Herzenspflichten*, Ed. V. Schmidbauer und Holzwarth, Viena, 1853.
4. BAHYA, *op. cit.*
5. *Bahya ben Joseph ibn Pakudah, Torat hovot ha-levavot*, Ed. Moses Hyamson, Duties of the Heart, Jerusalén, 1962, 2 vols.
6. Al Mokammes (o al Mukammis, o al-Mokammas, la grafía del nombre es incierta), David (Daud) ben Marwan al-Raqi (de la ciudad de Raqa, en Irak) al-Shirazi (conocido también con el nombre de David ha-Bavli, hacia el año 900), es uno de los primeros filósofos judíos del periodo islámico. Al-Kirkisani, erudito caraíta, cuenta de él que se trata de un judío que está a punto de convertirse al cristianismo en la época en que estudia con Nonnus, un filósofo y médico cristiano que vive en Nisibis. Sin embargo, versado en los dogmas y en las enseñanzas del cristianismo, escribe dos obras polémicas contra dicha religión; no obstante, no es posible fijar con certeza su vuelta al judaísmo. En cualquier caso, judíos y musulmanes lo consideran como un erudito judío. Tampoco se sabe si fue un rabinista o un caraíta.

   Al Mokammes traduce comentarios cristianos sobre el Génesis y el Eclesiastés, y escribe sobre diferentes religiones y sectas. El manuscrito que contiene la mayor parte de su trabajo teológico-filosófico, titulado *Ichrun Maqalat* («Veinte tratados»), está en la biblioteca de San Petersburgo. Solo una pequeña parte del original árabe de este trabajo está publicada; corresponde a una de las secciones de una traducción hebraica parcial de la obra que se encuentra en el comentario de Yehudá ben Barzillaí al-Bargeloni sobre el *Séfer Yetsirah*. La obra de Al Mokammes aborda temas como el conocimiento y la verdad, la sustancia y el accidente, la existencia de Dios (su unidad y sus atributos, la profecía y los mandamientos divinos). Las partes de la obra que aún se conservan revelan que, como Saadiá Gaón en *Emunot ve-De'ot* 1, 1, en general Al Mokammes sigue las enseñanzas de los mutazilites, aunque acepta también algunas ideas de los filósofos griegos. Al igual que los mutazilites, afirma que los atributos de Dios no se suman a su esencia para introducir la multiplicidad en Dios. Dios y sus atributos son Uno, y solo las imperfecciones del idioma humano exigen que los hombres utilicen una multiplicidad de términos para describirlos. Los atributos que describen a Dios deben ser comprendidos en negativo, es decir, que deben ser interpretados como afirmando lo que Dios no es antes que lo que es. Además, Al Mokammes sostiene que una «teología negativa» parecida a la suya puede encontrarse ya en Aristóteles. Rechaza la doctrina cristiana de la Trinidad como falsa, puesto que está basada sobre la noción de que Dios posee una multiplicidad de atributos. Llama a Dios la «causa sin causa». Sostiene que el alma vive por sí misma y no por una fuerza que viene de algo distinto. La recompensa del justo y el castigo de los depravados tendrán lugar en la eternidad del mundo futuro. Al describir la historia del cristianismo, afirma que esta religión tiene sus raíces en dos sectas judías: los saduceos y la secta judía precristiana de los Alkaraya. Pone en evidencia las contradicciones entre los distintos Evangelios y demuestra que dichos escritos no contienen la ley. Solo los apóstoles Pedro y Pablo le dan leyes a los cristianos, aunque estos consideran que el origen de estas leyes proviene de una tradición secreta que se remonta a Jesús. Puesto que esas leyes apostólicas son pocas e insuficientes, los cristianos añaden nuevas leyes durante el Concilio de Nicea (año 325), y, más adelante, aún suman nuevas leyes. Al Mokammes escribe mucho más sobre las sectas judías, y sus disertaciones sobre este tema son, sin duda, una fuente muy útil para los autores judíos e islámicos.

7. Los mutazilites son conocidos como los teólogos más antiguos; florecen durante el primer periodo abasí (750-900), en Bagdad y en Basora, Irak. Sus doctrinas contienen cinco tesis.

   La primera es la de la unidad de Dios y la negación del antropomorfismo. Esto lleva a la interpretación alegórica de los versículos del Corán que le atribuyen propiedades humanas a Dios. Insistiendo sobre el monoteísmo, afirman el carácter de la cosa creada del Corán, negando que exista como *logos* en la eternidad.

   En segundo lugar, afirman la justicia de Dios, ya que Dios desea siempre lo mejor. En paralelo, afirman la libre voluntad del hombre, que hace buenas y malas acciones y que, por lo tanto, merece recompensas y castigos.

   La tercera tesis afirma que las recompensas y los castigos en la vida futura serán dados en función de los méritos de los hombres derivados de su libre elección.

La cuarta tesis se refiere al «estado intermedio» del pecador que transgrede un mandamiento islámico importante. Su posición es intermedia entre el creyente y el infiel que asocia otros elementos a Dios o defiende doctrinas heréticas similares.

La quinta tesis afecta al deber de «ordenar el bien y prohibir el mal» (Corán 3:106, 110; 31:16); es decir, que se debe tomar parte activamente para hacer efectiva la verdadera doctrina. El principal objetivo de los mutazilites es el de defender y propagar su particular comprensión del islam contra los literarios. No consiguen defender sus doctrinas y pierden la batalla ante los discípulos de Al-Ashari, cuyos dogmas se convierten en los dogmas de la otrtodoxia.

Moisés ben Ezrá

1. A. Ibn Daud, *Lib. Trad.*, p. 105.
2. A. Saenz-Badillos, «Yishaq ibn Gayyat, poeta de Lucena», en *Los Judíos y Lucena, historia, pensamiento y poesía*, Ed. El Almendro, Córdoba, 1988, p. 103-127.
3. H. Brody, *Selected Poems of Moses ibn Ezra*, Filadelfia, 1934.
4. A. Díez Macho, *Moshe ibn Ezra, como poeta y preceptista*, Consejo Superior de Investigaciones Científicas (en adelante, C.S.I.C.), Madrid, 1953, p. 40.
5. A. Díez Macho, *op. cit.*, p. 41.
6. Según D. G. Maeso, *Manual de historia de la literatura hebrea, bíblica, rabínica, neojudaica* (en adelante, *Hist. lit. hebr.*), Ed. Gredos, Madrid, 1960, p. 495, nota 1, «Halper sugiere *Libro del presente y del pasado*» por el hecho de que el autor habla de literatura hebraica contemporánea y anterior. Teniendo en cuenta la inspiración bíblica que revelan los títulos de la mayoría de las obras de la literatura judía, podría ser que se refieran al Salmo LXXVII, 6: «Pienso en los días pasados, me acuerdo de los años lejanos». A pesar de todo, pensamos que la traducción más exacta del árabe es, sencillamente: *Libro de la disertación y del recuerdo.*

Yehudá Haleví

1. A. Dorón, *Yehudah ha-Levi - Repercusión de su obra, con una semblanza de Yehudah ha-Levi*, Ed. Riopiedras, Barcelona, 1985.
2. A. Dorón, *op. cit.*, *Semblanza de Yehudah ha-Levi*, p. 13.
3. A. Dorón, *op. cit.*, p. 49-50.
4. M. Vallicrosa, «Sobre los más antiguos versos en lengua castellana», *Sefarad*, VI, Madrid, 1946, p. 362-371.

5. *Mahzor le-Roch ha-Chanah, Minhag Sefarad bi-qehillot qunchtantinah u-medinot Mizrah, u-Ma'arab we Italia* («Livre de prières pour Roch ha-Chanah, rites sefardi des communautes de Constantinople, des villes d'Orient, d'Occident et d'Italie»), I. Vienne, 5683 (= 1923), p. 27.
6. S. D. GOITEIN, *Ha parashah ha-aharonah be-hayye rabenu Yehudah ha-Levi le-or kitvé ha-genizah* («Dernière Contribution à l'étude de la vie de Juda ha-Levi, à la lumière des manuscrits de la Gueniza du Caire»), *Tarbits*, 24, Jerusalén, 2-1955, p. 21-42.
7. H. SCHIRMANN, *Ha-meshorerim bené doram shel Mosheh ibn Ezra we-shel Yehudah ha-Leví* («Les Poètes de la génération de Moïse ibn Ezra et de Juda ha-Levi»), en *Yediot ha-Makhon le-Heqer ha-shirah*, Jerusalén, t. II, 1936, p. 117-195.
8. J. HA-LEVÍ, *Cuzary*, Ed. Nacional, Madrid, 1979.
9. L. SUÁREZ FERNÁNDEZ, *Judíos españoles en la Edad Media*, Ed. Rialp, Madrid, 1980, p. 110, nota 23.
10. Y. HA-LEVÍ, *Le «Diwan»*, Ed. de l'Éclat, col. «Philosophie imaginaire», Montpellier, 1988.
11. R. LARRIEU, «II. Littérature hispano-juive», en *Histoire illustrée de la littérature espagnole*, Ed. Didier, París, 1952, p. IX-X, y G. BLEIBERG-J. MARÍAS, *Diccionario de literatura española* (en adelante, *Dicc. lit. esp.*), Ed. Gredos, Madrid, 1964, p. 374.

Abraham ben Ezrá

1. D. G. MAESO, *Hist. Lit. hebr.*, p. 503
2. M. J. CANO, «La poesía secular de los Judíos de Al-Andalus», en *Los Judíos y Lucena*, p. 81.
3. «Ibn Ezra, Abraham», en *E. J.*, t. VIII, col. 1163-170, col. 1166.

Abraham ben Daud Haleví

1. A. BEN DAOUD, *Libro de la tradición (Sefer ha-qabbalah),* por Lola FERRE, Ed. Riopiedras, Barcelona, 1990, p. 11-12.
2. *Ídem*, p. 13, número 4, «más conocido por su versión hebraica de S. ibn Labi, *Ha-emunah ha-ramah*».
3. S. IBN VERGA, «Shebet Jehuda (La vara de Judá)», en *Revista del Centro de Estudios Históricos de Granada y su Reino*, 1924, vol. III, notas 1 y 2, p. 30, citado por L. FERRE, *Lib. Trad.*, p. 12.
4. A. DE TORRUTIEL, *Lib. Trad.* en *Revista del Centro de Estudios Históricos de Granada y su Reino*, 1922, vol. II, notas 3 y 4, 1922, p. 254-283, y especialmente p. 259, citado por L. FERRE, *Lib. Trad.*, p. 12-13.

5. A. de Torrutiel, *op. cit.*, p. 262, citado por L. Ferre, *Lib. Trad.*, p. 13.
6. Impreso por primera vez en Mantua en 1514, seguidamente el *Sefer ha-qabbalah* será traducido al latín en París en 1572; más adelante las ediciones se multiplicarán y la obra despertará un gran interés entre los eruditos del siglo xix.

Maimónides

1. A. Altmann, «Maïmonides and Thomas Aquinas: Natural or Divine Prophecy?» en *Essays in Jewish Intellectual History*, Ed. Brandeis University Press, University Press of New England, Hanovre, 1981, p. 77-97.
2. M. Maïmonide, *Le Guide des égarés*, Ed. Verdier, París, 1979.
3. L. Strauss, *Maïmonide*, Ed. des Presses universitaires de France, París, 1988, p. 297-363.

Abraham Abulafia

1. G. Scholem, *Les Grands Courants de la mystique juive*, Ed. Payot, París, 1983. Todo el capítulo IV está dedicado a Abraham Abulafia y a la doctrina del cabalismo profético.
2. M. Idel, *Les Écrits et la doctrine d'Abraham Abulafia* (en hebreo), tesis, Universidad hebraica de Jerusalén, 1976. *L'Expérience mystique d'Abraham Aboulafia*, Ed. du Cerf, París, 1989.
3. A. Aboulafia, *L'Épître des sept voies*, Ed. de l'Éclat, París, 1985.

Los Quimhí

1. «Kimjí», en *Encyclopedia judaica castellana* (en adelante, *E. J. C.*), México, t. VI, p. 440.
2. D. Castelli, en *Revue des études juives* (en adelante, *R. E. J.*) t. XXVIII, 1894, p. 212-227 y t. XXIX, 1894, p. 100-110.
3. H. V. Séphiha, a) «Bibles judéo-espagnoles: littéralisme et commentateurs», en *Iberoromania*, 1970, Ed. Heft 1, p. 56-90; b) «Versiones judeoespañolas del *Libro de Jeremías* impresas en Ferrara y Salónica en el siglo XVI: influencia de los comentaristas», en *Sefarad*, Madrid, 1971, fasc. II, p. 179-184; c) «Ladino (judéo-espagnol calco) et commentateurs», en *Revue de l'histoire des religions*, cuarto trimestre, París, 1975, p. 255-284.

Los Ben Tibón

1. A. Neubauer y E. Renan, «Les Rabbins français du commencement du XIVe siècle», en *Histoire littéraire de la France*, t. XXVII, París, 1877, p. 599-623.
2. E. Renan, «Les Écrivains juifs français du XIVe siècle», en *Histoire littéraire de la France*, t. XXXI, París, 1893.

Benjamín de Tudela

1. J. R. M. Nom de Déu, *Libro de viajes de Benjamín de Tudela, Versión castellana y notas*, Ed. Riopiedras, col. «Biblioteca Nueva Sefarad», Barcelona, 1989; dos mapas desplegables: uno, fijado por H. Beinart, abarca el itinerario de B. de Tudela; el otro, fijado por C. E. Dubler, abarca la situación étnico-política del mundo descrito por B. de Tudela, p. 55.
2. A. Israel, *Jewish Life in the Middle Ages*, Nueva York, 1969, cap. XI, «Trades and Occupations», p. 211-213. Citado por J. R. M. Nom de Déu, *op. cit.*, p. 14.
3. J. R. M. Nom de Déu, *op. cit.*, p. 44-45.
4. E. Carmoly, «Tour du monde ou voyage du rabbin Pétachia de Ratisbonne, dans le XIIe siècle», en *Nouveau Journal asiatique*, París, 1831, VIII, p. 257-353. Citado por J. R. M. Nom de Déu, *op. cit.*, p. 26, nota 13 y p. 28, nota 17.

Nahmánides

1. Nahmanide, *La Dispute de Barcelone*, Ed. Verdier-Lagrasse, 1984, p. 1-61, y especialmente p. 9.

Yosef Kaspi

1. C. Sirat, *La Philosophie juive au Moyen Âge, selon les textes manuscrits et imprimés*, Ed. du CNRS, París, 1983, p. 356.
2. E. Renan, «Auteurs juifs dans le Midi de la France». Sobre Joseph ibn Kaspi, véase *Histoire littéraire de la France*, t. XXXI, París, 1893, 477-547.

Guesónides

1. C. Touati, *La Pensée philosophique et théologique de Gersonide*, tesis, París III, 16 de diciembre de 1971, 2 t., t. I, p. 35.

2. C. TOUATI, «Quatre compositions liturgiques de Gersonide», en *R. E. J.*, t. CXVII, 1958, p. 97-105, y especialmente p. 103.

Sem Tob de Carrión

1. Obra d'omre, que nada / es, e tod' el su fecho / e su vida penada / es muy poco trecho.
2. Citamos siguiendo la edición de A. GARCÍA CALVO, *Don Sem Tob, Glosas de Sabiduría o Proverbios Morales y otras rimas*, Ed. Alianza, Madrid, 1974. Cuadro cronológico, p. 229-239.
3. A. CASTRO, *España en su Historia*, Ed. Losada, Buenos Aires, 1948, p. 562 y 565, y especialmente p. 561-571.
4. «Santob de Carrión», en *E. J.*, col. 849, que cita con toda justicia la edición de I. GONZÁLEZ LLUBERA, *Santob de Carrión: Proverbios Morales*, Cambridge University Press, 1947.

Hasday Crescas

1. «Jasdai ben A. Crescas», en *E. J. C.*, t. III, p. 193-195, y especialmente p. 193, a.
2. «H. Crescas» en *E. J.*, t. V, col. 1079-1085, y especialmente col. 1085.
3. E. SCHWEID, *La Philosophie de R. Hasday Kreskas*, Ed. Maqor, Jerusalén, 1971 (en hebreo). Enumeración de G. VAJDA, en *R. E. J.*, t. CXXXI, 1972, fasc. III-IV, p. 465-466.

Antón de Montoro

1. M. C. BRUNOT, *Antón de Montoro - vie et oeuvre*, Diplôme d'études supérieures, Sorbona, mayo 1967.
2. M. C. BRUNOT, *op. cit.*, p. 185.
3. A. CASTRO, *España en su historia - Cristianos, moros y judíos* (en adelante, *Esp. en hist.*), Ed. Losada, Buenos Aires, 1954, p. 569.
4. M. C. BRUNOT, *op. cit.*, p. 62-63.
5. Véase también: a) «Montoro, Antón de», en *E. J.*, t. XII, col. 281; b) *E. J. C.*, «Montoro, Antón de», t. VII, p. 63-615; c) E. COTARELO Y MORI, *Cancionero de Antón de Montoro*, Madrid, 1900; d) M. MENÉNDEZ PELAYO, *Historia de la poesía castellana en la Edad Media*, Madrid, 1974, t. II, p. 308-310, 312, 388, 390, y S. MITRANI-SAMARIAN, «*Le sac de Cordoue et le testament d'Antón de Montoro*», en *R. E. J.*, t. IV, 1907, p. 236-240.

Abraham Senior

1. «Senior, Abraham», en *E. J.*, t. XIV, col. 1159-1160, y sobre los *Coronel*, véase *E. J. C.*, t. III, p. 174. *Seneor*, «mayor», del latín *senex*, «viejo, entrado en años», derivó en *Sinior* y *Señor*, por ser los mayores, en principio, los más prudentes.
2. Sobre el arriendo de los impuestos en aquella época, en Castilla, véase Y. BAER, *A History of the Jews in Christian Spain*, The Jewish Publication Society of America, Filadelfia, 1971, 2 t. En este caso, t. II, p. 316-317.
3. Coronel es un apellido muy extendido entre los judeoespañoles de Oriente y Occidente. Para Quevedo, se trata forzosamente de un «tapa-judíos», de ahí que lo utilice en sus obras para señalar a criptojudíos, Cecil Roth afirma sobre Joseph Nasí * que «dirigía su ducado con la ayuda de un adjunto, el doctor Francisco Coronel, cuyo padre, Salomón, puede que descienda del renegado Abraham Senior, que fue gobernador de Segovia.» C. ROTH, *Histoire des Marranes*, Ed. Liana Levi, col. «Histoire», París, 1990, p. 161.

Moisés Capsali

1. M. BENAYAHU, *Rabbi Eliyahu Kapsali ish Kandia*, universidad de Tel-Aviv, Tel-Aviv, 1983.
2. M. FRANCO, *Essai sur l'histoire des Israélites de l'Empire ottoman* (en adelante, *Es. Hist. Isr. Emp. Ott.*), Ed. Durlacher, París, 1897, p. 32. Véase también «Capsali, Moses Ben Elijah», en *E. J.*, t. V, col. 153-154.
3. S. USQUE, *Consolaçao às tribulaçoes de Israel* (en adelante, *Cons. Tribul.*), edición de Ferrara, 1553, fundación Calouste-Gulbenkian, Lisboa, 1989, 2 vols., vol. I, Études, vol. 2, edición facsimilar. Véase vol. I, p. 46.
4. H. V. SÉPHIHA, *Le Ladino (judéo-espagnol calque): Deutéronome* [...] (en adelante, *Le Ladino I*), Ed. Hispaniques, París, 1973.

Isaac Abrabanel

1. «Abrabanel, Isaac ben Judah», en *E. J.*, t. II, col. 103-109 y *E. J. C.*, t. I, p. 53-54.
2. He aquí el índice de dicho numero: Don Isaac Abravanel (P. Goodman) - Réflexions sur Abravanel (O. Camhy) - Un poème de Juda Abravanel - Le commentateur (O. Terquem) - Le commentateur (J. Cahen) - L'oeuvre littéraire d'Abravanel (M. Scwab) - Les 14 points de la résurrection d'après Abravanel (S. Hakim) - Deux lettres d'Abravanel à Jehiel de Pise.

[Respetamos las grafías de la revista; en judeoespañol Abrabanel se pronuncia Abravanel.]

3. E. J., t. II, col. 103-104.
4. E. J., t. II, col. 105.
5. J. AMADOR DE LOS RÍOS, *Historia social, política y religiosa de los Judíos de España y Portugal* (en adelante, *Hist. soc.*), col. «Cultura e historia», Madrid, 1973, señala la existencia de elementos autobiográficos de Isaac Abrabanel (al que llama Abarbanel, una de las muchas variantes del nombre), en la introducción a sus comentarios al Deuteronomio, e indica varios pasajes: p. 712, 724 (nota) y 734 (nota).

Fernando de Rojas

1. «Rojas, Fernando de», en *E. J. C.*, t. IX, p. 165 y «Celestina, la», en *E. J. C.*, t. II, p. 605-615. Véase también Y. Yovel, «Fernando de Rojas et *La Celestina*», en *Spinoza et autres hérétiques*, Ed. du Seuil, París, 1991, p. 117-169.
2. J. L. ALBORG, *Historia de Literatura española* (en adelante, *Hist. lit. esp.*), Ed. Gredos, Madrid, 4 t., «La época de los Reyes Católicos (II)», «*La Celestina*», p. 532-615, y especialmente p. 537.
3. A. SICROFF, *Les Controverses des statuts de «pureté de sang» en Espagne du XVe au XVIIIe siècle*, Ed. Didier, París, 1960, p. 88 *ss.*, citado por M. BATAILLON en La Célestine *selon Fernando de Rojas*, Ed. Didier, París, 1961, p. 216, nota 2.
4. J. L. ALBORG, *op. cit.*, p. 538, nota 18.
5. A. CASTRO, *Esp. en Hist.*, p. 569, nota 1.
6. M. BATAILLON, *op. cit.*, p. 13.

Santa Teresa de Jesús

1. «Teresa de Jesús, Santa», en *Dic. Lit. esp.*, p. 764-765, y especialmente p. 764, col. b.
2. J. L. ALBORG, *Hist. Lit. esp.*, t. I, p. 897-908, y especialmente p. 898.
3. M. POMÈS, «Santa Teresa de Jesús», en *Anthologie de la poésie espagnole*, Ed. Stock, París, 1957, p. 103-104, p. 304. Debemos citar estos versos tan hermosos: *Vivo sin vivir / y de tal manera espero / que muero porque no muero.*
4. Para el resto de las obras, véase 1. y 2.

Fray Luis de León

1. J. Caro Baroja, *Los judíos en la España moderna y contemporánea*, Ed. Arion, Madrid, 1962, t. II, p. 229-230.
2. J. L. Alborg, *Hist. Lit. esp.*, segunda edición aumentada, t. I, *Edad Media y renacimiento*, p. 800.
3. «León, Luis de», G. Bleiberg y J. Marías, en *Dicc. Lit. esp.*, tercera edición, p. 450-451.
4. Fray Luis de León, *El Cantar de los Cantares*, Ed. Aguilar, Madrid, 1943.
5. H. V. Séphiha, «Fray Luis de León et l'hébreu», en *Judéo-espagnol - Horizon 1992 (II) - Survie, survivances*, Institut Martin-Buber, Bruselas, 1991-1992, p. 26-29.
6. A. Habib Arkin, *La influencia de la exégesis hebrea en los comentarios bíblicos de Fray Luis de León*, C.S.I.C., Madrid, 1966.

La diáspora sefardí después de 1492

1. *Commentarius celeberrimi Rabbi Ishak Abrabanel super Iesaiam, Ieremiam, Ichazkelem et prophetae XII minores*, Amsterdam, 1642, f.° 66, citado por G. Nahon, «Les séfarades: pour une histoire globale», en *Les Temps modernes*, París, t. XXXIV, n.° 394 bis, 1979, p. 39-92, y especialmente p. 62.
2. J. Hacker, «Kronikot hadashot al gerush ha-yehudim mi-Sefarad sibotav ve-totse'otav» («Nouvelles Chroniques sur l'expulsion des Juifs d'Espagne, ses causes et ses conséquences»), *Zion*, t. XLIV, 1979, p. 201-228.
3. «Ga'on ve-dika'on - Ketavim be-havayatam ha-ruhanit ve-hatarbutit shel yots'ei Sefarad u-Portugal ba-imperia ha ot'manit» («Superbe et désespoir, polarité de l'expérience spirituelle et culturelle des Juifs ibériques dans l'Empire ottoman), *en* R. Bonfil, M. Bensasson y J. Hacker (Ed.), *Tarbut ve-hevra be-toldot yisra'el bi-yemei ha-beynayim* («Culture et société dans le judaïsme médiéval»), Centre Zalman Chazar, Jerusalén, 1989, p. 541-586.
4. J. P. Dedieu, *L'Administration de la foi, l'Inquisition de Tolède (XVIe-XVIIIe siècle)*, biblioteca de la Casa de Velázquez, Madrid, 1989.
5. A. Sicroff, *Les Controverses des statuts de «pureté de sang» en Espagne, du XVe au XVIIIe siècle*, Ed. Didier, París, 1960.
6. H. Beinart, *Records of the Trials of the Spanish Inquisition in Ciudad Real*, 3 vols., The Israel National Academy of Sciences and Humanities, Jerusalén, 1974-1981.
7. H. Beinart, «The Converso Community in the 15th Century Spain», en R. D. Barnett, Edit., *The Sephardi Heritage*, vol. I, Ed. Vallentine, Michell

and Co Ltd, Londres, 1971, p. 425-456, y «The Converso Community in the 16th and 17th Century Spain», p. 457-478

8. Se trataría de la matanza que tuvo lugar en los alrededores de la ciudad, traducción inglesa en Y. H. YERUSHALMI, «The Lisbon Massacre of 1506 and the Royal Image in the Shebet Yehudah», Ed. Hebrew Union College Annual Supplements, n.º 1, Cincinatti, 1976.
9. A. NEUBAUER, *Medieval Jewish Chronicles and Chronological Notes*, t. II, Oxford, 1895, p. 133-223 (en hebreo); A. Z. AESCOLY, *Sippur David Reubeni*, Jerusalén, 1940, 2 vols. en 1 (en hebreo); I. S. RÉVAH, «David Rubéni exécuté en Espagne en 1538», en *R. E. J.*, t. XVII (CXVII), 1958, p. 128-135.
10. A. NOVINSKY, *Cristaos Novos na Bahia, Sao Paulo, Perspectiva*, Ed. da Universidade de São Paulo, 1972.
11. J. D'ANCONA, «De komst der Marranen in Noord-Nederland. De Portugese gemeenten te Amsterdam tot de vereniging (1639)», en *Geschiedenis der Joden in Nederland*, I, Amsterdam, 1940, p. 211 y siguientes. Sobre las fuentes de la historia de los judíos en los Países Bajos, cf. R. G. FUKS-MANSFELD, «Sources for the History of the Jews in the Nederlands», en *Fourth Congress of Jewish Studies, Abstracts of Papers, Medieval and Modern Jewish History*, Jerusalén, 1965, p. 23-24.
12. J. R. MARCUS, *The colonial American Jew 1492-1776*, Ed. Wayne State University Press, Detroit, 1970, 3 vol.
13. A. CASTRO, *The Structure of Spanish History*, Ed. Princeton, Princeton University, New Jersey, 1954, p. 446.
14. S. SHAW, *History of the Ottoman Empire and Modern Turkey*, vol. 1, «The Rise and Decline of the Ottoman Empire, 1280-1808», Ed. Cambridge University Press, Cambridge, Londres, Nueva York, 1976, p. 59.
15. Cf. le *Sefer de-bé Eliyahou* de É. CAPSALI, citado por M. HAENDEL, *Meqorot le-limoud ha-historyah ha-Yisreelit we-ha-Kelalit*, 6 vols., Tel-Aviv, s.d., t. III, p. 118.
16. J. NÉHAMA, *Histoire des Israélites de Salonique*, Livre II, «La communauté séfaradite», Salonique, Molho, 1935.
17. M. BENAYAHU, «Un document de la première génération des expulsés d'Espagne à Safed», *Sefer Asaf (Jubilee Book)*, Ed. M. D. CASSUTO, J. KLAUSER y J. GUTMAN, Jerusalén, 1953 (en hebreo), p. 109-125.
18. B. LEWIS, *Islamic Studies*, I, 1962, p. 71-87.
19. R. AYOUN y B. COHEN, *Les Juifs d'Algérie, deux mille ans d'histoire*, Ed. J.-C. Lattès, París, 1982, «L'expérience ibérique», p. 87-102.
20. R. S. SIRAT, *Abraham et Jacob Gabishon exégètes et linguistes, étude philosophique et linguistique d'Omar ha-sikha*, tesis, Estrasburgo, 1965, y «La vie des Juifs en Alger au XVIe siècle d'après 'Omar ha-sikha ('O. S.). Commentaire sur les Proverbes d'A. Gabishon», en *Mélanges André Néher*, Ed. Adrien Maisonneuve, París, 1975, p. 317-329.

21. R. Ayoun, «Les Juifs livournais en Afrique du Nord», en *La rassegna mensile di Israel*, Roma, vol. L, n.º 9-12, tercera serie, septiembre-diciembre 1984, p. 650-706, y especialmente p. 677-688.
22. C. Roth, «Notes sur les marranes de Livourne», en *R. E. J.*, París, 1931, t. XCI, p. 1-27, p. 1.
23. J. P. Filippini, «L' "oasis" toscane», en *Les Juifs d'Espagne: histoire d'une diaspora 1492-1992*, Ed. Liana Levi, París, 1992, p. 318.
24. F. de Beaufleury, *L'Établissement des Juifs à Bordeaux et à Bayonne, Paris, an VIII, 1799-1800*, reeditado Ed. Harriet, Bayona, 1985.
25. Archives Nationales, JJ 260 fol. 150-151, n.º 239 (174) y *Recueil de lettres patentes et autres pièces en faveur des Juifs portugais contenant leur privilèges en France*, Ed. Moreau, París, 1765, p. 7-9.
26. G. Nahon, *Communautés judéo-portugaises du sud-ouest de la France (Bayonne et sa région) 1684-1791*, tesis de tercer ciclo, París, 1969, documento n.º VI.
27. Uri Ben Aaron ha-Leví, *Narracao da vinda dos Judeus Espanhoes a Amsterdam*, Amsterdam, 1711; J. S. Da Silva Rosa, *Geschiedenis der Portugese Joden te Amsterdam 1593-1925*, Amsterdam, 1925. El estudio fundamental sobre la cuestión sigue siendo el de J. D'Ancona, «De Komst...», art. cit., en H. Brugmans y A. Frank, Ed. Geschiedenis der Joden in Nederland, I, Amsterdam, 1940, p. 211 y siguientes.
28. G. Nahon, «Les séfarades...», art. cit., 1979, p. 71.
29. *Boletín oficial del Estado*, n. 9, 9 de enero 1949.

Yosef Caro

1. J. Néhama, *Histoire des Israélites de Salonique*, Libr. Durlacher, París, 1936, t. IV, *L'Âge d'or du séfaradisme salonicien (1536-1593)*, p. 18.
2. «Caro, Joseph ben Ephraim», en *E. J.*, t. V, col. 194-200, y especialmente col. 194.
3. D. Gonzalo Maeso, *Hist. Lit. hebr.*, p. 592.
4. M. Kayserling, *Biblioteca española-portuguesa-judaica*, Estrasburgo, 1890, segunda edición, Niewkoop, B. de Graaf, 1968, p. 34-35.

Doña Gracia Nasí

1. H. V. Séphiha, «Monuments juifs de Turquie en péril», informe preliminar de una misión del CNRS en Turquía (sept. y oct. 1970), en *R. E. J.* (2-3-4), París, 1971, t. CXXX, p. 433-435.
2. C. Roth, *Doña Gracia Nasi*, Ed. Liana Levi, París, 1990, C. Clément, Prefacio «1492-1946: Cecil Roth frente a su Dama», p. 9-15, y especialmente p. 12. Sin embargo, hay que señalar que en la p. 9, texto de plan-

teamiento de alguna manera, C. Clément escribe «[...] y su pueblo bien amado se lo decía en dos de sus lenguas: en ladino [*sic*] la *Señora*; en hebreo: *ha-Gevereth*. Era la Dama. [...]». Puesto que se trata de una lengua hablada, aún no puede ser el judeoespañol vernáculo o *djudezmo*, lengua que, más o menos hasta 1620, no se individualizará a partir de los distintos tipos de español utilizados por los judíos en 1492. Claro que el ladino (judeoespañol calco), lengua litúrgica, ya existía, pero, como es bien sabido, el ladino no se habla. No se habla español con la sintaxis hebraica. Por lo tanto, su pueblo bien amado se dirigía a ella en español a secas. Solo podemos insistir, una y otra vez, en la necesidad de llamar a las cosas por su nombre. 1992 también debería servir para arrojar un poco de luz en la terminología lingüística, saboteada con demasiada facilidad por los representantes de la otras disciplinas. Véase también C. CLÉMENT, *La Señora*, Ed. Calmann-Lévy, París, 1992.

3. C. ROTH, *Doña Gracia Nasi*, *op. cit.*, p. 44.
4. C. ROTH, *Doña Gracia Nasi*, *op. cit.*, p. 63.
5. Esta especie de «festiva llegada» está muy bien descrita, en español y en caracteres hebreos, por Moisés ALMOSNINO *, en su *Extremos y Grandezas de Constantinopla*, véase Almosnino *.
6. C. ROTH, *Hist. Marr.*, p. 258. Basta con leer algunas páginas para darse cuenta. Cf. también, H. V. SÉPHIHA, *Ladino I* y *Ladino II*.
7. S. USQUE, *Cons. Tribul.*, p. 54-55.
8. C. ROTH, *Doña Gracia Nasi*, p. 143.
9. C. ROTH, *Doña Gracia Nasi*, p. 112.
10. Véase lo que dice sobre el tema Joseph HA-COHEN en *El Valle del Llanto ('Emeq ha-Bakha), Crónica hebrea del siglo XVI*, Ed. Riopiedras, Barcelona, 1989, p. 153-156.
11. C. ROTH, *Doña Gracia Nasi*, p.192-193.

Moisés Almosnino

1. «Salónica madre de Israel», la ciudad que enfurecía al escritor español F. de QUEVEDO (1580-1645); véase lo que dice sobre ella en *La hora de todos y la fortuna con seso*, Ed. Aubier, París, col. «Bilingüe», 1980, p. 308-326.
2. «Almosnino Moses ben Baruch», en *E. J.*, t. II, col. 661-669. Sobre la genealogía, ver A. LAREDO, *Les Noms des Juifs du Maroc, essai d'onomastique judéo-marocaine*, C.S.I.C, Madrid, 1978, p. 296-298.
3. H. V. SÉPHIHA, «Théorie du ladino», en *Mélanges offerts à Charles Vincent Aubrun*, Ed. Hispaniques, París, 1975, t. II, p. 255-289, y especialmente p. 269-271.
4. M. FRANCO, *Essai sur l'histoire des Israélites de l'Empire ottoman depuis les origines jusqu'à nos jours*, París, 1897, reeditado por el Centre d'études Don Isaac Abravanel, París, 1985, p. 78.

Joseph Nasí

1. H. DERNSCHWAM'S, *Tagebuch einer Reise nach Konstantinopel und Kleinasien (1553/1555), nach der Urschrift im Fugger-Archiv Herausgegeben und erläutert von Franz Babinger*, Verlag von Duncker & Humboldt, Munich y Leipzig, 1923, p. 100 y 139.
2. C. ROTH, *Hist. Marr.*, p. 161.
3. C. ROTH, *The House of Nasi - The Duke of Naxos*, The Jewish Publication Society of America, Filadelfia, 1948, p. 170.
4. C. ROTH, *The House of Nasi.*, p. 175.
5. Y. HA-KOHEN, *El valle del llanto ('Emeq ha-Bakha), Crónica hebrea del siglo XVI*, Ed. Riopiedras, Barcelona, 1989, p. 164, p. 165 para la continuación del relato.

Isaac Luria

1. J. NÉHAMA, *Histoire des Israélites de Salonique*; t. IV, *L'Âge d'or du séfaradisme salonicien (1536-1593)*, Librairie Durlacher, París, 1936, p. 16.
2. Citado por D. GONZALO MAESO, *Hist. Lit. Heb.*, p. 601.
3. Citado por D. GONZALO MAESO, *op. cit.*, p. 601.
4. H. V. SÉPHIHA, *Contes judéo-espagnols - Du miel au fiel*, Ed. Bibliophane, París, 1992. Véase también «Luria Isaac ben Solomon» en *E. J.*, t. XI, col. 572-578, y sobre todo G. SCHOLEM, «Isaac Luria et son école», en *Les Grands Courants de la mystique juive*, Ed. Payot, París, 1968, p. 261-304.

Sabbataí Tseví

1. G. SCHOLEM, *Sabbataï Tsevi, Le Messie mystique 1626-1676*, Ed. Verdier, Lagrasse, 1983, p. 117. La fecha del 9 *av* es significativa pues según una antigua leyenda judía, el Mesías debía nacer el día del aniversario de la destrucción del Templo.
2. H. V. SÉPHIHA, *Le Judéo-Espagnol de Sabbatay Tsevi et des Deunmés*, Institut Martin-Buber, Bruselas, 1984.

Los Sassoon

1. D. S. SASSOON, *History of the Jews in Baghdâd*, Letchwoth, 1949.
2. C. ROTH, *The Sassoon Dynasty*, Heinemann, Londres, 1941.
3. S. JACKSON, *The Sassoons*, R. Hale limited, Londres, 1968.

4. HARRIS, *Jewish Year Book*, 1901 y Who's Who, 1905.
5. *The Times*, Londres, 26 de octubre 1896.
6. *The Jewish Chronicle*, Londres, 10 de enero 1890 y 30 de octubre 1896.
7. *The Jewish Chronicle*, Londres, 19 de julio 1867.
8. A. BEN-JACOB, en L. JUNG (editor), *Jewish Leaders*, 1953, p. 524-531.
9. *The Jewish Chronicle*, Londres, 9 de febrero 1900.
10. *The Jewish Chronicle*, Londres, 3 de marzo 1899.
11. D. S. SASSOON, *Diwan of Shemuel ha-Nagid*, Oxford University Press, 5694, Oxford (1934), reeditado por Dov Jarden (Yarden), Jerusalén, 1966.

Los Durán

1. Es conocido como Bongue de Mora, cf. H. GROSS, *Gallia Judaïca, Dictionnaire géographique de la France avec un supplément*, por S. Schwarzfuchs, Ed. Philo Press, Amsterdam, 1969, t. XXXVII, p. 95, 338.
2. G. NAHON las ha traducido al francés, «Le judaïsme algérien de l'Antiquité au décret Crémieux», en *Nouveaux Cahiers*, n.º 29, verano 1972, p. 1-19, y especialmente p. 15-17.
3. R. AYOUN y B. COHEN, *Les Juifs d'Algérie, deux mille ans d'histoire*, Ed. J.-C. Lattès, París, 1982, p. 65, 93, 101, 193.

Los Aben Sur

1. H. ZAFRANI, «L'oeuvre poétique d'une famille de lettrés marocains des XVIIe-XVIIIe siècles: Jacob, Moïse et Shalom Aben Sur», en *Poésie juive en Occident musulman*, p. 309-399, y por lo que respecta al español, p. 321, 368, 369, 386 y 387, Geuthner, París, 1977. Sobre las melodías y las partituras, véase también I. LÉVY, *Antología de liturgia judeoespañola*, [*passim*], Jerusalén, edición del autor y del ministerio de Educación y Cultura, 1965 a 1980.
2. Sobre la familia Aben Sur se pueden encontrar muchos detalles en: «Aben-sur» *E. J.*, t. II, col. 69-70 y en A. I. LAREDO, *Les Noms des Juifs du Maroc - Essai d'onomastique judéo-marocaine* (en adelante, *Les Noms d. J. Maroc*), p. 102-103, C.S.I.C., Madrid, 1978.

Jacob Abihasira

1. J. MAMAN, *Rabbi Ya'acov Abi'Hssira, sa vie, son oeuvre*, Ed. J. Tixier, Lyon, 1980, p. 11-28.
2. I. BEN-AMI, *Culte des saints et pèlerinages judéo-musulmans au Maroc*, Ed. Maisonneuve et Larose, París, 1990, p. 44.

Fernand Widal

1. En el elogio fúnebre de Fernand Widal, en *La Presse médicale* n.º 6, 19 de enero 1929.
2. Las reglas de Fernand Widal para el diagnóstico de las nefritis en función de la tasa de urea en la sangre se llaman las «leyes de Widal».
3. En el elogio fúnebre del profesor Besançon en la Academia de medicina.
4. Cf. F. WIDAL, «Évolution génerale des conceptions des néphrites, les grands syndromes fonctionnels du mal de Bright», en *La Presse médicale*, n.º 96, 20 de noviembre 1912, p. 973-977.
5. *Ibídem.*
6. Degennes, Layani en reumatología, Edmond Lesne en medicina infantil, Ravaud en dermatología, Pasteur-Vallery-Radot, presidente de l'Académie de médecina.

Albert Memmi

1. T. BEKRI, «Une lecture de *La Statue de sel*», en *Albert Memmi, écrivain et sociologue*, textos reunidos por J. GUÉRIN, Ed. L'Harmattan, París, 1990, p. 25-30, y especialmente p. 26.
2. T. BEKRI, art. cit., p. 27.
3. D. BRAHIMI, «Agar, un essai sartrien de dévoilement», en J. GUÉRIN, *op. cit.,* p. 49-59, y especialmente p. 57.
4. A. MEMMI, *La Statue de sel*, Ed. Gallimard, Folio, París, 1972, p. 109.
5. A. MEMMI, *Ce que je crois*, Ed. Grasset, París, 1985, p. 175-176.
6. D. BENSIMON, «Albert Memmi et la libération du Juif», en J. GUÉRIN, *op. cit.*, p. 91-97, y especialmente p. 91-92.
7. J. GUÉRIN, *op. cit.*, «Extraits des discussions», p. 173-174.
8. H. JANNE, «Hommage à Albert Memmi», en J. GUÉRIN, *op. cit.*, p. 157-158.
9. VERCORS, «Essai d'application d'une anthropologie», en J. GUÉRIN, *op. cit.*, p. 145-148, y especialmente p. 145.
10. «Extraits des discussions», en J. GUÉRIN, *op. cit.*, p. 177.

Elie de Montalto

1. Dr. J. LOPES DIAS, «Primeiro colóquio de historia da medicina, laços familiares de Amato Lusitano e Felipe Montalto, novas investigaçoes», en *Imprensa Médica*, Lisboa, XXV, n.º 1, enero 1961, p. 22-36, n.º 2, febrero 1961, p. 27, 53-69.
2. Dr. H. SZANCER, «De familie Montalto», en *De Opbouw, Ha Binyan* (en neerlandés), Amsterdam, 16e, n.º 3, abril 1963, p. 28-29, y especialmente p. 28.

3. M. Balaban, *Die Judenstadt von Lublin* («Lublin, ville juive»), Berlín, 1919, reeditado como *La ciudad judía de Lublin*, Unión Central israelítica polaca en Argentina, Buenos Aires, 1946.
4. C. Roth, «Les Marranes à Rouen, un chapitre ignoré de l'histoire des Juifs de France», en *R. E. J.*, LXXXVIII, n.º 176, p. 113-155; I. S. Révah «Le premier établissement des marranes portugais à Rouen (1603-1607)», en *Annuaire de L'Institut de philologie et d'histoire orientales et slaves, Mélanges Isidore Lévy*, Bruselas, XIII, 1953, p. 539-552.
5. L. Alvares Vega, *Het Beth Haïm van Ouderkerk, Beelden van een Portugees-Joodse begraafplaats*, Van Gorcum y Comp. B. V., Assen, Amsterdam, 1975, p. 27.
6. Hindle S. Hes, *Jewish Physicians in the Netherlands 1600-1940*, Assen, Van Gorcum, 1980, p. 200.
7. R. Ayoun, «Un médecin marrane au service de la couronne de France: Élie de Montalto», en *Inquisiçao, sociedade portuguesa de estudos do século XVIII*, universidad de Lisboa, Primer coloquio Luso-Brasileño sobre la Inquisición, 17-20 de febrero 1987, Lisboa 1989, p. 75-91.
8. F. Hayem, «Les médecins de Léonora Galigaï», en *La Revue de Paris*, París, 1910, p. 849-861, y especialmente p. 861.
9. ¿El hecho de que el doctor Jean Héroard calique al doctor Elie de Montalto de bufón italiano debe ser considerado como una burla con respecto a este marrano? J. Héroard, *Histoire particulière de Louis XIII, 1605-1628*, Bibliothèque nationale, París, manuscritos franceses, 4022-4027, t. II, 1 de enero 1608-31 de diciembre 1610, *Journal de Jean Héroard, médecin de Louis XIII*, dirección P. Chaunu, Fayard, 1989, 2 vols.
10. E. R. de Castro, *Obras poéticas em Portuguès, Castelhano, Latim, Italiano:* textos éditos e inéditos cologidos, fixados, prefaciados et anotados por Giacinto Manupella, Coimbra, por ordem de Universidade, 1967, p. 31.
11. P. de L'Ancre, *L'Incrédulité et mescréance du sortilège plainement convaincue*, París, 1622, p. 488.
12. J. Kaplan, A. Altman, «Eternality of Publishment: A Theological Controversy within the Amsterdam Rabbinate in the Thirties of the Seventeenth century», en *Proceedings of the American Academy for Jewish Research*, XI, 1972, aparecido en 1973, p. 1-88; J. Kaplan, «R. Saül Levi Morteira y su escrito "Obstaculos y oposiciones contra la religión Xptiana"» (en hebreo), en *Studies on the History of Dutch Jewry*, I, Jerusalén,1975, 9-31.
13. Los judíos fueron sorprendidos mientras «preparaban un cordero», según los registros del Parlamento de París y del *Mercure François*, París, IV, 1617, «el único mal que se les hizo fue obligarlos a volver a Holanda».
14. I. Alvares, Vega, *Het Beth..., op. cit.*, Amsterdam, 1975, p. 27.
15. G. Gaillard, *Histoire de François Ier*, Saillant, París, 1766-1769, 7 tomos, t. VI, p. 354-355.

Manuel Rodrigues Vega

1. H. POHL. *Die Portugiesen in Antwerpen (1567-1648), Zur Geschichte einer Minderheit*, F. Steiner, Wiesbaden, 1977, p. 91.
2. V. VÁZQUEZ DE PRADA, *Lettres marchandes d'Anvers*, vol. I, Introducción, SEVPEN, École pratique des hautes études, 6e Section, París, 1960, p. 214.
3. D. SWETSCHINSKI, *The Portuguese Jewish Merchants of Seventeenth Century Amsterdam: a Social Profil*, doctorat Brandeis University, junio 1979, 2 tomos, t. I, p. 153-154.
4. H. I. BLOOM, *The Economic Activities of the Jews of Amsterdam in the Seventeenth and Eighteenth Centuries*, Williamsport, The Bayard Pres, Pensilvania, 1937, p. 33-35.

Uriel da Costa

1. «Costa Uriel da (Acosta)», en *E. J.*, t. V, col. 987-988.
2. U. DA COSTA, *Une vie humaine*, precedido por un estudio sobre el autor de A. -B. DUFF y P. KAAN, Riedr. París, 1926, p. 98.
3. U. DA COSTA, *op. cit.*, p. 54.
4. U. DA COSTA, *op. cit.*, p. 137-138.
5. U. DA COSTA, *op. cit.*, «La pensée d'Uriel da Costa». - 1. «Da Costa et Spinoza», p. 68; véase también H. MÉCHOULAN, *Amsterdam au temps de Spinoza - Argent et liberté*, P. U. F., col. «Questions», París, 1990, p. 169-170; YIRMEYAHU, «Uriel da Costa: au-delà de toute identité», en *Spinoza et autres hérétiques*, Ed. du Seuil, París, 1991, p. 66-76.

Menasseh ben Israel

1. C. ROTH, *A life of Menasseh ben Israel, Printer and Diplomat*, Jewish Publication Society of America, Filadelfia, 1934, p. 30, reeditado en 1945.
2. M. BEN ISRAËL, *Espérance d'Israël*, Ed. Vrin, París, p. 35.
3. M. BEN ISRAËL, *De termino vitae: libri Tres, Typis & Sumptibus Authoris*, Amsterdam, 1639.
4. H. I. BLOOM, *The Economic Activities of the Jews of Amsterdam in the Seventeenth and Eighteenth Centuries*, Williamsport, Ed. The Bayard Press, Pensilvania, 1937, p. 46 y siguientes.
5. *Livro dos acordos da Naçam*, Archivos municipales de Amsterdam. Este *herem* fue ocultado a propósito tras una resolución adoptada por los dirigentes de la comunidad el 8 de *elul* 5409 (16 de agosto de 1649). En efecto, por pudor, ordenaron pegar una página sobre aquella en la que estaba el *herem*, página donde se puede leer: *«Em 8 ylul 5409 foy resoluido polos*

Senhores do Mahamad que por bons Respeitos se cubrisse esta folha. Esto firmaran...». Según G, NAHON, una «torpeza» durante la consulta de la obra permitió sin embargo hacer una fotocopia. M. BEN ISRAËL, *Espérance..., op. cit.*, p. 50-51.

6. L. WOLF, *Menasseh ben Israel's mission to Oliver Cromwell*, Londres, 1901 y A. STERN, «Menasseh ben Israël et Cromwell», en *R. E. J.*, t. VI, París, 1883, p. 93-105.

Jerónimo Nunes da Costa

1. H. KELLENBENZ, *Sephardim an der unteren Elbe*, Ed. F. Steiner, Wiesbaden, 1958, p. 35.
2. D. SWETSCHINSKI, *The Portuguese Jewish Merchants of Seventeenh-Century Amsterdam: a Social Profil*, doctorat, Brandeis University, 1979, t. I, p. 213.

Baruj Espinosa

1. Véase G. ALBIAC, *La sinagoga vacía: Un estudio de las fuentes marranas del espinosismo.* Hiperión, Madrid, 1987. R. CALIMANI, *I destini e le avventure dell'intelletuale ebreo, 1650-1933*, Milán, A. Mondadori, 1996, 768 p. I. S. REVAH, *Des Marranes à Spinoza*, París, J. Vrin, 1995, 286 p.
2. Véase L. STRAUSS, *Le testament de Spinoza*, textos traducidos y anotados por G. ALMALEH, A. BARAQUIN, M. DEPADT-EJCHENBAUM, París, Cerf, 1991, 359 p. G. BRYKMAN, *La judéite de Spinoza*, París, J. Vrin, 1972, 135 p.
3. SPINOZA, *Éthique*, introducción, traducción, notas y comentarios, índice de R. MISRAHI, París, P. U. F., 1990, 499 p., p. 6.
4. Véase I. S. REVAH, *Spinoza et le Dr. Juan de Prado*, París, Mouton, 1959, 162 p.
5. Ch. TOUATI, «L'excommunication de Spinoza», informe de conferencias, *Annuaire de l'École pratique des Hautes Études*, V sección, t. 80-81, pp. 221-223.
6. Y. YOVEL, *Spinoza et autres hérétiques*, París, Seuil, 1991, 562 p., p.28.
7. J. L. TEICHER, «Why Was Spinoza Banned?», *Menorah Journal*, n.º 45, 1957, pp. 41-60.
8. Véase «Spinoza et les Juifs d'Amsterdam, Marranes et Post-Marranes», *Cahiers Spinoza*, n.º 3, invierno 1979-1980, 301 p.
9. Véase Ph. CASSUTO, *Spinoza et les Commentateurs juifs: commentaire biblique au Premier chapitre tu Tractatus Theologico-Politicus de Spinoza*, Aix-en-Provence, Ed. de l'Université de Provence, 1998, 238 p. Y. KAPLAN, *Les Nouveaux-Juifs d'Amsterdam. Essai sur l'histoire sociale et in-*

tellectuelle du judaïsme séfarade au XVIIe siècle. Traducido del español por J. HAMON y del inglés por C. ASLANOV, París, Chandeigne, (col. «Péninsules»), 1999, 252 p.

10. Véase Z. LEVY, *Baruch or Benedict: one some Jewish aspects of Spinoza's philosophy*, New York, P. Lang, 1989, XI-224 p. A. MINC, *Spinoza, un roman juif*, París, Gallimard, 230 p.
11. SPINOZA, *Éthique*, *op. cit.*, 1990, p. 7.

Manuel de Belmonte

1. J. CUVELIER y J. LEFÈVRE, *Correspondance de la cour d'Espagne sur les affaires des Pays-Bas*, 6 vols., Bruxelles, 1923-1937, vol. V, Compendio de la correspondencia de Charles II (1665-1700), Bruselas, 1935, p. 8.
2. D. SWETSCHINSKI, *The Portuguese Jewish Merchants of Seventeenh-Century Amsterdam: a Social Profil*, Brandeis University doctorat, 1979, t. I, p. 245.
3. El texto de esta dedicatoria ha sido reeditado en C. CABEZAS ALGUACIL, «Doña Isabel de Correa, traductora y poetisa sefardí», en *Miscelánea de Estudios Árabes y Hebraicos*, 1961, t. X, p. 125-126.
4. W. J. ROOSEN, *The Age of Louis XIV: The Rise of Modern Diplomacy*, Ed. Schenkman, Cambridge, Massachusetts, pub. 1976, p. 143.
5. J. CARO BAROJA, Los Judíos en la España moderna y contemporánea, Madrid, 1962, 3 vols., vol. III, p. 374-375.
6. J. LEFÈVRE, *La Secrétairie d'État et de guerre sous le régime espagnol (1594-1711)*, vol. XXXVI, fasc. 1, Académie royale de Bélgica, Bruselas, 1934, p. 239-240.

Los Pereira

1. R. NÉHER-BERNHEIM, «Un pionnier dans l'art de faire parler les sourds-muets: Jacob Rodrigue Pereire», en *Dix-Huitième siècle, Juifs et judaïsme*, París, n.º13, 1981, p. 47-61.
2. R. NÉHER-BERNHEIM, «Un savant juif engagé: Jacob Rodrigue Pereire (1715-1780)», in *R. E. J.*, t. CXLII, julio-diciembre 1983, fasc. III-IV, p. 373-451, y especialmente p. 377.
3. Libro de circuncisión, GG 843, acta 79 (en español), Archivos municipales de Burdeos.
4. Libro de circuncisión, GG 843, acta 88 (en español), Archivos municipales de Burdeos.
5. E. LA ROCHELLE, *Jacob Rodrigue Pereire, premier instituteur des sourds-muets en France, sa vie et ses travaux*, Ed. Paul Dupont, París, 1882, p. 6.

6. Es el autor de la famosa comedia *Les Philosophes*. Cf. ses *Mémoires pour servir à l'histoire de notre littérature depuis François Ier jusqu'a nos jours*, París, 1803, t. II, p. 490.
7. En el t. III, p. 350: «A este respecto podemos citar un hecho reciente del que hemos sido testigo: el señor Rodrigo Pereira, portugués, que ha investigado los medios más sencillos para hacer hablar a los sordomudos de nacimiento, se ha especializado durante bastante tiempo en este singular arte para llevarlo a un punto de gran perfección...».
8. E. CARMOLY, «Galerie israélite française, VI, Jacob-Rodrigues Pereire», en *Archives israélites*, París, t. XXIII, junio 1862, p. 332-342, y especialmente p. 341.
9. C. DE BÉTHENCOURT, «Prières publiques des Juifs Portugais de Bordeaux pour la famille royale au XVIIIe siècle, en *Curiosités bibliographiques bordelaises*, 1936, p. 110 y siguientes.
10. Solucionar el asunto no resultó sencillo. Cf. L. KAHN, *Histoire de la communauté israélite de Paris. Le comité de bienfaisance. L'hôpital. L'orphelinat. Les cimetières avec gravures et plans*, Ed. A. Durlacher, París, 1886, p. 98-99.
11. J. AUTIN, *Les Frères Pereire, le bonheur d'entreprendre*, Ed. Perrin, París, 1984, p. 27-46.
12. Citado por J. B. SNELL, *Premiers Chemins de fer*, 1968.
13. D. COHEN, *La Promotion des Juifs en France à l'époque du Second Empire (1852-1870)*, Université de Provence, Aix-en-Provence, 1980, 2 tomos, p. 448-450.

Abraham Furtado

1. Burdeos, contrato del matrimonio Furtado-Rodrigues ante Rauzan, notario de Burdeos, 8 de mayo de 1775, Archivos departamentales de la Gironde, 3E 21702, en F, MALINO, «Furtado et les Juifs portugais», en *Le Grand Sanhédrin de Napoléon*, Ed. Édouard Privat, Toulouse, 1979, p. 49-66.
2. «Diario de la Commission juive de Bordeaux à Paris», 1788, parece que Abraham Furtado es el autor; Central Archives for the History of the Jewish People, Jerusalén [Signatura: Zf1].
3. Registro de las deliberaciones de la Oficina municipal, documentos del periodo revolucionario L 822, 165. Abraham Furtado escribió este informe.
4. A. FURTADO, *Folie de jeunesse*, 1791 (?), p. 94.
5. F. MALINO, «Mémoires d'un patriote proscrit», en *Michaël*, Tel-Aviv, t. IV, 1976, p. 65-130.
6. F. MALINO, «Furtado...», art. cit., p. 66.

Sir Moses Montefiore

1. P. Goodman, «Sir Moses Montefiore», en *Le Judaïsme sephardi*, París, enero 1936, n.º 37, p. 1-4.
2. «Un grand deuil, sir Francis Montefiore», en *Le Judaïsme sephardi*, julio-septiembre 1935, n.º 31-33, p. 101-102.
3. U. Nahon, *Una vita al servizio dell'ebraismo sir Moses Montefiore*, Federazione Sefardita Italiana, Florencia, 1985, p. 14.
4. R. Néher-Bernhein, *Histoire juive, faits et documents de la Renaissance à nos jours*, t. II: el siglo XIX (1815-1904), Ed. Klincksierck, París, 1971, p. 145, 169.
5. L. Huhner, *The Life of Judah Touro*, 1946.
6. A. Montefiore, 28 de octubre de 1884, Casale Monferrato, Giovanni Pane, 1884, publicado por el rabino Flaminio Servi, director del *Vessillo israelitico*, con motivo del primer día del centésimo año de sir Montefiore. El libro contiene cartas, direcciones, poesías en hebreo, latín, griego, italiano, inglés, en honor de Sir Moses. Los firmantes son senadores, diputados, diplomáticos, escritores, rabinos, celebrantes y maestros. L. Wolf, *Sir Moses Montefiore, a Centennial Biography with Extracts from Letters and Journals, with Portrait*, Ed. John Murray, Londres, 1884, *Centenario de Sir Moses Montefiore en Curazao*: 8 *hesvan* 5645-27 de octubre de 1884, Impr. del Comercio, Curaçao, 1885, con retrato grabado en madera.

Adolphe Crémieux

1. Archivos de la Prefectura de policía, Ba 892, expediente Adolphe Crémieux y Daniel Amson, *Adolphe Crémieux, l'oubli de la gloire*, Ed. du Seuil, París, 1988, p.13. En los archivos del licco Louis le Grand, se afirma que Adolphe Crémieux nació el 3 floreal del año IV (23 de abril de 1790). En los Archivos nacionales, París, 369 AP 1, Papiers Crémieux, vida y carrera de Adolphe Crémieux 1796-1880, abogado israelita, diputado y ministro; en su diploma de licenciado en derecho del 28 de julio de 1817, se indica que Adolphe Crémieux nació el 22 de abril de 1796.
2. S. Posener, *Adolphe Crémieux, grand citoyen français, grand défenseur du judaïsme*, Ed. La Terre retrouveé, París, 1939, p. 14.
3. Esta forma de juramento impuesta a partir de la Edad Media implica que cualquier judío que comparezca ante un tribunal civil como demandante o como testigo, debe comprometerse a decir la verdad jurando sobre la Tora en presencia de una autoridad religiosa, en el interior de la sinagoga más cercana, con la cabeza cubierta con su manto para la oración y las filacterias fijadas al brazo y a la frente. Este ceremonial es una medida vejatoria y una falta de confianza hacia los ciudadanos de confesión judía.

Asimismo, le trae a los israelitas recién emancipados del siglo XIX malos recuerdos colectivos: en efecto, a menudo este juramento iba acompañado de otras medidas humillantes, sobre todo en Alemania. En Francia el juramento sobrevive a la emancipación y algunos tribunales alsacianos solicitan su aplicación en el siglo XIX, a pesar de las protestas de los interesados y de los rabinos que debían «recibir» el juramento. Gracias al talento del abogado Adolphe Crémieux y a sus numerosas intervenciones, el Tribunal Supremo suprimirá este procedimiento en 1846.

4. Archivos nacionales, París, 369 AP 1.
5. S. POSENER, *Adolphe Crémieux (1796-1880)*, Félix Alcan, París, 1933, 2 t., t. I p. 198-247.
6. Concluido en Tours, el 24 de octubre de 1870. Firmado: A. Crémieux, L. Gambetta, Al. Glais-Bizoin, L. Fourichen. Para más detalles: el consejero de Estado, director de Cultos, C. Dumay, Archivos nacionales F[19] 11146, Argelia. Proyecto de colonización judía en Argelia, 1846. Reglamento de las cuestaciones 1880-1893. Pasajes gratuitos 1862-1895. Matrimonios 1876-1897. Fiestas de Pascua 1876. Disturbios y persecuciones 1843-1898.

Benjamín Disraeli

1. C. ROTH, *Hist. Marr.*, p. 251.
2. A. MAUROIS, *La Vie de Disraëli*, col. «Vies des hommes illustres», Ed. Gallimard, París, 1927, edición n.º 52, p. 10.
3. A. MAUROIS, *op. cit.*, p. 13.
4. «Disraeli, Benjamin, Earl of Beaconsfield», en *E. J.*, t. VI, col. 103-109, y especialmente col. 107-108.

Cécile Furtado-Heine

1. DANTIN, «La Mort de Mme Furtado-Heine», en *Le Gaulois*, 13 de diciembre de 1896, p. 2.
2. R. AYOUN, *Typologie d'une carrière rabbinique en France et en Algérie au XIXe siècle, l'exemple de Mahir Charleville*, tesis de doctorado, París, École pratique del hautes études, 1990, 5 vols., vol. II, p. 1266, nota 330.
3. L. WOGUE, «La nouvelle synagogue de Versailles», *L'Univers israélite*, octubre de 1886, p. 38-40, y especialmente p. 39.
4. H. LEÓN, *Histoire des Juifs de Bayonne*, Y. A. Durlacher, París, 1893, p. 162.
5. L. NORELLI, *Pour l'humanité, Mme Furtado-Heine*, M. Barbou, Limoges, 1904, p. 13.
6. «Bloc-notes parisien, la mort d'une femme de bien», en *Le Gaulois*, 11 de diciembre de 1896, p. 1.

7. A. MARX, *Portrait de Mme Cécile Furtado-Heine*, París, 1888, A. N. 31 AP 396.
8. Cf. *Archives israélites*, septiembre de 1895, p. 283.
9. Cf. *Le Temps*, 24 de abril de 1886, p. 2-3.
10. Cf. *Le Petit Temps*, suplemento del 7 de junio de 1896, p. 2-3.
11. Cf. *Archives israélites*, junio de 1896, p. 195-196.
12. *Le Temps*, 12 de diciembre de 1896, p. 3-4.
13. H. PRAGUE, «Mme Furtado-Heine», en *Archives israélites*, 17 de diciembre de 1896, p. 409-411.

Camille Jacob Pisarro

1. R. SHIKES y P. HARPER, *Pisarro*, Ed. Flammarion, París, 1981, p. 14.
2. R. SHIKES y P. HARPER, *op. cit.*, p. 15.
3. C, PISARRO, *Lettres à son fils Lucien*, Ed. Albin Michael, París, 1950.

Los Camondo

1. *Musée Nissim-de-Camondo*, redactado por Jean Messelet utilizando el inventario realizado bajo la dirección del conde de Camondo, Union centrale des arts décoratifs, París, s.d.
2. Véase también: a) M. FRANCO, *Hist. Isr. Emp. Ott.*, p. 254-258; b) A. GALANTE, *Histoire des Juifs d'Istambul*, 1941, p. 59-60; c) J. BIELINKY, «Une illustre famille de mécènes - Les collections artistiques des comtes de Camondo», en *Le Judaïsme sephardi*, n.º 47, París, 1936, p. 162-169.

Jules Pascin

1. A. WARNOD, *Pascin*, Ed. du Livre, Montecarlo, 1954; trece planchas a color, reproducción de pinturas al óleo, dibujos y acuarelas, p. 25.
2. A. WARNOD, *op. cit.*, p. 25.
3. A. WARNOD, *op. cit.*, p. 26.
4. H. V. SÉPHIHA, «La presse judéo-espagnole ailleurs», en *L'Agonie*, p. 100-106.
5. C. QUERALT y D. VIDAL, *Promenades historiques dans Paris*, Ed. Liana Levi, París, 1991, «Le Paris des artistes», p. 283-305.
6. A. WARNOD, *op. cit.*, p. 43.
7. A. WARNOD, *op. cit.*, p.50.
8. «Pascin», en *Les Muses*, Ed. Grange-Batelière, París, 1973, t. II, p. 3621-3622, y especialmente p. 3622.

Émile Benveniste

1. Société de linguistique de Paris, *Mélanges linguistiques offerts à Émile Benveniste*, Ed. Peeters, col. «Linguistique», Louvain, 1975.
2. É. Benveniste, «Les futurs et subjonctifs sigmatiques du latin archaïque», en *Bulletin de la Société de linguistique de Paris*, 1923, fasc. I, p. 32-63.
3. D. Moïnfar, «Bibliographie des travaux d'Émile Benveniste», en *Mélanges offerts à Émile Benveniste, op. cit.*, p. IX-LIII s.
4. *Langue, discours, société. - Pour Émile Benveniste*, obra colectiva bajo la dirección de J. Kristeva, J.-C. Milner, N. Ruwet, Ed. du Seuil, París, 1975, p. 7.
5. *Vocabulaire des institutions indo-européennes*, Ed. de Minuit, París, 1969; *Problèmes de linguistique générale*, Ed. Gallimard, París, 1966 y 1974.

Elías Canetti

1. H. V. Séphiha, *L'Agonie*, p. 36-46 y 103-105 sobre este periodo turbulento.
2. E. Cannetti, *Die gerettete Zunge, Geschichte einer Jugend*, Ed. Carl Hanser, Munich, 1977; *Histoire d'une jeunesse - La Langue sauvée*, Ed. Albin Michel, París, 1980.
3. Y. Ishaghpour, *Elias Canetti - Métamorphose et identité*, Ed. La Différence, París, 1990, p. 12.
4. Y. Ishaghpour, *ibíd.*, p. 17.
5. Y. Ishaghpour, *ibíd.*, p. 13.
6. Traducido por H. V. Séphiha. Lo mismo para los pasajes posteriores.
7. H. V. Séphiha, a) «Clarisse Nicoïdski, la dernière poétesse judéo-espagnole», en *Homenaje a Mathilde Pomès, Revista de la Universidad complutense*, Madrid, 1977, vol XXVI, n.º 108, p. 293-301; b) «Une poétesse et conteuse judéo-espagnole: Clarisse Nicoïdski», en *Vidas Largas*, París, 1982, n.º 1, p. 30-32.
8. Y. Ishaghpour, *op. cit.*, p. 11.
9. R. Sorin, «Le prix Nobel de littérature est attribué à Élias Canetti-Une vie errante - Une oeuvre immense, trois défis», en *Le Monde*, 17 de octubre 1981, p. 29.

Pierre Mendès France

1. J. Lacouture, *Pierre Mendès France*, Ed. du Seuil, París, 1981 (un año antes del fallecimiento de P. Mendès France), p. 27.
2. Citado por J. Lacouture, *op. cit.*, p. 34-35.
3. J. Lacouture, *op. cit.*, «Racines», p. 27-40.

4. Citado por J. LACOUTURE, *op. cit.*, p. 40.
5. Citado por J. LACOUTURE, *op. cit.*, p. 40.
6. Según el *Dictionnaire de la politique française*, H. COSTON, París, 1982, t. IV, p. 469, y el *Dictionnaire des ministres*, Ed. Perrin, 1990, p. 543 y 544; nombre que no mencionan ni Jean Lacouture, ni la *Encyclopédie internationale*, Ed. Bordas, 1967, t. III, p. 2205, ni el *Grand Dictionnaire encyclopédique Larousse*, vol. VII, p. 6828. Acerca del nombre de su abuelo materno, *Isidore*, con o sin *e* final, véase la anécdota patriótica que Pierre Mendès France relata a Jean Lacouture, *op. cit.*, p. 40-41. De hecho se trata de los nombres de sus dos abuelos que, de forma excepcional, aparecen reunidos en un solo descendiente.
7. *L'Oeuvre financière du gouvernement Poincaré*, Librairie générale de droit et de jurisprudence, París, 1928.
8. *La Banque internationale* (contribución al estudio del problema de los Estados Unidos de Europa), Librairie Valois, París, 1930.
9. J. LACOUTURE, «L'insulte et la pitié», en *op. cit.*, p. 107-141.
10. J. LACOUTURE, *op. cit.*, p. 242.
11. *La République moderne*, Ed. Gallimard, París, 1962.
12. *Dialogues avec l'Asie d'aujourd'hui*, Ed. Gallimard, París, 1972.
13. *Science économique et lucidité politique* (en colaboración con G, ARDANT), Ed. Gallimard, París, 1973.
14. J. LACOUTURE, *op. cit.*, p. 508.
15. «Les dernières années. Un observateur attentif et actif», en *Le Monde*, 20 de octubre 1982, p. 9, col. 4.
16. *Le Monde*, art. cit., p. 9, col. 5. Señalemos también las siguientes obras de Pierre Mendès France: *Liberté, liberté chérie*, Ed. Didier, Nueva York, 1943, edición completada con «Roissy-en-France», Ed. Fayard, París, 1977; *La Science économique et l'Action* (en colaboración con G. Ardant), UNESCO-Julliard, París, 1954; *Gouverner c'est choisir; sept mois et dix-sept jours; La Politique de la verité*, Recopilación de textos 1953-1958, Ed. Julliard, París, 1953, 1955, 1958 (tres tomos); *Dire la verité, causeries du samedie* (junio 1954, febrero 1955), Ed. Julliard, París, 1955; *Choisir* (entrevistas con J. BOTHOREL), Ed. Stock, París, 1974; *Le Grand Débat* (con M. DEBRÉ), Ed. Gonthier, París, 1966; *Pour préparer l'avenir*, Ed. Denoël, París, 1968; *La Vérité guidait leurs pas*, Ed. Gallimard, París, col. «Témoins», 1976.

Edgar Morin-Nahoum

1. Con la colaboración de V. GRAPPE-NAHOUM y H. V. SÉPHIHA.
2. E. MORIN, V. GRAPPE-NAHOUM y H. V. SÉPHIHA, *Vidal et les siens*, Ed. du Seuil, París, 1989.

3. E. MORIN, «Témoignage», en *Judaïsme, judaïcités, récits, narrations, actes de langages* - textos del coloquio CNRS 84, *Traces*, número especial 9/10, París, 1984, p. 262-269, y especialmente p. 263.
4. E. MORIN, art. cit., p. 263.
5. Ed. du Seuil.
6. G. ANQUETIL, «Con *La Marche du siècle* y France-Inter, un encuentro con Edgar Morin-Les enfants du paradigme», en Le Nouvel Observateur, 17-23 de octubre 1991, p. 131-133, y especialmente p. 131.
7. E. MORIN, V. GRAPPE-NAHOUM y H. V. SÉPHIHA, *Vidal et les siens*, «Prière d'insérer», cuarta de cubierta, p. 4.
8. E. MORIN, art. cit., p. 265.

León Hebreo

1. «Abravanel, Judah», en *E. J.*, t. II, col. 109-111; col. 109.
2. C. ROTH, *Hist. Marr.*, Ed. Liana Levi, París, p. 236.
3. «León Hebreo (Yehuda Abravanel)», en *E. J. C.*, p. 552-554, y especialmente p. 552a.
4. *E. J.*, art. cit., col. 110.
5. *E. J.*, art. cit., col. 110.
6. C. GEBHARDT, *Bibliotheca Rosenthaliana*, t. III, art. cit. de la *E. J. C.*, p. 553b.
7. Poema tomado de *Dialogues d'Amours* en P. HAÏAT, *Anthologie de la poésie juive du monde entier depuis les temps bibliques jusqu'à nos jours*, Ed. Mazarine, París, 1985, p. 409-410.
8. J. L. ALBORG, *Hist. Lit. esp.*, t. I, p. 866.

Salomón ben Verga

1. S. IBN VERGA, *La Vara de Yehudah (Sefer shebet Yehudah)*, Ed. Riopiedras, Barcelona, 1991, p. 21.
2. S. IBN VERGA, *op. cit.*, p. 164, 227-228.
3. *Ibídem*, p. 215-216.
4. *Ibídem*, p. 10.
5. *Ibídem*, p. 252.
6. *Ibídem*, p. 227-228.
7. *Ibídem*, p. 225.
8. F. CANTERA, «Schebet Jehuda (La Vara de Judá) de Salomón ben Verga», en *Revista de estudios históricos de Granada y su reino*, XV, p. 88 (según *ibídem*, p. 11, nota 16).

9. Y. Baer, Introducción al *Sefer Chebet Yehudah*, Ed. Sohet, p. 10-11 (según *ibídem*, p. 11, nota 17).
10. Y. H. Yerushalmi, *Zakhor, Histoire juive et mémoire juive*, Ed. La Découverte, París, 1984, p. 77 y nota 17, p. 138.
11. *Isaías* III, 8.
12. Y. H. Yerushalmi, *op. cit.*, p. 74.
13. Y. H. Yerushalmi, *op. cit.*, p. 74-75.
14. Y. H. Yerushalmi, *op. cit.*, p. 81.
15. Para el conjunto de esta clasificación seguimos la excelente presentación de M. J. Cano, editor, traductor y comentador de *La Vara de Yehudah*, *op. cit.*, p. 14-16.
16. Y. H. Yerushalmi, *op. cit.*, p. 84.

Alfonso de Zamora

1. «Alfonso de Zamora», en *E. J. C.*, t. I, p. 218, y «Alfonso de Zamora», en *E. J.*, t. II, col. 606-607.
2. C. Carrete Parrondo, «Tres precisiones de Alonso de Zamora ante el tribunal de la Inquisición», en *Sefarad*, CSIC, Madrid, 1974, fasc. I, p. 115-117, y especialmente p. 115.
3. C. Carrete Parrondo, art. cit., p. 115.
4. F. Pérez Castro, *El manuscrito apologético de Alfonso de Zamora (traducción y estudio del Sefer Hokmat Elohim)*, CSIC, Madrid, 1959.

David Rubeni

1. A. Z. Aescoly, «David Reubeni in the Light of History», *J. Q. R.*, 1937 1938, vol. XXVIII, p. 1-45.
2. «David Reubeni», in *Jewish Travellers in the Middle Ages, 19 Firsthand Accounts*, Dover Publications, Nueva York, 1987, p. 251-328, y especialmente p. 251.
3. Es la hipótesis de M. D. Cassuto en *Tarbiz*, t. XXXII, 1962-1963, p. 339-358.
4. Es conocido por un manuscrito de la Biblioteca bodléin de Oxford, editado por A. Z. Aescoly, *Sippur David ha-Reuveni*, Jerusalén, 1940.
5. A. H. Silver, *A history of Messianic Speculation in Israel*, 1927, p. 133-135, 147-150.
6. M. Brod, *Rëubeni, Fuerst der Juden*, 1925.

Yosef Hacohén

1. J. HA-COHEN, *Divré ha-yamin le-Malklé Sarefat ou-le-Malké Beit Ottoman ha Togar*, Amsterdam, p. 40 a.
2. J. HA-COHEN, *Emek habakha*, Ed. Letteris, 1852, y 1962, p. 93.
3. J. HA-COHEN, *La Vallée des pleurs*, París, Centre d'études Don Isaac Abravanel, 1981, p. v.
4. J. HA-COHEN, *Divré...*, *op. cit.*, p. 64 a.
5. J. HA-COHEN, *Divré...*, *op. cit.*, p. 96 a.
6. J. KESSOUS, *Chroniques des rois de France et des rois ottomans* de J. HA-COHEN, traducido y anotado, tesina de licenciatura, 1976, 287 p. Se trata del texto que abarca desde la creación del mundo al principio de la primera cruzada. En él se describe la monarquía franca, la merorovingia y la capetiana, el Imperio bizantino durante el reinado de algunos emperadores y, concretamente, Heraclio en su lucha contra el rey persa Cosroes, así como las persecuciones que los almohades emprendieron en España contra los judíos.

Salomón Moljo

1. «Molcho, Solomon», en *E. J.*, t. XII, col. 225-227, y «Moljo, Salomon» en *E. J. C.*, t. VII, p. 595-596.
2. G. SCHOLEM, *Le Messianisme juif - Essais sur la spiritualité du judaïsme*, Ed. Calmann-Lévy, París, 1974, p. 89.
3. H. MINCZELES, *Vilna-Wilno-Vilnius, La Jérusalem de Lituanie. Un grand centre yiddish*, tesis de doctorado de Estado, París, marzo 1991, 2 vols., p. 560.

Jorge de Montemayor

1. «Montemayor, Jorge de», en *E. J. C.*, t. VII, p. 603-611.
2. A. CASTRO, *Esp. en Hist.*, p. 577.
3. C. BAROJA, *Jud. Esp. mod.*, p. 288. Como se puede ver, los conversos, entre ellos, no se andaban con rodeos.
4. J. FITZMAURICE KELLEY, «The Bibliography of the Diana enamorada», en *Revue hispanique* II, 1895, según *E. J. C.* (nota 4, infra).
5. *E. J. C.*, art. cit., p. 604.

León de Módena

1. «Modena, Leone (Judah Aryeh)», en *J. E.*, t. XII, col. 202-204. Y «León de Modena (Yehuda Arie)», en *E. J. C.*, t. VI, p. 550-552.

2. R. CALIMANI, *Histoire du ghetto de Venise*, Ed. Stock, col. «Judaïsme», París, 1988, p. 242-275.
3. I. ADLER, «La musique savante dans les synagogues italiennes», en *Gli Ebrei e Venezia - secoli XIV-XVIII, Atti del Convegno internazionale* [...] *Venezia (5-10 giugno 1983)*, Ed. Comunità, Milán, 1987, p. 527-531, y particularmente p. 530-531.
4. R. CALIMANI, *op. cit.*, p. 253-254.
5. R. CALIMANI, *op. cit.*, p. 245. En efecto, León de Módena escribió a los trece años *Sur Mera*, «Evita el mal», diálogo sobre el juego de cartas que se tradujo a varias lenguas.
6. R. CALIMANI, *op. cit.*, p. 261-265.
7. L. DE MODÈNE, *Cérémonies et coûtumes qui s'observent aujourd'huy parmy les Juifs, traduites de l'italien de León de Modène Rabbin de Venise, par le Sieur de Simonville*, Ed. Rieder, col. «Judaïsme», París, 1929. (Hemos respetado la ortografía original.)
8. L. DE MODÈNE, *op. cit.*, p. 11.
9. L. DE MODÈNE, *op. cit.*, p. 45.

Fernando Cardoso

1. 1) «Cardozo, Abraham Miguel», en *E. J.*, t. V, col. 163-66 aunque solo una tercera parte de la columna (col. 168) está dedicada a Cardozo Isaac (Fernando);
   2) «Cardoso [observen la diferente ortografía] Isaac (Fernando)», en *E. J. C.*, t. II, p. 544-547, Abraham Miguel tiene aquí una columna entera, p. 548b y 549a, y además hay una llamada que remite a *Shabtai Tzvi*;
   3) A. I. LAREDO, *Les Noms des Juifs du Maroc*, Isaac (Fernando) Cardoso, n.°1, p. 1047-1048; Miguel (Abraham) Cardoso, n.° 2, p. 1048.
2. Y. H. YÉRUSHALMI, *De la cour d'Espagne au ghetto italien - Isaac Cardoso et le marranisme au XVIIe siècle*, Ed. Fayard, París, 1987, p. 57.
3. Y. H. YÉRUSHALMI, *op. cit.*, p. 58.
4. Y. H. YÉRUSHALMI, *op. cit.*, p. 149.
5. Y. H. YÉRUSHALMI, *op. cit.*, análisis de esta obra, p. 199-277, y, especialmente, p. 277.
6. Y. H. YÉRUSHALMI, *op. cit.*, p. 329.
7. Y. H. YÉRUSHALMI, *op. cit.*, p. 466.
8. H. V. SÉPHIHA, «Cardoso et le ladino», en *Judéo-espagnol Horizon 92 (II) - Survie, survivances*, Institut Martin-Buber, Bruselas, 1991-1992, p. 30.

Amadeo Modigliani

1. J. MODIGLIANI, *Jeanne Modigliani racconta Modigliani*, Ed. Graphis Arte, Liorno, 1984, (p. 249-251, excelente genealogía), p. 21.
2. J. MODIGLIANI, *op. cit.*, p. 21.
3. J. MODIGLIANI, *op. cit.*, p. 24-25.
4. J. MODIGLIANI, *op. cit.*, p. 28.
5. J. MODIGLIANI, *op. cit.*, p. 35.
6. A. SALMON, *Modigliani, sa vie, son oeuvre*, París, 1926.
7. J. MODIGLIANI, *op. cit.*, p. 38.
8. C. NICOÏDSKI-ABINUN, *Modigliani*, Ed. Plon, París, 1989. Escrito como si se tratase de una autobiografía imaginaria, pero basándose en investigaciones y documentos.
9. C. ROY, *Modigliani*, Ed. Nathan, París, 1958; Ed. Skira, Ginebra, 1985, p. 328.

Darius Milhaud

1. G. VALBERT, *Albert Cohen le Seigneur*, Ed. Grasset, París, 1990, p. 209.
2. «Milhaud, Darius», en *Dictionnaire de la musique*, publicado bajo la dirección de M. HONEGGER, *Les Hommes et leurs oeuvres*, L-Z, Ed. Bordas, París, 1979, p. 735-737.
3. L. ALGAZI, «Le festival Darius Milhaud - Le "Service sacré"», en *Le Judaïsme séphardi*, París, n.º 3, abril 1950, p. 44-45.

Albert Cohen

1. G. VALBERT, *Albert Cohen le Seigneur*, Ed. Grasset, París, 1990, p. 27.
2. Hay que citar la notable «Cronología» de C. PEYREFITTE, en Albert Cohen, *Belle du Seigneur*, Ed. Gallimard, «Bibliothèque de la Pléiade», París, 1986.
3. Dedicado a Paul-Henri Spaak y publicado en la revista *France libre*, el 16 de julio de 1945, luego en la revista *Esprit* en septiembre de 1945 y, finalmente, en *O vous, frères humains*, Ed. Gallimard, París, 1972.
4. A. COHEN, *O vous, frères humains*, Ed. Gallimard, París, 1972, p. 42.
5. A. COHEN, *Carnets 1978*, Ed. Gallimard, París, 1979, p. 48-50, 57-64.
6. G. VALBERT, *op. cit.*, p. 398.
7. G. HANIOTIS, *Karaghiozis et Mangeclous, de la «Ruelle d'or à Omvriaki*, D.E.A., Sorbone, 1989.
8. A. MEMMI, «Mangeclous, je l'ai bien connu», en *Magazine littéraire, Albert Cohen*, París, n.º 147, abril 1979, p. 16-17, y especialmente p. 16.

9. Cefalonia no es otra que Corfú; A. Cohen lo ha afirmado, y puede demostrarse calculando el tiempo y las distancias, y, sobre todo, por la posibilidad, en *Mangeclous*, de llegar a Albania en un día.

Primo Levi

1. *Le systeme périodique*, Ed. Albin Michel, París, 1987, «Parece que [los antepasados] llegaron al Piamonte alrededor del año 1550, venían de España cruzando la Provenza [...]», p. 10. Sobre la deportación de los judíos italianos, puede leerse *Il giardino dei Finzi-Contini*, Ed. Einaudi, Turín, 1962, de otro testigo y novelista judío, Giorgio Bassani, nacido en Bolonia en 1916; Vittorio de Sica adaptó la novela para, en 1970, rodar una admirable película con el mismo título.
2. *Si esto es un hombre*, Ed. Muchnik, Barcelona, 2002.
3. Como lo demuestra bien el título *La ricerca delle radici*, Ed. Einaudi, Turín, 1981.
4. *Si esto es...*, p. 8.
5. *Si esto es...*, p. 113.
6. *Si esto es...*, prefacio, Turín, enero de 1947, p. 7.
7. *Les Naufragés et les rescapés. Quarante ans après Auschwitz*, Ed. Gallimard, París, 1987, p. 140.

Doctor don Ángel Pulido y Fernández

1. A. PULIDO MARTÍN, «Recuerdo del doctor Pulido», en J. HASSÁN, M. T. RUBIATO y E. ROMERO, *I Simp. Est. Sef.*, p. 73-79.
2. A. PULIDO FERNÁNDEZ, *Españoles sin Patria y la raza sefardí*, col. «Intereses nacionales», Madrid, 1905.
3. Se trata de la revista *El Siglo médico* de la que Ángel Pulido era director honorario. Esta revista le dedicó un número el 10 de diciembre de 1932, a los pocos días de su fallecimiento.
4. H. BEJARANO, muerto en 1931, dejó numerosos manuscritos que su hija, la señora Diamante Baratz, entregó al instituto Arias-Montano en 1959 para la exposición del «Libro sefardí». Aún estamos a la espera de que se publique. Véase la entrevista que esta gran dama concedió a H. V. Séphiha para *L'Agonie*, p. 115-116, y el hermosisimo poema de su padre que le confió: *A ti lingua santa / a ti te adoro, / mas ke toda la plata / mas ke todo el oro, / Tu sos la mas linda / de todo lenguaje/ a ti dal las syensyas / todo el ventaje. / Kon ti nos rogamos / al Dyo de la altura, / Patron del Universo / i de la natura. / Si mi puevlo santo / el fue kaptivado, / kon ti mi kerida / el fue konsolado.*

5. M. LEMOINE, a) *Ángel Pulido, Les Judéo-Espagnols et la presse de son temps*, tesina de licenciatura, Sorbonne, 1977-1978, b) *Ángel Pulido Fernández: un humaniste de la Restauration* (1852-1932), tesis de tercer ciclo, Sorbona, 1982, 2 tomos.

La Shoah

1. J. NEHAMA en colaboración con J. CANTERA, Diccionario del judeoespañol, C.S.I.C., Madrid, 1977. Véase sobre este tema, H. V. SÉPHIHA, «Tandis que la langue agonise, les dictionnaires judéo-espagnols se multiplient», en *R. E. J.*, París, 1978, t. CXXXVII (1-2), p. 205-215.
2. Aquí conviene citar a Elías PETROPOULOS, un escritor y artista griego, salonicense y no judío, que recuerda a sus amigos judíos y les dedica un suntuoso álbum, *Les juifs de Salonique - In Memoriam - The Jews of Salonica*, con dos dibujos de Roland Topor (febrero, 1983, edición de lujo que no se pone a la venta, en papel de Arches, 202 ejemplares numerados y firmados por el autor, Y donados a las grandes bibliotecas del mundo).
3. I. MOSCONA, justo antes de desaparecer, editó, entre otros, *Sipuré Sefarad*, judeoespañol/hebreo (traducción de R. y Y. Chalom Perets), Librería Ma'arib, Tel-Aviv, 1985.
4. *In Memoriam - Hommage aux victimes juives des nazis en Grece*, publicado bajo la dirección de M. MOLHO, Comunidad Israelita de Tesalónica, Tesalónica, 1973. Segunda edición revisada y aumentada por Joseph NÉHAMA. En este caso, p. 326.
5. Cifras proporcionadas por *Le Judaïsme séphardi*, París, nueva serie, n.º 7, p. 103.
6. «Italy», en *E. J.*, t. IX, col. 1115-1147, y especialmente col. 1137.
7. *Les Cahiers séfardis*, dirigidos por S. LÉVY, París, 1946 a 1949, *passim*.
8. S. KLARSFELD, *Le Mémorial de la déportation des Juifs de France*, París, 1978, páginas sin numerar, hacia la 660.
9. H. V. SÉPHIHA, «Les Judéo-Espagnols et la France: Des nons qui chantent, enchantent et font pleurer», en *Vidas Largas*, París, 1988, n.º 7, p. 68-72.
10. H. V. SÉPHIHA, a) «Nuit et Brouillard», dans *Regards*, Bruselas, 1974, abril, p. 25-28; b) «N. N. (Nuit et Brouillard), el campo semántico de la negación: de la negación a la aniquilación» resumen de una conferencia dada el 28 de abril, 1979, dans *Bulletin de la Société de Linguistique de Paris*, París, 1980, t. LXXV, fasc. I, p. XIV-XVI; c) «El campo semántico de N. N. (Nuit et Brouillard) - de la negation à l'anéantissement», resumen de una comunicación dada el 28-5-1979 a la Société des études juives de Paris, en *R. E. J.*, París, 1979, t. CXXXVIII (3-4), p. 501-503.

Los sefardíes en la posguerra

1. Para este capítulo, D. J. Elazar, *The Other Jews, The Sephardim Today*, Nueva York, Basic Books, 1989.
2. Título tomado de la canción judeoespañola *Abram avinu padre kerido / Luz de Israel*, «Nuestro padre Abraham, padre amado».
3. *Aki Yerushalayim, revista de la emision en djudeo-espanyol de Kol-Israel - La Boz de Israel, en kolaborasion kon Sefarad - Sosiedad para la Prezervasion i Difuzion de la Kultura Djudeo-Espanyola*, Jerusalén, Redaktor, Moshe Shaul. El último número llegado es el n.º 43, anyo 12-1991.
4. I. Lévy (Manisa 1919-Jerusalén, 1977), véanse sus dos discos *Cante Judeo-Español* y el cuadernillo de H. V. Séphiha que los acompaña, Ed. Vidas Largas, París, 1981.
5. H. V. Séphiha, «Una langue sans interlocuteur. Marcel Cohen, *Letras a un pintor*», en *Judéo-esp.*, p. 229-232.
6. E. Benaim, a) «Paradoxe d'un Juif, mémoire et devenir des séfarades au Québec», en *Les Temps Modernes, Le Second Israël, op. cit.*, p. 410-422; b) «Judaïcite québécoise: une intégration réussie ou une commnunauté désintégrée?», en *Juifs du Maroc, identité et dialogue*, Ed. La Pensée Sauvage, París, 1980, p. 359-371.
7. M. Angel, a) *Voices in Exile, A Study in Sephardic intellectual History*, Ktav Publishing House, Nueva York, 1991; b) *The Jews of Rhodes*, Nueva York, 1978; c) *«La America»: The Sephardic Experience in the United States*, Filadelfia, 1982.
8. G. E. Gruen, Editor, *The Resurgence of Islam and the Jewish Communities of the Middle East and North Africa, American Jewish Committee Institute of Human Relations*, Nueva York, 1985. Aunque el autor hizo una suma global, nos hemos permitido dar las cifras exactas.

Lengua y habla de los sefardíes antes de 1492

1. R. Menéndez Pidal, *El idioma español en sus primeros tiempos*, Ed. Espasa Calpe, col. «Austral», Buenos Aires, 1951, p. 29.
   Conviene añadir aquí que, según R. Arié, «Los árabes utilizaron las dos lenguas al menos hasta el siglo xiii: el árabe y el romance, que empleaban en la comunicación cotidiana con los artesanos de la ciudad y los campesinos», en *Historia de España*, Ed. Labor, Barcelona, 1984, vol. III, *España musulmana (siglos viii-xv)*, p. 177.
2. R. Menéndez Pidal, *op. cit.*, p. 31.
3. R. Menéndez Pidal, *op. cit.*, p. 35.
4. R. Menéndez Pidal, *op. cit.*, p. 43.

5. Los de Leiden, probablemente del siglo XI y otros señalados por A. ZAMORA VICENTE, en *Dialectología española*, Ed. Gredos, Madrid, 1967, «Mozárabe», p. 15-83, p. 19.
6. S. M. STERN, «Les vers finaux en espagnol dans les *muwashshahs* hispano-hébraïques - Une contribution à l'histoire du *muwashshah* et à l'étude du vieux dialecte espagnol "mozarabe"», en *Al-Andalus*, Granada, 1948, vol. XIII, p. 299-344.
7. F. CANTERA, «Versos españoles en las *muwashshahs* hispano-hebreas», en *Sefarad*, Madrid, 1949, vol. IX, fasc. I, p. 197-234.
8. F. DÍAZ ESTEBAN, «Prólogo - Semblanza de Yehudah ha-Leví», en Aviva Dorón, *Yehudah ha-Leví - Repercusión de su obra*, Ed. Riospiedras, Barcelona, 1985, p. 9-30, y especialmente p. 22.
9. a) M. BANITT, «Une langue fantôme: le judeo-français», en *Revue de linguistique romane*, Estrasburgo, XXVII, 1963, p. 271-275; b) R. LÉVY, *Trésor de la langue des Juifs français au Moyen Âge*, University of Texas Press, Austin, 1964. Título que puede llamar a confusión pues casi deja entrever que se trata de judeofrancés. No es la lengua de los judíos franceses, sino la de todos los franceses. Son palabras tomadas del francés para, precisamente, glosar palabras hebreas difíciles que se explican con los medios de que se disponen, es decir, con el francés de entonces. De ahí el interés de estas glosas y el enriquecimiento del tesoro de la lengua francesa medieval que se deriva.
10. AMÉRICO CASTRO, *Esp. en Hist.*, p. 483.
11. Citado por G. BLEIBERG y J. MARÍAS en *Dicc. lit. esp.,* «Alfonso X el Sabio (1221-1284)», p. 21.
12. H. V. SÉPHIHA, a) «Ladino (judéo-espagnol calque) et *Biblias medievales romanceadas*» en *Mélanges offerts à la mémoire de Joucla-Ruau André*, Ed. de L'université de Provence, 1978, t. II, p. 1119-1131; b) «Ladinismes dans *La fazienda de ultra mar*, une "Biblia medieval romanceada" du XIIe siècle», en *Actes du deuxième congrès international d'étude des cultures de la Méditerranés occidentale*, II (Malte 1976); S.N.E.D., Argel, 1978, p. 220-226; c) «Ladinismes dans *La fazienda de ultra mar* du XIIe siècle; le Si interrogatif», en *Politique et religion dans le judaïsme ancien et médiéval*, actas del coloquio del 8 y 9 de diciembre de 1987 del Centre d'études juives de la Sorbonne bajo la dirección de Daniel Tollet, Ed. Desclée, París, 1989, p. 319-325; d) *Le Ladino II*, vol. II, *passim.*
13. G. BLEIBERG y J. MARÍAS, *Dicc. lit. esp*., «Escuela de Traductores de Toledo», p. 268.
14. Y. M. KOCH, «Panorámica histórica de los judíos españoles (ss. X-XIV)», en J. PELÁEZ DEL ROSAL, *Los Judíos y Lucena - Historia, pensamiento y poesía*, Ed. El Almendro, Córdoba, 1988, p. 13-22, y especialmente p. 16.
15. I. GONZÁLEZ LLUBERA, *Coplas de Yoçef, a Medieval Spanish Poem in Hebrew Characters*, Ed. University Press, Cambridge, 1935.

16. H. V. Séphiha, «Constance du ladino à travers les siècles», en *Regards*, Bruselas, enero 1972, p. 36-41.
17. Y. Moreno Koch, «The *Taqqanot* of Valladolid of 1432», en *The American Sephardi*, Nueva York, 1978, vol. IX, p. 58-145.
18. Y. Baer, *A history of the Jews in Christian Spain*, The Jewish Publication Society of America, Filadelfia, 1971, vol. II, p. 261.
19. D. Rozenblatt, *«Mostrador e enseñador de los turbados,* the First Spanish Translation of Maïmonides *Guide of perplexed»*, en *Studies in Honor of M. J. Benardete*, Las Americas Publishing Company, Nueva York, 1965, p. 47-82.
20. H. V. Séphiha, *Le Ladino I.*, p. 26.
21. El subrayado es nuestro.
22. Lo subrayamos doblemente.
23. *Escorial Bible I. j. 4*, vol. I, *The Pentateuch*, University of Pennsylvania, Filadelfia, 1953.
24. Biblia (llamada) d'Asa, textos hebreos y ladinos (judeoespañol calco), Constantinopla, 1739-1740. Esta Biblia sigue el modelo del *Pentateuco de Constantinopla* (1547), con, a nivel lingüístico, novedades surgidas en la lengua vernácula (cf. «Diachronie du ladino», nota 28).
25. Biblia de Ferrara (1553), véase *Le Ladino I.*
26. *Los Cinco Libros de la Ley Divina, en casa, y a costa de Selemoh Proops*, Amsterdam, 5478, es decir, año 1718 de nuestra era. (Véase H. V. Séphiha, *Le Ladino II*, vol. II, *passim.*)
27. E. Nácar Fuster y A. Colunga Cueto, *Sagrada Biblia - Versión directa de las lenguas originales*, Bibliotéca de autores cristianos, Madrid, 1980.
28. H. V. Séphiha, «Diachronie du ladino (judéo-espagnol calco)», en *XIV Congresso internazionale di linguistica e filologia romanza* (Nápoles, 15-20 de abril, 1974), ATTI, t. II, p. 555-564, John Benjamins B. V., 1976.
29 H. V. Séphiha, «Théorie du ladino (judéo-espagnol calque)», en *Le Ladino II*, vol. I.
30. H. V. Séphiha, *Judéo-esp.*, p. 72-74.
31. H. V. Séphiha, *Le Ladino II*, vol. I, p. 048-076.

Hablas ibéricas de los sefardíes tras la expulsión (1492)

1. C. Roth, *Hist. Marr.*, p. 56.
2. S. Usque, *Cons. Trib.* El portugués es utilizado sobre todo en los escritos comunitarios, especialmente en los registros. Estos merecerían un estudio diacrónico exhaustivo que permitiría establecer en el tiempo las respectivas proporciones del español y del portugués.
3. F. Cantera Burgos, *Los Sefardíes*, Madrid, 1958, p. 7.
4. H. V. Séphiha, «Problématique du judéo-espagnol», en *Bulletin de la société de linguistique de Paris*, t. LXIX, fasc. I, 1975, p. 159 a 189.

5. H. V. SÉPHIHA, *L'Agonie des Judéo-Espagnols*, Ed. Entente, col. «Minorités», París, 1977, 1979 y 1991.
6. Aquí adoptamos la grafía francocentrista de la asociación Vidas Largas creada en 1979 y que preside H. V. Séphiha, asociación para la defensa y la promoción de la lengua y de la cultura judeoespañola.
7. H. V. SÉPHIHA, *Le Judéo-espagnol*, Ed. Entente, col. «langues en péril», París, 1986.
8. M. L. WAGNER, «Caracteres generales del judeo-español de oriente», en *Revista de Filología española* (anejo 2), Madrid, 1930.
9. J. J. FERNÁNDEZ DE LIZARDI proporciona numerosos ejemplos con el habla de los indígenas en su novela *El perriquillo sarniento* (1816).
10. H. V. SÉPHIHA, «L'intensité en judéo-espagnol», en *Iberica I*, París, 1977, p. 285-294.
11. E. MORIN, con la colaboración de V. GRAPPE-NAHOUM y H. V. SÉPHIHA, *Vidal et les siens*, Ed. du Seuil, París. Véase también *Salonique 1850-1918*, dirigida por G. VEINSTEIN, Ed. Autrement, col. «Mémoires», Paris, 1992.
12. Véase a este respecto la tesis de N. COHEN-RAK, *La solidaridad ovradera (Journal judéo-espagnol de Salonique - 1911 - Édition de sept numéros - Traductions - Index divers - Considérations linguistiques*, 2 tomos, Sorbonne Nouvelle, Paris, 1986.
13. Véase a) J. BENOLIEL, «Dialecto judeo-hispano-marroquí o hakitía», un conjunto de artículos inaccesibles reunidos por R. BENAZÉRAF, CSIC, Madrid, 1977; b) A. BENDELAC, *Los nuestros, sejiná, letuarios, jaketía y fraja: un retrato de los sefaradíes del norte de Marruecos a través de sus recuerdos y de su lengua*, Ed. Peter Lang Publishing Co., Nueva York, 1988; c) H. V. SÉPHIHA, 1) *Judéo-esp.*, p. 82-88, 91-92 y *passim*; 2) «Le judéo-espagnol du Maroc», en *Juifs du Maroc, identité et dialogue*, Ed. La Pensée sauvage, París, 1980, p. 85-97; 3) «Le judéo-espagnol du Maroc ou *haketiya*», en *Combat pour la Diaspora*, París, 1981, n.º 6, p. 77-80.
14. H. V. SÉPHIHA, «L'hispaniseur-verbal-*ear* en judéo-espagnol», en *Travaux X, Aspects des civilisations ibériques*, C.I.E.R.E.C., Université de Saint-Étienne, 1974, p. 85-93.
15. Búsqueda que, desde 1974, se lleva a cabo permanentemente en nuestros talleres judeoespañoles. Véase H. V. SÉPHIHA, *Judéo-esp.*, «Thésaurisons, thésaurisons, thésaurisons...», p. 197-232.
16. M.-C. BORNES-VAROL, *Le Judéo-espagnol vernaculaire d'Istanbul (Étude linguistique)*, tesis de doctorado, París, 1992, 3 vols.
17. H. V. SÉPHIHA, «Quelques oeuvres judéo-espagnoles éditées à Livourne», en *La rassegna mensile di Israel*, Turín, 1984, vol. L, n.º 9-10-11-12, p. 743-765.
18. M. MOLHO, *Literatura sefardita de oriente*, Instituto Arias Montano, Madrid, 1960.

19. G. BRAÑES-BECAS, «Judeo-español: imprecisión terminológica de M. Molho en su *Literatura sefardita de Oriente*», en *Actes de la journée d'études judéo-espagnoles* (del 22 de enero de 1990, presentadas por H. V. SÉPHIHA y M. FELDMAN, E.H.E.J. (École des hautes études du judaïsme), Clichy, 1990, p. 45-48.
20. E. ROMERO, *El teatro de los sefarditas orientales*, Instituto Arias Montano, Madrid, 1979.
21. M. D. GAON, *A Bibliography of the Judeo-Spanish Press*, institut Ben-Zvi, Jerusalén, 1965.
22. Véase a este respecto: H. V. SÉPHIHA, a) Le Ladino I y b) Le Ladino II.
23. Véase nota anterior. Señalemos además que esta Biblia judía está en el origen de numerosas Biblias españolas cristianas (cf. especialmente, nota 10b, t. II, p. 340 a 350).
24. H. V. SÉPHIHA, «Une bible judéo-espagnole chrétienne», en *Hommage à André Neher*, Librairie Maisonneuve, París, 1975.
25. Cf. A. YAARI, *Catalogue of Judaeo-Spanish Books in the Jewish National Library*, University Pree, Jerusalén, 1934.
26. a) E. SAPORTA y BEJA, *Refranes de los Judíos sefardíes*, Ameller Ediciones, Barcelona, 1978; b) R. BENAZÉRAF, *Refranero, recueil de proverbes judéo-espagnols du Maroc*, Imprimerie continentale, París, 1978; c) H. V. SÉPHIHA, «La société judéo-espagnole à travers ses proverbes ou dis-moi tes proverbes je te dirai qui tu es», en *Richesse du proverbe*, université de Lille, 1984, vol. II, *Typologie et fonctions*, p. 199-209; d) H. V. SÉPHIHA, «L'humour des proverbes judéo-espagnols», en *Humoresques, l'humour juif*, París, 1990, n.º 1, p. 37-47.
27. Véase bibliografía en H. V. SÉPHIHA, *Judéo-esp.*, en los siguientes nombres M. ALVAR, ARMISTEAD y SILVERMAN, M. ATTIAS, P. BÉNICHOU, MENÉNDEZ PIDAL, I. LÉVY y M. T. RUBIATO.
28. Especialmente en los talleres judeoespañoles creados en 1974 por H. V. SÉPHIHA en el centro Rachi, en París y en provincias, así como en los creados por M. SHAUL en Israel, en el marco de su programa diario en judeoespañol de la radio israelí y en el de su revista *Aki Yerushalayim*.
29. H. V. SÉPHIHA, «La sacralisation du profane dans la liturgie judéo-espagnole», en *Bulletin de la société Ernest Renan*, París, 1978, n.º 27.
30. Las revistas *Aki Yerushalayim* (nota 28) y *Vidas Largas* de la asociación (nota 4) proporcionan regularmente algunos ejemplos. Hay que señalar la reciente aparición de los libros: a) I. MOSCONA, *Sipuré Sefarad* («Contes de Sefarad»), edición bilingüe judeoespañol/hebreo, Jerusalén, 1985, y b) M. KOEN-SARANO, *Kuentos del folklor de la famiya djudeo-espanyola*, edición bilingüe judeoespañol/hebreo, Jerusalén, 1986.
31. H. V. SÉPHIHA, *Contes judéo-espagnols - Du miel au fiel*, Ed. Bibliophane, París, 1992.

32. H. V. SÉPHIHA, «Monuments juifs de Turquie en péril», en *Vidas Largas*, París, 1982, n.º 1, p. 24-26.
33. ARMISTEAD y SILVERMAN, *Folk Literature of the Sephardic Jews.*, vol. I: *The Judeo-Spanish Ballads chapbooks of Yacob Abraham Yoná*, university of California, 1971.
34. Ediciones Vidas Largas.

Lista de abreviaturas

C.S.I.C. = Consejo Superior de Investigaciones Científicas.

E.J. = Encyclopedia judaica.

E.J.C. = Encyclopaedia Judaica Castellana, México, 1948, 1 tomo.

J.Q.R. = The Jewish Quarterly Review.

R.E.J. = Revue des études juives.

L. ALBORG, *Hist. Lit. esp. = Historia de literatura española*, Ed. J. Gredos, Madrid, 1980, 4 tomos.

J. AMADOR DE LOS RÍOS, *Hist. soc. = Historia social, política y religiosa de los judíos de España y Portugal*, Ed. Aguilar, col. «Cultura e historia», Madrid, 1973.

G. BLEIBERG - J. MARÍAS, *Dicc. lit. esp. = Diccionario de la literatura española*, Ed. Revista de Occidente, Madrid, 1964.

J. CARO BAROJA, *Jud. Esp. mod. = Los judíos en la España moderna*, Ed. Arion, Madrid, 1961, 4 tomos.

A. CASTRO, *Esp. en Hist. = España en su historia - Cristianos, moros y Judíos*, Ed. Losada, Buenos Aires, 1954.

A. BEN DAUD, *Lib. Trad. = Libro de la tradición* (*Séfer hacabalá*), Ed. Riopiedras, Barcelona, 1990.

M. FRANCO, *Es. hist. Isr. Emp. ott. = Essai sur l'histoire des Israélites de l'Empire ottoman*, Ed. Durlacher, París, 1897.

I. M. HASSAN, M. T. RUBIATO, E. ROMERO, *I. SIM. Est. sef. = I simposio de Estudios sefardíes*, Ed. C. S. I. C., Madrid, 1970. (Informe de H. V. SEPHIHA, en *R.E.J.*, CXXX, 1971.)

D. G. MAESO, *Hist. Lit. hebr. = Manual de historia de la literatura hebrea, bíblica, rabínica, neojudaica*, Ed. Gredos, Madrid, 1960.

C. ROTH, *Hist. Marr. = Histoire des Marranes*, Ed. Liana Levi, col. «Histoire», París, 1990.

H. V. SEPHIHA, *L'Agonie = L'Agonie des Judéo-Espagnols*, Ed. Entente, col. «Minorités», París, 1976, 1979, 1981.

H. V. SÉPHIHA, *Le Ladino I = Le Ladino (judéo-espagnol calque) - «Deutéronome». Versions de Constantinople (1547) et de Ferrare (1553)*, Ed. Hispaniques (Sorbonne), París, 1973.

H. V. SÉPHIHA, *Le Ladino II = Le Ladino (judéo-espagnol calque) - structures et évolution d'une langue liturgique*. t. I: Théorie du ladino, t. II: textes et commentaires, Ed. Vidas Largas, París, 1982.

S. USQUE, *Cons. Tribul. = Consolaçaos às tribulacoes de Israel*, Ed. de Ferrara, 1553, Ed. Calouste Gulbenkian, Lisboa, 1989, 2 vols.

Glosario

Bar-Mitzvah (hebr.): lit. «sujeto a los mandamientos». Ceremonia religiosa que marca el compromiso del muchacho judío de trece años respecto de los mandamientos divinos.
Cábala: «tradición». Nombre dado a un conjunto de doctrinas teosóficas y secretas, que se habrían transmitido, por vía de iniciación, de Adán a los Profetas, de estos a los *Tanaím* (maestros), y de estos a los místicos judíos y no judíos de la Edad Media y de hoy en día.
Cacherut (hebr.): preparación de los alimentos ritualmente autorizados.
Conversos (esp.): uno de los nombres dados a los judíos de España convertidos, de buen grado o a la fuerza, al catolicismo.
Dayan (hebr.): juez.
Dhimmi (árabe): en las sociedades musulmanas, súbditos protegidos, judíos o cristianos.
Djudezmo (esp.): español arcaizante hablado por los judíos originarios de España
Hagadah de Pésah (hebr.): relato de Pascua.
Haham o hajam (hebr.): lit. «sabio». Jefe espiritual de las comunidades sefardíes tradicionales
Haketiya (esp.): judeoespañol hablado en Marruecos y en Orán por los judíos originarios de España.
Halakha (hebr.): norma rabínica.
Haskalah (hebr.): filosofía judía de las Luces en la Europa del siglo XVIII. El *maskil* era el discípulo de las Luces favorable a la emancipación de los judíos.
Hazan (hebr.): ministro oficiante.
Herem (hebr.): segregación de la comunidad.
Hos'ana Rabba (hebr.): nombre del séptimo día de la fiesta de *Sucot*.
Intelecto agente: último de los diez intelectos separados de la cosmología medieval.

Kadish (hebr.): santificación (del nombre de Dios) que puntúa determinadas partes del rezo cotidiano, y que es dicha especialmente por las personas que acaban de sufrir un duelo, afirmando así, en la prueba más difícil, su confianza en Dios, y, en particular, su fidelidad al recuerdo de los desaparecidos.

Kippur (hebr.): lit. «expiación, propiciación». Día del Gran Perdón. Fiesta judía celebrada diez días después del Año Nuevo judío, y marcada por un día entero de ayuno y oración para expiar las faltas del año que acaba de concluir.

Ladino (esp.): producto de la traducción palabra por palabra del hebreo al español (sintaxis hebraica). Esta lengua tenía dos funciones: era, a la vez, pedagógica y litúrgica.

Maguén David (hebr.): escudo de David. Tradicionalmente en forma de estrella con seis puntas.

Mahamad (hebr.): consejo de la comunidad.

Mahzor (hebr.); libro de oraciones.

Midrach (hebr.): antología de sermones y de exposiciones de los Sabios sobre la Ley, dividida en «porciones semanales». La palabra viene de *darash*, «exponer, interpretar».

Millet (turco): comunidades religiosas monoteístas en Turquía.

Minián (hebr.): lit. «número, cuenta». Reunión de un mínimo de diez hombres que se requiere para la celebración de un oficio religioso.

Misná (hebr.): de la palabra *chinun*, «enseñanza» o «repetición».

Naguid, plur. *neguidim* (hebr.): dirigente de una comunidad judía en el mundo mediterráneo durante la Edad Media.

Nasi (hebr.): príncipe.

Oulpan (hebr.): escuela para la enseñanza intensiva del hebreo.

Pirqué abot (hebr.): máxima de los padres, de los sabios desde la época de Simeón el Justo (hacia 330 a. de C.) hasta la redacción de la *Misná* (220 d. de C.).

Purim (hebr.): lit. sorteos, fiesta en recuerdo de la historia de Esther, que desbarató el complot de Amán, quién había echado a suertes la fecha fijada para el exterminio de los judíos de Persia.

Rech kalla (arameo): jefe de la casa de estudios.

Responsum, pl. *responsa* (lat.): respuestas de los rabinos célebres a las preguntas escritas que les dirigían respecto a la interpretación y aplicación de la ley religiosa (la *halakha*). Estas *responsa* están recogidas en libros y llevan el nombre de sus autores.

Ros ha-Sanah (hebr.): el Año Nuevo del año litúrgico.

Sabat (hebr.): lit. «interrumpir el trabajo». Nombre hebreo del sábado, séptimo y último día de la semana en el que los judíos devotos se abstienen de trabajar y rezan para celebrar la Creación, culminada por Dios al séptimo día.

Savuoth (hebr.): lit. «semanas». Fiesta judía de Pentecostés que se celebra siete semanas después del segundo día de Pascua.

Seder (hebr.): lit. «orden». Nombre de la ceremonia de la vigilia de Pascua que conmemora la salida de Egipto.

Séfer (hebr.): libro.

Séfer Tora (hebr.): rollo de la Tora.

Semá (hebr.): forma imperativa del verbo hebreo «escuchar». Profesión de fe judía que empieza con las palabras: «Escucha, Israel, el Eterno es nuestro Dios, el Eterno es Uno...».

Semini 'Atseret (hebr.): «octavo» día de «clausura». Nombre de la fiesta que sigue a los siete días de *Sucot*.

Shoah (hebr.): lit. «catástrofe». La palabra designa el genocidio del pueblo judío por la Alemania de Hitler.

Shohet (hebr.): carnicero ritual encargado del degüello del ganado y las aves de acuerdo con las reglas de la *cacherut*.

Shtetl: aldea judía en Europa oriental.

Sucot (hebr.): fiesta de los Tabernáculos, en recuerdo de las tiendas donde los hebreos vivieron durante cuarenta años en el desierto.

Talmud Tora (hebr.): enseñanza de la Ley. Designa a la escuela elemental.

Taqqanot (hebr.): ordenanzas de la comunidad.

Tu bi-Svat (hebr.): fiesta de los árboles, el decimoquinto día del mes de *Svat*.

Yesiva (hebr.): academia de altos estudios judíos dedicada básicamente a la profundización del Talmud.

Yishuv (hebr.): lit. «colonización». Designa a la población judía establecida en Tierra Santa.

Zohar: el libro del Esplendor. La obra fundamental de la cábala.